COLECȚIE COORDONATĂ DE
Magdalena Mărculescu

SELECȚIA TITLURILOR CRIME / THRILLER / MYSTERY:
Virginia Lupulescu

Jo Nesbø

Insula Șobolanilor și alte povestiri

Traducere din limba norvegiană de
Ivona Berceanu

TREI

Editori:
Silviu Dragomir
Vasile Dem. Zamfirescu

Director editorial:
Magdalena Mărculescu

Redactare:
Virginia Lupulescu

Design și ilustrație copertă: Andrei Gamarț

Director producție:
Cristian Claudiu Coban

Dtp:
Gabriela Anghel

Corectură:
Oana Apostolescu
Sabina Lungu

Descrierea CIP a Bibliotecii Naționale a României
NESBØ, JO
Insula Șobolanilor și alte povestiri / Jo Nesbø ; trad. din lb. norvegiană de Ivona Berceanu. - București : Editura Trei, 2023
ISBN: 978-606-40-1693-5

I. Berceanu, Ivona (trad.)

821.113.5

Titlul original: Rotteøya og andre fortellinger
Autor: Jo Nesbø

O.P. 16, Ghișeul 1, C.P. 0490, București
Tel.: +4 021 300 60 90; Fax: +4 0372 25 20 20
e-mail: comenzi@edituratrei.ro
www.edituratrei.ro

ISBN: 978-606-40-1693-5

INSULA ȘOBOLANILOR

I

În bătaia vântului, frânghia unui steag se lovea leneș de un stâlp. Contemplu orașul. Pare neobișnuit de liniștit. Dar este cert, de pe acoperișul unui zgârie-nori de 90 de etaje nu se văd oamenii mărunți ca niște furnici alergând sau vânând pe străzi. Nu auzi strigătele acelora care sunt doborâți la pământ, nici rugăciunile de iertare și nici pocnetul produs de percutorul armelor. Dar se aud focurile de armă. Huruitul unei motociclete solitare. Și acum că s-a lăsat întunericul, se văd focurile.

Deși, de aici de sus, majoritatea par să fie mici. Mașinile incendiate sunt aievea unor felinare care emană o lumină plăcută, iluminând puțin orașul în care lămpile stradale au încetat să funcționeze de mai bine de un an.

Aud o salvă scurtă de mitralieră. Sunt tineri, dar au învățat când să se oprească pentru ca arma să nu se încingă. Și-au format acele deprinderi care îi ajută să supraviețuiască în aceste vremuri. Sau altfel spus: să trăiască puțin mai mult decât semenii care au aceleași nevoi — mâncare, arme, adăpost, combustibil, haine, droguri și o femeie sau mai multe, care să perpetueze genele bărbaților. Ca să folosesc un clișeu, acolo jos este o junglă. Iar jungla nu se apropie de la o zi la alta, ci de la o oră la alta. Bănuiesc că edificiul pe acoperișul căruia stăm va fi acaparat de junglă înainte de zori.

Aici sus, sunt evacuați cei ce pot fi evacuați. Elita, cei mai bogați dintre cei bogați, cei care și-au permis biletul salvator. Stau și îi privesc: ultimul grup de 14 oameni care se uită nerăbdători în direcția golfului de unde ar trebui să sosească elicopterul militar ce asigură transportul spre portavionul New Frontier. Nava poate găzdui 3 500 de persoane, asigurându-le mâncare, medicamente și toate cele necesare timp de patru ani, fără să oprească în vreun port. Pleacă în această noapte și va rămâne în larg o perioadă nedeterminată. Nu știu cât costă biletele, știu doar că pentru femei ar fi puțin mai ieftin, întrucât s-a decis ca la bord să fie paritate între sexe. Nimeni nu a spus-o răspicat, dar este o Arcă a lui Noe pentru elite.

În fața mea este prietenul meu din copilărie, Colin Lowe. Soția sa Liza și fiica lor Beth sunt mai aproape de helipad și scrutează cerul. Colin este unul dintre cei mai înstăriți antreprenori din țară, deține website-uri și proprietăți peste tot în lume, inclusiv clădirea înaltă pe acoperișul căreia ne aflăm acum. Totuși, a durat mai puțin de 30 de minute să împacheteze ce au luat cu ei, după cum chiar el mi-a relatat.

— Aveți acolo tot ce vă trebuie, l-am asigurat eu.

Acolo sus este o atmosferă încărcată, plină de agitație, nervozitate, dar și surprinzător de optimistă. În jurul helipadului și la ușa de acces spre acoperiș sunt postați mercenari în civil înarmați până în dinți, plătiți de Colin & Lowe Inc. Câțiva dintre ei sunt și jos în stradă și pe lângă lifturi. Sarcina lor este să-i împiedice pe cei care încearcă să dea buzna în clădire în speranța că se vor adăposti de găști sau mai mult, că vor putea urca la bordul elicopterului care să-i transporte pe New Frontier. Este dificil să-i acuzi pe cei care încearcă să scape și la fel de dificil să îi acuzi pe cei care îi opresc. Fiecare om luptă pentru el însuși și pentru cei dragi, iar astfel ne ducem naibii cu toții.

La prânz, când am ajuns la clădire, străzile miroseau a frică și disperare. Am văzut un bărbat purtând un costum scump oferindu-i unuia dintre paznicii de la intrare o servietă plină cu bancnote, dar paznicul a refuzat. Fie pentru că erau martori în jur, fie pentru că nimeni nu știe dacă banii vor mai valora ceva mâine. Din spatele lui a venit o femeie frumoasă, de vârsta a doua, care mi se părea cunoscută. I s-a prezentat paznicului-șef, reamintindu-i în același timp filmele în care jucase.

— Ne îndreptăm spre entropie, zice Colin.

— Știi foarte bine că habar nu am ce înseamnă asta, răspund eu.

— A doua lege a termodinamicii.

— Nu îmi spune nimic.

— Voi, avocații, nu știți nimic?

— Știm doar cum să facem curat după ingineri.

Colin râde. Tocmai îi rezumasem parteneriatul nostru simbiotic, care dura de mai mult de 15 ani, în cadrul firmei Lowe Inc.

— Entropia..., continuă Colin privind spre linia orizontului, peste orașul a cărui siluetă zimțată se prefigurează în lumina soarelui ce dispare în mare. Entropia spune că, într-un sistem închis, totul va fi distrus în timp. Dacă lași un castel de nisip, a doua zi va fi schimbat de vreme și vânt. Nu va fi înlocuit cu ceva și mai încântător, ci se va face mai cenușiu și mai aplatizat. Lipsit de viață, lipsit de spirit. Nimic. Asta este entropia, Will. Și este „cea mai universală" lege a naturii dintre toate.

— Legea fărădelegii.

— Așa vorbesc juriștii.

— Așa spun filosofii. Hobbes credea că fără legi, fără un contract social, am fi azvârliți într-un haos mai teribil decât cea mai cumplită dictatură. Și pot să afirm că pare să fi avut dreptate.

— Leviatanul este aici, confirmă Colin.

— Ce este Leviatanul? întreabă Beth, fiica lui Colin, care s-a furișat lângă noi fără să o observăm.

Are 17 ani, e cu trei ani mai mică decât fratele său Brad, care este pe acolo, pe undeva, în oraș. Atât de tare seamănă cu Amy, fiica mea, dar acesta nu este singurul motiv pentru care îmi dau lacrimile când mă uit la Beth.

— Este povestea unui monstru marin care nu există, îi spun eu, văzând că nu răspunde Colin.

— Atunci cum poate fi aici?

— Este doar o metaforă, draga mea. Un filosof renumit a folosit-o să descrie o societate fără legi și ordine.

Colin o trage pe fiica sa lângă el.

— Așa ca aceasta? întreabă Beth.

Un bărbat în kaki se îndreaptă spre noi. Colin bombăne.

— Du-te să-i ții companie mamei tale, Beth, vin și eu în curând.

Ea fuge ascultătoare.

— Domnule locotenent? spune Colin.

— Da, domnule Lowe! Comandantul meu de la primul etaj mi-a raportat că încep să aibă dificultăți în a-i opri pe oameni să intre. Să deschidă focul...? întreabă bărbatul în uniformă.

Are păr grizonant, scurt și des, și ține în mână o stație de emisie — recepție din care se aude o voce agitată, care pare să încerce să ia legătura cu el.

— Sunt găști? vrea să știe Colin.

— Oameni obișnuiți care speră să urce în elicopter, domnule Lowe.

— Bieții de ei. Nu trageți decât dacă este necesar.

— Da, domnule.

— Cât mai durează până vine elicopterul?

— Pilotul spune că ajunge în douăzeci de minute, domnule.

— Ok, țineți-ne la curent când sosește, pentru ca toată lumea să fie gata de îmbarcare imediat ce aterizează.

— Am înțeles, domnule Lowe.

În timp ce locotenentul se îndepărtează, îl aud răspunzând apelului din stația de emisie — recepție.

— Înțeleg, domnule sergent, dar ordinul este să nu folosim mai multă forță decât este necesar. Ai înțeles? Da, menține poziția și...

Cuvintele se pierd în depărtare și revine sunetul domol al sforii care se lovește de stâlp și dinspre străzile întunecate se propagă până sus sirena unei mașini de poliție. Și Colin, și eu știm că nu este poliția, a trecut mai bine de un an de când poliția nu mai patrulează pe străzi după lăsarea nopții, ci probabil patru tineri cu arme automate, îndeajuns de drogați încât să-și păstreze toate reflexele intacte, dacă nu chiar mai ascuțite, căci le dispar toate inhibițiile. Deși inhibițiile nu au fost doar încetinite, ci zdrobite, și nu doar în cazul acestor prădători, ci în cazul întregii populații. Expresia „acțiuni care încalcă limitele" nu mai are nicio semnificație, dacă toate limitele au fost eliminate.

Și poate că asta este singura scuză pentru ceea ce am făcut.

Încă aud acea motocicletă, probabil că are o gaură în tobă sau cum îi zice.

Accelerez pe bulevardul pustiu prin oraș, spre sud, înspre abator. Motorul duduie din cauza găurii de glonț din toba de eșapament, trebuie să o repar. Și îmi trebuie benzină. Acul indicatorului de combustibil este pe roșu, nu sunt sigur că voi ajunge la destinație. Cu siguranță nu vrei să rămâi singur în centru în toiul nopții, fără membrii găștii tale, pentru că atunci, brusc, devii un animal de pradă. Dar, cât timp am benzină, cât funcționează acest motor, încă sunt undeva în vârful lanțului trofic. Pentru că am găsit ceea ce căutam sus, pe dealul din spatele meu. Calea de acces. Punctul slab al zidurilor de apărare ale cetății. Poate că toți cei care stau în vilă vor muri în câteva ore, poate că nu. Nu-i de datoria mea să dau sentințe, eu sunt doar mesagerul. Sunetul motocicletei răsună între clădirile de birouri înalte și goale. Dacă merg cu viteză prea mare rămân fără benzină, dar cu cât stau mai mult aici, în centrul orașului, cu atât cresc riscurile de a da de bucluc. Uită-te doar la gașca de la clădirea Lowe pe lângă care am trecut, când am încetinit puțin unul dintre ei a încercat să îmi țină calea ca să îmi ia motocicleta. Oamenii sunt animale, disperați, furioși și speriați. La naiba. Ce s-a întâmplat cu acest oraș, cu această grozavă și minunată țară?

II

— Mai sunt 18 minute până vine elicopterul! strigă locotenentul.

— 1 080 de secunde, spune Colin, mereu mai rapid decât mine la calcule.

Totul s-a derulat rapid din momentul în care s-a descoperit virusul și până când pandemia a afectat lumea întreagă, care s-a îndreptat spre haos.

Oamenii mureau ca muștele. La început din cauza bolii, apoi din cauza prăbușirii sistemului economic și, la final, al instituțiilor politice și sociale. Desigur, pandemia i-a afectat cel mai puternic pe săraci, așa cum se întâmplă cu toate veștile rele. Dar numai după ce lipsa hranei s-a acutizat, iar situația pe care noi încercam să o gestionăm împreună ca societate s-a preschimbat într-o luptă pentru resurse între cei care au și cei care nu au. Mai întâi lupta a izbucnit între săraci și bogați, apoi între săraci și săraci, apoi între vecini din toate mediile sociale, până când familiile și prietenii au fost singurii care nu se dușmăneau. Magazinele alimentare erau goale și ulterior s-au golit și magazinele de arme, cu toate că producția de pistoale și puști a fost sistată ultima. Supremația legii, care era deja pe marginea prăpastiei, s-a prăbușit. Bogații s-au baricadat în ferme și castele din zona rurală, adesea în locuri aflate la înălțime, care erau mai ușor de apărat. Câțiva oameni extrem de bogați, precum Colin Lowe, care anticipaseră prăbușirea cu mult înainte de izbucnirea pandemiei, și-au luat măsuri de prevenție și au cumpărat proprietăți private și insule autonome și apărate de propriile armate de mercenari, dotate cu armament de ultimă generație. Paradoxal, virusul i-a ajutat în lupta împotriva celor care reprezentau cea mai mare amenințare: masele de oameni săraci și disperați. Pentru că infecția s-a răspândit nestăvilit în șirurile de case în care oamenii trăiau aproape unii de alții și nimeni nu avea asigurare de viață, plus că nu aveau bani nici să respecte regulile de carantină impuse de autorități. Însă, după ce pandemia s-a domolit treptat și a început să prezinte un risc mai mic decât jafurile, cei aflați între ciocan și nicovală au fost afectați cel mai puternic. Cei care dețineau ceva ce le putea fi furat, dar care nu aveau suficiente mijloace ca să se apere. Odată jefuiți, mulți dintre ei au devenit la rândul lor prădători. Era din nou pandemie. Sărăcia, disperarea și violența sunt contagioase.

Când a debutat pandemia, eu eram șeful departamentului juridic al companiei IT a lui Colin. Virusul a venit dinspre est, din celălalt capăt al țării, dar ne-a împresurat înainte ca noi — majoritatea, clasa de mijloc aflată în siguranță — să avem timp să reacționăm.

Cu cinci ani înainte, când Colin îmi arătase Insula Șobolanilor, mica insulă-pușcărie de circa zece hectare din apropierea aeroportului, l-am tachinat că era un profet al apocalipsei, unul dintre acei paranoici care se pregătesc mereu pentru ce e mai rău, pentru eventualitatea în care vor trebui să se descurce pe cont propriu. În țara noastră există așa de mulți oameni de acest soi poate tocmai din cauza culturii pentru libertate. Ești creatorul propriului succes, nimeni nu te va opri, însă nici nu te va ajuta nimeni.

— Este logică pură, mi-a răspuns când l-am întrebat dacă reacția lui nu este semn de paranoia. Eu sunt inginer și programator, iar cei din tagma noastră nu sunt niște isterici ce cred că sfârșitul lumii este aproape. Noi doar luăm în calcul probabilitatea să se întâmple ceva neprevăzut, cum facem în activitatea noastră. Pentru că un lucru este sigur: dacă e suficient timp, totul, absolut totul se va întâmpla. Probabilitatea ca ordinea socială să se destrame în cursul vieții mele nu e mare, dar nici neglijabilă nu e. Când multiplic acea probabilitate cu cât mă va costa financiar și din perspectiva calității vieții, obțin prețul pe care ar trebui să fiu dispus să îl plătesc pentru asigurare. Această achiziție..., a spus arătând cu mâna întinsă spre insula stâncoasă cu clădiri de beton nelocuite, construite cândva pentru a-i ține pe criminali înăuntru, nu afară..., este un preț mic ca să dorm bine noaptea.

Pe atunci, nu știam că el avea deja rastele pline cu arme pe insulă. Și nici că el împreună cu mai mulți dintre prietenii săi directori își făcuseră intervenții chirurgicale cu laser pentru miopie, nu din motive estetice, ci se gândeau că avea să fie dificil să facă rost de ochelari sau lentile de contact dacă se destrăma ordinea socială; o acuitate vizuală bună avea să fie esențială când lupta pentru supraviețuire ne-ar fi adus puțin mai aproape de epoca de piatră.

— Nu există niciun motiv să nu fii pregătit, Will. Dacă nu pentru altceva, măcar pentru familia ta.

Dar eu nu eram pregătit.

Nu este adevărat că jafurile au început când autoritățile au decis să golească închisorile care în realitate erau adevărate camere de execuție în care izolarea era imposibilă și virusul putea să facă ravagii în voie. Deținuții eliberați din închisori pur și simplu nu erau suficient de numeroși încât să provoace singuri întregul haos. Acesta a fost sentimentul meu. Sentimentul că autoritățile erau pe punctul de a pierde controlul, că ordinea a fost înlăturată, că în curând aveam să fim nevoiți să înhățăm tot ce putem înaintea altora. Nu e adevărat nici că nu am văzut sau nu am înțeles ce se petrecea. Nu a fost o frică irațională. Știam că dacă puteam să uităm de pandemia aceasta — și în unele țări deja revenea — ne puteam întoarce la viețile noastre obișnuite. Dar am observat că și frica devenise mai puternică decât bunul-simț care domnește în comunitățile stabile. Nu era isterie în masă, era lipsa bunului-simț. Astfel încât la nivel individual, persoanele au făcut alegeri care au fost raționale și de bun-simț pentru ele și cei dragi lor, dar catastrofale pentru societate.

Unii au devenit tâlhari și hoți de nevoie.

Alții — precum Brad, fiul lui Colin — pentru că așa au avut chef.

Brad Lowe, în timpul copilăriei sale, a avut o relație complicată cu tatăl lui. Colin îl privea pe primul său născut, Brad, drept continuatorul muncii lui de-o viață. Dar pur și simplu era o sarcină pentru care Brad nu era înzestrat. Nu avea nici inteligența, nici capacitatea de muncă a tatălui său și îi lipseau viziunea și dorința de-a schimba lumea. Nu avea nici atitudinea de învingător a lui Colin, nici abilitatea de a-i motiva pe ceilalți. Pe de altă parte, ceea ce Brad moștenise era egoismul uneori nestăvilit și disponibilitatea de a ignora interesele altora pentru a obține ce își dorea. Putea fi vorba despre a cheltui banii tatălui său pentru a mitui antrenorul ca să obțină un loc în echipa de fotbal a școlii, în detrimentul altcuiva mai talentat. Sau îl putea convinge pe tatăl său să îi dea bani pentru ceea ce numea un proiect de întrajutorare creat de el și câtiva dintre prietenii lui pentru studenții dezavantajați, dar care, cum s-a dovedit ulterior, au fost cheltuiți pe droguri, femei și petreceri extravagante în casa pe care o închiriaseră în afara campusului. Colin l-a retras de la colegiu abia după ce directorul l-a contactat și i-a spus că fiul lui l-a amenințat fizic, după ce se descoperise că Brad falsificase documente ca să pară că luase niște examene la care nici nu se prezentase.

Când Brad s-a întors acasă în acea vară, era cel mai mare ratat. Și nu mă puteam abține să nu îmi pară rău pentru el. Familiile noastre își petreceau vacanțele împreună la munte, într-o cabană imensă de două etaje. Timp de mai mulți ani am împărțit cheltuielile, dar apoi Colin a cumpărat-o cu totul. Era o relație conflictuală între tată și fiu și asta îl împiedica și mai mult de Brad să se înțeleagă cu noi, ceilalți. Pentru că Brad nu era un băiat lipsit de sentimente, din contră; era mult prea sentimental. Își iubea și își venera tatăl. Așa a fost mereu și era clar pentru toată lumea. Sentimentele lui erau mult mai clare decât erau ale tatălui său. Iar acum sentimentele lui Brad tindeau spre disperare, furie, apatie, indiferență și o agresivitate pe care le îndrepta împotriva oricui nu îi făcea pe plac, fie că era din propria sa familie, noi sau oricare dintre membrii personalului de la cabană. Și acela a fost momentul în care l-am descoperit pe al doilea Colin în Brad. Latura aceea a personalității care se ivea când inteligența și entuziasmul seducător ale lui Colin nu reușeau să convingă lumea: Colin cel amenințător, care, sub impulsul momentului, putea să cumpere un competitor mic, incomod, după care să lichideze compania și să concedieze toți angajații. După ce de vreo două ori am zădărnicit planurile financiare ale lui Colin din motive de legalitate, s-a enervat atât de tare, încât știu că a fost pe punctul de a mă concedia. Știu asta pentru că i-am zărit în privire abisul întunecat încă de pe vremea când eram copii și nu obținea ceea ce voia.

Până când obținea ce voia.

Și cred că asta descoperise Brad. Că poți — dacă renunți la câteva inhibiții — să-ți impui voința prin violență, amenințări și forță brută. Așa cum i-a determinat pe frații Winston din cabana de alături să i se alăture și să incendieze vechiul garaj al lui Ferguson. Pentru că, dacă nu o făceau — după cum au explicat ulterior frații la interogatoriul poliției —, Brad le spusese că avea să dea foc cabanei familiei Winston în timp ce dormeau.

S-a dovedit că Brad era capabil de sentimente puternice și atunci când o curta în zadar pe fiica mea, Amy. Fusese îndrăgostit de ea de când erau mici, dar în loc să-i treacă, așa cum se întâmplă în cazul iubirilor din copilărie, sentimentele lui păreau să se intensifice cu fiecare vacanță de vară în care se întâlneau. Desigur, putea să fie din cauză că de la un an la altul Amy se făcea tot mai frumoasă, dar la fel de bine pentru că sentimentele nu erau reciproce și repetatele ei refuzuri păreau doar să îl ambiționeze. Deoarece el credea evident că are dreptate în ceea ce o privește.

Într-o noapte, m-a trezit vocea lui Brad care răsuna pe hol, în fața ușii de la camera lui Amy, de unde insista să îl lase să intre. Pentru că ea refuzase să-i dea drumul în cameră, el o amenința:

— E cabana noastră, tot ce e aici îmi aparține, așa că lasă-mă să intru sau te dau afară și tatăl tău va fi concediat.

Nu i-am spus niciodată lui Colin despre asta, la urma urmei și eu am făcut lucruri aiurea din cauza pasiunii înverșunate, și bănuiam că avea să-l pedepsească mai dur decât ar fi trebuit, ca să ne arate că nu tolerează un astfel de comportament. Așadar, nu amenințările aduse lui Amy, ci incendierea garajului a fost picătura care i-a umplut paharul lui Colin. După ce Brad a scăpat cu o pedeapsă cu suspendare și compensații semnificative pentru domnul Ferguson plătite din buzunarul tatălui său, Colin l-a ținut în arest la domiciliu. După două zile, Brad s-a dus în oraș cu motocicleta pe care o primise cadou la majorat. Luase o sumă mare de bani din seiful tatălui său și cheile unui apartament din centru.

— Cel puțin, știu unde este, a răsuflat ușurat Colin la micul-dejun.

Trei luni mai târziu, Colin mi-a spus că poliția l-a informat că apartamentul a fost complet distrus de unul dintre numeroasele incendii din centru, că nu era nicio persoană decedată la locul respectiv, dar pe de altă parte, l-au anunțat că Brad era de negăsit. Colin îl dăduse pe Brad dispărut și făcuse presiuni asupra poliției să îl caute, dar la acel moment autoritățile nu se mai ocupau decât de cele mai spinoase cazuri: violența stradală, incendiere și crimă. De pe coasta de est am auzit că agenții din anumite orașe se baricadaseră în secțiile de poliție devenite ținte predilecte ale găștilor, datorită arsenalelor existente acolo. Circulau și zvonuri cum că polițiștii din anumite state renunțaseră pur și simplu să mai vină la muncă și, în schimb, se organizaseră ca tâlhari ai autostrăzilor ca să supraviețuiască.

Când guvernul a decretat în sfârșit starea de urgență la nivel național și Colin s-a mutat împreună cu soția sa și Beth în închisoarea dezafectată de pe Insula Șobolanilor, mi-a spus că primise în sfârșit informații despre Brad, pe alte căi. Fiul lui Colin Lowe devenise liderul unei găști de tâlhari care își spuneau Haos.

— De ce să jefuiască? a spus Colin clătinând din cap. Poate să vină la mine și să primească tot ce are nevoie.

— Poate că de asta are nevoie. Să-ți demonstreze că se poate descurca singur, că poate nu doar să supraviețuiască în aceste vremuri fără ajutorul tău, ci și să-și țină capul sus, să fie un lider. Ca tine.

— Hm, deci tu nu crezi că o face doar pentru că îi place, a spus Colin privindu-mă.

— Ce să îi placă?

— Haosul. Să jefuiască. Să distrugă.

— Nu știu.

Și acesta era adevărul.

În timp ce lumea să prăbușea în jurul nostru, Heidi, Amy și cu mine încercam să avem o viață cât mai normală în centru.

Eu și Heidi ne cunoscuserăm când eu eram la facultatea de drept și relația dintre noi a început foarte simplu. Ne-a luat două seri să ne dăm seama că eram făcuți unul pentru altul și doi ani să ajungem la concluzia că avuseserăm dreptate. Așa că n-am stat prea mult pe gânduri. Ne-am căsătorit și trei ani mai târziu s-a născut Amy. Ne-am fi dorit mai mulți copii, dar de abia după 14 ani s-a născut fiul nostru Sam, care împlinește patru ani în curând.

Când virusul făcea ravagii și orașul era carantinat, compania la care lucra Heidi a dat faliment și ea și-a dat seama că avea să fie dificil să-și găsească un loc de muncă într-un domeniu în care rata șomajului urcase de la cinci la treizeci la sută și în timpul unei recesiuni economice care atinsese ceea ce experții numeau masa critică, adică spirala descendentă se autoalimenta. Apoi, după pandemie, când lumea putea din nou să își vadă de viață fără teama de infecție, Heidi a început să acorde asistență juridică pentru oamenii cei mai defavorizați din societate. Lucra din bucătăria noastră și evident că era plătită doar ocazional pentru munca depusă. Din fericire, banii nu constituiau cea mai stringentă problemă pentru familia noastră. Chiar înainte să izbucnească pandemia, conducerea Lowe Inc. acceptase oferta de preluare din partea celei mai mari companii IT din țară, ceea ce a însemnat că, în realitate, eu și ceilalți acționari nu trebuia sa mai lucrăm pentru tot restul vieții în calitate de contribuabili. Am demisionat și mi-am petrecut următoarele câteva săptămâni gândindu-mă cum să îmi continui viața. Și în acea perioadă a atacat virusul și el a decis ce vrea să facă nu doar cu viața mea, ci și cu viețile multor altor oameni de pe această planetă.

Astfel am descoperit că lucru cel mai semnificativ pe care îl puteam face era să o ajut pe Heidi să îi ajute pe alții.

Și din acea zi, nu doar bucătăria noastră, ci și livingul și biblioteca au funcționat ca un fel de centru de criză pentru suflete distruse și pentru oamenii încercați de soartă. Dar atunci și sistemul judiciar a început să scârțâie. Deși guvernul, parlamentul și instanțele încă funcționau într-o oarecare măsură, nu era decât o chestiune de timp până când poliția avea să impună legi și restricții, un sistem penitenciar care să se ocupe de încarcerări, da, chiar dacă aveam o armată loială. Parlamentul le acordase liderilor armatei puteri suplimentare pentru apărarea proprietății, cel puțin a proprietății publice, și în alte circumstanțe ar fi putut fi primul pas în a deschide calea unui grup al liderilor militari de a prelua controlul țării. La urma urmei, o juntă — dacă ar fi să urmăm filosofia socială a *Leviatanului* — ar fi mai bună decât o anarhie. Dar nu s-a întâmplat așa. În schimb, soldații și ofițerii au fost recrutați de milițiile private ale celor bogați, câștigând de cinci ori mai mult decât ca militari profesioniști.

Inclusiv noi, care nu eram atât de înstăriți, am început să luăm măsuri preventive pentru a ne apăra bunurile. Ceea ce credeam că ne aparține. Să ne pregătim pentru ce era mai rău.

Dar nimic nu m-ar fi putut pregăti pentru ce avea să se întâmple.

Și iată-mă pe acoperișul unui zgârie-nori așteptând elicopterul, încă mai simt gustul frânghiei pe limbă, mirosul de benzină din garaj și încă aud din casă țipetele celor dragi. Și certitudinea apăsătoare că voi pierde tot, absolut tot.

— Mai sunt 16 minute! strigă locotenentul.

Colin și cu mine ne ducem la marginea acoperișului și privim în jos la străzile întunecate. Abia mai disting sunetul motocicletei singuratice. În urmă cu doar o lună, orașul era ticsit de găști de motocicliști care făceau ravagii, acum din cauza lipsei combustibilului majoritatea erau obligați să meargă pe jos la jaf.

— Așadar, tu nu crezi că Justiția este moartă, ci doar că are o gaură în frunte? întreabă Colin.

Ridic privirea spre el. Colin are o minte cu care greu ții pasul, dar, din moment ce m-am antrenat să îi urmăresc raționamentele încă de când ne-am cunoscut, în clasele primare, se întâmplă să mă pricep să-i descifrez mesajele. Aude motocicleta și automat se gândește la fiul său Brad și la gașca Haos, ai cărei membri poartă căști pictate cu un motiv năucitor: zeița dreptății, Justiția, o femeie legată la ochi care ține o balanță în mână. Doar că aceasta are în frunte și o gaură de glonț, mare, însângerată.

— A fost învinsă, dar eu încă mai cred că statul de drept va avea un reviriment.

— Iar mie mereu mi s-a părut o naivitate și am crezut că mai devreme sau mai târziu va fi ca acum, când nu te poți încrede decât în familie. Care dintre noi a avut dreptate, Will?

— Oamenii se vor lupta împotriva entropiei tale, Colin. Oamenii vor ce e mai bun, vor o societate civilizată, vor supremația dreptului.

— Ceea ce vor oamenii este să se răzbune pentru nedreptățile comise, aceasta era menirea statului de drept. Iar când statul de drept nu mai poate îndeplini această sarcină, oamenii își fac singuri dreptate. Privește istoria, Will. Răzbunări sângeroase, vendete în care fiii și frații își răzbună tații și frații. De acolo venim și acolo ne întoarcem acum. Pentru că asta simțim, așa suntem noi oamenii clădiți. Inclusiv tu, Will.

— Aud ce spui, dar nu sunt de acord. Eu pun rațiunea și omenia mai presus de răzbunare.

— Pe naiba. Te poți preface, dar știu ce sentimente te răscolesc. Și tu știi la fel de bine ca mine că emoțiile întotdeauna, absolut întotdeauna, câștigă în fața rațiunii.

Nu îi răspund, în schimb îmi îndrept privirea înspre stradă, după motocicletă. Huruitul ei se aude mai estompat, dar văd mișcându-se un con de lumină și sper că este ea. Acum avem nevoie de lumină și avem nevoie de speranță. Pentru că el are dreptate. Colin are mereu dreptate.

III

Încetinesc. Aici, puțin mai jos pe strada aceasta, nu sunt nici oameni, nici mașini, dar din moment ce eu merg doar cu pozițiile aprinse ca să nu atrag prea mult atenția, trebuie să văd la timp găurile din asfalt. Este o nebunie când te gândești că, deși oamenii au rămas fără benzină de mult timp, încă mai au o mulțime de grenade, iar exploziile se apropie tot mai mult pe zi ce trece.

Frânez. Nu din cauza vreunei gropi, din cauza luminii unei lanterne. Acolo, înainte de următoarea intersecție, o gașcă și-a instalat un punct de control. În spatele lor, o mașină arde mocnit.

Fir-ar, au întins un covor cu țepi de-a latul întregii străzi. Frânez și privesc în oglindă. Și evident, în reflexia luminilor de frână, văd că sunt și în spatele meu. Ies din clădirile de pe ambele părți și trag după ei un covor cu cuie ca să împiedice retragerea în acea direcție. Îmi ia două secunde să îmi dau seama că sunt 12, șase în față și șase în spate, doar patru sunt înarmați, că sunt tineri după cum se mișcă și că nu poartă simboluri sau insigne care să îmi spună din ce gașcă fac parte. Vestea proastă este că, pentru a face rost de covoarele cu țepi, au luat cu asalt o secție de poliție, ceea ce înseamnă că nu le lipsește curajul. Care este un alt cuvânt pentru disperare. Vestea bună este că sunt aliniați la întâmplare și într-un mod nepotrivit, iar asta îmi spune că fie nu au multă experiență, sunt pur și simplu proști, fie își imaginează că superioritatea numerică e suficientă.

Mai am cincizeci de metri până la ei, dar mă opresc și îmi dau casca jos. O ridic ca să o poată vedea.

— Haos! strig eu, sperând că văd simbolul de pe cască.

— Fir-ar, e o fată! aud pe cineva spunând.

— Cu atât mai bine, râde un altul.

— Îndepărtați covorul și lăsați-mă să trec dacă nu vreți să aveți probleme! strig eu.

Idioții, așa cum suspectam, râd drept răspuns și pornesc reflectoarele. Acum îi văd mai bine, un amestec etnic și vestimentar, o adunătură de lucruri pe care nicio altă bandă nu ar avea-o. Îmi scot pușca Remington prinsă pe latura motocicletei și țintesc spre cel mai mare individ, care e încă orbit de lumină și stă în dreptul covorului de cuie. Mă gândesc când am folosit-o ultima dată și cum am obținut un triunghi echilateral perfect între ochi și gaura făcută de glonț. Dar, desigur, atunci ținta atârnase de un cârlig chiar în fața mea. Trag, iar împușcătura produce ecouri puternice între zidurile clădirilor. Tipul cade lat pe spate, pe covorul de cuie, iar eu accelerez, vreau să trec printre picioarele care se zvârcolesc pe pământ. Reușesc să pun pușca înapoi în toc și să prind ghidonul cu ambele mâini înainte ca roata din față să îl lovească și să îl calce.

Nu trage nimeni după mine.

În aceste vremuri, nimeni nu irosește muniția pe cauze pierdute.

Nu știu dacă îmi stabilesc intenționat traseul pe lângă casa lui Adam, nu prea am combustibil pentru ocolișuri. Dar poate că am nevoie să vizitez locul crimei, să îmi reamintesc de ce fac ceea ce fac acum. În orice caz, deodată sunt acolo.

Este liniște, întuneric. Nu mă opresc, doar reduc viteza.

Gaura din poartă este încă acolo. Gaura pe care eu am făcut-o.

Am strâns mânerele foarfecilor de tăiat cabluri și dinții au mușcat din sârmele de oțel ale porții.

Simțeam privirile tuturor celor 12 oameni din spatele meu, mirosul de testosteron, sunetul bocancilor nervoși care nu puteau sta nemișcați pe asfalt.

— Mai repede! a șoptit Brad entuziasmat.

Aș fi putut să îl întreb de ce se grăbea, aș fi putut să spun că poliția nu avea să apară.

L-aș fi putut întreba dacă nu vrea să facă el munca, aș fi putut să spun că lucrez în ritmul meu.

Sau aș fi putut să-l întreb dacă n-ar fi mai bine să lăsăm totul baltă, să spun lucrurilor pe nume: era o idee proastă.

În calitate de adjunct al lui Brad, era de datoria mea să-mi exprim dezacordul, să încerc să îl conving să renunțe. Privind în urmă, m-am gândit mult la asta. Dacă aș fi putut schimba ceva. E discutabil. Ideea era proastă, însă ceea ce era important era că Brad venise cu ea. La început, ca de obicei, nu fusese dispus să piardă respectul găștii și să admită că eu aveam dreptate. Dar puteam proceda ca de obicei, să-mi prezint argumentele de parcă ar fi fost o interpretare a argumentelor lui, astfel încât atunci când își dădea seama că eu aveam dreptate — și ulterior s-a dovedit că am avut dreptate — el putea să își asume meritele. Era în regulă, deoarece un lider prost poate fi suficient de bun dacă învață să distingă între cine îl sfătuiește de bine și cine nu. Iar Brad avea această capacitate. Chiar dacă el însuși avea o inteligență medie, era ca și cum recunoștea în mod automat inteligența. Nu avea nevoie să înțeleagă raționamentele tale, pur și simplu recunoștea inteligența de parcă această calitate ar fi fost scrisă în fruntea persoanei respective. Prin urmare nu cariera mea în kickboxing a fost motivul pentru care m-a numit secund în gruparea Haos, ci inteligența.

Motivul pentru care nici măcar nu am încercat să-l confrunt sau să-l manipulez a fost acela că mi-am dat seama că această spargere însemna mai mult decât mâncare, arme, combustibil și eventual un generator din garaj. Mă gândisem că Brad îi știa pe acești oameni, dețineau ceva râvnit de el, și că el nu putea fi influențat. Așa că n-am spus nimic. Recunosc fățiș: nu îmi risc poziția în gruparea Haos, singura chestie care mă ține în viață, pentru niște albi bogați pe care nici nu-i cunosc.

— Gata, am spus dând la o parte bucata din gardul de sârmă și târându-mă înăuntru, simțindu-i vârfurile zgâriindu-mi mâinile și geaca de piele.

Ceilalți m-au urmat. Brad privea în sus la clădirea întunecată, scăldată în lumina lunii. Era ora două noaptea. Cel mai probabil toți dormeau.

Am scos armele. Desigur, existau grupări mai bine înarmate, mai ales dacă proveneau din poliție, armată sau erau membri ai fostelor carteluri care trecuseră granița. Însă în comparație cu găștile obișnuite de tineri, noi eram ca o miliție: aveam fiecare câte un AK-47 plus un pistol Glock și un cuțit de luptă. Nu mai aveam grenade pentru aruncătoarele bazooka, dar Brad și cu mine aveam fiecare câte două grenade ofensive.

Ochii lui Brad străluceau de parcă ar fi fost îndrăgostit. Se putea spune chiar că arăta bine. Poate că arăta bine când dormea. Însă când era treaz, era ceva îngrijorător în expresia sau strălucirea de pe chipul său, ceva terifiant, de parcă s-ar fi așteptat fie lovit, de parcă te-ar fi urât înainte să apuci tu să-l urăști. Și această ură profundă, rece și oroarea alternau atât de repede cu blândețea, frumusețea și sensibilitatea, încât nu puteai decât să te întrebi cum era el în interior. Da, era imposibil să nu-ți fie milă de el și să nu dorești să-l ajuți. Și în această noapte anume, în lumina lunii care se revărsa pe părul lui lung și blond, Brad arăta precum Kurt-nu-știu-cine, un rocker ale cărui melodii erau cântate de tatăl meu adoptiv la beție. Apoi urla că toți ar trebui să fie precum Kurt; să scrie câteva cântece cool și apoi să se împuște. Dar el nu putea face nimic, tatăl meu, așa că s-a mulțumit cu ultima parte.

— Ești pregătită, Yvonne? a spus Brad uitându-se la mine.

Planul era să-l iau pe Dumbo cu mine, să sunăm la ușa principală în timp ce restul aveau să intre prin spate. Nu am înțeles de ce trebuia să trezim o familie care teoretic dormea, în loc să ne folosim de elementul surpriză, însă Brad spusese că locatarii, la vederea unei columbiene și a unui băiat scund și retardat, aveau să lase garda jos, deoarece erau genul de oameni care își ajută semenii, cum i-a numit el cu dispreț în glas.

Eu am încuviințat și Brad și-a tras cagula pe față.

Dumbo și cu mine am mers la ușa din față și am sunat la sonerie. Am așteptat cam un minut până s-a aprins luminița camerei de luat vederi de deasupra ușii.

— Da? a spus o voce somnoroasă de bărbat la interfon.

— Numele meu este Grace, am fost colegă cu Amy, am spus pe un ton plângăcios. Iar acesta este fratele meu mai mic.

Aflasem numele lor de la Brad, iar talentul actoricesc îl moștenisem de la o columbiană și un bărbat despre care nu știam nimic.

— Ce faceți afară în toiul nopții și cum ați intrat?

— I-am dus mâncare bunicii, dar acum este o gașcă pe străzi și apoi mi-am amintit de casa lui Amy. Ne-am cățărat peste gardul de sârmă ghimpată. Uitați-vă la Sergio.

Am arătat spre rupturile pe care le făcusem în cămașa lui Dumbo — care, în mod evident, nu părea să aibă niciun strop de sânge latin în vene.

A urmat o pauză în care ne-a analizat cu atenție. Nu era neobișnuit să transporți mâncare și alte lucruri de la o casă la alta pe întuneric.

— Un moment, a spus el.

Am ascultat. Se auzeau pași pe scara din interior, părea să fie un bărbat adult.

Ușa s-a deschis. La început puțin, apoi complet.

— Intrați, eu sunt Will. Tatăl lui Amy.

Bărbatul avea ochi albaștri, fața ridată, barbișon și păr creț și roșcat, care îl făcea să pară mai tânăr decât era. Probabil Brad avusese dreptate: chiar părea genul de om care ajută lumea. Era desculț, dar își luase o pereche de pantaloni albaștri uzați și un tricou cu ceea ce probabil era logoul universității la care studiase. M-am strecurat repede pe lângă el ajungând în spatele său cât ținea ușa deschisă pentru Dumbo. Am scos pistolul și l-am lovit tare cu țeava în tâmplă. Nu ca să-l rănesc sau să îl las inconștient, sunt destul de înaltă pentru ca o lovitură cu călcâiul la cap să aibă acest rezultat. Ci ca să îi arăt că fata și băiatul cel scund erau dispuși să folosească violența.

El a țipat și și-a dus mâna la rana sângerândă de la tâmplă. Am îndreptat pistolul spre el.

— Nu îmi răniți familia. Luați tot, dar nu...

— Dacă faci exact ce îți spunem, nimeni din casa asta nu va avea de suferit.

Și eram convinsă că spun adevărul.

IV

Sângele de la tâmplă mi s-a scurs pe tricou în timp ce m-au dus în garaj și m-au legat de scaun, pe care, la rândul lui, l-au fixat de strung. Fata care pretinsese că era colegă de clasă cu Amy — și, din ce știam, putea fi adevărat — a cercetat generatorul diesel. Era pe roți, dar cântărea 150 de kilograme, așa că se gândea cum să-l ia cu ei.

Eu nu mă gândeam decât la ce făcea Heidi. Și ea se trezise la auzul soneriei și sigur își dăduse seama ce se petrecea. I-a adăpostit pe Amy și Sam în pivniță? În ceea ce noi numeam camera pentru situații de urgență, dar care, strict vorbind, era doar o debara fără ferestre, cu pereți de cărămidă, o ușă solidă care putea fi închisă din interior și în care aveau apă și mâncare pentru o săptămână. Dacă fata înaltă cu păr negru era pe atât de rațională pe cât părea, aveau să ia doar ce le trebuia și cât puteau să care, după care aveau să plece. Băiatul care era cu ea nu scosese o vorbă, doar îi urmărea atent fiecare gest. El arăta inofensiv și nu părea să-i facă plăcere să rănească oamenii.

De abia când am auzit-o pe Heidi țipând în casă mi-am dat seama că erau mai mulți.

— Ai promis..., am dat să spun.

— Taci! a spus fata și m-a lovit iar cu arma.

Băiatul s-a uitat la ea, dar ea nu a spus nimic, doar se uita la mine. Era ca și cum își cerea iertare din priviri.

La scurt timp, un tip purtând o cască albă de hochei s-a ivit în ușa garajului. Pe fruntea căștii scrisese cuvântul Justiția.

— A spus să intrați, a anunțat tipul. În glas i se distingea un râs înăbușit.

Cine mai era și *acesta*? Liderul, probabil.

Băiatul și fata au dispărut, în timp ce tipul a luat poziție în fața mea. Ținea în mâini o armă automată rusească, de care brusc avea toată lumea, și care părea fiabilă. Kalașnikov. Există țări pe ale căror drapele este desenat un kalașnikov, văzut drept simbol al luptei pentru libertate. Mă cutremur la ideea aceasta, cu încărcătorul acela curbat și pervers.

— Îți dau cinci mii dacă ne eliberezi, pe mine și pe familia mea, am spus.

— Și unde aș putea folosi banii? m-a întrebat tipul râzând. La 7-Eleven?

— Îți pot da...

— Nu trebuie să-mi dai nimic, jucătorule, o să iau ce vreau eu.

De pe un raft, a luat vechea mea cască de motocicletă. Și-a scos casca de hochei și a probat-o. A închis și deschis viziera de câteva ori. A părut mulțumit și și-a dat jos rucsacul pe care îl avea în spate și a băgat casca în el.

Am auzit din nou țipete din casă, am început să mă sufoc. Eu eram idiotul care deschisese ușa și îl lăsase pe Leviatan să intre. Nu voiam să respir, voiam să mor. Dar nu puteam să mor, nu acum, familia mea avea nevoie de mine. Trebuia să mă eliberez. Am tras de colierele cu care mă legase fata de scaun, am simțit pielea rupându-se și sângele curgându-mi fierbinte și lipicios în palme.

Heidi a țipat din nou, atât de tare încât am putut desluși un cuvânt. Singurul cuvânt. „Nu". Ca un protest disperat și zadarnic împotriva a ceea ce știa că e pe cale să se întâmple.

Tipul s-a uitat la mine, a apucat țeava kalașnikovului și și-a mișcat mâna în sus și în jos de parcă s-ar fi masturbat. Apoi a rânjit.

Acolo și atunci a început, cred. În acel moment a început să se destrame cel ce crezusem că aveam să fiu mereu.

Eu și cu Dumbo stăteam în prag și ne uitam la masa din living. Era făcută din scânduri maro, groase și aspre, într-un oarecare stil țărănesc, dar care garantat era ridicol de scumpă. Ca masa pe care mi-o arătase Maria în revista cu decorațiuni interioare, spunând că și-o dorește. Dar cu siguranță nu aveam cum s-o car cu motocicleta. În mod inevitabil, privirea mi-a alunecat spre femeie. Era pe masă, legată. Probabil găsiseră frânghie pe undeva și o legaseră de masă, iar sfoara trecea în dreptul gâtului, pieptului și stomacului. Picioarele îi erau legate de picioarele mesei și cămașa de noapte era ridicată peste abdomen, până sub sâni.

În fața ei am văzut spatele unei jachete de piele, roșie, cu un motiv brodat, un dragon cu gura deschisă răsărind din mare. Jacheta lui Ragnar. S-a întors spre noi.

— Aici erați.

Sub bretonul uniform, șaten, pe care avea să îl piardă înainte să împlinească 30 de ani, avea acești ochi strălucitori de animal de pradă, care scânteiau diabolic și periculos chiar și când zâmbea. Sau mai degrabă, mai ales când zâmbea. Poate că nu era o coincidență că numea orașul „savana" și că de motocicletă avea legat un lanț lung de fier la capătul căruia era atașat un cârlig pe care îl folosea pentru ceea ce el numea „alegerea animalului slab din turmă".

— Serios? am spus eu.

— Serios, a zis el, zâmbind mai larg. Obiecții?

Observase că îmi înghițisem vorbele. Pentru a fi într-o gașcă trebuie să-i accepți regulile. Printre altele. Dar ceea ce a urmat nu era în cartea cu reguli.

— A venit ziua, Dumbo, a spus Ragnar. E rândul tău.

— Ce?

— Hai. Nu ai de ce să te temi.

Dumbo a ridicat privirea la mine, întrebător.

— Nu-i nevoie să facă asta, am spus eu, simțindu-mi încordarea din voce.

— O va face.

Ragnar s-a uitat la mine cu acea privire provocatoare care ar fi trebuit să-mi spună că el ar fi trebuit să fie NK, nu eu. Aștepta să protestez ca să-și poată juca atuul, dar știam deja ce este.

— Ordinul lui Brad, a adăugat el în cele din urmă.

— Și unde e Brad? am întrebat, uitându-mă în jur.

Toată lumea se uita fix la doamna de pe masă, inclusiv Dumbo. Abia atunci l-am descoperit pe băiețelul cu ochii mari în fotoliul orientat cu fața spre masă. Nu putea să aibă mai mult de trei sau patru ani și stătea acolo, uitându-se la mama lui.

— Brad e sus, a spus Ragnar, aruncând o privire către Dumbo. Acum ești gata, micuțule?

Unul dintre gemenii O'Leary s-a furișat în spatele lui Dumbo și i-a dat pantalonii jos. Toată lumea a râs. Inclusiv Dumbo, însă el râde întotdeauna cu ceilalți, astfel încât ei să nu-și de-a seama că nu s-a prins de poantă.

— Ia uite, a spus Ragnar, piticul e pregătit.

Alte râsete. Dumbo râdea cel mai tare.

— Spune-i lui Yvonne că ești pregătit, Dumbo!

Ragnar s-a uitat la mine.

— Sunt gata! a spus Dumbo râzând, îmbujorat de atenția celorlalți și având o privire ca de sticlă fixată pe femeia de pe masă.

— La dracu', Dumbo, am spus. Nu...

— Refuzi să execuți ordinul, Yvonne? Auzim îndemnuri de neexecutare a ordinului? a strigat Ragnar amuzat.

— Sunt gata! a strigat Dumbo, căruia îi plăcea să repete fraze pe care credea că le-a înțeles.

Și atunci ceilalți l-au ridicat pe scaun, au dat muzica mai tare și l-au împins înainte cu urale.

Am simțit cum clocotește sângele în mine. Atunci pierzi meciurile de box, când lași temperatura sângelui să decidă. Așa că am spus-o, încet, dar suficient de tare pentru ca el să audă al naibii de bine.

— Asta o să-ți fie răsplată, Ragnar.

Picioarele scaunului au scârțâit pe podea. Femeia stătea întinsă cu capul întors și se uita la băiețel. Lacrimile i se scurgeau pe obraji și a șoptit ceva. Nu m-am putut abține, m-am apropiat ca să îi aud vocea calmă, îndârjită, dar tremurătoare:

— Totul e bine, Sam. Totul va fi bine. Acum închide ochii. Gândește-te la ceva frumos. La ceva ce vrei să facem mâine.

Am înaintat, l-am prins pe Sam de subraț și l-am ridicat.

— Dă-i drumul! a strigat femeia. Lasă-mi băiatul!

M-am uitat în ochii ei.

— Nu îl las să vadă asta, am spus.

Apoi am pus băiatul de umeri, l-am ținut strâns pentru că se zbătea și țipa ca un porc înjunghiat și m-am îndreptat spre ușa de la bucătărie. Ragnar mi-a aținut calea. Privirile ni s-au intersectat. Nu știu ce a văzut în ochii mei, dar, după câteva secunde, s-a dat la o parte.

Am auzit-o pe femeie strigând „Nu" în timp ce treceam pragul camerei, am traversat bucătăria spre o altă ușă și am ieșit pe hol. Am continuat să merg până am găsit o baie. L-am așezat pe băiat în cabina de duș, am tras perdeaua și i-am spus că mama lui va veni după el dacă făcea liniște și își acoperea urechile cu mâinile. Apoi am scos cheia din ușă și l-am închis din exterior.

Am urcat scările și am trecut de câteva uși deschise, până am găsit una care era închisă și am deschis-o încet.

Lumina de pe hol a pătruns în cameră. Brad era așezat lângă un pat în care o fată blondă de o seamă cu mine dormea cu căștile pe urechi. Știam modelul, aveau reductoare de zgomot care îți permiteau să adormi printre bubuiturile grenadelor ce explodau pe străzi.

Sau când familia îți era maltratată, la câțiva metri distanță.

Era evident că Brad era de ceva timp acolo, privind-o. Și desigur, fata era frumoasă după standardele romantismului de modă veche, nu prea era genul meu. Dar era, evident, genul lui Brad. Nu îl mai văzusem așa până atunci. Avea o privire blândă și visătoare și un zâmbet înfiripat pe buze. Mi-am dat brusc seama că era pentru prima dată când îl vedeam pe Brad fericit.

Fata de pe pat se retrage din lumină fără să se trezească.

— Trebuie să fugim, i-am șoptit. Am auzit țipetele tocmai din garaj, poate că vecinii au alertat poliția.

— Avem timp suficient, a spus Brad. Iar ea ni se va alătura.

— Ce?

— Ea e a mea.

— Ești nebun de legat?

Nu știu dacă am vorbit prea tare, dar fata a deschis brusc ochii. Brad i-a luat căștile.

— Bună, Amy, a șoptit el cu o voce catifelată, necunoscută.

— Brad? a spus fata făcând ochii mari și s-a tras departe de el, cu un gest reflex.

— Șșșt, am venit să te salvez. Jos este o gașcă, i-au prins pe părinții tăi și pe Sam. Pune niște haine în rucsac și vino cu mine. Am pus o scară la fereastră.

Dar fata, Amy, mă observase.

— Brad, ce faci?

— Te salvez, a repetat Brad în șoaptă. Ceilalți sunt în sufragerie.

Amy a clipit rapid de câteva ori. Încerca să înțeleagă. Încerca să pună lucrurile cap la cap, așa cum învățaserăm cu toții.

— Nu-l abandonez pe Sam, a spus ea răspicat. Nu știu ce se petrece, dar ori mă ajuți, ori mă înjunghii.

S-a uitat la mine.

— Și tu cine ești?

— Fă cum îți spune, i-am răspuns, arătându-i pistolul.

Nu știu dacă era bine sau nu, Brad nu ne dăduse nicio instrucțiune în privința răpirii, dar, în timp ce ea se ridica pe pat, Brad a prins-o de păr, i-a dat capul pe spate și i-a pus o bucată de pânză pe nas și gură. Ea a rezistat doar câteva secunde înainte ca trupul să i se zvârcolească și să rămână fără vlagă în brațele lui. Cloroform. Și eu care credeam că nu mai avem.

— Ajută-mă să o car, a spus el, punând cârpa în buzunar.

— Dar ce vei face cu ea?

— O să ne căsătorim și vom avea copii.

Atunci, pe moment, am crezut că glumește.

— Haide, a spus el, prinzând-o pe fata neînsuflețită de subsuori.

S-a uitat la mine ridicând din sprânceană. Nu mă mișcam. Nici nu știam dacă eram în stare. M-am uitat la posterul de deasupra patului. Era aceeași trupă pe care și eu obișnuiam să o ascult.

— E un ordin, a spus Brad. Te hotărăști după aceea.

Hotărăște-te. Știam exact la ce se referea. Te hotărăști dacă mai vrei să faci parte din singura familie pe care o ai. Singura protecție pe care o poți obține. Hotărăște-te acum.

Probabil că am reușit să mă mișc. M-am aplecat în față. Am prins-o de glezne.

Am auzit mai multe motociclete îndepărtându-se în timp ce Heidi a intrat împleticindu-se în garaj, îmbrăcată într-un palton de-al meu. A găsit un cuțit pe tejghea și m-a eliberat. Am îmbrățișat-o. Tremura necontrolat în timp ce țipa la pieptul meu, ca și cum nu putea plânge suficient într-un timp prea scurt, se îneca.

— Au luat-o, a spus ea printre suspine, în timp ce lacrimile se adunau sub tricoul meu. El a luat-o pe Amy.

— El?

— El, Brad.

— Brad?

— Nu l-am văzut la față, dar a fost Brad Lowe.

— Ești sigură?

— Era singurul dintre ei care purta o cagulă și nu a vorbit. Dar el lua deciziile și el a urcat în camera lui Amy. Și când au intrat în living fata și băiatul, unul dintre ei a spus că așa a ordonat Brad.

— Ce a ordonat Brad?

Heidi nu mi-a răspuns.

Am îmbrățișat-o, nu aveam nevoie să știu. Nu încă.

Fata cu tenul măsliniu știa că pe fata noastră o chema Amy și că erau de aceeași vârstă. Brad era liderul unei găști, într-adevăr. Era logic să nu se lase văzut de oamenii care îl cunoșteau. Și cu toate acestea, Brad Lowe nu fusese suficient de isteț încât să nu se expună.

Da, el a fost, Brad Lowe. Depravat. Dar îndrăgostit.

Asta ne dădea o oarecare speranță.

V

— Mai sunt nouă minute până ajunge elicopterul, strigă locotenentul.

Frânghia steagului de la marginea acoperișului se leagănă mai repede, vântul s-a întețit. Colin îi face semn unui bărbat care dispare în penthouse și reapare cu o frapieră din care se vede gâtul unei sticle verzi.

— Ne putem lua adio cu stil, zâmbește Colin. Decadenții obișnuiau să spună atât de frumos „după noi vine potopul“, însă în cazul nostru — când poți spune fără griji că potopul este deja aici — vinurile de colecție ar trebui să fie deschise imediat și băute de cei ale căror gâtlejuri și văluri palatine le pot aprecia. Înainte să ne fie retezate grumazurile.

— Ei bine... probabil că eu sunt puțin mai optimist, Colin, spun eu acceptând paharul oferit de bărbatul cu frapiera.

— Mereu ai fost, Will. După cele întâmplate, nu pot decât să admir faptul că ți-ai păstrat încrederea în umanitate. Mi-aș dori și eu să am o parte din naivitatea și mărinimia ta. Măcar tu ai o alinare. În schimb, eu am doar acest creier rece, rațional. Mă simt de parcă aș trăi singur într-un castel mare, pe timp de iarnă.

— Ca-n închisoarea ta din Insula Șobolanilor.

— Da, spune Colin. Apropo, am o nouă explicație pentru prezența numărului atât de mare de șobolani acolo. În secolul al XIX-lea, înainte de construirea închisorii, acolo a fost un spital unde îi trimiteau pe oamenii cu febră tifoidă, ca să nu îi infecteze pe cei din oraș. Știau că aveau să moară și nimeni de pe continent nu ar lua un cadavru infectat cu tifos, nici măcar rudele. Și șobolanii știau asta, așteptau și urlau la lăsarea nopții, așteptând ca noi cadavre să fie scoase pe ușa din spate a spitalului. Dacă murea cineva pe insulă, era consumat până la răsăritul soarelui, o afacere bună pentru toată lumea.

— Tu crezi povestea asta? Sau încă mai crezi că șobolanii s-au refugiat pe insulă, așa cum ai făcut și tu?

Colin încuviințează.

— Șobolanii nu se infectează cu tifosul uman, Will, dar până și ei se infectează cu frica noastră. Iar șobolanii speriați sunt agresivi, așa că noi ne temem de ei și îi călcăm în picioare. Nu virusul ne va distruge, Will, ci frica de ceilalți.

Mă gândesc la frică. La frica pe care am simțit-o în seara în care gruparea Haos a pătruns în casa noastră. Frica pe care în zadar am încercat să o transpun în cuvinte în acea noapte, când eu și Heidi am raportat cazul la poliție, și în ziua următoare, când am discutat cu polițiștii la secție.

Cei doi detectivi așezați în fotoliile de lângă birou nu ne mai priveau în ochi pe mine și pe Heidi, ci se uitau în jos, la carnețelele lor. Mă gândeam că din cauza ororilor pe care tocmai le povestiserăm: fiica noastră fusese răpită, iar soția mea violată, în timp ce eu fusesem legat în garaj. Doar ulterior mi-am dat seama că motivul pentru care ne evitau privirile era tocmai faptul că le spusesem că eram convinși că Brad Lowe era liderul găștii, fiul antreprenorului IT, Colin Lowe.

— Vom verifica, a spus doamna detectiv care s-a prezentat drept inspector-șef Gardell. Dar nu vă faceți mari speranțe.

— Să nu ne facem mari speranțe? Cum naiba îți imaginezi că vom înceta să sperăm?

Nu mi-am dat seama că urlu până când nu m-a prins Heidi de braț.

— Îmi pare rău, am spus. Dar fiica noastră este acolo, iar noi stăm aici și... și...

— Înțelegem, a spus Gardell. Nu mi-am ales bine cuvintele. Ceea ce vreau să spun este poate să dureze, la cum stau lucrurile, poliția pur și simplu nu dispune de resursele necesare ca să investigheze toate infracțiunile grave.

— Înțelegem că trebuie să prioritizați, a spus Heidi. Dar aceasta este o răpire recentă a unei persoane tinere și în care vă punem practic făptuitorul pe tavă. Dacă trebuie să fie prioritizat ceva...

— Vă promitem că vom face tot ce putem, a spus Gardell, făcând schimb de priviri cu colegul ei. Ne îndreptăm spre locul unei omucideri, dar vă vom contacta.

Cei doi s-au ridicat și la fel am făcut și eu.

— Nu luați amprente? am spus eu. Urme ADN, nu interogați vecinii...

— După cum am spus..., a început Gardell.

În cursul acelei zile am încercat în zadar să iau legătura cu Colin.

De asemenea, m-am dus până la apartamentul ale cărui chei le luase fiul său, doar ca să confirm că lucrurile stăteau așa cum spusese Colin. Acolo era doar un schelet pârjolit.

Am mers cu mașina pe străzi, aproape sperând că o grupare va încerca să mă oprească, nu prea știu de ce. Dar asta nu s-a întâmplat, aveam impresia că lumea a stat în loc. Ca într-un armistițiu.

M-am întors acasă, iar Heidi și cu mine ne-am întins în pat și l-am luat pe Sam între noi, poate ca să simțim că îi acordăm siguranța maximă pe care nu i-o oferiserăm lui Amy.

În zori, Sam dormea profund și am întrebat-o pe Heidi dacă vrea să îmi spună restul detaliilor care nu reieșiseră din descrierea concretă, dar succintă oferită poliției.

— Nu, a răspuns Heidi scurt.

M-am uitat la ea și m-am întrebat cum reușea să fie atât de rece și calmă. Șocul mental poate lua forma apatiei, dar nu era cazul. Părea că preluase controlul asupra corpului și minții ei, forțându-se să-și păstreze calmul, la fel cum animalele își pot reduce temperatura corporală.

— Te iubesc, i-am spus.

Nu mi-a răspuns. Și am înțeles. A blocat orice sentiment, și-a înghețat inima ca nu cumva să se scurgă emoţiile pe undeva. Pentru că atunci ar fi devenit inutilă pentru noi toţi. Tocmai pentru că ne iubea, trebuia să manifeste mai puţină iubire faţă de noi, asta trebuie să fi fost explicaţia.

— Te iubesc, a spus el.

Ea nu a răspuns.

Trăgeam cu ochiul prin gaura cheii şi l-am văzut pe Brad aplecându-se spre Amy. Ea stătea pe patul lui, cu pălăria îndoită, îmbrăcată cu o pereche amuzantă de pantaloni de golf prea largi şi o cămaşă bărbătească pe care Brad le luase probabil din dulapurile celor care locuiseră acolo înainte şi care nu luaseră prea multe lucruri cu ei la plecare.

Am privit precaută în jur, trăgând cu urechea la ceilalţi din bucătărie, deoarece nu voiam să mă surprindă spionându-l pe şeful găştii.

Apoi mi-am lipit iar ochiul de gaura cheii.

Era foarte frumoasă, chiar şi cu părul ce îi acoperea aproape toată faţă.

De asta îi spionam?

După jaf ne-am dus direct acasă. Am mers în spatele motocicletei lui Brad urcând una dintre văile adânci şi înguste care brăzdează dealurile din partea nordică a oraşului. Mai demult — când acesta era ţinutul coioţilor — aici locuiau artiştii şi hipioţii, cei care nu-şi permiteau să stea în centrul oraşului. Acum era invers, săracii locuiau în centru şi bogaţii aveau case mari cu vedere spre golf şi spre zgârie-norii din vale. Dar poate că situaţia avea să se schimbe iar. Erau multe case părăsite şi vedeam din ce în ce mai mulţi coioţi şi câini sălbatici pe marginea drumurilor căutând ceva de mâncare.

Noua vizuină a găştii Haos era chiar deasupra unei case în care o altă gaşcă omorâse cu mult, mult timp în urmă şase persoane, inclusiv pe soția unui regizor bogat. Ne-am mutat aici după incendiul din apartamentul lui Brad. Era vila unuia dintre partenerii firmei tatălui lui Brad, iar la debutul pandemiei Brad îl auzise pe tatăl său spunând că tipul acesta își dusese familia în Noua Zeelandă. Desigur, pentru bogătașii preocupați de sfârșitul lumii era ceva obișnuit să își cumpere case acolo, într-un loc atât de îndepărtat de orice, încât se presupunea că erau feriți de suferința restului lumii. Ei bine, nu poți avea noroc de fiecare dată și dacă era să dai crezare știrilor TV înainte să oprească transmisia, Noua Zeelandă era unul dintre locurile în care virusul lovise cel mai crunt. Brad spusese că, indiferent dacă proprietarul casei era sau nu mort, imensa reședință era atât de goală, încât aproape că ne invita să intrăm.

Pe tot drumul până aici, în timp ce ne strecuram prin viraje, Brad o ținuse pe fată în poziție verticală pe motocicletă. Nu îl văzusem niciodată conducând atât de prudent.

Iar acum stătea acolo, în dormitorul mare, și îi spunea că o iubește.

Cu siguranță, această latură a lui Brad era complet nouă pentru mine.

Eram singura care aveam, la rândul meu, propriul dormitor, iar celelalte încăperi erau folosite în comun de ceilalți cinci. Vila era pe punctul de a deveni foarte repede o cocină până când i-am cerut lui Brad și am primit — spre marea supărare a lui Ragnar — permisiunea să impun munci casnice pentru toată lumea.

— Auzi ce spun, Amy?

Brad s-a aplecat să o privească în ochi.

— Te iubesc.

Amy a ridicat capul.

— Eu nu te iubesc, Brad. Nici măcar nu te plac, niciodată nu mi-ai plăcut. Poți să mă duci acasă acum?

— Înțeleg că ești speriată, Amy, dar...

— Nu mi-e frică. Tu ești cel speriat, Brad, l-a întrerupt ea cu înverșunare.

El a râs, dar forțat.

— De ce să-mi fie frică? Doar dacă nu cumva știi kickboxing.

— De ce ți-a fost întotdeauna frică, micuțule Brad. De mărețul tău tată. Ți-e teamă să nu-și pedepsească plodul răsfățat.

Brad s-a albit la față.

— N-ai de ce să-ți faci griji, pentru că el nu-i aici.

— O, ba da, e aici. E mereu pe umărul tău. Lui îi spui mereu „Te iubesc", zise ea lăsându-și capul într-o parte și imitându-l pe Brad.

Asta nu avea cum să se termine bine. Dar ea a continuat:

— Dar după cum bine ai auzit, tatăl tău spune că nu te iubește...

Brad a lovit-o. Doar cu palma, dar cu suficientă forță încât capul ei să se întoarcă pe gâtul fin și subțire. Ea și-a acoperit fața cu mâna. Îi curgea sânge dintr-o nară. Îl știam pe Brad, îl văzusem de multe ori pierzându-și controlul și eram sigură că, din acest punct, situația lui Amy avea să se înrăutățească.

— Nu vorbi așa, a spus Brad încet. Dezbracă-te..

— Ce? a pufnit ea disprețuitoare. Ai de gând să mă violezi?

— Trebuie să înțelegi un lucru, Amy. Sunt singurul care te poate salva de lumea de acolo. Și lumea aceea începe jos, în bucătărie. Dacă nu sunt aici să-i opresc, te vor face bucăți. O haită de lupi, asta suntem.

— Mai degrabă zece ca ei decât unul ca tine, Brad.

El a lovit-o din nou. De această dată cu pumnul. Ea a încercat să riposteze, dar el i-a oprit mâna în aer. Are reflexe bune Brad. Este puternic și dornic să se antreneze. Ar fi putut deveni un bun luptător dacă ar fi reușit să-și controleze emoțiile.

El i-a apucat cămașa și a smuls-o de pe ea, făcând să sară nasturii și să se împrăștie pe parchet. Apoi s-a ridicat și și-a dat pantalonii jos. Amy a profitat de ocazie ca să sară de pe pat și să încerce să ajungă la ușă, dar Brad a prins-o cu ușurință cu o mână și a aruncat-o înapoi.

— Sper, pentru binele tău, că nu ești virgină, a spus Brad, așezându-se pe pieptul ei, astfel încât picioarele lui să îi imobilizeze brațele.

— Nu sunt, a spus ea sfidătoare, însă acum vocea îi tremura. Dar tu ești. Având în vedere că violul nu se pune, vreau să spun. Și nici acum nu vei primi nimic...

Vocea i s-a gâtuit din cauză că Brad o sugruma cu o mână. Cu cealaltă mână, i-a dat jos cu ușurință pantalonii și chiloții. Probabil că slăbise strânsoarea, pentru că ea a reușit să bolborosească „...pentru că eu sunt tatăl tău, și de mine îți este frică, privește numai...", înainte ca el s-o apese iar pe trahee.

Brad s-a poziționat cu forța între picioarele ei. I-am văzut fundul gol contractându-se și relaxându-se, dar îmi puteam da seama după înjurături și mișcările sacadate că nu reușea. Fie ea îl făcuse să își piardă erecția, fie pur și simplu nu reușea să intre. Sau — m-am mai gândit la o a treia posibilitate — chiar o iubea pe fata asta.

— La dracu'! a răcnit Brad sărind de pe pat.

Și-a ridicat pantalonii și și-a încheiat nasturii, după care a mers spre dulap și a luat ceva de acolo. Mi-a luat ceva timp să văd că era o crosă de golf. O ținea cu ambele mâini, ridicată deasupra umerilor, îndreptându-se spre Amy.

Am pus mâna pe clanță, am dat să o apăs. Sau nu? Poate că nu am reușit, poate că ușa era încuiată pe dinăuntru.

Poate că m-am răzgândit. Ce putem să fac și pentru cine? S-a auzit o bufnitură înfundată, ca și când ai lovi un cotlet cu ciocanul pentru carne, în timp ce capul crosei se afunda în pieptul ei. Și un sunet clar, de spărtură — ca și când ai sparge coaja unui ou fiert la micul-dejun — în timp ce următoarea lovitură a nimerit-o în frunte. Ea s-a cufundat în tăcere în pat.

Brad s-a întors și venea direct spre mine. Când s-a deschis ușa, mă îndepărtasem doar câțiva metri pe hol, dar am reușit să mă întorc astfel încât să pară că mă îndreptam spre dormitor, nu că mă îndepărtam când el a ieșit năvalnic.

— Aici erai, bine! Ia pe cineva să te ajute să o cari la subsol. Închide-o acolo. Folosește spălătoria.

— Dar...

— Acum!

A trecut pe lângă mine și a coborât pe scări.

VI

Trecuseră trei zile de când Amy fusese răpită. După ce am încercat în zadar să iau legătura cu Colin prin telefon, prin e-mail și prin intermediari, m-am dus în port. Cluburile de striptease de acolo erau încă deschise, de parcă nu s-ar fi întâmplat nimic. Într-unul dintre ele am găsit în sfârșit un marinar treaz care era dispus să mă ducă pe Insula Șobolanilor, deși pentru un preț ridicol de mare pentru o distanță atât de scurtă. Stripteuza de pe scenă m-a privit acuzator în timp ce plecam cu o treime din publicul ei.

Apropiindu-ne de insulă, ne-a întâmpinat o ambarcațiune de tipul celor folosite de Garda de Coastă. Gândindu-mă mai bine, probabil că era o ambarcațiune a Gărzii de Coastă. Aceasta avea un suport de mitralieră montat la prova. Barca a oprit lângă noi, i-am strigat unui tip în uniformă care era treaba, el a transmis ceva prin stația radio, a așteptat câteva minute și ne-a dat semnalul de pornire. Colin stătea pe chei și zâmbea larg în timp ce andocam.

— Ce surpriză plăcută! a exclamat el și m-a îmbrățișat.

— Am încercat să te contactez.

— Da? Aici, semnalul la telefon este și mai sporadic decât în oraș. Vino!

Mergea înaintea mea spre colosul din mijlocul insulei.

— Așadar, tu și ai tăi sunteți bine?

Am înghițit în sec.

— Nu.

— Nu? a încercat el să afișeze o mină surprinsă.

— Îți povestesc. Deci, acum asta este casa ta?

— Ei bine, pentru moment. Liza urăște locul ăsta și crede că ar trebui să cumpăr o insulă mare și frumoasă în locul acestei bucăți sterpe de stâncă. Nu înțelege că acum vederea de ansamblu este mai importantă decât frumusețea.

Ne-am oprit chiar în fața clădirii. Mi-am lăsat capul pe spate și am ridicat privirea spre zidul înalt de ciment.

— Te simți în siguranță în casa ta?

— Aici da, a spus Colin, lovind cu pumnul în zidul de ciment. Aceste ziduri ar fi putut opri și Revoluția Franceză. Și... lunetiștii mei pot ochi orice țintă mobilă care se apropie, chiar și pe timp de noapte.

Acolo sus am văzut ferestrele înguste, ca niște firide, de unde aveau vedere panoramică. În jurul nostru, marea strălucea intens și îmbietor, de parcă ar fi fost o zi obișnuită. Dar nu se ițea nicio barcă cu pânze. Doar fum greu care plutea în derivă, de la incendiile din orașul de pe continent și dincolo de ape. Pe de altă parte, marea nu considera această zi cu nimic deosebită față de zilele în care pe valurile ei se perindaseră velierele și surferii fericiți. Pentru mare, aceasta era o zi oarecare din curgerea timpului, de când specia umană a pășit pe fața pământului.

— Hai să mâncăm, am dat instrucțiuni la bucătărie să înceapă să gătească...

— Nu, am spus, urmărind cu privirea un șobolan maroniu ce a țâșnit peste stânci. Lasă-mă să îți spun de ce am venit aici. Brad ne-a atacat în casa noastră.

— Ce vrei să spui?

— A luat-o pe Amy cu el.

— Cum? a încercat să pară șocat.

— Și poliția nu vrea — sau nu poate — să facă nimic în legătură cu asta.

— Când...

— În urmă cu trei zile.

— Dar de ce nu mi-ai spus până acum? Ah, da, n-am avut semnal.

Colin — care stăpânea multe arte, dar nu și pe cea a actoriei — a clătinat din cap cât de convingător a putut. Apoi i-am relatat noaptea de coșmar, cu toate detaliile posibile pe care mi-a permis Heidi să i le dau. Și atunci Colin n-a mai fost nevoit să se prefacă uimit.

— Am spus aceleași lucruri și poliției. Dar n-au mai luat notițe când și-au dat seama că cel pe care îl indicam era fiul lui Colin Lowe. Văd că sunteți cu toții informați, așa că presupun că v-au contactat imediat după aceea.

— Pe mine? Să mă contacteze poliția?

— Haide, Colin. Te cunosc bine. Și, în calitate de avocat al firmei, știu câte ceva despre legăturile pe care le ai în poliție.

Colin s-a uitat la mine apreciativ. Și, ca de obicei, a evaluat corect.

— Ceea ce trebuie să înțelegi, Will, este că ești prietenul meu, dar Brad este fiul meu.

— Știu și ești iertat, dar trebuie să o lase pe Amy să plece. Și trebuie să-i faci să-l aresteze pe Brad.

— Stai, a spus Colin. Mai este ceva. Poliția mi-a spus că singurul indiciu pe care îl aveai în privința lui Brad a fost că cineva i-a pronunțat numele în seara aceea. Dar că voi înșivă nu l-ați recunoscut. Cum e posibil să nu recunoști un băiat care practic a crescut în mijlocul vostru? Nu-i recunoști limbajul trupului, aspectul, vocea?

— Ce vrei să spui, Colin?

— Spun că atunci când vezi că fiica ta este răpită, devii disperat. Cauți cu faruri și lanterne până găsești ceva, orice. Și voi ați prins din zbor un nume rostit în treacăt — apropo, e unul dintre cele mai populare nume din zonă — doar pentru că persoana respectivă ar fi putut avea un mobil pentru cele întâmplate. Dar eu îl cunosc pe Brad. Știu că nu este cel mai cuminte copil, dar nu el a făcut asta, Will.

— Atunci găsește-l, vorbește cu el!

— Nimeni nu știe unde e, nimeni nu ia legătura cu el. Știi, sunt la fel de îngrijorat pentru Brad cum ești și tu pentru...

— Atunci lasă poliția să emită un mandat, l-am întrerupt pentru a nu-l lăsa să termine fraza fără sens.

— Dar nu există dovezi, nici măcar suspiciuni. Și asta spun ei, nu eu. Niciunul dintre noi nu-i poate forța să cheltuiască resurse pentru o pistă care nu e credibilă.

— Ba da, tu poți!

— Nu pot, dragă Will. Nici măcar dacă aș vrea.

— Da, dar nu vrei. Ți-e teamă că Brad este vinovat.

— Nu este vinovat.

— Atunci ți-e teamă că va fi găsit vinovat.

— Asta s-ar putea să fie altceva, da.

Din disperare, am dat cu pumnul în peretele lui de piatră.

— Instanțele sunt deschise și își continuă activitatea, Colin. Și jur pe viața mea că Brad va avea un proces echitabil. Da, chiar dacă a ucis-o. Mă asculți?

— Și eu jur pe viața mea că fiul meu nu este un criminal sau un răpitor, Will. Pe viața mea. Tu mă asculți ce zic?

M-am uitat din nou în zare, în largul oceanului, martor al modului în care ne erau decise destinele zi de zi, în fiecare secundă, și ale cărui ape ne zâmbeau și sclipeau cu o blândețe neschimbată.

— Da, am auzit. Juri pe viața ta.

Un alt șobolan a trecut peste stânci, iar coada lui lungă a sclipit în bătaia soarelui.

Așa că — fără un cuvânt sau un gest de rămas-bun — am coborât spre debarcader la barca ce mă aștepta. În noaptea aceea am condus din nou pe străzile orașului căutând-o pe Amy sau pe cineva care ar putea să-mi spună ceva. A doua zi m-am întors la secția de poliție din centrul orașului pentru a le cere mai multe noutăți, pentru a le cere să investigheze, pentru a-i convinge că vinovatul era Brad Lowe. Și din nou m-am izbit de uși închise, de urechi surde și, la final, de îndemnul să părăsesc secția de poliție.

În timp ce traversam parcarea mare din fața mallului, am văzut o persoană rezemată de mașina mea. Era inspectorul-șef Gardell.

— Cum merg căutările? m-a întrebat ea.

Am clătinat din cap.

— Vrei un pont pe care nu l-ai primit de la mine?

M-am uitat la ea. Am încuviințat.

A scos o foaie dintr-un dosar și mi-a dat-o.

M-am uitat la ea. O adresă cu un nume pe care l-am recunoscut.

— A fost unul dintre partenerii lui Lowe. Vrei să spui că Amy ar putea fi acolo?

Gardell a ridicat din umeri.

— Am primit plângeri de la vecini. Droguri, salve de focuri și petreceri până târziu în noapte. Se pare că Brad Lowe și gașca lui s-au mutat acolo.

— Dar n-ați făcut nimic?

— În acest moment, nu acordăm prioritate plângerilor vecinilor cu privire la gălăgie.

— Dar focurile de armă și încălcarea proprietății nu reprezintă ceva grav?

— Nu am primit nicio reclamație de la proprietar. Și, din câte știm, oamenii care locuiesc în casa lui au permis de portarmă.

Am încuviințat.

— Va trebui să merg să verific.

— Nu știu dacă m-aș aventura pe acolo, a spus Gardell.

— De ce?

— Cu atâtea arme, nu este recomandat să mergi până la ușă și să suni la sonerie. Cel puțin, nu singur.

M-am uitat la ea.

— Dar voi nu ne veți ajuta.

Gardell și-a scos ochelarii de soare, mijindu-și un ochi în lumina soarelui.

— Nu ești singurul care a spus asta în ultimele luni.

— Nu?

— Nu.

Mi-a întins dosarul. L-am deschis și l-am răsfoit. Erau multe plângeri. Jaf armat. Loviri. Violențe grave. Viol. Douăzeci, poate treizeci.

— Și elementul comun al acestor sesizări este...

— Brad Lowe și gașca lui, a spus Gardell. Aceasta e doar o selecție, dar una care cred că s-ar putea să te intereseze.

M-am uitat din nou la ea.

— Cred că înțeleg ce riști, doamnă inspector-șef. Așadar, de ce faci asta?

Ea a oftat. Și-a pus iar ochelarii de soare.

— De ce facem toate acestea în această lume dată peste cap?

Apoi a plecat.

În cursul după-amiezii am vorbit cu majoritatea celor care semnaseră plângerile din dosar.

Le-am contactat mai întâi pe victimele violurilor. Presupuneam că ele, tații și frații lor, ar fi cei mai motivați și mai ușor de convins. Dar în cele din urmă mi-am dat seama ce selecție făcuse Gardell: aceștia erau oameni care nu numai că aveau motive întemeiate să dorească să se răzbune, dar erau și capabili fizic și mental să-și ducă gestul până la capăt. Cel puțin dacă nu erau singuri.

— Vrei să devenim propriii noștri justițiari? a întrebat unul dintre cei cu care am vorbit.

Am gustat cuvântul. Reprezenta tot ceea ce dezavuam. Cel puțin, într-o societate cu un sistem juridic funcțional. Dar dacă nu funcționa, nu era apărare civilă, ci cel mai bun sistem juridic alternativ. Așa trebuia văzută, nu ca o încălcare a legii, ci ca o formă de justiție în situații de urgență.

Am încercat să-i explic acest lucru persoanei, dar este posibil ca jargonul legal să fi îngreunat urmărirea raționamentului meu.

— Sună a rol de justițiar, a spus el. Mă bag și eu.

Pe înserat, i-am putut spune lui Heidi că adusesem cu mine 15 bărbați adulți. Și că unul dintre aceștia se angajase să obțină arme.

Mă așteptam să se bucure — sau cel puțin să se trezească din apatia întunecată în care alunecase în ultimele zile — dar, în schimb, se uita la mine de parcă aș fi fost un străin.

— Adu-o pe Amy, a spus ea pur și simplu și a închis ușa dormitorului nostru.

Dormeam în living și am auzit un animal urlând la lună, în noapte, și bubuitul obuzelor care puteau fi la un bloc sau zece distanță, nu știu exact. Habar n-am ce fel de animal era, dar părea să fie mare. Auzisem despre incendiul de la grădina zoologică de cu o seară înainte și că eliberaseră animalele, pentru a le salva. Frumos, m-am gândit, dar dacă acest animal era comestibil... n-am avut timp să mă gândesc înainte să se audă o împușcătură și urletul să se oprească brusc.

— Ceea ce vedeți aici sunt drepturile mele cele mai elementare, a spus bărbatul chel, întinzându-și mâna spre ceva care, înainte de toate, mi-a amintit de un insectar, doar că la o scară mai mare și mai grotescă.

Zidul era plin de arme. Pistoale, puști, arme automate, mitraliere, chiar și o mitralieră mare încă atașată de suport, de parcă ar fi stat în genunchi.

— Libertatea de a mă apăra.

Individul chel s-a uitat la noi zâmbind satisfăcut. Ne-a rugat să-i spunem Fatman, pentru că voia să rămână anonim. Dintre cei 15 care, cu două zile mai devreme, acceptaseră să participe de bunăvoie, trei s-au retras. Deloc neașteptat, după ce le-a trecut entuziasmul inițial, rațiunea a preluat controlul: dincolo de o satisfacție emoțională pe termen scurt, cu ce o să mă aleg? Și ce risc? Când sistemul judiciar pedepsește infractorii, își vor risca oamenii puținul pe care îl au, dar cum rămâne cu noi? Ce va fi când răzbunarea va fi răzbunată?

— Știau că avem arme, de aceea au venit, a spus Fatman. Dar nu au găsit această încăpere secretă, au luat kalașnikovurile și grenadele ofensive. Luați după placul inimii, domnilor.

— Ție și alor tăi ce v-au făcut? l-a întrebat Larsen — un profesor de muzică afro-american îmbrăcat într-o cămașă albastră proaspăt călcată — în timp ce Fatman îi arăta cum să încarce, să asigure și să schimbe încărcătorul puștii alese de Larsen.

— Tocmai v-am spus, a răspuns Fatman.

— Au..., ă, au furat niște arme?

— Și grenadele mele.

— Grenade. Și e suficient ca să vrei să te răzbuni?

— Cine vorbește despre răzbunare? Eu vreau doar să împușc niște tipi răi, iar acum am un motiv al naibii de bun, nu?

— Frumos, a spus Larsen încet.

Fatman s-a înroșit de furie.

— Şi tu? a pufnit el. Ție ce ți-au făcut? Ți-au luat Volvo-ul?

Am înjurat în gând și am închis ochii. Aveam nevoie ca acești bărbați să coopereze, nu să se certe. Citisem cu atenție rapoartele și știam ce urmează.

— Mi-au ucis soția, a spus Larsen.

În încăperea umedă de la subsol s-a lăsat o liniște mormântală. Am deschis din nou ochii și am văzut că toată lumea se uita la bărbatul în cămașă albastră. În raport, Larsen scrisese că el și soția lui stăteau pe asfalt în fața unui depozit secret de alimente, cu brațele încărcate de provizii. Merseseră acolo împreună cu opt rude adulte, deplasarea în grupuri devenise ceva obișnuit, era mai sigură. O gașcă de motocicliști a venit spre ei, bărbații și-au scos puținele arme pe care le aveau: cuțite și o pușcă veche. Dar motocicletele au trecut fără să încetinească. Iar ei au crezut că pericolul trecuse, când liderul găștii a scos un lanț cu cârlig pe care l-a agățat de coapsa soției lui Larsen și a tras-o pe stradă cu tot cu sacoșele de mâncare pe care le căra. Cât timp bărbații s-au grăbit să o salveze pe soția lui Larsen, gruparea s-a oprit și a furat mâncarea.

— I-a fost perforată artera de la coapsă, a spus Larsen. A sângerat până la moarte pe stradă, în timp ce bandiții luau șunca și conservele cu mâncare.

Nu se mai auzea decât cum Larsen respira sacadat și înghițea în sec.

— Și aveau...? a spus cu precauție o voce.

— Da, a spus Larsen, care devenise iar stăpân pe vocea sa. Aveau căști cu Justiția moartă.

Bărbații din încăpere au încuviințat.

Unul dintre ei și-a dres vocea.

— Spune-mi, mitraliera... funcționează?

Două zile mai târziu eram pregătiți.

Am exersat tragerile într-un poligon sub îndrumarea lui Pete Downing, un fost pușcaș marin încercat în luptele purtate în Basra, Irak. El, eu și Chung, un inginer de structuri, am analizat un plan de cadastru pe care îl obținuse Chung cu ajutorul unei cunoștințe din cadrul agenției de planificare și construcții. Downing trasase un plan de atac pe care ni l-a prezentat în plen într-o încăpere de la subsolul poligonului pe care-l închiriasem. A subliniat că în casă puteau fi mai multe persoane răpite, minimizând astfel natura acțiunii ca fiind legată doar de mine și Amy.

Totuși, ciudat a fost că la final mi s-a adresat mie.

— Acum, Will Adams, ți se pare în regulă?

Am încuviințat.

— Mulțumesc, a spus Downing, rulând planșa mare pe care desenase.

M-am ridicat.

— Atunci, ne întâlnim aici la miezul nopții, am spus eu.

— Nu uitați, haine închise la culoare.

Bărbații s-au ridicat și au trecut în șir pe lângă mine, câțiva dintre ei salutându-mă printr-o mișcare a capului. Mi-a trecut prin cap că mă vedeau ca pe un lider. Doar pentru că eu luasem inițiativa? Sau existau alte motive? Pentru că eu stabilisem obiectivul, nu doar partea practică, ci și partea ce ținea de bunele moravuri și coagularea comunității? Oare eu, prin simplele mele cuvinte, le-am insuflat ideea că justiția nu este ceva ce primești, ci ceva ce iei? Un spirit de luptă pe care nu-l descoperiseră singuri, dar după ce li s-a oferit un motiv etic tangibil, și-au dat seama ce le lipsise pentru a acționa? Poate. Poate au înțeles că vorbeam serios. Că este responsabilitatea fiecăruia să retezăm capul Leviatanului, monstrul marin, înainte să crească atât de mare încât să ne înghită pe toți.

Dar cred că niciunul dintre ei nu se gândea la asta în miez de noapte, când o coloană de trei mașini urca panta pe drumul abrupt, sinuos, spre vila din vârful dealului.

Ședeam pe bancheta din spate între alți doi bărbați și mă gândeam doar la ce aveam de făcut, la sarcinile practice atribuite mie conform planului. Și că nu voiam să mor. Mirosul pe care îl simțeam în sudoarea celorlalți din mașină era probabil același pe care îl emanam și eu. Frică.

VII

M-am trezit din pricina focurilor de armă, a strigătelor și a zgomotului de pași alergând pe hol.

Primul lucru care mi-a trecut prin minte a fost că din nou fusese o petrecere care degenerase și că cineva începuse să se certe, probabil cu Ragnar.

Mânerul ușii de la dormitorul meu a zăngănit. Cineva a descoperit că era închisă. Mereu era. Nu pentru că mă temeam că vine cineva peste mine și mă violează. În primul rând, ei știu că pot să îi bat, în al doilea rând, știu că Brad le-ar tăia capetele și în al treilea rând, nu prea mai prezinți interes ca obiect sexual când băieții știu că și ție îți plac fetele. Dar mai știu și că pe măsură ce crește consumul de droguri, asta frumos spus, este doar o chestiune de timp până când unul dintre ei își iese din fire și încearcă. Și asta ar însemna așa o problemă pentru ei, încât nu există vreun motiv să nu închid ușa. Dar, la cum văd eu lucrurile, ei sunt închiși înăuntru, nu eu.

M-am ridicat pe marginea patului și am luat kalașnikovul de dedesubt. Pentru că vocile de pe hol nu erau ale vreunuia dintre băieți și am auzit două bubuituri puternice, ca și când ar fi fost grenade paralizante. Noaptea trecută, Oscar stătuse de șase, ce dracului se întâmplase, adormise?

Nu mai mișca nimeni mânerul ușii, plecaseră mai departe? În același timp, am auzit zgomotul înfundat al unui foc de armă tras de pe cealaltă parte a ușii și o bufnitură, glonțul a șuierat pe lângă capul meu și a lovit zidul.

Am ridicat pușca, am setat siguranța pe foc automat și am tras. Chiar și în semiîntuneric puteam vedea salvele perforând ușa și așchiile albe care săreau peste tot. Cineva, afară, a căzut cu toată greutatea și a început să țipe. M-am încălțat, mi-am luat pantalonii și geaca și am ieșit pe fereastră. Jos, pe peluză, Oscar era întins pe spate în formă de X, cu kalașnikovul lângă el, ca și cum s-ar fi bronzat la lumina lunii. Am făcut rapid niște calcule. Nu știam câți erau, dar îl eliminaseră pe Oscar înainte să dea alarma și aveau grenade paralizante. Așadar, nu erau amatori. Și noi? Noi eram un grup de tineri antrenați pentru atac, nu pentru apărare. Dacă nu mă hotăram repede, alții aveau să decidă pentru mine.

Aveam cheia de la motocicletă în buzunar.

La naiba, aveam inclusiv un loc unde să merg. Maria mă întrebase dacă n-aș vrea să mă mut definitiv la ea. Și, chiar stătusem în cumpănă să fac acest gest, înainte ca toate acestea să se întâmple. Haos constituise cândva o salvare pentru mine, dar oare nu cumva ne salvaserăm reciproc și haita de 12 indivizi ne proteja? Și nu loialitatea sau codul onoarei! La dracu'! A existat vreodată cineva care să se sacrifice pentru mine?

Am deschis fereastra și m-am târât afară, m-am prins de marginea ferestrei, m-am lăsat în jos în mâini și apoi mi-am dat drumul. De trandafirii din stratul de jos se alesese de mult praful, dar nu și de tufele de spini care crescuseră uriașe, astfel încât am simțit că mă rostogolesc pe sârmă ghimpată.

Am inspirat adânc, am scos cuiul grenadei paralizante și i-am făcut semn lui Downing. A încuviințat, a răsucit mânerul ușii acelei camere pe care eu o însemnasem în planul casei drept dormitor principal, și a deschis larg ușa.

Am procedat așa cum îmi arătase, m-am aplecat și am rostogolit grenada înăuntru pe parchet, ca să facă cât mai puțin zgomot posibil. Downing a închis iar ușa și am numărat până la patru.

Chiar și cu ușa închisă zgomotul era asurzitor, iar pe gaura cheii se zărea o rază de lumină.

Downing a lovit ușa cu piciorul și am intrat, asigurând ușa de-o parte și de alta, așa cum ne arătase.

Ritmul bătăilor inimii îmi creștea pe măsură ce raza lanternei mele o căuta pe Amy. Am alergat spre fereastră și pe gazonul de afară am văzut pe cineva alergând spre locul unde erau parcate motocicletele. Am plimbat raza de lumină a lanternei până când a întâlnit în cameră ceva ce părea a fi o sculptură. Un băiat palid, care stătea pe pat, cu privirea fixă, de parcă ar fi fost paralizat. Downing ne-a explicat acela este efectul grenadelor paralizante asupra oamenilor.

Era Brad.

Downing a strigat să ridice mâinile în sus, dar, aparent, Brad era încă surzit de explozie, pur și simplu se uita în gol la noi. Downing l-a lovit în față cu patul puștii și prin conul de lumină a țâșnit un șuvoi de sânge și salivă.

L-am împins pe Brad pe spate și m-am așezat deasupra lui. Nu a opus nicio rezistență.

— Sunt eu, Will, am spus. Unde este Amy?

El s-a uitat în sus la mine.

Am repetat întrebarea în timp ce apăsam țeava pistolului de fruntea lui.

— Știm că tu ai fost. I-am omorât deja pe cei care făceau de pază. Vrei să fii următorul, Brad?

— Ea..., a dat el să spună.

A durat două secunde îndelungate, suficient cât să mă facă să tremur ca o frunză de plop, după care a continuat.

— Ea nu este aici. Am eliberat-o imediat ce am plecat din centru. Nu s-a întors încă?

Nu știu dacă moștenise expresia facială a tatălui său, dar știam că minte.

L-am lovit cu pistolul. Și l-am lovit iar. Evident. Pentru că, atunci când m-a oprit Downing și mi-am redobândit controlul, fața lui Brad era ca o mască grotescă, însângerată, sub mine.

— Este moartă, am spus eu.

— N-ai de unde să știi asta.

Am închis ochii.

— Nu m-ar fi mințit dacă n-ar fi fost moartă.

M-am suit pe motocicleta de sub acoperișul mare al garajului. Din poziția în care mă aflam vedeam peluza și lumina lanternei dansând prin camera lui Brad.

Îl prinseseră.

Eram pe punctul de-a porni motorul, voiam să plec cât mai repede de acolo, dar n-am făcut-o. Pentru că nu mă lăsa conștiința. Gândul de a-l lăsa pe Dumbo la ananghie. M-am uitat spre camera pe care o împărțea cu Herbert, singurul negru din grup. Era o lumină aprinsă înăuntru. Poate că încă nu ajunseseră la ei. M-am dat jos de pe motocicletă și am traversat peluza în fugă până la fereastra lor. M-am ridicat pe vârful picioarelor și m-am uitat înăuntru. Dumbo stătea pe pat și își balansa picioarele, îmbrăcat în chiloți și într-un tricou, uitându-se la ușă. Herbert nu era nicăieri. Am ciocănit în geam. Dumbo a clipit, dar s-a luminat când mi-am lipit fața de fereastră și a văzut că sunt eu.

A venit spre mine și a deschis fereastra.

— Herbert s-a dus să vadă ce se petrece. Știi tu...

— Încalță-te! Trebuie să fugim.

— Dar...

— Acum!

Dumbo s-a făcut nevăzut.

L-am urmărit meșterind la șireturi în timp ce număram secundele. Ar fi trebuit să îi iau pantofi cu velcro.

— Stai pe loc! am auzit o voce chiar în spatele meu.

M-am întors. Era un bărbat chel înarmat cu o pușcă cu lunetă. Am continuat să mă mișc.

— Nu ai auzit..., a început el, însă a scăpat pușca și nu a mai vorbit și respirat după ce lovitura mea cu piciorul l-a nimerit în vintre.

L-am văzut prăbușindu-se și m-am întors la fereastra în cadrul căreia stătea Dumbo.

— Sari! i-am spus eu.

L-am prins, dar devenise atât de greu, încât ne-am prăbușit amândoi pe gazon. Apoi ne-am ridicat și el m-a urmat alergând spre motociclete.

L-am auzit pe Fatman și vocea unei alte persoane dincolo de fereastră și am aruncat o privire.

O fată cu picioare lungi și un băiat scund crăcănat traversau peluza în fugă. Erau cei doi, eram sigur, tot ce era legat de ei — fața, corpul, vocea, ținuta — parcă mi se întipărise în minte când m-au legat în garaj. Au ajuns la motociclete, iar fata s-a urcat pe una dintre ele, în timp ce băiatul s-a târât în spatele ei. Ea a căutat ceva în buzunar, cheile probabil. Am văzut un punct luminos roșu dansând pe tricoul alb de sub geaca ei.

Laser.

Am deschis fereastra. Pe gazon, chiar sub mine, era întins Fatman ținând o pușcă cu lunetă și cursor laser, patul armei fiind lipit de obrazul său.

— Nu trage! am strigat. Nu suntem ucigași.

— Taci, a bombănit el fără să se uite în sus.

— Îmi pare rău, răufăcătorul acesta este al meu.

— Dacă tragi, trag și eu, am spus calm. Cred că de asta s-a oprit și a privit în sus. S-a uitat la pistolul pe care îl ațintisem spre el. A făcut ochii mari în timp ce auzeam huruitul motocicletei care s-a pus în mișcare, a dispărut pe poartă și a pornit înspre vale.

Am lăsat pistolul jos. Nu știu de ce, dar o mică parte din mine voia ca el să îi împuște. Pentru ca eu să îl pot împușca pe el.

— Elicopterul va ajunge aici în patru minute, a anunțat locotenentul. Cei care vor pleca trebuie să se pregătească!

Îl aud ca prin vis, pentru că iată-mă aici, pe acoperișul zgârie-norilor, așteptând să îmi iau rămas bun, gândindu-mă la altceva. Mă gândeam că în acea noapte aș fi vrut să trag. Că îmi doream circumstanțele necesare pentru a deveni un om așa cum nu bănuisem vreodată că aveam să devin. Că nu mai știam cine sunt. Mă uit la cei câțiva norocoși ce așteaptă elicopterul și încerc să văd dacă au mustrări de conștiință. Dacă au, acestea nu se văd.

I-am adunat pe toți în living, în timp ce Downing și Larsen cercetau ultimele cotloane ale casei.

Aveam un om grav rănit, ei aveau un mort, santinela, și patru răniți.

— Trebuie să meargă la spital, a spus Chung despre rănitul nostru, care fusese împușcat printr-o ușă.

— Nici gând, înțelegerea a fost că nu vom face asta, a spus Fatman, care părea să acuze dureri în zona abdomenului.

— Dar..., a dat Chung să spună.

— Las-o baltă, nu vrem să ne sufle poliția în ceafă, s-a opus Fatman.

— Du-l la spital, am intervenit eu.

Fatman s-a întors spre mine, roșu de furie.

— Pe bune? După ce i-ai lăsat pe doi dintre bandiți să ne scape?

— Nu aveai niciun motiv să o omori, a fugit.

— Noi am venit aici să ne răzbunăm, Adams. Tu ai venit doar să-ți cauți fata și pentru asta te-ai folosit de noi. Foarte bine, dar n-o să joci rolul Bunului Samaritean pe seama noastră. Spune-i lui Simon că fata aia merita să nu fie împușcată.

M-am uitat la Simon. Un bucătar durduliu, cu o voce blândă, ochi blajini și un râs molipsitor. Da, și noi am râs. Simon și familia lui fuseseră vizitați de un grup care purta căști cu Justiția moartă desenată pe ele. Au tras cu aruncătoarele de grenade și casa lor a fost cuprinsă de flăcări în câteva secunde. Soția și fiul lui sunt în continuare la spital cu arsuri grave, nimeni nu știe dacă vor supraviețui.

— Tu ce crezi, Simon? Ar fi trebuit să îl las să o împuște? l-am întrebat eu.

Simon m-a privit îndelung.

— Nu știu, a răspuns el într-un final.

— Îl ajuți pe Chung să îl ducă pe Ruben la spital? l-am rugat.

Simon a încuviințat.

Downing și Larsen au intrat în cameră.

— Ați găsit pe cineva? a întrebat Fatman.

Nu au răspuns. Au evitat să mă privească. Orice fărâmă de speranță care îmi mai rămăsese s-a stins.

Amy era întinsă pe o saltea murdară de la subsol. O închiseseră într-o spălătorie care, în mod evident, nu era folosită. Nu ca să o împiedice să scape, ci ca să îi ascundă leșul de lumea din afară. M-am holbat la ea. Inima mi se oprise. Mintea doar înregistra ceea ce vedeam. Dacă nu cumva murise din altă cauză, probabil rana deschisă din frunte îi provocase decesul.

Am ieșit pe holul de la subsol, unde așteptau Larsen și Downing.

— Hai să-i interogăm, am spus, făcând semn cu capul spre etajul superior, unde membri găștii fuseseră imobilizați și așezați pe podeaua livingului.

— Mai înainte nu vrei să..., a început Larsen.

— Nu, am răspuns. Să începem.

Vinovăția a fost stabilită repede cu ajutorul unui truc vechi, dar eficient. Eu însumi, în calitate de avocat, criticasem poliția că recurgea la această metodă.

I-am pus pe membrii grupării în încăperi diferite și i-am lăsat să aștepte o vreme înainte ca doi dintre noi să mergem la ei pe rând și să pretindem că am vorbit cu ceilalți. Eu vorbeam și începeam mereu la fel:

— Nu spun cine, dar unul dintre tovarășii tăi tocmai mi-a spus că tu ai ucis-o pe fiica mea, Amy. Probabil că poți să ghicești cine. Te voi ucide personal și bucuros în cinci minute, dacă nu mă poți convinge că a fost altcineva.

Cacealmaua este atât de evidentă, încât unii dintre ei își vor da seama imediat. Dar nu vor putea fi sută la sută siguri. În orice caz, nu vor putea fi siguri că nici ceilalți nu își vor da seama. Prin urmare, calculul este simplu: de ce ar trebui să tac și să risc să mă prefac că este o farsă, când altcineva cu siguranță va ciripi?

După patru interogatorii, doi au spus că a fost Brad. După al șaselea, am aflat că s-a întâmplat în dormitor, iar arma crimei a fost o crosă de golf. M-am dus la Brad, care era într-unul dintre birouri, și l-am confruntat cu ceea ce știam.

Cu mâinile imobilizate la spate, s-a lăsat pe speteaza fotoliului și a căscat.

— Atunci presupun că poți să mă împuști.

Am înghițit în sec și am așteptat. Și am tot așteptat. Apoi au început să curgă lacrimile. Nu ale mele, ci ale lui. Picurau pe biroul cenușiu, decolorat, din tec și erau absorbite de lemn.

— Nu am vrut, domnule Adams. Am iubit-o pe Amy. Dintotdeauna. Dar ea..., a inspirat adânc. Ea mă disprețuia, nu credea că sunt suficient de bun pentru ea. Pe mine, moștenitorul celui de-al doilea cel mai bogat bărbat din oraș, ce zici de asta?

El a râs scurt. Nu i-am răspuns. Și-a ridicat privirea și s-a uitat la mine.

— A spus că mă urăște, domnule Adams. Și știi ce? Amândoi simțim același lucru. Și eu mă urăsc.

— Să înțeleg că recunoști, Brad?

S-a uitat la mine. A încuviințat. M-am uitat la Larsen, care mi-a confirmat printr-un semn rapid cu capul că văzuse același lucru. Ne-am ridicat și am ieșit afară, unde aștepta Downing.

— A mărturisit, i-am spus.

— Ce ai de gând să faci? m-a întrebat Larsen, care ne urmase pe hol.

Am inspirat adânc.

— Duceți-l la închisoare.

— Închisoare? a pufnit Downing. Trebuie spânzurat.

— Te-ai gândit bine, Will? m-a întrebat Larsen. Știi foarte bine că, dacă îl predai poliției, mâine va fi iar pe străzi.

— O, dar îl voi pune în propria lui închisoare.

— Ce vrei să spui?

— Închisoarea în care a pus-o pe Amy. Poate să stea acolo în arest până voi pregăti cazul și îl voi condamna.

— Vrei... să îl duci pe fiul lui Colin Lowe în fața unui judecător și a unui juriu?

— Desigur. Toți sunt egali în fața legii. Este fundamentul națiunii noastre.

— Adams, cred că în privința asta te înșeli.

— Da?

— Națiunea noastră este clădită pe dreptul celui mai puternic. Așa stau lucrurile acum și așa erau și înainte. Restul a fost un spectacol de teatru.

— Ei bine, am spus. Poate că este posibil să fii în același timp cel mai puternic și cel mai corect.

Concomitent s-au auzit niște strigăte. Veneau din spatele casei. Am alergat într-acolo, la timp să vedem că am ajuns prea târziu.

— Tipul cel negru a mărturisit, a spus Fatman.

Ținea o torță în mână și flacăra îi făcea transpirația să strălucească. Se uita fix, ca și noi, la stejarul masiv. Ceilalți bărbați erau în jurul nostru, tăcuți cu toții acum.

De cea mai groasă ramură apropiată de sol atârna un băiat cu o funie în jurul gâtului. Era înalt, slab, în vârstă de poate 16 ani și purta un tricou ce părea făcut în casă, pe care scria Haos.

— Herbert! a strigat o voce răgușită de la una dintre ferestrele casei.

M-am întors, dar nu am văzut pe nimeni.

— Avem mărturisirea, am spus eu. Ai spânzurat pe cine nu trebuia.

— Nu acea mărturisire, a răspuns Fatman. Ăsta a recunoscut că el a incendiat casa. Și nu eu l-am spânzurat, el s-a sinucis.

Fatman a arătat cu degetul la bărbatul ce stătea chiar sub cel spânzurat. Era Simon, simpaticul bucătar. Avea mâinile încrucișate și se uita în sus la cadavru, mormăind ceva. O rugăciune, poate. Pentru familia lui care a ars. Pentru cei morți. Pentru el însuși. Pentru noi toți.

Ceilalți și cu mine nu discutaserăm deloc despre ce aveam de gând să facem cu membrii grupării Haos. Scopul principal fusese să o eliberăm pe Amy și ne înțeleseserăm că nu vom arăta pic de milă dacă opuneau rezistență, că vor fi răniți sau uciși, iar majoritatea credeam că această formă de răzbunare era de ajuns. Dar ce am fi făcut cu ei dacă aveau să se predea — cum era cazul acum — nu stabiliserăm.

Practic, existau trei opțiuni. Să îi executăm. Să îi mutilăm. Sau să îi eliberăm.

Fatman a fost singurul care a votat pentru execuție.

Unii credeau că se impunea amputarea, cum ar fi tăierea mâinii drepte, dar nimeni nu s-a oferit voluntar să facă asta. Presupun că nu era atrăgătoare ideea de a avea în oraș nouă tineri bătuți, dar întregi și dornici de răzbunare.

Cea mai largă susţinere părea să o aibă ideea lui Downing: să-i biciuim cu o frânghie, care, teoretic, putea fi percepută ca fiind o pedeapsă indulgentă şi nu avea să constituie motiv pentru represalii.

În ceea ce mă priveşte, am susţinut să nu îi pedepsim deloc, cât timp nu le puteam asigura „inculpaţilor" un proces corect. Tocmai asta ne deosebea de ei şi faptul că ne abţineam să ne răzbunăm demonstra că respectam principiile de drept pe care străbunii noştri au clădit această ţară. Noi voiam să conducem prin puterea exemplului, să le arătăm că este posibil să se comporte civilizat chiar şi în vremuri haotice, că există cale de întoarcere. Am promis că mă voi asigura personal ca, pe cât posibil, cazul lui Brad Lowe să fie gestionat în conformitate cu principiile fundamentale ale statului de drept.

Nu ştiu dacă i-a convins discursul meu. Sau faptul că Larsen — singurul în afară de mine căruia îi fusese ucis cineva din familie — a luat cuvântul şi m-a sprijinit. Sau dacă a fost adierea, care făcea ca tânărul negru din copac să se legene înainte şi înapoi în scârţâit de crengi, iar noi ne întorceam mereu privirile într-acolo.

Fără alte tergiversări, i-am eliberat pe toţi, cu excepţia lui Brad.

— Vom regreta asta, a spus Fatman în timp ce urmăream luminile de poziţie ale motocicletelor dispărând în vale, în negura tot mai deasă ce se lăsa peste oraş.

VIII

Amy a fost îngropată cu o slujbă religioasă organizată la o biserică din centrul oraşului. Era ornată foarte simplu, dar totul părea să fie intact, de parcă până şi tâlharii considerau Casa Domnului sacră. Nici nu am anunțat, nici nu am invitat pe nimeni; singurele persoane prezente în afară de mine, Heidi și Sam au fost Downing, Larsen și Chung.

Mi-am petrecut restul după-amiezii convingând-o pe Heidi să se mute în vila lui Colin de pe deal, împreună cu familiile lui Chung, Larsen și Downing. I-am subliniat cât de ușor ne-au cotropit cei din gruparea Haos, că același lucru nu doar că putea, ci sigur avea să se întâmple din nou și unde eram mai mulți, eram mai în siguranță. Heidi a spus că nu puteam face asta, era casa și proprietatea altcuiva, chiar dacă acum nu era locuită. I-am răspuns că respect întru totul dreptul de proprietate, dar că, pe moment, îl suspendăm puțin. De asemenea, aveam nevoie de un loc în care să îl putem ține pe Brad în arest civil, până îi începea procesul.

În ziua următoare am mutat puținele lucruri de care aveam nevoie pe deal și am început lucrările pentru a-l transforma în fortul nostru.

Clădirea mare și albă a procuraturii generale avea proporțiile potrivite între patosul arhitectural care inspiră respect și seriozitatea plictisitoare care nu ar trebui să fie provocatoare, din moment ce este finanțată din banii contribuabililor.

Procurorul general Adele Matheson avea un birou de tipul acela pretabil activităților curente, nu pentru a transmite autoritate și statut superior vizitatorilor. Un birou simplu cu teancuri de documente, un computer cam depășit tehnic din care ieșeau cabluri, polițe cu cărți de specialitate, ferestre luminoase, dar fără o priveliște care să distragă atenția. Și absolut nicio fotografie de familie care să îi reamintească faptul că pe lume există lucruri mult mai importante decât munca.

În spatele vrafurilor de documente, într-un fotoliu din piele cu spetează înaltă ședea procurorul Matheson, țintuindu-mă cu privirea peste rama ochelarilor. Nu era la fel de cunoscută ca unii dintre colegii ei, dar tocmai de aceea era mai respectată în cercurile profesionale. În limita a ceea ce se știa despre ea, era cunoscută pentru integritatea și tenacitatea cu care îi urmărea pe oamenii puternici și pentru aversiunea față de expunerea în presă. Cândva, un jurnalist scrisese că procurorul general Matheson susținea toate interviurile și conferințele de presă cu un repertoriu format din doar patru răspunsuri: „da", „nu", puțin mai elaboratul „nu știm" și răspunsul foarte lung „nu putem comenta cu privire la asta".

— Ești avocat, domnule Adams, a spus ea după ce m-a ascultat. Dacă crezi că ai dovezi că această persoană ți-a ucis fiica, de ce ai venit aici, de ce nu prezinți cazul poliției?

— Pentru că nu mai am încredere în poliție.

— Sunt vremuri ciudate, cu siguranță, dar ai încredere în procurori?

— A merge direct la procuror înseamnă, în orice caz, un pas mai puțin înainte ca dosarul să ajungă în instanță.

— Ți-e frică de corupție, nu-i așa?

— Tatăl băiatului este Colin Lowe.

— Acel Colin Lowe?

— Da.

Și-a dus degetul arătător la buza superioară și a notat ceva pe o bucată de hârtie.

— Știi unde este băiatul acum?

— Da.
— Și anume?
— Dacă aș spune că este în arest civil, ar trebui să mă puneți sub acuzare și asta ar periclita cazul, nu credeți?
— Privarea de libertate este, desigur, o problemă serioasă, iar dacă mărturisirea a fost făcută în timpul unei astfel de lipsiri de libertate, instanța o poate respinge în totalitate.
— Fructe dintr-un copac otrăvit.
— Da, bineînțeles că știi principiile. Dar dacă este așa cum afirmi, că există martori care pot confirma că mărturisirea a avut loc și nu a fost obținută prin constrângere, avem un caz mai solid.

Am observat că începuse să spună „noi“ în loc de „tu“. Numele Colin Lowe să fi declanșat această schimbare?

— Mai trebuie să faci rost măcar de unul dintre membrii grupării care l-a indicat ca autor al crimei pe Brad, a spus ea.
— S-ar putea să fie dificil, dar au fost mai mulți dintre noi care i-au auzit spunând că a fost Brad.
— Este informație indirectă și, ca avocat, știi foarte bine că nu va fi suficientă într-un caz de crimă. Dacă voi pune pe cineva sub acuzare, trebuie să fiu cel puțin la fel de sigură că voi obține o condamnare pe cât de siguri vor fi și jurații ca să pronunțe vinovăția persoanei în cauză, adică dincolo de orice îndoială.

Am încuviințat.

— O voi găsi pe una dintre persoanele care l-au indicat pe Brad.
— Bine, a spus Adele Matheson lipindu-și palmele una de alta. Mă apuc de lucru, așa că ținem legătura. Acesta

poate fi un bun caz cu care să arătăm lumii că statul de drept nu s-a prăbușit complet.

— Și eu sper asta, am spus, uitându-mă la singura fotografie din birou. Era mică și atârnată cam strâmb, dar rama și sticla erau intacte. Era Justiția. Oarbă și dreaptă. Fără nicio gaură de glonț în frunte.

De la procurorul general m-am dus direct la secția de poliție, unde am dat de inspectorul-șef Gardell. Ea m-a urmat în parcarea mallului și acolo i-am explicat că îl pot deferi pe Brad Lowe justiției, dacă îl pot găsi pe unul dintre cei care l-au indicat drept autor al crimei.

— L-ai prins pe nenorocit, dar l-ai lăsat să scape cu aducerea în fața justiției? m-a întrebat ea pe același ton pe care presupun că un ateu îl întreabă pe un creștin dacă chiar crede în mersul pe apă.

— Trebuie să-l găsesc pe unul dintre membrii găștii. Poți să mă ajuți?

Ea a clătinat din cap. Am crezut că refuză până a spus:

— Pot să țin ochii și urechile deschise, dar...

Știam ce avea să spună:

— ...să nu îți faci mari speranțe.

I-am mulțumit și am plecat, având senzația că încă mă privește și clatină din cap.

Chung, inginerul de structuri, a fost cel care a reușit să facă vila impenetrabilă.

Zidul ce împrejmuia proprietatea a fost înălțat, cele două porți, întărite, și tot ce se afla între zid și casă pretabil pentru protecție sau ascunzătoare a fost înlăturat. Ferestrele au fost acoperite cu folii antiglonț, iar pereții, ușile și acoperișul au fost fortificate pentru a face față grenadelor. Mine și grenade autopropulsate conectate la senzori de mișcare au fost înșirate peste tot. În plus, proprietatea putea fi supravegheată dintr-o cameră de control amenajată la subsol, de unde puteam manevra de la distanță mitralierele și lansatoarele de grenade amplasate la etajul al doilea. Aveam două drone cu camere de filmat, care de asemenea puteau fi controlate de la distanță din camera de control sau sala de război, după cum o numea Downing în permanență.

Pe scurt, în cazul în care cineva dorea să cucerească vila, trebuia să vină cu artilerie și bombe.

Dacă totuși cineva ar fi reușit să pătrundă în casă, Downing avea un dispozitiv cu vedere nocturnă. Mi-a povestit că în Irak lăsau în beznă câte o stradă, tăind rețeaua principală de electricitate, înainte să înceapă vânătoarea nocturnă de teroriști în cartierele ostile din Basra. Larsen, Chung și cu mine am exersat puțin cu dispozitivul prin casă după ce familiile noastre au mers la culcare și s-au stins luminile, însă asta doar mă făcea să mă simt amețit și îngrețoșat. Când Chung, fără să mă prevină, a aprins luminile în timp ce purtam dispozitivul, a fost ca și cum priveam direct în soare și mult timp după aceea am fost pe jumătate orb.

Chung a mai propus să săpăm și un tunel, în caz că trebuia să ne retragem. M-am gândit îndelung la asta înainte să îi răspund că ar costa prea mult. Am mințit.

De la foști pușcași marini, Downing aflase despre un depozit de muniție pe care îl puteam obține în schimbul medicamentelor și alimentelor, ceea ce am și făcut. Larsen și cu mine am dus muniția în mica pivniță cu vinuri. Pe rafturi nu mai erau sticle de vin, fiind probabil consumate la petrecerile celor din Haos, iar încăperea avea pereți groși de cărămidă. Dar când a intrat Chung și a văzut muniția, ne-a arătat o gaură în perete, unde instalase o țeavă privată de canalizare.

Dacă am fi asediați, iar conductele de canalizare și alimentare cu apă erau tăiate, am avea o țeavă de canalizare care se termina la mijlocul unei pante abrupte, năpădită de buruieni, aflată la un nivel inferior față de proprietate, plus o conductă de apă pe care Chung o conectase pe furiș la conducta de mai jos, în vale. În cazul puțin probabil în care asediatorii ar descoperi scurgerea canalizării și și-ar da seama că duce spre casă, ar putea să arunce o grenadă pe conductă care să ajungă în casă, fără să provoace prea multe daune datorită grosimii pereților, spunea Chung. Desigur, cu excepția cazului în care acolo ar fi depozitată muniție cu risc mare de explozie.

A spus-o în modul lui obișnuit, sec, practic, fără nicio expresie care să trădeze ironie sau simțul umorului. Și de aceea am râs eu și Larsen, în timp ce Chung ne măsura cu privirea lui posomorâtă, ceea ce ne-a făcut să râdem și mai tare.

Am căzut de acord să mutăm muniția în spălătoria care servea drept celulă de detenție pentru Brad. Pe Brad îl dusesem acolo pentru că acolo depozitase el trupul lui Amy. Aveam convingerea că, dacă își amintea în mod constant ce făcuse, atunci și durerea provocată de remușcare avea să-l chinuiască fără încetare.

După ce am terminat rocada și Brad a fost dus în pivnița de vinuri, m-am oprit în prag și l-am privit în timp ce stătea întins pe saltea, citind una dintre cărțile pe care i le lăsasem. De când era în arest, devenise foarte palid și slab, cu toate că îi dădeam suficientă mâncare și îi asiguram plimbări zilnice în grădină.

— Ce e asta? a întrebat el, arătând spre gaura din perete, de lângă capul lui.

— Canalizarea, am spus eu.

— Adică o dejecție ca mine?

A lăsat cartea din mână, și-a strâns pumnii și și-a băgat brațul înăuntru până la umăr.

— Nimeni nu este gunoi, am spus eu.

— Dacă slăbesc suficient cât să mă târăsc afară, unde voi ajunge?

— Pe panta dealului, mai jos de casa Polanski.

Nu știu de ce i-am spus. Sau știam deja? Am ridicat o bandă din plastic care se desprinsese de pe una dintre cutiile cu muniții. Am mototolit-o și am vârât-o în buzunar.

Brad a rânjit.

— Ca să nu mă spânzur cu ea?

Nu am răspuns.

Brad s-a ridicat într-un cot.

— De ce nu termini odată cu povestea asta și nu mă execuți?

A fost ciudat. Chiar dacă era întins pe jos și eu stăteam în picioare, chiar dacă el era cel închis și în puterea mea, era ca și cum el mă privea de sus, și nu invers.

— Pentru că nu sunt ca tine, am spus, întâlnindu-i privirea.

— În curând vei fi. Dacă vrei să supraviețuiești, vreau să spun.

— Speranța mea este că tu vei deveni ca noi. Sau nu ca noi, mai bun decât noi.

— Ce contează, dacă voi fi închis pentru tot restul vieții mele?

— Nu e sigur că nu vei mai face niciodată o alegere care să aibă consecințe pentru semenii tăi, Brad.

— Atunci dă-mi această șansă. Lasă-mă să plec. Îți promit, tata îți va plăti cât vei cere. Nu, cât cer eu!

Am clătinat din cap.

— Este vorba despre ceva mai măreț decât asta, Brad.

— Haide, ce este mai măreț decât averea nenorocită a tatălui meu?

— Să alegi binele în locul răului.

Brad a râs și a împins cartea care a alunecat spre mine pe podeaua de cărămidă.

— Așa cum scrie aici. Rahat liberal de stânga, dacă mă întrebi pe mine.

M-am uitat în jos, la carte. Tom Bingham, *The Rule of Law*. Rahat liberal de stânga? Ar fi însemnat că cel puțin a citit-o și și-a format o opinie. Era posibil, așa cum sperasem, ca eu și toți ceilalți să fi subestimat capacitatea intelectuală a lui Brad?

— Susții că nu vrei să te răzbuni? a întrebat el. Atunci minți!

— Poate, am spus. Dar să te execut oricum nu ar fi o răzbunare suficient de bună. Pentru că da, vreau să te căiești. Vreau să simți aceeași durere pe care o simt eu, pierzând pe cineva pe care-l iubești cel mai mult. Și vreau să simți aceeași vină pe care o simt eu pentru că nu mi-am protejat familia suficient de bine. Nu sunt o persoană mai bună. Dar noi, oamenii, avem capacitatea unică de a renunța la ceea ce oferă satisfacție pe termen scurt pentru ceva care are un scop mai înalt.

— Acum vorbești ca în carte.

— Citește-o, am spus. Apoi putem discuta mai mult.

Am ieșit și am încuiat ușa.

Am intrat în dormitorul în care Heidi și Sam se jucau cu două figurine Transformers pe care Sam le primise de Crăciun de la „Unchiul Colin", așa cum spunea felicitarea. Când Sam le-a desfăcut, eu și Heidi am înțeles din reacția lui că i-am fi zdrobit sufletelul dacă le-am fi luat în schimbul altor jucării, mai puțin violente.

— Aud că te distrezi, a remarcat Heidi.

Am sesizat mânia din vocea ei și mi-am dat seama că auzise că Larsen și cu mine am râs.

— Cel puțin încerc, am spus, observând aceeași ranchiună în propria mea voce.

— Ai vorbit cu el?

El era Brad, ea încetase să-i spună pe nume.

— L-am verificat, am mințit.

De parcă nu era de ajuns că am râs în hohote, ar fi trebuit să încerc și să-i explic că am avut un fel de conversație semnificativă cu ucigașul fiicei noastre? Da, spusesem că avem obligația să trecem peste moartea lui Amy, să privim înainte, de dragul nostru și al lui Sam. Dar Heidi credea că oamenii sensibili fac loc durerii, că durerea era reculul iubirii și că, dacă nu o simțeam, nu o iubisem pe Amy atât de profund pe cât pretindeam. Desigur, cuvintele mă răniseră, iar ea observase asta și își ceruse iertare. Spusesem că fiecare suferă diferit și că poate modul lui Heidi era mai bun, poate că ea procesa acea durere, în timp ce eu amânasem procesul. Mi-am dat seama că nu credea că vorbeam serios, dar părea să îi placă tentativa mea de a empatiza.

— Tati, uite! a spus Sam, alergând spre mine, sărindu-mi în poală și ținând figurina Transformers în dreptul feței mele, mârâind. Sunt Devastatorul! Mă pot transforma!

A rotit unele dintre părțile figurinei și a apărut o armă asemănătoare cu o furculiță. După care și-a pierdut brusc interesul pentru jucărie și m-a privit drept în ochi.

— Tu te poți schimba, tati?

Am râs și i-am ciufulit părul.

— Bineînțeles că pot.

— Arată-mi.

Am făcut o față care de obicei îl făcea să râdă. Acum doar se uita la mine. Am simțit o oarecare dezamăgire. Apoi m-a îmbrățișat și și-a ascuns fața în umărul meu. M-am uitat la Heidi, care mi-a zâmbit fără tragere de inimă.

— Cred că lui i se pare în regulă ca tații să nu se schimbe, a spus ea.

Locuiam împreună și încercam să nu ne călcăm pe nervi reciproc. Chiar și cu trei familii, aici aveam mai mult spațiu decât avusesem în oraș, dar tot era puțin cam aglomerat. După răpire, Heidi devenise atât de îngrijorată, încât îl ținea pe Sam aproape de ea mereu. Nici măcar nu îl lăsa să se joace cu ceilalți copii în grădina cea mare dacă nu îl însoțea. Am încercat în zadar să îi explic că aici eram mai în siguranță decât oriunde altundeva în lume, dar degeaba.

— Vom fi atacați, a spus ea într-o zi, în timp ce stăteam în grădină și îl priveam pe Sam jucându-se cu cei doi copii ai lui Larsen.

Tropăiau în jurul zonei minate și unde erau instalate grenadele autopropulsate, dar nu era niciun pericol, ambele fuseseră scoase din funcțiune din camera de control. Era o bucurie să auzi râsetele lipsite de griji ale copiilor, să îți confirme că ei chiar simțeau siguranța pe care încercam cu disperare să le-o insuflăm. Heidi fusese violată, dar nu voia să vorbească despre asta. Când am întrebat-o de ce, dacă nu ar fi fost bine să se elibereze, ea mi-a răspuns că pur și simplu nu își amintea prea multe. Fusese o fată acolo care, din fericire, îl scosese pe Sam afară, dar după aceea a blocat toate amintirile. În tot acel timp se gândise doar la Sam și Amy. Așa că nu prea avea despre ce să discute. Dacă amintirile erau undeva, în subconștient, atunci n-aveau decât să zacă acolo, pentru că ea acum trebuia să fie în formă. Eu însumi m-am gândit că abilitatea lui Heidi de a-și reprima amintirile — exact ca și durerile fizice — trebuia să fie pusă pe seama faptului că durerea cea mai intensă poate să anihileze temporar altă durere. Și cea mai puternică durere era pierderea lui Amy. Mi-am dat seama că din acest motiv Heidi — femeia puternică, grijulie, capabilă de sacrificiu personal, care, în alte circumstanțe, ar fi preluat în mod automat rolul mamei-surogat pentru copiii orfani ai lui Larsen — aproape că îi evita. În schimb, acel rol a fost preluat de tânăra soție a lui Chung.

— Unii poate vor vrea să încerce, am spus. Dar cred că vor căuta prăzi mai ușoare.

— Nu găștile, a spus ea. El. Colin. El ne va găsi.

— Nu și dacă ne păstrăm discreția, am răspuns, uitându-mă cam îngrijorat la copii.

Scormoneau pământul unde îl îngropasem pe tânărul de culoare, Herbert. Brad nu îi știa numele de familie, așa a spus, ceea ce era bine, oricum nu aveam nevoie de el. Mormântul nu era marcat cu vreo cruce care să dezvăluie linșajul.

— Un tată sau o mamă mereu își vor găsi copiii, a spus Heidi.

Nu i-am răspuns. Pentru că știam că are dreptate.

În următoarea zi, când am trecut pe la secția de poliție, am aflat vești bune. Inspectorul-șef Gardell luase urma unui membru al grupării Haos, unul pe nume Kevin Wankel. A fost ușor, era deja la închisoare. Recent, Wankel fusese arestat pentru tâlhărirea și uciderea unui polițist. La interogatoriu afirmase că se număra printre membrii Haos. Dar, pentru că gruparea Haos nu putea face rost de suficienți bani ca să îi acopere costurile dependenței de metamfetamină, a plecat de unul singur să tâlhărească pe cineva. Așteptase în fața unui club de striptease, s-a apropiat de prima și cea mai promițătoare persoană care a ieșit, i-a pus pistolul în frunte și i-a cerut portofelul. Când, potrivit martorilor, persoana i-a spus calm că este polițist și că Kevin ar trebui să fugă, acesta a apăsat pe trăgaci, a luat portofelul și a fugit. A fost arestat după o oră, în timp ce încerca să cumpere metamfetamină pe stradă. Procesul lui se terminase deja, primise o sentință pe viață.

Ea mi-a arătat fotografia pe care i-o făcuseră lui Wankel la momentul arestării, dar nu l-am recunoscut imediat, cel puțin nu se numărase printre cei care îl indicaseră pe Brad ca autor al crimei.

— Am vorbit cu el, a spus Gardell. Este mai mult decât dispus să stea în boxa martorilor și să spună că l-a văzut pe Brad făcând-o. În schimb, noi nu trebuie decât să îi facem rost de droguri.

— Ce?

— Desigur, nu am acceptat. Adele Matheson nu acuză pe nimeni pe baza unui certificat care oferă droguri ca recompensă. Dar îi putem oferi o pedeapsă mai mică.

M-am uitat la fotografie și am clătinat din cap.

— Nici măcar nu a fost acolo.

— Ce?

Am împins fotografia pe suprafața mesei spre ea și i-am arătat data.

— Asta a fost făcută cu două zile înainte să luăm vila cu asalt. El era deja arestat. Doar vrea droguri, și-ar vinde și mama pentru un gram.

— Fir-ar, a spus Gardell.

Părea să fie la fel de dezamăgită pe cât mă simțeam eu.

Ciudat cum se ivește speranța, pentru ca apoi să îți fie luată. Chiar dacă am plecat de la secția de poliție așa cum m-am dus, cu mâinile goale, avusesem și zile mai rele.

După ce eu și Dumbo am scăpat în acea noapte din vilă, ne-am mutat la Maria.

Presupun că nu era tocmai încântată că am adus un oaspete, dar l-a acceptat ca parte a înțelegerii. Pentru că înțelegerea era nu doar să împărțim un acoperiș, o masă și un pat, ci și ca eu să îi protejez și să merg — la timpul potrivit — să fac rost de mâncare. Maria nu m-a întrebat cum procedam, nici eu nu i-am spus vreodată.

Unul dintre trucurile noastre era să găsim o stradă îngustă și nu foarte circulată, unde Dumbo se întindea pe asfalt. Trecuse de mult vremea când mașinile opreau să îi ajute pe cei ce zăceau pe drum, dar cel puțin încetineau ca să întoarcă. Și, în timp ce făceau asta, eu veneam pe motocicletă din direcția opusă, așa încât părea că se crea un mic ambuteiaj și opreau de tot. Dacă ne coordonam bine, în acel moment mașina era în dreptul lui Dumbo, care se ridica, scotea arma, spărgea geamurile laterale și striga „sus mâinile!", replică pe care o adora și o repeta întruna. Întrucât șoferii nu știau dacă eram în cârdășie cu mititelul înarmat, nu călcau imediat pedala de accelerație să dea peste mine și mă foloseam de acele secunde de ezitare ca să scot și eu arma.

Într-o zi, tocmai folosisem această tactică și tipul stătea în mașină cu mâinile ridicate, sub amenințarea armei lui Dumbo, în timp ce eu goleam mașina de alimente și introduceam un furtun scurt în rezervor.

— Sus mâinile! a strigat Dumbo pentru a treia oară.

— Dar le-am ridicat, a spus șoferul cu disperare în glas.

— Sus mâinile!

— Dumbo! am strigat. Acum ne calmăm.

Mi-am lipit buzele de celălalt capăt al furtunului de plastic și am început să sug pentru ca benzina să înceapă să se scurgă în bidonul pe care îl pusesem pe asfalt.

Eram atât de concentrată la ce făceam că pur și simplu nu i-am auzit venind, nu până când o voce mult prea familiară a spus răspicat:

— Nu știam că lesbienele știu să sugă.

Am înghițit o dușcă de benzină în timp ce m-am întors să armez pușca Remington, deși mi-am dat seama că era prea târziu.

Erau trei. Unul dintre gemenii O'Leary ținea un pistol la fruntea lui Dumbo, celălalt avea un kalașnikov îndreptat spre mine. Al treilea — cel care vorbise — avea o geacă roșie de piele pe spatele căreia știam că era brodat un monstru marin.

— Ragnar. A trecut ceva timp.

— Dar nu suficient de mult? a spus el zâmbind.

Am dat să mă ridic în picioare.

— Rămâi în genunchi, Yvonne, ți se potrivește. Și spune-i piticului să lase arma jos sau începem să tragem.

Am înghițit în sec.

— Fă cum spune, Dumbo. Vrei să ne iei prada?

Ragnar și-a rotit lanțul.

— Tu nu ai face la fel?

Am ridicat din umeri.

— Cred că depinde.

— Dacă, de exemplu, cineva fuge când este atacată banda al cărei comandant secund era?

— Tu n-ai fi făcut la fel?

— Ne-ai abandonat. Un membru al grupării Haos nu își abandonează camarazii, asta este prima regulă. Nu-i așa, băieți?

— Ba da, au răspuns gemenii O'Leary la unison.

— Lupta era pierdută. Nu puteam face nimic pentru voi.

— Da? Dar pe piticul acesta l-ai salvat. L-ai antrenat bine, se pare că începe să devină util. Și noi am avea nevoie de unul ca el.

Ragnar a făcut semn cu capul spre Dumbo.

— Ce s-a întâmplat acolo sus? l-am întrebat.

Ragnar s-a uitat în pungile cu mâncare pe care le pusesem pe asfalt.

— L-au linșat pe Herbert și l-au reținut pe Brad. Nouă, celorlalți, ne-au dat drumul, idioții.

— Apoi, presupun că ați organizat un atac împotriva lor.

Ragnar m-a privit încurcat.

— Din moment ce îl aveau pe Brad și Haos nu-și abandonează membrii... A încercat să îl salveze pe Brad, nu este așa, băieți?

De această dată, frații O'Leary n-au răspuns.

Privirea lui Ragnar a devenit și mai tăioasă. Dar nu m-am putut opri:

— Nu? Ah, așadar ai avut noroc că eu și Brad am ieșit din ecuație ca să preiei tu conducerea?

Încheieturile degetelor lui Ragnar s-au albit în timp ce strângea tot mai tare lanțul.

— Mereu ai avut gura prea mare, Yvonne. Nu ți-a spus nimeni că nu este o idee prea bună când ai un kalașnikov ațintit spre tine?

Am înghițit în sec. M-am gândit la fata numită Amy. Îmi doresc să îi fi dat același sfat.

— Am vorbit cu tatăl lui Brad și i-am spus ce s-a întâmplat, a spus Ragnar aruncându-le o privire gemenilor, să se asigure că au auzit. Se va ocupa de situație chiar el.

— Vrei să spui că ai reușit să iei legătura cu tatăl lui Brad?

Ragnar a ridicat din umeri.

— Ai putea spune că el a fost cel care ne-a găsit. În orice caz... nu mai e problema mea.

A scos un măr din plasă și a mușcat din el. S-a strâmbat și a aruncat mărul, care a ricoșat din asfalt.

— Știai că pe chei încă se cumpără sex cu pitici?

Nu i-am răspuns.

— Nu uita că ți-am crutat viața, Yvonne Gură Mare, a spus el.

Apoi s-a întors și s-a îndreptat spre intersecție, unde probabil lăsaseră motocicletele înainte să se furișeze lângă noi.

— Să nu uitați plasele! ne-a strigat el peste umăr.

— OK! a strigat geamănul care mă amenința cu arma. Să luăm și armele?

— Dumnezeule, tu ce crezi?

Chiar dacă gemenii ne luaseră armele, au mers cu spatele spre Ragnar, ținând kalașnikovurile îndreptate spre mine și Dumbo.

Am auzit pornind motocicleta lui Ragnar, avea un huruit aparte. Apoi a apărut de după colț. Mi-a luat două secunde să înțeleg ce se petrecea, să îl văd rotind cârligul, să mă ridic în picioare și să strig la Dumbo să se ferească. Două secunde prea târziu. S-a auzit o bufnitură când cârligul s-a înfipt în umărul lui Dumbo și am văzut vârful ieșind prin față, pe sub claviculă. Când a fost desprins de geamul mașinii de care încerca să se țină, Dumbo a gemut prelung, aproape fără suflare. A ricoșat de două sau de trei ori pe asfalt, înainte să se rostogolească rapid și să dispară. M-am întors să încalec pe motocicletă și să îi urmăresc, dar gemenii au venit spre mine pe motocicletele lor și salvele lor răsunătoare mi-au ciuruit motorul.

După ce nici ei nu s-au mai văzut și fumul s-a ridicat la propriu, am căzut în genunchi și m-am holbat la găurile din sfânta și nenorocita mea sursă de supraviețuire.

— Vrei să te duc undeva? m-a întrebat tipul din mașină, care încă era acolo.

Am închis ochii. Voiam să râd. Acesta nu e orașul și nici momentul pentru bocit. Nu e. Dar eu am plâns.

Se făcuse noapte, era târziu și mă întorceam acasă, după încă o zi în care îi căutasem în zadar pe membrii bandei Haos. Trebuia să am un martor direct, pe cineva care să îl arate cu degetul pe Brad Lowe.

Când am trecut pe lângă clădirea Parchetului, am văzut lumină în câteva birouri și într-o doară am oprit mașina în parcarea aproape goală din fața intrării și am sunat la interfon. Am rugat vocea care a răspuns să sune la biroul procurorului Adele Matheson. Curând după aceea, vorbeam cu ea la interfon.

— Am încercat să dau de tine. Plec spre casă, mă poți aștepta cinci minute?

După patru minute a ieșit din clădire. Hainele, dar chiar și bluza, erau aceleași ca ultima dată când o văzusem. S-a îndreptat de îndată spre parcare. Pantofii erau roși pe interior, ceea ce accentua forma în x a picioarelor ei.

— Mă poți ajuta să îl găsesc pe Brad Lowe? a început ea.

— Am spus...

— Nu ai spus nimic din ce nu vreau să știu și îți sugerez să mergem mai departe. Poți să aranjezi să fie judecat, da sau nu?

— Da, am spus eu uimit.

— Bine. Rudele lui au fost informate despre acuzațiile care i se aduc și acum ai fost informat și tu. Aceasta presupune ca tu și cei care au ajutat la căutarea lui Amy să depuneți mărturie.

— Vreți să spuneți că...?

Ne-am oprit lângă un Ferrari roșu. Cu greu îmi venea să cred că mașina sport joasă, sexy era a ei până când a deschis-o.

— Nu promit nimic. Spun doar că, la o analiză atentă, noi, cei din Parchet, am ajuns la concluzia că avem suficiente probe să îl acuzăm pe Brad Lowe pentru omucidere.

IX

Au atacat cu puțin timp înainte de zorii zilei.

Erau pregătiți, era clar că cercetaseră proprietatea și se așteptaseră să întâmpine rezistență.

Erau îmbrăcați în uniforme de camuflaj și s-au târât peste zid fără să iasă în evidență, aidoma spinărilor unui banc de delfini la suprafața apei.

— Tipii ăștia sunt profesioniști, a spus Downing, lăsându-se pe speteaza scaunului, urmărind monitoarele.

Trecuseră mai puțin de două minute de când se activaseră alarmele silențioase amplasate în exteriorul zidului și până ne-a trezit Downing, care era de gardă, și ne-am strâns în pivniță. Femeile și copiii se închiseseră în camera securizată din fața celei în care era Brad, în timp ce Downing, Chung, Larsen și cu mine stăteam în camera de control din celălalt capăt al subsolului. Camerele noastre camuflate — simple camere de vânătoare cu vedere pe timp de noapte — arătau pe monitoare cum atacatorii se grupau în curte și se împrăștiau ca să ia cu asalt casa din mai multe părți.

Bancul s-a oprit.

— În jur de 30 de bărbați, a spus Downing. Diferite tipuri de arme, dar puști automate de asalt. Nu văd grenade ofensive sau aruncătoare de flăcări, așa că trebuie să fie o operațiune chirurgicală, vor muri doar cei care trebuie să moară.

Toți în afară de Brad, m-am gândit, dar nu am spus nimic.

— Dispozitive de vedere nocturnă, același model vechi ca al meu. Sunt veterani experimentați, tineri, cea mai periculoasă categorie de adversari.

— Sunt așa de mulți, a spus Larsen, speriat.

— Nu ar trebui să activăm minele acum?

— Acela este al doilea scenariu, a spus Downing, bătând încet cu degetele lângă tastatură. Ce înseamnă asta, Larsen?

Când Larsen a înghițit în sec, a lăsat impresia că a sorbit dintr-o sticlă.

— Minele și mitralierele cu declanșare automată nu sunt activate înainte ca ei să atace, a șoptit el.

— Îhm. Chung?

— Da? a spus Chung care tocmai ce intrase, după ce se asigurase că femeile și copiii intraseră în camera securizată.

— Când se declanșează minele și mitralierele, tu pornești curentul electric din zid, nimeni nu trebuie să scape.

— Bine.

— Adams, tu pilotezi drona și ne oferi imaginea de ansamblu.

— Recepționat, am răspuns eu în proaspăt dobânditul jargon milităresc.

— Și, Larsen, tu ești pregătit cu mitralierele, da?

— Da, a spus el, făcându-se mai confortabil pe scaun și prinzând joystickul care controla drona.

Cred că toți încercam să părem mai calmi decât ne simțeam. În același timp, eram oarecum cuprinși de euforie, pentru că în sfârșit aveau loc acțiunile pentru care ne pregătiserăm și ne oțeliserăm.

— Bine, așadar scenariul numărul doi. Când se pun în mișcare, număr de la trei descrescător și activăm sistemele când ajung la zero. Întrebări?

Liniște.

— Pregătiți?

Se auzi un „da" pe trei voci.

Se pare că multe lucruri nu se petrec ca în filme.

Acesta nu era unul dintre ele.

Următoarele câteva secunde — pentru că doar câteva secunde a durat, urmărind imaginile ulterior — au fost la fel de ireale ca tot ce am văzut la televizor.

Când ne-au atacat și s-au aprins automat reflectoarele, când s-au declanșat minele și au început să zboare bucăți din corpurile lor, când mitralierele cu declanșare automată secerau atacator după atacator, când mai mulți dintre ei s-au retras și au încercat să sară înapoi peste zidul trezit la viață, iar eu am văzut prin camera de pe dronă cum se prăbușeau trupurile lor tremurânde și cum gloanțele trase cu mitraliera lui Larsen îi făceau să se scuture în continuare, a fost pur și simplu greu de crezut că era aievea.

Apoi exploziile și salvele mitralierelor au amuțit, iar liniștea s-a așternut brusc.

Unii dintre răniți au început să strige după ajutor acolo, afară. Larsen — care stătea pe un scaun lângă Downing și controla mitralierele cu un joystick ca în jocurile video — nu mai trăgea. Acum se uita pe monitoare, inclusiv pe cel pe care erau transmise imaginile de la drona mea. Se folosea de ele ca să țintească. Acum trăgea doar salve scurte. Cu fiecare salvă, strigătele de ajutor se stingeau treptat.

După câteva momente, s-a făcut o liniște mormântală.

Ne holbam la ecrane. Era la fel peste tot.

— I-am învins, a spus Chung precaut, de parcă nu i-ar fi venit să creadă.

— Ihaaa! a chiuit Larsen ridicându-și brațele în sus.

În ochi i s-a aprins parcă un licăr care fusese stins vreme îndelungată.

Am dirijat drona peste zid. La o sută de metri în vale, erau parcate trei dube blindate cu motoarele pornite. Plus un SUV pe care voiam să îl studiez.

— Mai au câțiva oameni afară, am spus eu. Să pornim boxele și să le spunem că deschidem porțile ca să își recupereze morții?

— Așteaptă, a spus Downing. Uite.

A arătat spre becurile de atenționare. Unul era aprins.

— Cineva a spart fereastra de la bucătărie, a spus el.

Am adus drona înapoi și, într-adevăr, paravanul de la fereastra bucătăriei fusese îndoit într-o parte, probabil cu un levier.

— Avem un *ranger*, a spus Downing, punându-și dispozitivul pentru vedere nocturnă și luându-și arma. Adams, preiei tu controlul aici.

În clipa următoare a ieșit pe ușă și a dispărut în negura de pe hol.

Ne-am uitat unii la alții. Rangerii, din câte auziserăm, erau soldați care acționau independent de unitate și, fără să aștepte ordine, puteau valorifica cu viteza luminii oportunitățile care se iveau. Am ascultat, dar n-am mai auzit pașii lui Downing. Ne arătase sumar o tehnică ninja pentru a merge fără zgomot, dar nu avuseserăm timp să exersăm lupta corp la corp, ne concentraserăm pregătirile pe împiedicarea accesului în casă.

S-a auzit un foc de armă și noi am tresărit.

Apoi s-a auzit un sunet ca atunci când cineva cade pe scările de la subsol.

Am așteptat. Am ținut mitraliera atât de strâns, încât mă durea antebrațul. După ce am terminat de numărat până la zece și Downing nu a bătut la ușă, m-am întors spre ceilalți doi.

— Downing este mort, am spus.

— Rangerul nu poate intra în camera securizată, a spus Chung încrezător.

— Dar îl poate elibera pe Brad, am răspuns. Ies.

— Ești nebun? a șoptit Larsen. Rangerul are dispozitiv de vedere nocturnă, nu ai nicio șansă, Will!

— Tocmai asta este șansa mea, am spus, verificând că arma este încărcată și are piedica pusă.

— Ce vrei să spui?

Am arătat cu degetul spre panoul de control, spre întrerupătorul care aprindea toate luminile din casă.

— Aprinde lumina când ies, după opt secunde stinge-o iar, apoi aprinde-o și stinge-o la fiecare cinci secunde.

— Dar...

— Fă așa cum spune, a intervenit Chung, care înțelesese.

Am deschis ușa și m-am strecurat în întuneric. S-a aprins lumina. Am alergat spre scări ca un ninja, ca un rinocer. Downing era la baza scărilor. Binoclul cu vedere nocturnă îi acoperea ochii, dar am văzut că era mort, avea o gaură în frunte. Am numărat secundele în minte în timp ce i-am scos binoclul. Mai mult am simțit decât am auzit cum se apropie dușmanul. Speram doar că îl întârziase suficient, pentru că l-a orbit lumina și a trebuit să își scoată binoclul.

Șase, șapte.

Tocmai îmi pusesem binoclul când lumina s-a stins.

Acum am auzit pași, se îndepărtau. S-a retras, trebuia să își pună iar binoclul.

M-am luat după sunet, am încercat să pășesc cu mai multă atenție, dar presupuneam că acum nu mă putea auzi prea bine, din moment ce trebuia să se miște și el. M-am apropiat de joncțiunea în forma literei T, unde camera securizată era la dreapta, iar la stânga pivnița cu vinuri în care era Brad. Tentant. Trei, patru. Am ridicat binoclul și m-am întors la dreapta, după colț, în timp ce se aprindea lumina.

Nimeni.

M-am întors la o sută optzeci de grade și acolo — la șapte, opt metri de mine, în fața ușii lui Brad — era el. Îmbrăcat în negru, nu în uniformă de camuflaj. S-a întors spre mine, spre sunet, pentru că evident că nu vedea nimic și și-a ridicat mâna ca să scoată binoclul pe care îl purta peste cagulă.

Poate cagula a făcut ca totul să fie mai ușor, nu știu, dar m-am lăsat în genunchi și am tras în el. Spre uimirea și disperarea mea, părea să nu îl nimerească niciun glonț. Și-a scos binoclul și l-a azvârlit pe podea și a tras, bubuiturile fiind asurzitoare între pereții de cărămidă. Nu am simțit nicio durere, doar o presiune în umărul stâng, ca și cum cineva mă împinsese prietenește, dar nu mi-am mai simțit mâna și arma mi-a căzut pe podea.

Rangerul a văzut că sunt neajutorat, dar în loc să tragă fără rețineri, a ridicat arma în dreptul umărului. Lucrurile păreau să indice că era mândru că simțise inamicul cu binoclu.

Am ridicat mâna dreaptă, cu palma înspre el, și pentru o clipă a ezitat, ca și cum prin acest gest universal, etern, al predării am trezit în el ceva instinctiv, natural. Pentru că vreau să cred că asta este mila.

Cinci...

S-a făcut întuneric și, în timp ce el a tras, din poziția în care eram m-am culcat și m-am rostogolit într-o parte. Mi-am pus iar binoclul, i-am zărit silueta în lumina verzuie, am ridicat pușca cu mâna dreaptă și am apăsat pe trăgaci. Câte un foc. Al doilea a lovit. Și al treilea. Al patrulea a ratat și a ricoșat din peretele aflat în spatele lui. Dar al cincilea și-a atins ținta, cred. Și al șaselea.

Lumina s-a mai aprins și s-a mai stins de două ori înainte să golesc încărcătorul.

Mai târziu, după ce și-au recuperat răniții și morții, și mi-am dat binoclul jos, mi-am dat seama: nu mă simțisem amețit sau îngrețoșat ca mai înainte. Dimpotrivă, nu mă simțisem niciodată mai echilibrat, mai lucid.

Și în zori, pentru prima dată de când dispăruse Amy, Heidi s-a strecurat lângă mine în pat și m-a îmbrățișat strâns. Am sărutat-o și apoi — mai atenți unul cu altul decât de obicei — am făcut dragoste.

X

După câteva zile de la respingerea atacului, m-am întors pe Insula Șobolanului. Colin mă aștepta din nou pe chei. Devenise mai slab. Nu mai suplu, ci mai slab.

În drum spre clădirea închisorii, șobolanii țâșneau încolo și încoace în fața noastră.

— S-au înmulțit, am spus eu, uitându-mă în jos la stâncile care, la ultima mea vizită, erau albe. Acum păreau înnegrite, dar nu pentru că se spărseseră valurile de ele, așa cum crezusem când mă aflam pe barca de pescuit, ci pentru că șobolanii se strânseseră laolaltă.

— Cred că înoată până aici pe timpul nopții, a spus Colin, care îmi urmărise privirea. Sunt speriați.

— De ce?

— Din cauza altor șobolani. Curând, cei de pe continent nu vor mai avea ce să mănânce, așa că vor începe să se mănânce între ei. Prin urmare, șobolanii mai mici fug aici.

— Nu vor începe să se mănânce între ei și aici?

— Într-un final, da.

Am intrat în clădire, într-un corp care fusese transformat într-un fel de reședință impunătoare, similară castelelor medievale sterpe. Liza aștepta în capătul scărilor de la cel de-al doilea etaj, unde mi-a dat mâna. Înainte obișnuiam să ne îmbrățișăm. După pandemie, acel obicei aproape că a fost șters din codul bunelor maniere, dar nu acesta era motivul pentru care nu ne atingeam mai mult decât era necesar. Absența lui Amy și a lui Brad îi făcea pe părinții acestuia din urmă să fie mult prea prezenți.

Ea s-a scuzat, spunând că are ceva de făcut, s-a făcut nevăzută, iar Colin și cu mine am intrat într-o sufragerie spațioasă și mobilată sărăcăcios, la momentul oportun pentru a vedea un șobolan neobișnuit de mare dispărând pe ușa din celălalt capăt.

— La naiba, era uriaș, am spus.

— Nu suficient cât să nu fugă de noi, și nu invers, a răspuns Colin, după care a oftat. Deși este doar o chestiune de timp.

Ne-am așezat și au apărut doi chelneri, ne-au pus șervete albe în poală și ne-au servit direct dintr-o oală aburindă.

— Nici nu putem să servim mâncarea pe farfurii întinse, a continuat Colin. Sunt peste tot și nu se feresc de nimic dacă văd mâncare. Se înmulțesc mai repede decât îi putem împușca.

M-am uitat la bucățile de carne din sosul maroniu, plin de cocoloașe, din fața mea. Am presupus că este de la animalele pe care le mâncăm de obicei, dar gândul a fost sădit, iar imaginația nu poate fi oprită.

— Mulțumesc că ai acceptat să vii, având în vedere situația, a spus Colin, care părea să nu aibă poftă de mâncare.

— Ne-ai atacat. L-ai ucis pe unul dintre noi.

— Voi ați ucis 19 dintre ai noștri și îl ții captiv pe fiul meu.

— În arest, în așteptarea unui proces echitabil. Ai fost informat de Parchet că Brad va fi acuzat și totuși ai atacat. Pentru că știi că va fi găsit vinovat.

— Te pui mai presus de lege.

— Nu știam că tu crezi în lege.

— Nu, dar tu spui că da, Will. Iar un om poate fi acuzat doar pentru că își trădează propriile principii, nu pe ale altora.

— Sau pentru că nu are niciunul.

Colin s-a forțat să zâmbească puțin. Știam de ce. Acesta era genul de schimb de replici pe care îl purtam încă de mici, pe care ni l-am exersat de când dominam cluburile de dezbateri la școală și care a continuat când a devenit sarcina mea să îi contracarez ocazionalele mărturii precipitate. Ca de obicei, tot el a avut ultimul cuvânt:

— Să nu ai niciun principiu este tot un principiu, Will. De exemplu, să respecți cu strictețe faptul că niciun principiu nu trebuie să stea în calea supraviețuirii tale și a celor dragi.

M-am uitat în jos la mâinile mele. De obicei tremurau, începuseră cam în același timp cu pandemia. Acum nu mai tremurau.

— Ce vrei, Colin?

— Îl vreau pe Brad. Și mai vreau și vila ta.

Nici nu am râs, nici nu am zâmbit. Doar am pus șervetul pe masă și m-am ridicat.

— Așteaptă, nu ai auzit ce îți ofer, a spus Colin, ridicându-se și el.

— Nu ai nimic din ce vreau, Colin, nu înțelegi asta?

— Poate că tu nu, dar Heidi și micul Sam? Și dacă am ceva care le poate oferi o viață nouă și mai bună, o șansă să clădească o nouă societate în care domnește legea? Ai auzit de portavionul New Frontier? Pleacă în curând și va avea la bord 3 500 de oameni. Am trei bilete pentru acel vas, am dat pe ele o avere acum multă vreme. Acum nu mai poți lua bilete, indiferent câți bani oferi. Primești cele trei bilete ale mele dacă mi-l dai pe Brad și vila.

Am clătinat din cap.

— Păstrează-ți biletele, Colin. Să îl las pe Brad nepedepsit ar fi o insultă la amintirea lui Amy.

— Iată, s-a pogorât printre noi prea-înțeleptul Adams. Brusc, nu mai e vorba despre respectarea principiilor de drept în numele umanității, ci despre răzbunarea fiicei tale.

— A fost o figură de stil, Colin. Indiferent ce gândesc eu, Heidi nu ar accepta niciodată un astfel de troc.

— Adesea femeile sunt mai pragmatice decât noi, bărbații. Ele se uită la ce e util pentru comunitate și resping preocupările noastre zadarnice despre mândrie și onoare.

— Atunci voi răspunde înainte ca ea să aibă șansa să mă contrazică. Nu.

În timp ce Colin mă conducea înapoi la barcă, șobolanii nu mai fugeau din calea noastră chiar la fel de repede.

— Nu ți-a fost frică la gândul că te pot captura și te pot da la schimb pentru Brad?

Am clătinat din cap.

— Toți cei din casă au semnat că nu vor accepta nicio formă de șantaj dacă nu mă întorc. Deși nu le-am dat instrucțiuni cu privire la ce să facă cu Brad într-o astfel de situație, cred că amândoi știm ce s-ar fi întâmplat.

— Nu ar fi avut parte de procesul pe care i-l vei asigura. Bineînțeles că s-a gândit la asta.

— Din cauza șobolanilor vrei să pleci de aici?

Colin a încuviințat.

— Beth s-a îmbolnăvit, bănuim că este febră tifoidă, dobândită probabil de la o mușcătură de șobolan. Am încercat tot ce îi poate ucide pe șobolanii infernali fără să murim și noi. Știai că ADN-ul șobolanilor și cel al oamenilor este similar în proporție de nouăzeci și șapte la sută? Într-o zi va apărea omul-șobolan, dacă nu a apărut deja.

— Se va face bine pe portavion. Am auzit că unii dintre cei mai buni medici din țară au primit o reducere la bilete.

— Da, a spus Colin. Și tu chiar vrei să-i refuzi familiei tale acele bilete din cauza unui principiu care știi că nu are nicio valoare într-o lume a șobolanilor?

Nu i-am răspuns, doar am sărit de pe chei pe puntea pescadorului, m-am întors și l-am privit pe Colin devenind tot mai mic, în timp ce ne îndreptam spre țărm.

Totuși, un gând nu îmi dădea pace. Îl știam prea bine, nu m-ar fi lăsat să scap atât de ușor dacă nu avea un atu. Un plan alternativ.

XI

Merg cu motocicleta și mă îndrept spre sud la umbra întunericului, gândindu-mă la ziua în care Ragnar și gemenii O'Leary l-au luat pe Dumbo. Cât de diferit ar fi putut fi totul. Sau nu? În orice caz, mă îndrept spre abator, spre sfârșitul acestei povești. În spatele meu e o bandă cu țepi și un tip care a încercat să mă oprească, casa în care l-am întâlnit prima dată pe Will Adams și vila familiei Lowe, în care banda se pare că e pe cale să pătrundă. Poate că totul e decis încă de la început, poate că oamenii ca mine îndeplinesc doar sarcinile trasate de soartă. Indicatorul de combustibil este pe roșu. Bine, soarta va trebui să decidă dacă rămân și fără benzină. Pentru că mereu se întâmplă ceva neașteptat. De exemplu, a fost complet neașteptat că Dumbo a reapărut la mai mult de o săptămână de la dispariție.

Renunțasem la speranța de a-l mai vedea vreodată, când mi-a sunat telefonul. Maria m-a trezit și mi-a atras atenția, aproape înspăimântată. Nu sunase nimeni mai bine de două luni, pentru că majoritatea rețelelor nu mai funcționau, pe piață rămăsese un singur operator.

Am răspuns și am auzit vocea lui Dumbo:

— Mi s-a permis să dau un telefon.

Era în singura închisoare în funcțiune din oraș, folosită acum și pentru arestări preventive și pentru cei care ispășeau pedepse mai lungi. După o oră, stăteam față în față în spațioasa încăpere pentru vizite, de o parte și de alta a unui perete gros de sticlă, fiecare cu un receptor în mână. El purta niște haine în dungi, pe care eu le-am numit retro și măcar el a râs, dându-și seama că am spus ceva ce trebuia să fie amuzant.

Apoi mi-a povestit ce se întâmplase și niciunul dintre noi nu a mai râs. După ce Ragnar l-a răpit pe Dumbo, l-au dus la noua ascunzătoare a bandei Haos, care, din descrierea făcută de Dumbo, trebuia să fie abatorul închis de lângă câmpurile petrolifere, înspre aeroport. Într-o seară, Ragnar a adus în abator un bărbat și i-a gonit pe cei cu care Dumbo împărțea o încăpere.

— Ragnar a arătat cu degetul spre mine și a spus că sunt perfect, a povestit Dumbo. Bărbatul mă primea dacă putea să facă rost de o locuință corespunzătoare pentru gașca lui, o nouă motocicletă pentru Ragnar, 12 kalașnikovuri, 50 de aruncătoare de grenade și 50 de grenade ofensive, 150 de

grame de metamfetamină, 200 de pastile de rohipnol, 200 de pastile de antabio... nu, cred...

— Antibiotice, am intervenit eu.

— Da și...

— Este suficient.

Uneori, Dumbo reținea foarte bine detaliile, mai ales dacă erau neînsemnate.

Dar bărbatul nu a plătit toate astea doar pentru o singură noapte, nu?

— Nu, a spus Dumbo. Pentru tot restul vieții mele.

— Așadar a venit de la clubul acela din port.

— Nu, a venit de pe Insula Șobolanilor.

— Serios? Ți-a spus ce vrea de la tine?

— Da. Adică Ragnar mi-a spus.

— Ce a spus Ragnar?

— Ragnar mi-a spus să le spun polițiștilor care aveau să vină în curând că eu am lovit-o pe fata aceea în cap cu crosa de golf. Și că ar trebui să spun același lucru și judecătorului.

L-am fixat cu privirea.

— Și dacă refuzai?

Ochii mari ai lui Dumbo s-au umplut de lacrimi și vocea a început să îi tremure.

— Atunci aveau să mă dea de mâncare șobolanilor de pe Insula Șobolanilor.

— Înțeleg că a trebuit să accepți. Dar când va auzi judecătorul...

— Nu am spus da, a suspinat Dumbo. Am spus nu. Pentru că atunci trebuie să stau la închisoare pentru tot restul vieții și nu vreau asta.

— Înțeleg asta. Dar ai declarat poliției că tu ai fost, de aceea ești aici, nu? Ai făcut alegerea bună, pentru că așa nu te pot da de mâncare șobolanilor până când îi spui judecătorului că te-au amenințat.

— Nu! a strigat Dumbo și a dat cu capul de panoul despărțitor.

Făcea asta uneori, când se simțea frustrat că nu putea să explice. L-am văzut pe unul dintre gardieni venind spre noi.

— Liniștește-te, Dumbo.

— Nu m-au amenințat pe mine. Te-au amenințat pe tine! Au spus că o vor ucide pe Yvonne dacă nu fac cum spun ei.

Am asimilat mesajul, silabă cu silabă. Nenorociții. Nu vor decât să știe ce este cel mai important pentru o persoană ca să o prindă.

În spatele meu, gardianul și-a dres vocea și eu mi-am lipit palma de panoul de sticlă.

— Te voi scoate de aici, Dumbo, promit. Te voi scoate de aici, mă auzi?

Dumbo și-a lipit palma în același loc și obrajii săi dolofani au fost inundați de lacrimi.

— Mai este un minut, unul, până când aterizează elicopterul.

Desigur, pare absurd să stau pe acoperișul unui zgârie-nori și să ciocnesc un pahar de șampanie în timp ce lumea, așa cum o știm, se prăbușește în jurul nostru. Pe de altă parte, ar fi fost la fel de absurdă și în lipsa șampaniei.

Locotenentul se apropie de noi, îi șoptește lui Colin ceva la ureche și aleargă înapoi spre helipad, unde ultimii dintre cei bogați, privilegiații, așteaptă să fie ridicați în aer și conduși spre un nou început pe portavionul New Frontier.

— A spus că mulțimea a intrat, a precizat Colin. Dar oamenii mei au tăiat cablurile lifturilor, așa că trebuie să o ia pe scări. Apropo, știi de ce scările din străvechile castele și catedrale se rotesc mereu pe direcția de urcare, în sensul acelor de ceasornic?

Ca de obicei, Colin Lowe nu a așteptat răspunsul.

— Pentru ca apărătorii clădirii să aibă un avantaj asupra atacatorilor, putând să își miște mai liber săbiile cu mâna dreaptă.

— Interesant. Dacă tot veni vorba, știi vreo cale de scăpare de aici fără să riști să ți se reteze capul de pe umeri? Pentru cei care nu pleacă cu elicopterul, vreau să spun.

— Da. Liniștește-te, va fi bine. Uite, elicopterul este acolo.

Un punct suspendat de lumină se apropie plutind de noi. Mă uit în jos, la bulele care se desprind de fundul paharului și se ridică la suprafață.

— Spune-mi, Colin, și tu te-ai molipsit de frică, la fel ca șobolanii?

Colin se uită la mine puțin surprins. Încă nu și-a ridicat paharul de șampanie pentru toastul pe care știu că îl va ține. Pentru prietenie, pentru familie, pentru o viață bună. Acestea sunt cele trei constante.

— La ce te gândești? mă întreabă el.

— Când ai cumpărat mărturisirea lui Dumbo. Ai intrat în panică?

Colin clatină din cap.

— Nu știu cât de limpede gândește un tată când vine vorba despre propriul fiu sau propria fiică, dar când acest Ragnar m-a contactat și mi-a spus că are o ofertă pe care nu o pot refuza, chiar a avut dreptate.

— Conștiința ta nu a obiectat?

— După cum știi, a mea nu este la fel de gălăgioasă ca a ta, Will. Și nu, nu a făcut prea multă gălăgie. Din ce spune Ragnar, Dumbo era atât de retardat mintal, încât trebuia să fie considerat nebun, așa că nu avea cum să fie pedepsit.

— Nu este atât de simplu, Colin. Și cred că știi asta.

— Ai dreptate, dar cred că am vrut să fie atât de simplu. În plus, am crezut că merită orice pedeapsă avea să primească. Ragnar mi-a spus că el a violat-o pe Heidi.

Am strâns atât de tare piciorul paharului încât, pe moment, am crezut că îl voi sparge. Pe cerul portocaliu al după-amiezii, văd ceva mișcându-se printre zgârie-nori. Vine elicopterul. Seamănă cu un greiere. Ca acela de culoare verde-mazăre pe care-l adusesem eu de la ferma bunicii, la finele vacanței de vară când m-am întors acasă. L-am ținut într-un borcan de gem și am dat o gaură în capac. Cu toate acestea, când am ajuns era mort și mulți ani după aceea tata obișnuia să-l pomenească la reuniunile familiei, să spună că fusesem atât de supărat, încât mi-am înfipt un ac în vârful degetului, ca să mă pedepsesc. Nu puteam să înțeleg de ce râdeau adulții.

— Mă gândesc la ce s-a întâmplat ulterior, spun eu.

— Știi că nu am fost implicat deloc, oftează Colin.

— Dar ai fi putut să previi.

— Catastiful nostru de păcate prin omisiune este nesfârșit, Will. Bineînțeles, pot fi acuzat că nu am avut destulă imaginație în privința cinismului acestui Ragnar. Dar nu aș fi permis niciodată dacă ar fi solicitat.

Acum încep să aud elicopterul, sunetul făcut de elicea ce lovește aerul, hârâitul motorului.

A doua zi, când m-am dus la judecătorie, ploua. Nu l-am întâlnit pe Dumbo, dar am aflat că avocatul desemnat era un Marvin Green, de la Amber & Doherty. Mi-a luat tot restul zilei să găsesc biroul avocatului, în mod evident se mutaseră de la adresa pe care o primisem de la instanță, acum erau într-o clădire dărăpănată de cărămidă. Nu mi s-a permis accesul, doar mi s-a comunicat prin interfon că Green nu era acolo. Când am întrebat unde îl pot găsi, că era urgent pentru că aveam informații despre cazul la care lucra, persoana respectivă a râs. Mi-a spus că fie îl găsesc pe Green la pubul din intersecție, fie a plecat acasă. M-am dus la pub, am aflat de la barman că Green tocmai plecase, m-am întors la clădirea de cărămidă și, după mult tam-tam, am obținut adresa lui Green. Ploua torențial și aveam senzația că mergeam printr-un râu, urcând dealul la volanul mașinii.

Adresa nu era departe de vila din care fuseserăm izgoniți. Dar aceasta era o casă mică, ca un bungalou din acela construit de artiștii care se mutaseră aici primii. Dar avea o poartă de fier și un zid cu sârmă ghimpată și cioburi de sticlă.

Am sunat.

— Cine e? a spus o voce răgușită prin interfonul din zidul de cărămidă.

M-am uitat în sus la camera din vârful stâlpului porții, m-am prezentat și i-am spus că aveam informații care îl puteau ajuta pe domnul Green să îl apere pe domnul Gabriel Norton, alias Dumbo, prietenul meu.

Am auzit clinchetul unui pahar.

— Haide, a spus el.

— Adică să intru?

— Nu, să vorbești. Necunoscuților nu le dau voie să intre.

Așa că i-am transmis mesajul meu de acolo, stând în ploaie. I-am spus că nu Dumbo o omorâse pe Amy, că era victima unei conspirații ca să îl scape Brad Lowe, fiul bogătașului. A fost un lung monolog și cum nu am fost nici întreruptă și nici nu am primit vreun alt semn că eram ascultată, treptat am început să suspectez că Green închisese. Dar cel puțin nu venise nimeni să mă gonească și, cum nu aveam altceva de făcut, am continuat. I-am spus cum eu și

Dumbo — pe care nu îl cunoșteam pe atunci — ne-am salvat reciproc ca prin miracol în timpul unui incendiu și de atunci am rămas împreună. Am fost acceptați într-o bandă și așa am reușit să supraviețuim. I-am spus că Dumbo putea fi cu siguranță condamnat pentru multe lucruri, dar nu și pentru uciderea lui Amy, eu fusesem în casă și îi puteam oferi un alibi pentru momentul comiterii crimei.

Am terminat de vorbit și între timp mă făcusem ciuciulete și mă luase frigul de-mi clănțăneau dinții, stăteam holbându-mă la plăcuța de bronz perforată de sub sonerie. Chibzuisem dacă să îi spun sau nu că îl văzusem pe Brad omorând-o pe Amy, dar, cum tatăl lui Brad luase calea războiului, am decis că nu îmi puneam doar propria viață în pericol, ci și viața lui Dumbo și a Mariei. Scopul meu era să îl eliberez pe Dumbo, nu-mi păsa dacă Brad avea sau nu să fie condamnat.

— Domnule Green?

Era liniște. Apoi s-a auzit o tuse productivă. Pe urmă, vocea răgușită, mai puțin blazată.

— Am nevoie de adresa ta dacă va trebui să te chem ca martor.

I-am dat numele străzii și numărul blocului în care locuiam cu Maria și i-am dictat numărul apartamentului atât de rar și clar, încât până și un penibil avocat care a renunțat de mult să mai lupte putea să îl audă.

— Cel mai bine ar fi să nu vorbești cu nimeni despre ceea ce știi și nici despre faptul că ai fost aici. Te voi contacta eu, dar tu să nu încerci să mă mai contactezi.

În timp ce coboram în vale, a trebuit să opresc la ieșirea dintr-un viraj. Un coiot stătea nemișcat pe întuneric, în mijlocul drumului, uitându-se la mine. Ochii lui reflectau lumina farurilor și m-au dus cu gândul la o fantomă. De regulă coioții obișnuiau să fugă, dar acesta a rămas nemișcat. Ca mine. M-am întrebat dacă să scot pușca Remington și să îl împușc, nu mai aveam carne și poate coioții erau comestibili dacă îi prăjeai bine. Dar apoi mi-am dat seama că Ragnar și gemenii îmi luaseră arma. Am așteptat să se miște, dar nu a făcut-o. În schimb, alți doi coioți au venit dinspre marginea drumului, în lumina farurilor.

În ultimul timpul, erau prezenți pe străzi în număr tot mai mare, și nu doar coioți. De fapt, erau mai multe animale. Și mai puțini oameni, pe timpul nopții puteam să traversez cartier după cartier fără să văd un suflet. Stăteau înăuntru cum făcuseră pe timpul pandemiei sau se mutaseră definitiv de la oraș la țară?

M-au uitat din reflex în oglinda retrovizoare să văd dacă erau coioți și în spatele meu.

Nu. Nu încă.

Am apăsat accelerația, am pornit și am claxonat. Coioții nu au părut impresionați, abia s-au mișcat din loc. Unul dintre ei m-a fixat cu privirea în timp ce treceam pe lângă el.

XII

Când m-am întors ultima dată de pe Insula Șobolanilor, nu i-am spus lui Heidi că am refuzat biletele lui Colin pentru portavionul New Frontier. Nu pentru că m-am gândit că ea avea să accepte trocul, eram sigur că era cel puțin la fel de hotărâtă ca mine ca Brad să fie deferit justiției. Dar, dacă nu știa că există o alternativă, cel puțin scăpa de dilemă, de îndoiala sâcâitoare dacă făcuserăm alegerea corectă în a-l priva pe Sam de șansa la ceea ce putea fi — cu siguranță — o viață mai bună.

În același timp, după ce am făcut o mutare, am așteptat să văd care avea să fie următoarea mișcare a lui Colin. Dacă avea un plan alternativ ca să îl elibereze pe Brad — și reușea — nu aveam să regret amarnic că nu acceptasem oferta lui Colin? Sau aveam încă să consider că procedasem corect, ca o persoană integră? Poate că nu urma să am satisfacția de a-l vedea pe ucigașul fiicei mele primindu-și pedeapsa meritată, dar nu îmi vândusem sufletul.

Apoi a apărut. Următoarea mutare.

Eram în grădină când Adele Matheson m-a informat despre ea în timpul unei convorbiri telefonice șocante. Cum că Gabriel Norton, poreclit Dumbo, a recunoscut că el a ucis-o pe Amy. Și că atât timp cât mărturisirea nu este retrasă sau nu sunt aduse dovezi care să îl exonereze pe Norton, ea nu putea, evident, să îl pună sub acuzare pe Brad Lowe.

I-am spus că era opera lui Colin Lowe, că fie acest Dumbo o făcea din loialitate față de gașcă, fie îl amenințaseră cu ceva mai grav decât închisoarea.

— Nu putem elimina această posibilitate, a spus Matheson. Dar...

Nu era nevoie să termine propoziția. Cât timp nu puteam dovedi că Dumbo mințea sau că fusese manipulat, judecătoarea nu prea avea ce să facă.

M-am sprijinit de un copac, m-am asigurat că Heidi și Sam sunt suficient de departe și că nu auziseră nimic și am încercat să mă adun. Adele Matheson mi-a dat răgaz, dar eu doar deschideam și închideam gura, fără să pot articula niciun cuvânt.

— Îmi pare rău, a spus ea după un timp. Nu putem decât să sperăm că acest Dumbo își va schimba declarația sau că nu va reuși să convingă instanța că el este ucigașul. L-am auzit pe un detectiv menționând că nu pot explica unghiul dintre punctul de impact și lungimea crosei de golf, întrucât Norton este pitic.

— Pitic?

— Îmi pare rău, scund. Sau oricare ar fi eufemismul corect. Oricum, acest tip de probă criminalistică nu are o greutate prea mare, cât timp există mărturisirea.

Ascultam doar pe jumătate, mă gândeam. Cel care recunoscuse era cel care fugise împreună cu fata în acea noapte. Același pe care l-am lăsat să scape în noaptea în care am luat vila cu asalt.

— Voi vorbi eu cu el, am spus.

— Desigur, încearcă, a spus Matheson.

— Vorbesc serios. L-am oprit pe unul dintre ai noștri să îl împuște pe el și pe fată în timp ce fugeau cu o motocicletă. Poate a aflat că... ei bine, că le-am salvat viețile. Poate că pot să îl fac să simtă că îmi este dator cu ceva.

Matheson nu a răspuns.

— Vă țin la curent, am spus eu.

— Rămas-bun, a spus ea, acel gen de „rămas-bun" care îți dă de înțeles că, probabil, nu vă veți mai intersecta în viitor.

XIII

Am fost percheziționată și lăsată să intru în spațioasa cameră pentru vizitatori. Alți patru vizitatori stăteau pe scaune și vorbeau cu câte un deținut aflat în spatele separatorului de sticlă, era exact ca atunci când am vizitat-o pe Maria la spital în timpul pandemiei. Gardianul mi-a arătat pe ce scaun să mă așez, numărul opt, Dumbo nu venise încă.

Abia așteptam să îi spun că am vorbit cu avocatul lui și că avea să mă cheme ca martor, așa că îi puteam oferi un alibi. Trebuia doar să spunem că am fost împreună, nu că am văzut prin gaura cheii că a fost Brad, și că totul va fi bine. Nu mințeam, doar că nu voiam să spun totul.

În timp ce așteptam, am văzut un chip familiar în spatele sticlei, departe, într-un colț, pe scaunul numărul unu. Era Kevin Wankler. Așadar, aici își ispășea sentința pe viață idiotul dependent de metamfetamină.

Am tot așteptat și m-am uitat lung spre ușa prin care avea să iasă Dumbo.

Kevin părea să nu aibă prea multe de spus vizitatorului său, stăteau prăbușiți pe scaunele lor, ea cu zulufi, el cu părul unsuros și o gură de drogat, cu cioturi de dinți maronii.

Apoi s-a deschis ușa din spatele încăperii deținuților și Dumbo a intrat în aceeași uniformă dungată. S-a luminat la față când m-a văzut, la fel și eu. Ofițerul aflat în spatele lui i-a spus ceva ce n-am auzit din cauza peretelui de sticlă și i-a arătat scaunul din fața mea.

Chiar când Dumbo a pornit spre mine, am surprins o mișcare cu coada ochiului, dar nu am reacționat imediat, era doar Kevin care, evident, se hotărâse brusc că vizita se terminase și acum se îndrepta spre ieșire și spre Dumbo. În timp ce se apropia, l-am observat pe Kevin ținându-și mâna la spate, în cureaua pantalonilor.

M-am ridicat și am strigat, dar nenorocitul de perete de sticlă se întinde până sus la tavan și estompează aproape toate sunetele.

S-a văzut sclipind o bucată de oțel când Kevin și-a rotit mâna într-un arc de cerc, lovindu-l pe Dumbo în stomac și trăgând cuțitul spre el. Dumbo s-a chircit și s-a prins de burtă cu ambele mâini, puteam vedea cum se scurge sângele printre degetele lui dolofane. Kevin l-a prins pe Dumbo de păr, i-a tras capul puțin în spate ca să aibă acces și i-a retezat gâtul cu o mișcare laterală. Sângele a țâșnit și a tot țâșnit pe podea, iar Dumbo a căzut pe burtă în timp ce doi gardieni s-au năpustit înăuntru. Kevin a lăsat din mână arma care părea o bucată de metal plată și și-a ridicat mâinile în aer, indicând că se predă. Gardienii l-au imobilizat la podea cât timp un al treilea gardian a intrat năvalnic și și-a pus mâna pe rana deschisă de la gâtul lui Dumbo. Pulsul îi scădea și acum inima abia îi mai bătea.

Privirea lui Dumbo era ca de sticlă, dar era îndreptată spre mine. După tot sângele pierdut, sigur era deja inconștient, dar tot am făcut-o. Am dus receptorul la gură, mi-am lipit palma de peretele de sticlă și am spus tare:

— Totul e bine, doar uită-te la mine, Dumbo. Totul va fi bine.

Apoi, parcă o membrană i-ar fi acoperit privirea sticloasă și am știut că a murit.

Tocmai intrasem în sala de așteptare, am găsit un scaun și m-am așezat, așteptând întâlnirea mea cu Gabriel „Dumbo“ Norton. Mai devreme în cursul aceleiași zile văzusem fotografia făcută la arestarea lui, confirmându-mi bănuiala că era băiatul care fusese mai demult pe treptele din fața casei noastre. El îi ajutase pe ceilalți să mă lege. Cel care... Știam că nu trebuie să mă gândesc la ultimul lucru, dacă voiam să fiu în stare să fac ceea ce îmi propusesem. Să clădesc o relație, simpatie reciprocă și înțelegere, o bază pentru omenie, milă și — cea mai grea dintre toate — iertare.

Nu mi s-a spus cine îl aștepta acum, în orice caz nu era avocatul său, el nu folosea camera pentru vizite.

Brusc din spatele ușii s-au auzit țipete, strigăte și scaune târâte pe podea.

Gardianul nostru din camera pentru vizitatori s-a uitat printr-o firidă din ușă și apoi s-a asigurat că era închisă.

— Ce s-a întâmplat? am întrebat.

— O înjunghiere, a răspuns el fără să-și întoarcă privirea.

După un minut a deschis și i-a lăsat pe cei cinci vizitatori să iasă. Păreau palizi și buimăciți, dar evident că niciunul dintre ei nu fusese înjunghiat. Unul dintre ei plângea. Adică nu se auzea nimic, dar îi curgeau lacrimile. Poate că o orbeau și de aceea nu m-a recunoscut. Am făcut rapid conexiunile și s-a format imediat o imagine clară. Am urmărit-o.

Nu și-a dat seama de prezența mea până când nu am ieșit pe stradă, ea a încălecat pe motocicletă și eu m-am postat în fața ei.

— Dumbo a murit? am întrebat-o.

Am văzut-o cum, din instinct, voia să ia ceva dintr-un buzunar lateral, poate o armă, dar nu era acolo.

— Tu l-ai omorât? am întrebat-o.

M-am holbat la el. Chiar el era, tatăl lui Amy, acum îmi dădeam seama. Se întreba dacă eu l-am omorât pe Dumbo.

— Nu, am spus fără să îmi pot controla vocea. Dar poate că tu ai făcut-o.

— Atunci l-aș fi lăsat pe tipul chel cu luneta cu laser să vă împuște acolo sus, la vilă.

Nu știam ce să-i răspund și nici ce să fac. Pentru că într-adevăr mă întrebasem dacă vocea pe care o auziserăm fusese a lui, când l-a oprit pe tipul cu luneta cu laser să tragă. Strigase că noi nu eram criminali și — dacă nu mă înșelam — ațintise pistolul spre tipul înarmat.

— *Atunci, cine a fost? m-a întrebat el.*

— *Nu știu, am spus și am pornit motorul.*

— *Dar tu știi că nu Dumbo a fost cel care mi-a ucis fata.*

Ce dracului ar fi trebuit să răspund? Dumbo era mort, nu mai aveam pe cine să salvez. În afară de mine.

— *Nu știu nimic, am spus, ambalând motorul, dar el, fraierul cu o expresie serioasă pe față, nu s-a clintit.*

— *Știi că a fost Brad, a spus el, punându-și ambele mâini pe ghidon, privindu-mă insistent, ca drogat.*

Nu i-am răspuns.

— *Haide. Tu nu ești ca ei.*

— *Care ei?*

— *Precum ceilalți din bandă. Haos. Vrei mai mult de atât, nu?*

— *Îmi vreau pușca Remington înapoi. Altfel, îmi bag picioarele în totul, mulțumesc. Dă-te la o parte, domnule!*

— *Eu locuiesc în vilă. Vino la mine dacă și tu vrei dreptate. Cred că ne-am putea ajuta reciproc.*

Am eliberat ambreiajul și el a sărit într-o parte. Am accelerat. Țeava de eșapament tușea prin găurile de gloanțe, după ce O'Leary mi-a ciuruit motocicleta. Mergeam atât de repede, încât simțeam cum lacrimile îmi curgeau în lateral, către tâmple.

Ragnar a fost. Știam că a fost Ragnar, doar el putea să îl determine pe Kevin să facă așa ceva. Întrebarea era cum a aflat Ragnar că voiam ca Dumbo să își retragă declarația. Adică nu era atât de complicat.

Legătura a devenit și mai clară când am ajuns acasă și am văzut o ambulanță pe stradă. Pe de o parte, am fost surprinsă pentru că rar vedeai ambulanțe în ultimul timp, pe de altă parte mă cam așteptam la asta.

M-am dat jos de pe motocicletă și m-am apropiat de cei doi bărbați care băgau o targă în spatele mașinii.

— Cine..., am început, dar ei au urcat după targă, au trântit portierele chiar în fața mea și au plecat cu sirenele pornite.

M-am întors și m-am uitat la dâra de sânge care mergea din locul în care fusese parcată ambulanța până la ușa de pe holul nostru. Am înghițit în sec. Era vina mea. Din nou, era vina mea.

Eu îi dădusem adresa avocatului alcoolic și corupt al lui Dumbo.

Nu, nu era atât de complicat.

S-a deschis ușa holului și o femeie tânără, frumoasă, a venit spre mine.

— Ce s-a întâmplat? am întrebat.

— A venit un tip care avea o cască la fel ca a ta.

— O jachetă roșie cu un dragon ieșind din mare?

— Da.

— Și?

— A folosit un levier să intre în apartamentul din capătul holului nostru.

— Bărbatul din apartament a încercat să îl înjunghie când a intrat, dar motociclistul avea un kalașnikov și l-a ciuruit înainte să îl înjunghie. Am stat de vorbă cu soția lui. Spune că va supraviețui.

Ea și-a șters o lacrimă și eu mi-am pus o mână pe umerii ei și am tras-o spre mine.

— Mi-e frică, a spus ea suspinând.

— Înțeleg, Maria.

Era atât de liniște, încât încă puteam auzi sirena ambulanței urcând și coborând, ca și cum încerca să caute o frecvență pe care nu o nimerea.

M-am gândit la bărbat. Semăna cu Amy, fiica lui. Mi-am amintit momentele când era legat în garaj, chipul său când a auzit țipetele din casă. Și m-am gândit la durerea pe care și noi o simțim când cei pe care îi iubim suferă.

— Așadar, nu tu i-ai cauzat moartea lui Dumbo, ci Ragnar? spun eu, fiind nevoit să ridic tonul ca să acopăr zgomotul făcut de elicopterul ce se apropia.

— El doar m-a informat după aceea și, cum am spus, nu aș fi permis niciodată să se întâmple. Nu crimă.

Colin oftează și se uită în sus, la cer.

— Dar este clar, nu sunt complet nevinovat.

— Cum așa?

— Luasem legătura cu Marvin Green, avocatul lui Dumbo. Apărătorii buni sunt greu de găsit, majoritatea au plecat din oraș, așa că a trebuit să apelez la cineva precum Green, care, sărmanul, e un alcoolic lipsit de resursele necesare ca să fugă. Și într-adevăr a fost o țintă ușoară și nu a cerut prea mult. I s-a cerut să nu îl apere prea bine pe Dumbo, să nu îl lase să ajungă în boxa martorilor și să dea peste cap mărturisirea. Dar apoi m-a sunat Green și mi-a spus că a venit o fată la el acasă care putea să îi ofere lui Dumbo un alibi. Am făcut rost de adresa ei.

Colin inspiră adânc.

— Știi, înainte să taie curentul, nu m-am gândit niciodată că deasupra orașului este un cer înstelat atât de frumos.

— Continuă, îl rog eu.

— Așa că am luat iar legătura cu Ragnar și i-am spus că, pentru a primi armele și toate celelalte lucruri cerute, condiția era ca mărturia lui Dumbo să stea în picioare și Brad să nu fie pus sub acuzare.

— Cu alte cuvinte, i-ai ordonat să îi ucidă pe Dumbo și pe fată.

Colin clatină din cap.

— Ideea era să o amenințe pe fată să-și țină gura și Dumbo să fie condamnat, caz închis. În schimb, acest Ragnar a ales calea drastică, pentru că — după cum a spus ulterior — morții nu vorbesc. Era mândru ca un cocoș când a venit și mi-a spus ce făcuse. Evident, pe ea n-a reușit să o anihileze, pentru că, neavând deplină încredere în Green, ea i-a dat o adresă falsă. Dar nu avea nicio importanță, îi închisese definitiv gura lui Dumbo, așa că mărturia nu mai putea fi schimbată. Nu a înțeles de ce m-am înfuriat atât de tare...

— Colin, nu crezi că porți o vină mai mare?

El a dat din umeri, s-a îmbufnat ușor, cu buza inferioară ieșită puțin în afară, așa cum face ori de câte ori este nevoit să pretindă că nu înțelege lucrurile evidente.

— N-a fost alegerea mea, Will. A fost doar liberul său arbitru.

— Ai permis firii lui diabolice să o ia razna pentru că știai care va fi deznodământul. Evident, tu i-ai dat adresa fetei. Acea decizie a fost alegerea ta, Colin.

— M-am gândit că va discuta cu ea, nu...

Își întinde brațele.

— Bine, poate că sunt naiv, dar cred cu convingere că oamenii sunt înzestrați cu abilitatea de a învăța, de a se schimba și de a alege binele, nu răul.

— E bine de știut.

— La ce te referi?

— E bine de știut că tu crezi că prin liber arbitru și experiență, oamenii care au fost diabolici odinioară pot începe să aleagă binele.

— Tu nu crezi?

— Ba da. De aceea îi eliberăm pe oameni din închisoare și sperăm că suntem în siguranță. Așa că, pentru binele tău și al familiei tale, să sperăm că așa stau lucrurile, Colin.

— Acum despre ce vorbești, Will?

Trebuie să strig ca să acopăr zgomotul făcut de elicopter.

— Spun doar că supraviețuirea ta, a mea și a tuturor celorlalți depinde, în cele din urmă, de capacitatea noastră de a învăța ce sunt mila, înțelepciunea și îndurarea. Și, mai ales, că cei dragi nouă învață aceste lucruri.

— Amin! strigă Colin privind la stele și la elicopter, ridicându-și în sfârșit paharul de șampanie.

XIV

S-a scurs o singură zi de la întâlnirea mea cu Yvonne în fața închisorii în care a fost ucis Dumbo până când aceasta s-a înființat în fața porții noastre.

— Îți mulțumesc că ai venit, am spus eu.

Ea a murmurat ceva drept răspuns, mi-am dat seama că nu toți membrii societății sunt obișnuiți să li se mulțumească tot timpul, pentru orice.

I-am aflat numele în timp ce stăteam în living și priveam afară, la Heidi, care se juca de-a șoimul și porumbelul cu Sam. Heidi își îngroșa vocea în timp ce îl strângea la piept cu mâinile în formă de gheare de șoim. Nu auzeam ce spune, doar strigătele de bucurie ale lui Sam care ajungeau la noi prin geamul ferestrelor.

— Este un băiețel frumos, a spus ea. Cum...

Ea nu a terminat întrebarea.

— Pare să fi uitat totul. Îți poți imagina?

Yvonne a ridicat din umeri.

— Nu știu, dar pentru copii majoritatea lucrurilor care se petrec sunt noi și dramatice, chiar și lucrurile de zi cu zi pe care noi, adulții, le considerăm niște fleacuri. De exemplu, nu știu ce e mai rău: să vezi cum cineva din familie este bătut, să fii înțepat de o viespe sau când ursulețul tău de pluș își pierde un ochi.

Am privit-o cu atenție pe tânără. Ceva îmi spunea că vorbea din experiență.

— Atunci, care este motivul pentru care copiii sunt traumatizați de abuzurile sexuale, dar, aparent, nu și de circumcizie? am întrebat-o eu.

— Nu știu, a răspuns ea. Dar cred că durerea și umilința sunt mai ușor de suportat dacă par firești, necesare cumva. Oamenii care sunt torturați într-un război fără sens înnebunesc, dar nu și cei cărora li se extrage măseaua de minte fără anestezie. Sau care dau naștere unui copil.

Am încuviințat. Heidi îl prinsese pe Sam și râdeau în timp ce se rostogoleau împreună pe iarbă. Heidi râdea. Și mi-am dat seama că nu mai auzisem acel râset din noaptea cu pricina.

— Contextul, am spus eu.

— Poftim?

— Am citit că unii cred că mintea noastră suportă durerea mai bine dacă reușim să o punem într-un context despre care credem că o justifică.

Yvonne a încuviințat.

— Bine, așadar cineva a scris ceea ce gândeam eu.

— Dar, am spus inspirând și împreunându-mi mâinile, pentru mine pierderea lui Amy și pentru tine, a lui Dumbo, nu sunt întâmplări care pot fi puse într-un context semnificativ. Așa că trebuie să găsim alte căi ca să putem suporta durerea. Corect?

— Răzbunarea, a spus ea.

M-am uitat în jos la mâinile mele. Colin spunea că obișnuiam să mi le împreunez când mă pregăteam să spun ceva important. Și când un avocat trebuie să spună ceva important, adesea înseamnă vești proaste.

— Aceasta este una dintre modalități. Apetitul oamenilor pentru răzbunare ne separă de animale, dar este logic din punct de vedere al evoluției. Dacă toți știu că uciderea unui copil duce la răzbunare, acel copil va fi mai în siguranță. Însă, dacă nu există un consens cu privire la vinovăția din jurul morții copilului, orice răzbunare va duce probabil la răzbunare. Care la rândul ei duce la răzbunare. Astfel de spirale ale răzbunării au decimat populația, spre exemplu, în Islanda și în Albania. În Islanda, problema a fost rezolvată prin înființarea unei Curți independente formate din bărbați presupus înțelepți, care au primit sarcina de a decide vinovăția și de a stabili și executa pedepsele. În acest mod, ei au înlăturat cauza răzbunării. Această idee nu este doar baza sistemului judiciar, ci și a societăților în care se agreează că trebuie să existe legi aplicabile tuturor. Această idee a dus și la abolirea tiraniei, care este dreptul celui mai puternic. Pentru că atunci când statul este cel mai puternic, tiranul și cei cruzi trebuie să accepte supremația legii. Justiția, rațiunea și umanitatea pot să guverneze. Asta vreau, de aceea nu l-am executat pe Brad, ci doresc să îl duc în fața unei instanțe independente.

Nu știu dacă am înțeles tot ce a spus el, dar cred că am prins ideea principală.

Mai înainte de toate, este mai bine pentru toţi şoferii să existe reguli de circulaţie şi, când cineva face un accident, nu este mereu o idee bună să îi laşi pe cei doi şoferi care s-au ciocnit să îşi rezolve singuri situaţia.

— Bine, am spus. Dar când îţi dai seama că judecătorul a fost corupt ca să ţină partea inculpatului şi că, la urma urmei, se aplică legea celui mai puternic? Nu vei face nimic şi vei accepta? Sau te vei ridica şi vei lupta?

Will, după cum a insistat să îi spun, s-a uitat la mine în timp ce îşi scărpina bărbia.

— Văd că soţia şi fiul meu intră în casă. Poate este mai bine să nu vă întâlniţi. Urmează-mă.

L-am urmat în subsol. Am văzut că făcuseră modificări considerabile. M-a condus într-o încăpere hibridă, parţial semăna cu puntea de comandă a unui vapor şi parţial cu camera de control dintr-un studio de înregistrări.

— Ce îţi trebuie ca să obţii ce vrei?

— Arme.

— Arme?

— Ragnar mi-a furat puşca Remington. Dar pentru asta am nevoie de ceva mai serios.

Will a încuviinţat. A spus că se duce în spălătorie, a ieşit şi s-a întors cu o mitralieră. Mi-a arătat cum să o folosesc. Putea fi utilizată pentru a ciurui un pluton, dar nu era mai grea decât puteam eu duce. A pus patru grenade de asalt pe masă, în faţa mea.

— Este de ajuns?

— Mulţumesc. De ce mă ajuţi? Şi au am fost părtaşă la atacarea familiei tale.

M-a privit drept în ochi.

— În primul rând, m-am gândit să îţi cer să îmi întorci serviciul. În al doilea rând, ştiu că nu ai fost de faţă când soţia mea... Că l-ai scos pe Sam din cameră înainte...

Vocea începea să îi sune răgușit și a clipit rapid de două ori. Îi auzeam pe cei doi urcând scările la etaj. El și-a dres vocea.

— Și în al treilea rând, îmi amintești de Amy.

Avea lacrimi și blândețe în ochi și pentru o clipă m-am gândit că o să mă mângâie pe păr.

— Aveți același spirit combativ. Același simț al dreptății. După ce noi, bătrânii, nu vom mai fi și voi veți conduce lumea, sper că va fi condusă de oameni ca tine, Yvonne. Nu de cei ca Brad sau Ragnar.

Am încuviințat ușor. Nu făcusem prea multe să împiedic violul, dar nu strica deloc ca el să aibă despre mine o părere mai bună decât meritam.

— Voi face tot ce pot, domnule Adams. Ce vreți în schimb?

În timp ce îmi explica încet și detaliat, pe chipul său se citea un amestec de durere și disperare. Mi-am dat seama că aceasta fusese o decizie dificilă într-adevăr și că îndoiala încă îl sfâșia. De data asta, mie îmi venea să îl mângâi pe păr.

— Bine, am zis.

M-a privit aproape surprins.

— Da?

— Da. Sunt de acord.

El a verificat ca soția și fiul lui să nu se fi îndepărtat prea mult, apoi m-a condus până la motocicletă.

— Nu ți se pare un plan crud? am întrebat-o.

— Bineînțeles că este crud, a spus Yvonne, împachetând mitraliera demontată în geanta de pe latura motocicletei. Lasă cruzimea în seama celor cruzi, a spus ea încălecând pe motocicletă. Nu știu dacă planul tău va funcționa, Will, dar dacă funcționează, s-ar putea să fie singura cale să te apropii cât de mult de justiție fără acea curte de judecată pe care o ai.

— Va fi sarcina ta să o reintroduci după ce toate acestea se vor prăbuși și vor trebui reclădite, i-am spus.

Ea și-a dat ochii peste cap și și-a pus casca cu Justiția executată. Motocicleta a pornit cu un răget de prădător. Am urmărit-o cu privirea până a dispărut în curbă.

În timp ce coboram în vale nu am văzut niciun coiot. Am auzit că pot simți pericolul. Înțelepte animale!

XV

A doua zi, după vizita la vila lui Adams, am montat mitraliera ușoară în fața motocicletei, astfel încât să pot vira și trage în același timp. Maria a făcut ochii cât cepele și m-a întrebat dacă merg la război.

— Da, i-am spus.

Abatorul era în zona industrială, la sud de oraș, pe o câmpie înconjurată de sonde de foraj care arătau ca niște furnici uriașe care își ridicau și coborau trupurile peste picioarele din față. Părea că bătrânele sonde — ca furnicile — funcționau în continuare, indiferent dacă umanitatea se ducea naibii sau nu.

Când am virat înspre piața din fața abatorului, în spatele meu, soarele după-amiezii se apropia de linia orizontului. Desigur, sincronizarea nu a fost aleasă la întâmplare. Dumbo spusese că se adunau în abator să mănânce înainte să plece în raiduri, după asfințit. Și trebuia să îi prind împreună, era singura mea șansă.

Cercetasem zona mai devreme și observasem că nu era nicio santinelă și că ușa mare culisantă dintr-un capăt al abatorului stătea mereu deschisă, probabil pentru că nu aveau curent pentru sistemul de aer condiționat. Era în regulă, probabil că aici nu se simțeau amenințați.

Am intrat cu motocicleta în abator. Era dreptunghiular și lung, cu o suprafață cât două terenuri de fotbal, luminat de ferestrele din tavanul înalt. De șinele și scripeții de sus atârnau cabluri de oțel prevăzute cu cârlige de carne, dar fără carne, fusese consumată de mult. Podeaua netedă din ciment era înclinată puțin spre scurgeri, probabil că era important ca sângele să fie curățat înainte să se coaguleze.

Motocicletele erau parcate în cealaltă parte a halei. În mijloc era așezată o masă lungă și ei acolo stăteau, ca în tabloul cu Iisus și apostolii. Doar că Iisus lipsea. Mi-a luat vreo două secunde să număr până la 12. Ragnar nu era acolo.

Doi dintre ei s-au ridicat în picioare și au alergat spre motociclete. Erau noi. Nu știau cine sunt.

Am deschis focul. Am avansat și am țintit în fața lor, ca să vadă cimentul sărind și să nu ajungă la armele de pe motociclete. S-au aruncat la pământ.

— Culcat! am strigat.

Strigătul meu s-a auzit cu ecou și ei s-au supus ordinului.

Am înaintat încet și m-am oprit între două cârlige de carne ce atârnau la cinci sau șase metri de masă, astfel încât să îi am pe toți în bătaia puștii.

— Ce vrei? m-a întrebat unul dintre gemenii O'Leary, nu știi niciodată care dintre ei e până nu urcă pe motociclete.

— Îmi vreau pușca înapoi. Și banda mea de răufăcători.

— Banda ta? a întrebat celălalt geamăn.

— Banda mea, am repetat. În lipsa lui Brad, eu sunt liderul grupării Haos.

Un tip a râs în hohote. Și acela era nou.

— Unde este Ragnar? am întrebat.

În loc de răspuns, s-a auzit huruitul unui motor. Un huruit distinct. Mi-am întors privirea spre locul unde erau parcate și l-am văzut pe Ragnar virând cu motocicleta sa Yamaha spre noi, conducând cu o singură mână. În cealaltă ținea ceea ce părea să fie un kalașnikov nou-nouț, cu pat rabatabil. M-am întrebat de unde făcuse rost de chestii noi. Aveam o bănuială. Era la distanță de 50 de metri când am întors motocicleta spre el și am tras o rafală scurtă.

Niciun glonț nu și-a tins ținta, dar el s-a oprit brusc, probabil că abia acum și-a dat seama că aveam o mitralieră, și prin urmare era în inferioritate din punct de vedere al armamentului.

— Săriți pe ea! a strigat el. Nu se poate lupta cu toți.

— Dar cu destui, am spus atât de încet, încât doar cei așezați la masă m-au auzit.

— E un ordin! a urlat Ragnar.

— Ordinul este să stați jos, am spus eu. Am nevoie de voi în viață.

Toți s-au holbat la mine. Nimeni nu s-a mișcat. Nu că aș fi devenit liderul lor. Nu încă. Dar, cel puțin pentru moment, la comandă era cineva cu o mitralieră, și nu Ragnar. El era pe cale să piardă. Dar Ragnar știa regulile jocului. A fixat motocicleta, s-a dat jos de pe ea și a ridicat kalașnikovul.

— Tu și cu mine, fără arme, a strigat, scoțând magazia încovoiată și aruncând-o departe de el. A ricoșat zăngănind din podea. Sau n-ai curaj, domnișoară kickboxer?

Desigur că aș fi putut refuza, puteam să îl împușc pe loc.

Dar mai știam și că, dacă banda avea să accepte o fată ca lider, trebuia să le demonstrez ceva mai mult decât că știu să apăs pe trăgaci.

M-am dat jos de pe motocicletă, am luat mitraliera cu mine, m-am dus la masă, am scos banda cu cartușe și am pus-o în fața lor. Am auzit huruitul în spatele meu, m-am întors și am văzut că Ragnar încălecase iar pe motocicletă și venea direct spre mine rotindu-și lanțul cu cârlig deasupra capului. Am mers spre el, m-am oprit între cârligele de carne și am așteptat. Văzusem schema de multe ori, știam tehnica, îmi și imaginam cum va arăta corpul lui când va arunca. Și când a aruncat, am ridicat mitraliera în fața mea, ținând-o cu ambele mâini.

Lanțul a lovit vârful armei, s-a rotit o dată, prinzând cârligul la mijloc, iar eu mai aveam doar o secundă la dispoziție. Am coborât țeava jos între două cârlige de carne, câte unul de fiecare parte a cârligului lui Ragnar, am lăsat arma din mână și am făcut un pas în spate. Scripeții și cablurile de oțel au zângănit până sus la grinzi, vibrând în timp ce se întindeau, formând o linie dreaptă de oțel între motocicleta lui Ragnar și grindă. Motorul motocicletei Yamaha a scos un sunet jalnic când motocicleta s-a oprit brusc și roțile nu au mai avut deloc aderență. Ragnar însuși a desenat un minunat arc de cerc peste ghidon, a zburat la vreo zece metri, izbindu-se de podea cu un bufnet surd și rămânând întins sub o stivă de cârlige de agățat carnea.

M-am dus după el.

Era cu spatele la mine și, după câte se părea, leșinase. Dar, pe măsură ce mă apropiam, monstrul marin de pe spatele gecii de piele a părut să se miște și am văzut că voia să ia ceva prins în cureaua pantalonilor. Am grăbit pasul și l-am lovit cu piciorul în mână când se rotea spre mine. Un pistol lucios, părea să fie un Glock scump, s-a învârtit prin aer. Aș fi putut să îl las să se ridice în picioare, l-aș fi putut învinge oricum, dar aveam spectatori. Un grup care se întreba dacă ea, cea care pretindea că le este lider, era suficient de dură, suficient de eficientă. Suficient de nemiloasă. Așa că i-am aplicat lui Ragnar o simplă, dar eficientă lovitură cu piciorul în timp ce era la pământ. Înainte să își revină, eram poziționată în spatele lui, aplicându-i așa-numita ghilotină, adică i-am cuprins gâtul cu brațul stâng, l-am blocat cu cel drept și, pentru confort, mi-am sprijinit fruntea de ceafa lui, strângând și oprindu-i circulația sângelui spre creier. După zece secunde, Ragnar zăcea inconștient. I-am dat drumul și am tras de unul dintre cârligele de agățat carnea aflate chiar deasupra lui. Aruncând o privire la masa aflată la 15 metri distanță, am văzut că ceilalți mă urmăreau cu atenție. L-am împins pe Ragnar pe burtă, i-am dat jos geaca roșie de piele și, reprimându-mi repulsia, i-am înfipt cârligul în pielea palidă a spinării. M-am apropiat de perete și am tras de macara, iar Ragnar era ridicat în aer în timp ce sângele șiroia lent și constant pe spinarea lui, spre cureaua pantalonilor. În timp ce atârna la o jumătate de metru de podea, m-am îndreptat spre motocicleta lui, am desprins lanțul și l-am folosit ca să îi leg mâinile la spate. Ragnar și-a recăpătat cunoștința, a înjurat și a urlat, s-a zbătut să se elibereze, dar s-a oprit curând, simțea cum cârligul îi pătrunde în mușchi și țesuturi.

M-am întors la masă și m-am oprit. Parcă citeam întrebarea de pe fețele lor. Cine dracului avea să îi conducă, cine avea să se asigure că gruparea își va primi următoarea masă, haine, un acoperiș deasupra capului, în care să se adăpostească de inamici? Că nu mai avea să fie ratatul ce atârna de cârlig era clar, dar chiar putea să fie ea — o fată?

— Mi-ați luat ceva ce-mi aparține. O pușcă Remington. La cine este?

Evident, nu s-au putut abține și s-au întors spre tipul care o avea.

— Tu, i-am spus, un băiat cu coșuri mari și roșii, nu putea avea mai mult de 15 ani. Du-te și adu-o. Acum.

El s-a ridicat și s-a îndreptat spre motociclete.

— Aleargă!

Tipul a început să alerge.

— Restul, urmați-mă, am spus, rotindu-mă pe loc și îndreptându-mă înapoi spre Ragnar.

Nu am auzit nimic în spatele meu și m-am gândit, la dracu', i-am pierdut. Dar apoi s-au auzit vesela zdrăngănind și scaunele scârțâind.

Ne-am așezat în semicerc în jurul lui Ragnar. Respira cu greu și fața i se schimonosea de durere, dar nu spunea nimic. Sângele, deși nu era ca în cazul lui Dumbo, căruia-i fusese tăiată carotida, picura jos de pe ghetele lui și se ducea în cea mai apropiată scurgere.

— El, aici de față, l-a amenințat pe unul dintre noi să mărturisească o crimă pe care nu a comis-o, am spus și am arătat cu degetul spre Ragnar. Și apoi a ordonat să fie lichidat. Haos nu are multe reguli, dar cele pe care le avem reprezintă tot ceea ce suntem.

Am vorbit răspicat, mai tare decât îmi propusesem. Poate ca să acopăr ecoul, se auzea de parcă eram într-o biserică.

— Regula numărul unu este unul pentru toți și toți pentru unul. Dacă respectăm această regulă, suntem de neoprit. Dacă nu, Haos va dispărea într-o lună.

M-am uitat în jur. Apoi câțiva dintre ei au încuviințat.

Am auzit pași în fugă. M-am întors și tipul cu coșuri mi-a dat pușca mea Remington.

— Ragnar, acesta este juriul tău. Pledezi vinovat?

El a mârâit și a lovit în aer cu un picior, ceea ce l-a făcut să se rotească pe jumătate.

— Nu? Bine, am spus, armând pușca și ridicând-o. Atunci...

Dinspre el s-a auzit un sâsâit și am lăsat iar pușca jos.

— Am făcut-o pentru noi. Pentru Haos. Nu aveam să primim arme, nimic, dacă Dumbo își retrăgea mărturia.

Glasul lui șoptit abia se auzea.

— Câtă metamfetamină a trebuit să-i oferi lui Kevin ca să îl omoare pe Dumbo?

— Nu multă, a șoptit Ragnar.

— Nu, deoarece Kevin era deja condamnat pe viață, așa că nu avea nimic de pierdut dacă mai comitea încă o crimă.

— Nimic de pierdut, a repetat Ragnar, al cărui cap începuse să atârne.

— Să înțeleg că nu i-ai spus niciunuia de aici că te gândeai să îl asasinezi pe unul dintre membrii găștii?

— Toate armele, mâncarea..., a șuierat Ragnar, cu bărbia prăbușită în piept..., fără mine nu am fi avut nimic.

— Am fi avut, i-am spus eu, l-am fi avut pe Dumbo.

Ragnar nu a răspuns. Trupul lui a revenit în poziția inițială.

— OK, le-am spus celorlalți. Cei care se opun hotărârii mele de a condamna la moarte această persoană să ridice mâna.

Nu s-a ridicat nicio mână.

— Cei condamnați la moarte au dreptul să aleagă. Vrei să atârni aici până mori sau vrei un glonț?

Ragnar abia și-a ridicat capul. Pleoapele păreau să-i fie mai grele. A trebuit să mă chinuiesc să aud ce spunea.

— Cred că aleg glonțul.

Am ridicat pușca Remington, mi-am lipit obrazul de patul rece. Ragnar s-a încordat și și-a ridicat capul și mai mult, de parcă ar fi vrut să-mi ușureze munca. Am țintit spre fruntea lui, aveam o idee, voiam să încerc să fac gaura glonțului să formeze un triunghi echilateral cu ochii.

Apoi am apăsat pe trăgaci.

XVI

Dimineață, m-am întâlnit cu Adele Matheson și inspectorul-șef Gardell la aeroport. Acesta fusese închis în timpul pandemiei, când majoritatea operatorilor privați dăduseră faliment și ulterior nu și-au mai reluat deloc activitățile.

Am parcat pe pista de decolare și de acolo vedeam mașinile venind spre mine, ca niște fantome unduitoare prin valul de căldură. Pe măsură ce se apropiau, formele prindeau contur: o mașină de poliție și o mașină roșie sport, cu garda joasă. Au oprit lângă mine de o parte și de alta și am coborât din mașinile noastre.

— Mulțumesc că ați venit, am spus eu.

— Cu plăcere, dar nu am prea mult timp la dispoziție, a replicat Adele Matheson.

— De ce aici? m-a întrebat Gardell, care nu și-a dat jos ochelarii de soare.

— Introspectivă, i-am răspuns. Știam că observaseră kalașnikovul pe scaunul pasagerului. Vreau doar să vă informez că, începând din această după-amiază, Brad Lowe este liber. Am aranjat să fie preluat de una dintre rudele lui.

Matheson a încuviințat.

— Inspectorul-șef Gardell și cu mine interpretăm aceasta ca fiind o informație pe care o deții, dar nu ai avut nicio legătură cu privarea lui de libertate.

— Modul meu de exprimare are scopul de a permite o astfel de interpretare, da.

— Atunci nu vei avea probleme din partea noastră, a spus Adele Matheson.

— Desigur, rămâne de văzut cum va interpreta Brad Lowe situația. Dacă face plângere, știți unde sunt.

— Dacă asta este totul, am un dosar în instanță peste o oră, a spus Matheson.

I-am întins mâna. Inițial, s-a uitat la ea de parcă aș fi făcut un gest obscen sau demodat. Apoi mi-a strâns-o ușor. În timp ce Matheson se îndrepta spre Ferrari-ul ei, Gardell a rămas pe loc.

— De ce? m-a întrebat ea.

— Nu ți-am mai răspuns o dată?

— Chestia cu respectarea și supremația legii? Nu cred nimic din toate astea. Mai curând, cred că ești la fel de însetat de răzbunare ca noi toți.

— Ochi pentru ochi, dinte pentru dinte, am spus privind cum minunata mașină roșie a lui Matheson se dizolvă în zare. Este din Legile lui Moise, una dintre primele colecții de legi pe care le cunoaștem. Spune că făptuitorul trebuie să plătească în egală măsură cu paguba produsă. Dar cum poate plăti făptuitorul pentru că a ucis un membru al unei familii? Cea mai mare pagubă nu este adusă neapărat persoanei care și-a pierdut viața, ci celor care au pierdut pe cineva drag. Cei ce rămân și trebuie să trăiască cu pierderea, cu suferința și cu sentimentul de vină. Făptuitorul ar trebui să trăiască cu aceeași suferință.

— Ochi pentru ochi, a spus Gardell.

— Este o lege bună.

După ce a plecat și Gardell, m-am urcat în mașină și m-am uitat la armă. Am așteptat. Privind în zare. Am așteptat.

Apoi a sosit. Un SUV mare, negru, același pe care îl văzusem plecând de la vilă după asalt. Mașina lui Colin Lowe.

Brad a început să plângă când i-am spus că îi dau drumul, că va veni curând să îl ia cineva la care speram că ține.

— Nu merit asta, a spus el suspinând, lacrimile curgându-i pe saltea.

— Stai aici de ceva timp, am răspuns eu, nevoit să îmi adun toate forțele ca să continui. Și toată lumea merită o a doua șansă.

— Știți ceva, domnule Adams? M-ați învățat mai multe în perioada în care am stat aici decât m-a învățat tatăl meu crescându-mă.

Și-a deschis gura de parcă ar fi vrut să zică ceva, apoi s-a răzgândit și a suspinat.

— Îmi pare atât de rău că a murit Amy. Știu că nu pot face nimic pentru dumneavoastră, dar...

I-am pus mâna pe umăr.

— Este ceva ce poți face. Chung și Larsen s-au mutat ieri și am nevoie de cineva puternic care să mă ajute să mut muniția din spălătorie înapoi aici.

M-a privit nedumerit.

— Heidi și cu mine avem mai mare nevoie de o spălătorie decât de o pivniță pentru vinuri, am mințit eu.

— Sunt pregătit.

Brad nu m-a întrebat dacă sunt îngrijorat cu privire la țeava de canalizare care permitea accesul la muniție, doar a cărat ca un erou cutie după cutie de cartușe, grenade, dinamită și benzină.

Când am terminat, eram amândoi transpirați și epuizați. Este posibil să fie ceva adevăr în faptul că efortul fizic creează o legătură între bărbați. I-am oferit o bere, dar el a refuzat, a spus că știa că nu prea se găsește și în schimb, mi-a cerut niște apă. M-a făcut să mă gândesc la ceva ce mi-a relatat cândva un psiholog criminalist, că oamenii spuneau că au fost induși în eroare și înșelați de bărbați care își petreceau tot timpul liber ajutându-i pe alții, pentru ca apoi să se dovedească că abuzaseră de copii. Dar copiii nu fuseseră induși în eroare sau înșelați, spunea psihologul criminalist. Partea bună a sufletului acelui bărbat chiar îi ajutase pe acei oameni, prin asta nu dorea să ascundă alte fapte pe care le făcuse. Oamenii nu sunt cu desăvârșire doar buni sau doar răi. Nici Brad nu era. Nici tatăl lui. Și nici eu.

Noaptea se așterne pe acoperișul clădirii Lowe, în timp ce elicopterul uriaș, asemănător unui gândac aterizează cu un huruit asurzitor. Noi așteptăm în tăcere și privim cum aerul este învolburat și împletiturile de păr, cravatele și rochiile ies în evidență în jurul nostru. Câțiva stropi din șampania lui Colin mă lovesc în față ca o flegmă și îi simt gustul dulce-amărui când deschid gura.

Apoi elicopterul atinge pământul, motorul se oprește și elicea se învârte din inerție în timp ce sunetul se transformă într-un guițat care, treptat, își reduce volumul și cadența.

Colin se uită la mine. Liza și Beth s-au postat lângă el.

— Ultimul grup, urcați la bord acum! strigă o voce din dreptul ușii elicopterului.

O duzină de oameni se îndreaptă spre el.

Colin se îndreaptă de spate și îmi simt ochii înlăcrimați.

Așa cum făcuseră cu cinci zile în urmă familiile Larsen și Chung, care au strâns puținul pe care îl aveau și au plecat. Larsen folosise banii ca să își cumpere o fermă în sud. Acolo erau autonomi în ceea ce privește mâncarea și mai puțin afectați de colaps decât în oraș. Chung cumpărase un pescador și un far cu o cameră pentru familie.

Așa cum și ochii lor se umpluseră de lacrimi când Brad a părăsit vila în urmă cu patru zile.

Ce-i cu aceste lacrimi? Apar pentru că inevitabilul, certitudinea că din acest punct nu mai există cale de întoarcere răscolesc ceva în adâncul sufletului nostru? Indiferent dacă e vorba de o despărțire, o moarte sau despre curgerea nesfârșită a timpului și a evenimentelor și a vieților noastre care se despart?

Îi întind mâna lui Colin.

— Drum bun, îi spun eu.

— Mulțumesc.

Colin dă mâna cu mine și mă trage aproape.

— Îți mulțumesc că mi-ai eliberat fiul.

— Will! strigă Heidi. Iubitule, trebuie să vii.

Stă lângă ușa elicopterului, ținându-l pe Sam de mână.

— Și îți mulțumesc că mi-ai lăsat mie vila, spune Colin.

— Eu trebuie să îți mulțumesc pentru bilete. Păcat că nu au fost suficiente pentru noi toți.

— E corect din partea noastră să rămânem, spune Colin. Sunt sigur că Brad își va găsi drumul înapoi spre noi. Cred că i-ai dat mult de gândit prin modul în care te-ai comportat, Will. Da, cred că ne-ai dat tuturor ceva la care să ne gândim.

— Will, dragule, ne-au spus că nu mai pot aștepta!

— Vin! am strigat, privindu-l în ochi pe prietenul meu din copilărie.

Libertatea de a alege și, cu toate acestea, ceva ireversibil. Falsa noastră iluzie de libertate versus ceea ce este deja stabilit ca fiind alegerea pe care o va face creierul, pe baza sumei tuturor informaţiilor şi preferinţelor existente în clipa în care am acţionat. Certitudinea că nu aveam să îl mai văd vreodată pe Colin, să îl aud râzând, să îi simt mirosul, căldura strângerii de mână sau îmbrăţişarea. Desigur, mă pot înşela, pot spera că mă înşel. Dar, dacă mi-aş cerceta sufletul, mă tem că nici nu sper, nici nu cred că îl voi mai vedea vreodată. Amândoi avem ochii înecaţi în lacrimi.

În timp ce elicopterul se ridică de pe acoperiş şi virează în aer, mă uit în jos la cele trei persoane care stau pe loc şi fac cu mâna, după care mă întorc către Sam, care stă între mine şi Heidi, trăgându-mă de braţ.

— Tati, unde mergem?

Îi arăt cu degetul.

— Acolo.

— Ce este acolo?

— Vestul.

— Ce este vestul?

— Viitorul.

— Ce este viitorul?

— Este ceea ce va veni în curând. Priveşte... Îmi ţin mâna suspendată în aer, deasupra lui, o las să plutească în jos, ca un fluture, şi îl gâdil sub bărbie. Acum este aici! strig în timp ce se zvârcoleşte şi râde cu poftă. Şi asta a fost tot! îi spun eu şi încetez să îl gâdil. Ridic iar mâna deasupra lui. Dar va mai veni altul, îi spun eu şi deja chiuie anticipând chinul. Întâlnesc privirea lui Heidi în timp ce îl gâdil. Are chipul împietrit oarecum, dar zâmbeşte. Îmi ridic iar mâna.

— Şi asta a fost tot, spun eu fără să îmi iau ochii de la Heidi. Dar va fi mai mult...

În locul în care aşteptam ca Will Adams să îl elibereze pe Brad Lowe, am găsit un petic de umbră în care să mă adăpostesc de soarele arzător. Într-un final, le aud vocile în spatele zidului. Vesele, degajate, par să fie prieteni.

— Deci tu ai venit să mă iei, a spus Brad în timp ce poarta vilei se închidea în spatele lui. Credeam că se referă la tatăl meu.

Câteva clipe a rămas nemișcat, uitându-se la mine și la motocicleta mea.

— Ai fugit în noaptea aceea, a spus el.

— Ne dovediseră deja, am răspuns. Fuga era singura opțiune.

Brad a gustat momentul. A încuviințat.

— E în regulă. Probabil că aș fi făcut la fel. Mai departe, ce se întâmplă?

— Asta ne întrebăm și noi.

— Ce vrei să spui?

— Tu ești liderul Haos. Ne întrebăm ce planuri ai pentru noi.

Brad m-a privit pentru o clipă, uimit.

I-am făcut semn cu capul spre motocicletă.

— Eu stau în spate, pentru că presupun că vrei să conduci?

Brad a zâmbit larg. Apoi, m-a luat pe după umeri.

— Știam că pot avea încredere în tine, Yvonne. Dacă nu ai fi fost lesbiană, ai fi fost iubita mea. Unde mergem?

— În parcul de distracții.

Reacția membrilor grupării a fost una de nedumerire când le-am spus că îl voi aduce pe Brad și că, începând din acel moment, el avea să fie șeful. Erau fericiți cu mine, mi-au spus, și nu prea înțelegeau de ce renunțam de bunăvoie la privilegii precum cea mai bună motocicletă și dreptul de a alege prima armele, mâncarea, camera și femeile.

Dar au făcut după cum i-am rugat și au pictat WELCOME BACK BRAD pe un panou ce atârna deasupra porții când eu și Brad am intrat în micul parc de distracții dezafectat, în care restul găștii pătrunsese prin efracție în ziua precedentă. Am adus două generatoare, opt kilograme de metamfetamină și zece litri de alcool.

Ca să fiu sinceră, locul era cam înfricoșător pe întuneric, dar după cină am pornit toate luminile, parcul s-a colorat și, în sfârșit, s-a produs puțină zarvă, cu muzica enervant de veselă de la carusel și de la mașinile electrice, bubuituri și urale din ghereta în care băieții împușcau baloane cu puștile cu aer comprimat și chiar și o voce răgușită înregistrată făcând anunțuri din casa bântuită, pe jumătate distrusă de incendiu. Eu și Brad am urcat unul lângă altul pe căluții caruselului. Scârțâind și nesincronizați, căluții coborau și se ridicau în timp ce ne învârteam într-un ritm legănat. Am repetat întrebarea peste sunetele scoase de flașnetă. Ce planuri avea pentru noi?

Avea ochii injectați și vocea îi era răgușită de la alcool.

— Îl vom ucide pe nenorocitul ăla de Will Adams și pe restul turmei sale.

— De ce?

— De ce? Pentru că m-a închis, de aia!

— Nu pentru că l-au ucis pe Herbert?

Brad a rânjit, a ridicat o sticlă de whisky și a dus-o la gură.

— Și de asta. Dar nu-l închizi pe Brad Lowe. Nu îi vorbești ca unui mucos. Nu pretinzi că ești o persoană mai bună, că ești...

El a făcut o grimasă și a gesticulat, dar nu era clar ce anume imită.

— Sfânt? i-am sugerat.

— Da. Will Adams vorbește ca un preot, dar este un nenorocit de...

El a vânturat sticla ca și cum încerca să prindă cuvântul cu ea.

— Ipocrit?

— Mda!

A trebuit să se prindă de căluț ca să nu se dezechilibreze.

— El și amicii aceia ai lui nu doar că l-au omorât pe Herbert, i-au măcelărit pe tipii trimiși de tata să mă salveze.

— Vrei să spui că s-au apărat?

Brad s-a uitat urât la mine și mi-am mușcat limba.

— Cum îl vei ucide? l-am întrebat. Am înțeles că vila este o fortăreață în toată regula acum.

— Mda, dar Brad Lowe are soluția... aici.

Și-a atins tâmpla cu gura sticlei.

— Adică?

— Câte aruncătoare de grenade antitanc a primit Ragnar de la tatăl meu? Cincizeci?

— Unul.

Brad a râs cu poftă și a aruncat sticla goală care s-a spart undeva în beznă.

— Unul este de ajuns. Tragem printr-o țeavă de canalizare care duce direct în pivnița de vinuri în care țin toată muniția. Și — bum! — toată casa...

S-a balansat pe căluțul lui în timp ce-mi arăta brațele și obrajii lui umflați.

Am încuviințat.

— Cum este, mai exact, dispusă țeava asta? Și ești sigur că merge în linie dreaptă, astfel încât grenada să nu explodeze undeva pe traseu?

— Vom afla, a spus Brad, dar deja nu mai părea atât de sigur.

Am oftat.

— Adică eu să aflu, nu?

— Poți?

— Cine face mereu asta, Brad?

— Tu, Yvonne, a spus el, și de pe caruselul aflat în mișcare i-am simțit respirația duhnind a alcool. Tu rezolvi toate problemele pentru care toate microcreierele de aici sunt inutile.

— Dă-mi patru zile, am spus.

— Patru? De ce...?

— Pentru că el, tipul pe care îl știu la Oficiul de cadastru, se va întoarce abia atunci. Verific dacă scurgerea este dreaptă și locul exact pe unde iese din pământ, ca să nu aruncăm în aer casa greșită.

— Ce dracului m-aș face fără tine, Yvonne?

— Ce să spun?! Dar ești sigur că vrei să faci asta?

Luminile din jurul nostru s-au stins, sunetul flașnetei a devenit tot mai grav, ba chiar plăcut de fals, iar caruselul a încetinit în lumina palidă a lunii.

— Ce dracului?

— S-a oprit curentul. Așadar... chiar vrei să îi ucizi? La urma urmei, Adams te-a lăsat să pleci.

— La dracu' cu asta, Yvonne, nu înțelegi? Exact asta mă scoate din sărite. Vreau să...

A înghițit în sec. Acum plângea ca un bețiv:

— Vreau ca tata să știe că l-am eliminat pe cel care l-a umilit. Pentru că, deși tata este un nenorocit, îl iubesc. Le iubesc pe mama și pe sora mea, dar pe tata... L-am dezamăgit.

Căluții noștri s-au oprit de tot, al lui mai jos decât al meu, astfel încât îl priveam de sus. El s-a îndreptat de spate.

— Dar când voi arunca fortăreața aceea în aer și voi face ceea ce el nu a putut, va vedea în sfârșit ce pot să fac. Înțelegi?

S-a auzit o bubuitură și apoi urale, luminile și muzica au pornit din nou, caruselul a început să se miște încet, iar Brad s-a înălțat mai sus decât mine.

În acea noapte, am dormit cu toții în casa bântuită și când m-am trezit și am ieșit la lumina strălucitoare a zilei, Brad a venit lângă mine. Era palid și părea să fie beat.

— Cred că am vorbit cam mult ieri noapte, a spus el aruncând cu pietre în căluții caruselului. Putem da uitării?

— Chestia cu aruncatul familiei Adams în aer? Sigur.

Mă simțeam ușurată.

— Nu asta. Prostiile despre tatăl meu. Dă-le uitării. Este un ordin. Găsește canalizarea.

În sfârșit, eu și motocicleta mea suntem în afara orașului, pe autostrada pustie. Asfaltul absoarbe toată lumina, a mea și a lunii. Trec pe lângă caroseria arsă a mașinii, care zace acolo de câteva săptămâni. Au trecut mai multe zile până când cineva a înlăturat cadavrul ars aflat la volan. Nu știu finalul cărei povești a fost, dar, desigur, cineva golise de mult rezervorul.

Trecuseră patru zile de când mă rugase Brad să găsesc conducta de canalizare a vilei și în noaptea aceasta am reușit.

Acul indicator al combustibilului este lipit de marginea din stânga, și el și-a terminat povestea, doar așteaptă ca și motorul să își dea seama de asta. Iată sondele. Încetinesc. Deasupra mea aud un elicopter, mă uit în sus și văd pe cer o lumină care se mișcă spre exterior, în direcția golfului. Cu mult înainte să ajung la abator, aud muzica. Petrecerea — încă o petrecere — este în toi.

Virez spre partea din față a halei și îi văd pe gemeni sprijinindu-l pe Eric, tipul care îmi luase pușca. Eric e beat, se clatină, dar ține bine aruncătorul de grenade pe umăr. Se pare că ținta este o rulotă ruginită aflată la vreo o sută de metri.

Intru încet cu motocicleta în hală. Cântecul care răsună din nenorocita de boxă este din nou „We Are The Champions“, Dumnezeule, îl urăsc! Unii stau la masa lungă și cântă, alții dansează nestăviliți pe sub cârligele de agățat carnea.

Brad stă singur în capătul mesei, cu picioarele pe un scaun și cu o țigară de canabis în mână. Mă privește nerăbdător. Nu mă grăbesc. Las motocicleta jos și mă scutur pe pantaloni în zona pulpelor.

— Ai întârziat, spune Brad când mă așez lângă el.

— Au fost câteva obstacole pe drum, îi răspund, gândindu-mă la ce am simțit când l-am călcat cu motocicleta pe tipul întins pe banda cu țepi. Ai văzut că gemenii și Eric...

Îi fac semn cu capul spre ieșire.

— Le-am dat voie. Așadar?

— Am obținut schițele de la prietenul meu de la Cadastru. Deschid fermoarul gecii de piele și îi arăt hârtiile pe care le luasem de la Will Adams când mă dusesem la vilă, îmi dăduse mitraliera și acceptasem ce îmi cerea la schimb. Conducta de canalizare merge în linie dreaptă până la casă, trebuie doar să introduci aruncătorul și să tragi. Acum am urcat pe deal și am găsit gura pe pantă. Este dificil, așa că trebuie să ne cățărăm puțin, dar putem ajunge la ea și putem pleca fără să fim văzuți.

— Perfect! râde Brad. Așadar, ce crezi?

— Despre ce?

— Dacă să o facem sau nu.

Ridic din umeri. Adams a fost foarte ferm când mi-a spus că nu trebuie sub nicio formă să îl influențez sau să îl manipulez pe Brad, trebuia să mă asigur că ambele opțiuni sunt pe masă, că este o alegere reală și liberă. Sau, așa cum a spus el: pe atât de liberă pe cât putem alege ca persoane ce suntem în această etapă a vieții. Ideea e ca Brad să-și fie propria pedeapsă sau propria salvare.

— Tu decizi, răspund eu.

— Știm asta, dar poate ai auzit că trăsătura esențială a liderilor buni este aceea că solicită sfaturi. Apoi, desigur, pot alege să nu le dea curs.

— Nu pot să îți dau niciun sfat când Haos nu are nimic de câștigat sau de pierdut. În această chestiune, trebuie să îți urmezi propria inimă și rațiune, Brad.

Brad pare enervat.

— Bine. Mă hotărâsem deja să o fac, voiam doar să îți ascult părerea.

De afară se aude o explozie și înăuntru se lasă liniștea, se pare că până și tipul cu Champions tace pentru câteva clipe. Flăcările luminează ferestrele și aud uralele lui Eric și ale gemenilor.

— Mă gândeam să fie în zori, spune Brad. Ce părere ai de asta?

— Dimineața pare să sune bine.

— Dar toată lumea știe că atacurile au loc în zori. Nu crezi că vor fi mai pregătiți?

— Se poate.

— Dar tot crezi că este mai bine în zori?

— Mereu este mai bine în zori.

Brad încuviințează. Se uită la mine o vreme, după care se ridică și strigă.

— Haos, petrecerea s-a terminat! Puneți dopurile la sticle și goliți paharele! Pornim la drum cu o oră înainte de răsărit!

I se răspunde cu urale din partea unui grup entuziast. Urale care se transformă gradual într-un plin de tact „Brad! Brad!"

El zâmbeşte larg şi îşi întinde braţele în aer, cu un gest care ar putea să însemne că le cere să înceteze, dar şi că le primeşte tributul. Pare fericit, da, foarte fericit. Avea să fie ultima dată când îl vedeam aşa.

Mă trezesc. Aud respiraţia echilibrată a lui Heidi şi Sam în timp ce ei dorm. În cabină este încă întuneric, dar observ o nuanţă de gri la marginea draperiei. Faptul că am primit o cabină pe punte, spaţioasă şi cu trei paturi, în baza biletelor lui Colin Lowe nu m-a surprins, însă Heidi a plâns de bucurie. Mă uit la ceas. Curând, soarele se va înălţa la orizont.

Heidi se apropie de mine.

— Ce s-a întâmplat? şopteşte ea somnoroasă.

— Tocmai am visat ceva.

— Ce?

— Nu îmi amintesc, o mint eu.

Am visat că stăteam lângă un Brad care râdea şi o Yvonne serioasă, care se uita cu ochii mari la vila pârjolită. Brad a râs şi mai tare când a auzit ţipetele şi a văzut trei siluete cuprinse de flăcări ieşind alergând în grădină spre noi, spre pantă.

— Să arzi în iad, Adams! jubila Brad.

M-am întors spre el şi l-am întrebat dacă nu vedea cine ardea, însă Brad nu mă putea vedea, nici auzi. Siluetele cuprinse de flăcări s-au apropiat şi mai mult, cea mai mare le ţine pe cele mai mici aproape şi acum au căzut în genunchi, în faţa noastră.

— Brad, a spus silueta mai mare. Arzi cu noi. Arzi cu noi.

Şi l-am văzut pe Brad făcând ochii mari, oprindu-se din râs, rămânând gură-cască. S-a întors spre mine şi acum mă putea vedea.

— Tu, a spus el. Tu ai făcut asta!

— Nu, i-am răspuns. Doar ți-am dat de ales. Tu ai ales să îi arunci în aer.

Brad a alergat înainte, a căzut în genunchi și i-a îmbrățișat pe cei trei, de parcă ar fi vrut să fie și el cuprins de vâlvătaie. Dar era prea târziu, cei trei, carbonizați și făcuți scrum, i s-au dezintegrat în brațe. Brad se holba la cenușa de pe pământ. Și-a îngropat mâinile în ea și a urlat cuprins de o reală agonie, în timp ce vântul spulbera cenușa, încetul cu încetul.

— Dar îți mai amintești dacă a fost un vis frumos? mă întreabă Heidi.

Încerc să îmi dau seama.

— Nu, îi răspund eu și acum chiar spun adevărul. Nu știu. Vino...

Ieșim pe punte. Îl duc pe Sam în brațe, încă dormind. Totul este gri și totul este ocean sau cer, nu se zărește niciun petic de pământ și nimic la orizont. Viața unicelulară, probabil că așa a început totul. Dar apoi soarele se iețește la orizont. Ca prin magie, lucrurile prind contur și culoare și un nou univers se înfățișează privirii noastre.

— Primul nostru răsărit de soare, șoptesc eu.

— Primul nostru răsărit de soare, repetă Heidi.

AMNEZIATORUL

Pe dosul palmei îmi aterizează o muscă. O fixez cu privirea. O muscă trăiește în medie 28 de zile. Ea știe asta? Oare își dorește să aibă o viață mai lungă? Dacă i s-ar oferi o viață mai îndelungată în schimbul ștergerii tuturor amintirilor despre cei dragi, despre realizările sale, cele mai bune zile și momente, ce ar alege?

Nu am timp să mă gândesc la asta acum. Îmi mișc mâna și musca își ia zborul.

Trebuie să uit și este urgent.

Mă așez la masa din fața amneziatorului. Seamănă și este cam de aceeași dimensiune cu computerele de odinioară care, înainte de război și de criza tehnologică, se găseau în majoritatea caselor. Conectând creierul — care, în esență, este tot un calculator — la amneziator și rememorând evenimente, chipuri și cunoștințe din trecut, aparatul îți va șterge aceste amintiri concrete din memorie, dar va păstra celelalte informații intacte.

Închid ochii o clipă și ascult zgomotele din jur. Poate zumzetul se aude de la ventilatorul din tavan. Poate din cufăr. Sau este de la un om de afară, de pe stradă. Dar ar putea să fie și niște drone de spionaj, pentru că se zvonește că militarii încă mai dețin astfel de echipamente.

Oricum, ei sunt pe urmele mele de mult și știu că de această dată nu am scăpare, totul se va opri aici, într-un apartament încins și urât mirositor din El Aaiún. În tavan, între găurile de gloanțe și urmele de schije, ventilatorul se rotește încet și animă puțin aerul arzător al deșertului, care a pătruns în încăpere după ce vântul scirocco a împins cu forță covoarele berbere grele care atârnă în fața ferestrelor și a balconului.

În colțul camerei, în fața frigiderului, se află o valiză maro din piele. Înăuntru e o bombă, iar când valiza va fi deschisă, totul va fi aruncat în aer, tot ce știm și ce nu știm va dispărea în neant. Dar, înainte ca asta să se întâmple, tot conținutul ei trebuie consumat, fiecare celulă a creierului trebuie să fie devorată și să primească aripi. Abia atunci va fi timpul pentru marea evadare. Și, înainte de asta, trebuie să și uit totul.

Dar mai întâi trebuie să îmi amintesc și să invoc amintirile ce trebuie șterse.

Chipul alb de pe ecranul amneziatorului seamănă cu o mască dintr-o tragedie greacă. Încerc să nu clipesc în timp ce mă uit la propria-mi reflexie și îmi mișc capul astfel încât pupilele să se suprapună pe găurile măștii. Toate urmele care îi pot conduce direct sau indirect la formulă trebuie șterse. Încerc să mă concentrez, pentru că știu că doar ceea ce îmi amintesc acum va fi șters, restul va putea fi reconstituit de ei din creierul meu chiar și după ce mor. Și mai știu că cea mai eficientă și sigură distrugere este când alimentezi amneziatorul cu imaginile rememorate în ordine cronologică, deoarece atunci vor urma amintirile asociate. „Gândiți-vă la aceasta ca la curățatul peștelui", spunea sergentul în timpul instrucției echipei noastre de cercetare. „Doar că voi sunteți peștele."

OK. Prima idee.

IDEEA

Mi-a venit în toiul nopții. Mă trezisem de lângă soția mea, Klara, pentru că trebuia să-mi golesc vezica. M-am ridicat cât de încet am putut ca să nu o trezesc pe Klara și m-am dus la baie. Locuiam pe Rainerstrasse, în acea parte a orașului care mai este încă alimentată cu apă și electricitate. Afară ploua. Știu pentru că mi-aș fi amintit dacă *nu* ar fi plouat. Când eram pe cale să urinez, pe jumătate adormit, am observat că aveam o oarecare erecție. Am încercat să îmi amintesc ce visasem, dar nu am găsit nimic acolo care să mă excite. Mintea mea științifică a stabilit în mod automat că trupul a produs oxid nitric și noradrenalină. Stând acolo, mintea mea a rătăcit în continuare, formând un vis nou. Eram mort și mă găseam într-o stare psihică numită *dorință angelică,* în timpul execuțiilor publice făcute imediat după Marele Război. Fiind student la medicină, am aflat că dorința angelică era doar reacție psihologică, nu chimică, adică unii dintre trădătorii confederați morți atârnau în ștreang având o erecție vizibilă. Frânghia cauza o presiune prelungită asupra cerebelului, care provoca acest priapism. Indiferent cui i-a venit ideea să o denumească dorință angelică, trebuie să fi cochetat cu ideea că în moarte poate exista plăcere și bucurie și, da, poate chiar salvare. Dar numai ca să se distreze. La urma urmei, moartea este cel mai serios lucru. Este inamicul aflat mereu pe urmele noastre și ne consacrăm întreaga viață încercând să scăpăm de ea, însă mai devreme sau mai târziu ne va găsi. Nu e decât o chestiune de timp.

Era evident motivul pentru care gândurile mele au căutat, în această noapte, legătura dintre dorință și pieire, rătăcire și moarte. Echipa noastră de cercetători lucra de multă vreme să găsească un leac pentru hadesită, boala venerică mortală care izbucnise cu foarte puțin timp înaintea războiului, decimând populația Africii și care acum se răspândise atât la noi, cât și în Confederațiile de Vest și Est, așa cum făcuse HIV cu aproape o sută de ani înainte. Am reușit să prelungim viața unor pacienți cu medicamentul HADES1 și să reducem oarecum mortalitatea în cazul anumitor grupe de pacienți, dar se menținea încă la nouăzeci la sută și lucram la ceea ce, speram, avea să fie o versiune îmbunătățită, HADES2. Aceasta includea și cercetarea modului de răspândire a infecției. Nu a fost surprinzător pentru nimeni că persoanele care făceau frecvent sex, schimbând des partenerii, erau în mod clar mai predispuse decât altele să fie infectate cu hadesită. De abia când am început să analizez șirurile de numere m-a frapat altceva — ceva foarte straniu.

Colectasem date de la un grup mai mic de prostituate și actori porno — dintre care unii decedaseră din cauza unor crime motivate de ură, iar alții din alte cauze — pentru a căuta dovezi că mortalitatea și gradul de transmisibilitate a infecției se schimbaseră cu trecerea timpului. Motivul era că bacteria hadesitei nu doar că devenise rezistentă la medicamente, dar își dezvoltase și alte strategii de apărare, întrucât toate ființele vii caută în mod obsesiv viața eternă. Din moment ce, după cum am spus, hadesita are o rată a mortalității de peste nouăzeci la sută, am fost surprins să văd că eșantionul nostru — despre care existau motive să credem că a avut parte de mai mult sex decât restul populației — avea și o speranță de viață mai mare. Luând în considerare atât faptul că acest grup de studiu era mai expus la ură, cât și stilul de viață nesănătos al multor prostituate, era de așteptat ca acești subiecți să aibă o speranță de viață mai redusă, nu mai mare.

Bine, nu e neobișnuit ca oamenii de știință să vadă conexiuni misterioase și tipare în datele colectate, de preferat lucruri care nu au nicio legătură cu ipoteza testată. Mulți colegi de breaslă au fost pe bună dreptate ridiculizați pentru astfel de practici. Dacă arunci un zar în ipoteza că îl poți controla cu gândul să cadă pe 4 și se dovedește că se oprește într-un număr disproporționat de ocazii la 5, este, desigur, tentant să susții că ai testat dacă zarul are tendința de a se opri la numărul la care te-ai gândit +1, dar din perspectiva eticii în cercetare aceasta este o babilonie. Regula este: testează ce trebuie testat, răspunde întrebării puse. Orice răspuns poate fi folosit incorect schimbând întrebarea ca să se potrivească, oferindu-i astfel cercetătorului o descoperire aparent senzațională într-un domeniu complet diferit. Și exact asta am făcut în acea noapte. M-am gândit la oxidul nitric și la noradrenalină, și într-un moment ca de vis, dar limpede, am văzut o conexiune. O conexiune pe care știam că nu o voi putea ignora, chiar dacă știam că voi cădea într-o capcană clasică. Mai știam și că nu voi putea spune nimănui că aveam să cad într-o capcană, cea a păcatului cercetătorului.

Am tras apa și m-am dus în living. Lumina ultimei lămpi stradale funcționale de pe Rainerstrasse era filtrată de stropii de ploaie ce cădeau pe asfalt. Cădea pe fotografia fratelui meu, Jürgen, pe perete, pe pușca pentru elefanți atârnată deasupra șemineului și pe stiloul pe care mi-l dăruise Klara la împlinirea vârstei de 40 de ani. Am luat stiloul, o foaie de hârtie și mi-am notat gândurile nebunești. Apoi m-am strecurat iar în patul în care Klara dormea liniștită fără să știe. I-am privit chipul blând și încă frumos, dar îmbătrânit devreme, după care am dat înapoi alarma de la ceas cu o oră și jumătate.

În dimineața următoare, când m-am închis în laborator, înainte de sosirea celorlalți, am început imediat să studiez în profunzime materialul statistic pentru a-mi testa noua ipoteză.

IPOTEZA

La trei luni după noaptea în care m-am gândit la conexiunea dintre sex și speranța de viață mai lungă, stăteam în biroul lui Ludwig Kopfer, șeful meu direct și CEO Antoil Med. M-a ascultat aproape fără întrerupere, timp de aproape două ore. Iar apoi și-a strâns mâinile și m-a privit peste ochelari. Nu aveau brațe, erau din aceia care se prind de nas.

— Întrerupe-mă dacă greșesc, a spus el ca de obicei, ceea ce nu înseamnă deloc că permite să fie întrerupt. Aceasta se reduce la faptul că o combinație de oxid nitric și noradrenalină poate să încetinească îmbătrânirea și să contracareze bolile. Și că procesul are loc la nivel celular. Că, teoretic, acest medicament poate opri complet îmbătrânirea.

— După cum se știe, monoxidul de azot influențează vasele de sânge din organele genitale ale bărbaților și femeilor în timpul excitării sexuale, dar participă și la sistemul imunitar. Combinația cu noradrenalină și cu alte câteva substanțe este cea care încetinește procesul de îmbătrânire. Și nu am găsit niciun motiv pentru care combinația potrivită să nu poată opri complet procesul.

— Adică..., a șoptit el cuvântul. Te face nemuritor?

Mi-am dres vocea.

— Adică previne degenerarea corpului din cauza îmbătrânirii și decesul din cauza unor boli inofensive. Există multe alte modalități de a muri.

— Nemurirea, a repetat Kopfer ca și când nu mă auzise, lăsându-se pe speteaza fotoliului său înalt și privind meditativ pe fereastră. Căutarea Sfântului Graal.

Niciunul dintre noi nu a mai spus nimic pentru o bună bucată de vreme. Afară, fumul din coșurile fabricii din Düsseldorf se înălța spre cer în tăcere. Era ciudat să te gândești că în urmă cu 50 de ani aproape că dispăruseră.

Într-un final, Kopfer a vorbit.

— Știi ce anume ceri, domnule Jason?

— Da.

— Există riscul discreditării întregii companii.

— Sunt conștient de asta.

— Așadar, dacă spun nu?

— Atunci voi demisiona și voi prezenta materialul unuia dintre concurenți.

— Nu poți, datele pe care îți bazezi concluziile sunt proprietatea Antoil Med și te vom da în judecată pe tine și pe compania la care mergi.

— Evident, nu voi folosi niciun material de aici, voi obține date noi. Și mai bune, acum că știu ce să caut. Nimeni nu îmi poate lua ideea, se află aici. Mi-am dus degetul arătător la tâmplă.

L-am văzut pe Kopfer bombănind ceva de neînțeles, după care a mârâit.

— *Viață veșnică!* Dumnezeule, domnule Jason!

Evident, nu era un joc de cuvinte intenționat, dar a trebuit să râd oricum.

— Desigur, sunt necesari ani de cercetări pentru a ști dacă am dreptate. Dar sunt dispus să pariez pe credibilitatea și cariera mea că am dreptate.

— Bineînțeles, dacă ai dreptate, te așteaptă un premiu Nobel în medicină sau biologie, probabil amândouă. Și, dacă faci vreo greșeală, poți să o iei de la capăt, însă compania...

— Valoarea companiei nu va crește de o sută de ori dacă am dreptate, ci de o mie de ori. Înseamnă că există o șansă de doi la *mie* să am dreptate, atunci, din perspectivă comercială, este rezonabil să pariezi.

— Pentru familia Egger și pentru ceilalți acționari poate că este rezonabil, dar să riscăm astfel locurile de muncă ale angajaților...

— Pentru locurile de muncă de aici există un pericol mai mare dacă i se permite unui competitor să dezvolte medicamentul. Va înlocui celelalte medicamente într-un procent cuprins între șaizeci și șaptezeci la sută, industria se confruntă cu o baie de sânge. Singura întrebare este de care parte a carnagiului dorești să te afli, domnule Kopfer.

Kopfer avea obiceiul de a-și freca buclele cărunte cu palmele, de exemplu atunci când se gândea intens, de parcă tensiunea electrică produsă prin frecare i-ar fi activat creierul. Acum făcea acest gest.

— Of, a oftat el. *Dacă* ar fi să-ți dau resursele pe care le ceri, trebuie să fie strict secret, astfel încât nimeni, nici măcar soția ta, să nu știe la ce lucrezi.

— Înțeleg asta.

— Îl voi informa pe Daniel Egger, apoi el decide dacă dorește să informeze restul consiliului sau nu. Între timp, chestiunea trebuie să rămână între noi doi, domnule Jason.

— Desigur.

Patru zile mai târziu, am fost chemat în biroul lui Kopfer.

— Egger și cu mine am decis să păstrăm secretul în această privință, a spus Kopfer. Inclusiv la nivel intern. Cu cât sunt mai puțini cei care știu, cu atât mai bine. Nu pot ascunde în conturile bancare un proiect care necesită atât de multe resurse, așa că trebuie să lăsăm impresia că este vorba despre altceva.

— Înțeleg.

— Va părea să fie o extindere a proiectului pentru hadesită și, din motive practice, va fi relocat în Africa.

— Africa?

— Deținem o clădire în El Aaiún, în Sahara spaniolă. Dacă ne retragem de pe scena Broadway, evităm spionii industriali și privirile indiscrete ale presei. Vom justifica prin faptul că este mai aproape de sursă.

— Înțeleg. Ca Proiectul Manhattan, un grup de creiere izolate în deșert.

— Da, a spus el, privind pe fereastră. Exceptând faptul că acel proiect avea ca scop inventarea unei bombe capabile să extermine rasa umană. Acesta însă... Și-a îndreptat privirea spre mine.

— Este tocmai opusul, nu-i așa?

BOMBA

Mirosul de motorină și razele albe de soare se strecoară în încăpere ori de câte ori covoarele sunt mișcate de vânt. Au trecut mulți ani de când ultima mașină electrică a ajuns la fier vechi și au redeschis puțurile de petrol din

Sahara. O sirenă răsună în depărtare, nu știu dacă este o ambulanță, o mașină de poliție sau vreun vehicul militar de urgență.

Două împușcături succesive. S-a răspuns cu focuri de armă sau o dublă înțepătură într-unul dintre filtrele rutiere cu țepi? Sper că este vorba despre stăpânii coloniali care vânează gherilele sau invers, nu despre mine.

El Aaiún îți oferă întotdeauna mai multe întrebări decât răspunsuri. Ceasul de la încheietura mea ticăie. A fost cadou de la Klara în ziua nunții noastre. Știu că este prea lent, dar nu suficient de lent.

La trei luni de la decizia companiei, eu împreună cu 22 de cercetători aleși cu grijă și trei semiremorci încărcate cu echipamente de laborator ne aflam în El Aaiún. Pentru lumea din exterior, proiectul era denumit HADES2, pe plan intern era denumit Ankh. Cu toate că oamenii de știință sunt obișnuiți să lucreze în condiții de confidențialitate și nimănui nu i se spunea mai mult decât avea nevoie, știam că ei știau că prețul pe care l-ar primi pentru vânzarea de informații despre proiectul nostru unora dintre competitori putea fi extrem de tentant. De aceea, prin intermediul președintelui consiliului de administrație, Daniel Egger, fost colonel cu legături în armată, am făcut rost de un amneziator, printre alte echipamente, și fiecare membru al echipei a semnat că era de acord să fie supus procedurii la predarea raportului final. Amneziatorul fusese dezvoltat în timpul Marelui Război, când armata primise drepturi exclusive de producție și de folosire a tehnologiei superioare celei de gradul trei și fusese utilizat de ofițerii care se bazau pe informații de care nu mai aveau nevoie, dar care puteau fi folosite de inamic dacă ar fi fost capturați. Chiar dacă ofițerii ar fi putut să reziste torturii sau să execute ordinele primite și să se sinucidă cu pastila cu cianură din dotare, inamicul din Confederația Ruso-Europeană dezvoltase Exor, care la acel moment putea să extragă întreaga memorie, chiar și din creierii morți sau distruși fizic. Aparatul care ștergea memoria contra Exor, acesta părea un tablou al războiului tehnologic, atac și contraatac, care a dus lumea în suferință și a avut drept consecință interzicerea tehnologiei în sectorul civil. Este adevărat că în sistemul de sănătate ni se permite în mod excepțional să folosim amneziatorul pentru a înlătura amintirile în tratamentul psihiatric al pacienților traumatizați, dar numai când este vorba despre cei din elita societății.

Munca de cercetare este asemenea proiectelor din domeniul construcțiilor și al filmelor: nu respectă niciodată termenul și bugetul alocate.

Dar Ankh a făcut-o.

În principal, datorită faptului că eu, în calitate de manager de proiect aflat la răscruce de drumuri, am luat deciziile oportune: ce direcție să urmăm și să alocăm toate resursele pentru aceasta. Dacă aș fi ales greșit direcția, proiectul ar fi murit. Asistentul meu Bernard Johansson care, în afară de mine, era singurul care avea acces total și putea să îmi pună la îndoială deciziile, m-a întrebat:

— De ce atâta grabă, Ralph?

Credea că ar trebui să ne împărțim în grupuri și, la răscruce, fiecare grup să își aleagă propria direcție, cum procedaseră în cazul Proiectului Manhattan, și avea dreptate; aveam personalul, banii și timpul necesare să facem asta. Ei aveau timp pentru asta. Faptul că eu nu aveam timp nu era ceva ce puteam să împărtășesc cu Johansson. Ce puteam să îi împărtășesc era entuziasmul când ne-am dat seama că îl descoperisem. Medicamentul. Medicamentul suprem.

A fost — așa cum se întâmplă adesea odată ce ai răspunsul — incredibil de simplu. Dar și complicat, în sensul că a fost necesar un nou mod de a gândi. Evoluția a decis că speciile supraviețuiesc dând naștere unor noi indivizi mai sănătoși, mai adaptați, iar cei îmbătrâniți sunt înlăturați și mor. Dar, dacă regenerarea celulei la un individ existent este omniprezentă astfel încât și abilitatea de a învăța este păstrată la parametri optimi, atunci nimic nu poate să-l împiedice pe individ să renască, metaforic vorbind, la nesfârșit. În timp ce un nou-născut trebuie educat de la zero, individul renăscut va deține o experiență care îi va conferi un mare avantaj în lupta pentru supraviețuire. Prin urmare, de ce nu există deja o astfel de specie? Cred că răspunsul este că poate a durat timp să se dezvolte o specie suficient de inteligentă care să rezolve misterul, dar din moment ce toate misterele trebuie rezolvate mai devreme sau mai târziu, noi — făpturi ale naturii — ne-am îndreptat mereu într-acolo. Inteligența este de la natură, instinctul de supraviețuire este de la natură, în consecință, viața eternă este de la natură.

Cel puțin, de acest aspect am încercat să mă conving când, la ora 6:00 a unei dimineți friguroase din El Aaiún, mi-am ridicat ochii din microscop, m-am uitat la Bernard Johansson și i-am șoptit:

— Am găsit!

Și mi-a scăpat de pe buze întrebarea:

— Ce-am făcut?

Am tras draperia de la fereastră și am privit în depărtare, peste deșert. Când am văzut conturul aprins, tremurător al soarelui ce răsărea la orizont, Johansson a spus că erau zorii zilei întregii umanități, în timp ce eu mă gândeam că semăna cu sclipirea primei detonări reușite a unei bombe atomice în deșertul New Mexico, în 1945.

— Premiul Nobel, a spus Johansson.

Poate. Cu siguranță. Dar eu nu urmăream un nou început pentru umanitate sau premii.

Am dezmembrat în grabă părți ale laboratorului, am lăsat unele lucruri acolo, inclusiv amneziatorul, am luat șoriceii cu noi și ne-am întors acasă, în Europa.

ȘORICEII

— Aceștia, am spus eu în întuneric, sunt cei 20 de șoricei pigmei africani utilizați la teste. Am apăsat butonul proiectorului și pe ecran a apărut o nouă imagine. La începutul experimentului, toți aveau un an, ceea ce corespunde mediei de viață a șoricelului pigmeu. Pe zece dintre ei i-am injectat. După două luni, erau încă în viață, iar ceilalți zece care nu primiseră injecții muriseră.

Din întuneric s-a auzit un scârțâit. În sala de ședințe a consiliului de administrație eram doar eu și Kopfer, celelalte scaune erau, în acel moment, neocupate. Cu toate acestea, el s-a așezat destul de departe de mine.

— Întrerupe-mă dacă greșesc, Jason. Dar toate acestea se reduc la o formulă chimică. Una lungă, cu siguranță, dar totuși o formulă.

— Formula conține 115 caractere, am afirmat eu.
— Și nu este în niciun document sau într-un computer, ci doar...
În beznă am distins pentru o clipă mișcare, părea că și-a dus degetul arătător la tâmplă:
— ...în mintea ta.
— Totul din laboratorul El Aaiún a fost șters, inclusiv amintirile celor care nu dețin autorizație de securitate clasa A, adică toată lumea, cu excepția mea, a lui Bernard Johansson și a Melissei Worth.
— Melissa...?
— Worth. Șefa laboratorului.
— Bine. Dar sper că înțelegi că membrii consiliului de administrație nu vor paria însăși existența companiei pe faptul că ai reușit să prelungești viața unor șoareci cu două luni.
— Încă trăiesc, am spus. În ani omenești, asta înseamnă peste 150 de ani. Toți zece.
— Sau să riște să rămânem fără nimic pentru că ai uitat formula sau ai murit într-un accident de mașină. Este foarte neobișnuit că nu am documentat corespunzător cercetările.
— Dar am făcut-o, Kopfer. La urma urmei, mi-am dat acordul ca în cazul în care se întâmplă ceva neprevăzut să puteți apela la extractoarele de memorie biologică.
El a pufnit.
— Extractoarele de memorie biologică nu mai există.
— Există unul.
— Exor? Ai idee cât costă să îl utilizezi și știi cât durează să scanezi creierul unui singur adult?
— Da și știu că se zvonește că ruginește printre ruinele Parisului, dar funcționează și personalul armatei are

cunoștințele tehnice necesare operării lui. Dacă ai creierul meu, vei găsi formula acolo. Da, nici măcar nu este nevoie de tot creierul, am înțeles, ci doar de un fragment.

Ludwig Kopfer a mormăit ceva și a ridicat mâna. Ceasul său de mână a strălucit în verde, era unul dintre cei întorși la moda ceasurilor cu limbile vopsite cu radium, care fuseseră interzise în anii 1960. Din păcate, tehnologia creării unor ceasuri care să strălucească cu aceeași eficiență energetică, dar care să fie mai puțin carcinogene se pierduse.

— Vom vedea ce va spune consiliul de administrație, Ralph. Te voi chema după ședință.

La ora 23:00, Klara și cu mine stăteam pe canapea, beam ceai alb și ne uitam la televizor, la filmul *Titanic*. E straniu să te gândești că un vas care se scufundase în urmă cu 150 de ani încă zace acolo, pe fundul oceanului. Și că fusese o vreme când se mai produceau astfel de filme. Da, că a existat o perioadă când progresul tehnologic, cunoașterea și civilizația erau privite ca un dat. Un timp când nimeni nu se gândea că arta producerii cimentului era ceva care, de fapt, dispăruse încă din Evul Mediu.

Klara și-a șters o lacrimă — așa cum făcea mereu — când Leonardo DiCaprio îi dădea lui Kate Winslet un ultim sărut. Klara mi-a explicat că plângea pentru că abia se întâlniseră, își întâlniseră iubirea vieții lor, dar aveau să fie împreună doar aceste zile și ore în care se îndreptau spre o catastrofă predestinată.

Klara a intrat în viața mea și în casa noastră când aveam 18 ani. A venit împreună cu fratele meu cu trei ani mai mare decât mine, Jürgen, care ne-a prezentat-o mândru întregii familii. Klara avea bucle strălucitoare, o fire minunată și un zâmbet care ar fi putut topi și ghețarii. Politicoasă, săritoare, empatică și debordând de veselie. Toată familia a îndrăgit-o imediat. Dar, desigur, eu m-am îndrăgostit de ea. Klara avea un șarm natural, nu urmărea un scop și nu avea motive ascunse și totuși, uneori, când râdea de mine, puteam simți o profunzime înflăcărată, mai întunecată, dincolo de ochii de un albastru strălucitor. Dar niciodată nu am îndrăznit să mă gândesc că o să vrea să aibă de-a face cu mine. În primul rând, eram un frate loial, în al doilea rând, nu eram genul care să trezească astfel de sentimente în femei. Excepția o reprezentaseră vreo două colege care, presupun, se îndrăgostiseră de ceea ce ele percepeau ca fiind un intelect aparte și o liniște plăcută, un posibil simț al umorului autoironic sau o înclinație oarecum modestă de a le sări în ajutor altora. În orice caz, în timpul căsniciei fratelui meu cu Klara, ea și cu mine ne-am limitat cu strictețe la rolurile de cumnat și cumnată. Timp de 30 de ani mi-am păstrat ascunsă dragostea neștirbită și ea a procedat la fel. Mi-am intrat în rol când s-a dovedit că ea și Jürgen nu puteau avea copii și mi-am exagerat disperarea când Jürgen s-a îmbolnăvit. Cu doar zece ani mai înainte, pe piață existau medicamente care l-ar fi putut salva și știu că prin legăturile mele din domeniul cercetării medicale ori dacă nu, altfel, prin mijloace ilegale, probabil aș fi putut face rost de câte ceva din stocurile rămase, păstrate pentru persoane-cheie din politică, cercetare și armată. Dar nu am încercat și m-am eschivat spunând că, în afară de faptul că riscam să fiu închis, ar fi fost imoral și egoist din partea mea să procur cele necesare propriei familii, în detrimentul persoanelor mult mai însemnate pentru binele societății noastre.

În zilele, săptămânile și, într-un final, în lunile ce au urmat înmormântării lui Jürgen, nu m-am dezlipit de Klara. Făceam totul împreună. Mâncam, citeam, mergeam la cinema sau ne plimbam. Călătoream la Viena și Budapesta unde vizitam restaurante, cafenele și muzee, precum muzeele de tehnică care documentau credința naivă a generațiilor trecute, conform căreia dezvoltarea nu poate merge decât într-o singură direcție. Și pe străzile pavate cu piatră cubică ale acestor orașe decăzute ne plimbam noaptea ținându-ne de mână și povesteam câte-n lună și-n stele. Ne apropiam amândoi de 50 de ani, dar, în timp ce părul meu negru își păstrase culoarea, părul bălai al Klarei devenise gri-cenușiu, iar zâmbetul minunat și ochii strălucitori erau înconjurați de riduri adânci. Am pus primele semne ale îmbătrânirii pe seama suferinței pricinuite de pierderea soțului ei.

La întoarcerea acasă din una dintre aceste călătorii, în timp ce stăteam singuri la prora unei bărci, i-am spus Klarei pentru prima dată ce simțeam pentru ea. Ce simțisem mereu. Ea mi-a spus că a știut tot timpul și că și ea simțea la fel. Când am sărutat-o, am făcut-o cu un profund și fremătător sentiment de fericire, dar și cu o stranie tristețe. Tristețea că ne-au trebuit 30 de ani — sau aproape o jumătate din speranța de viață a celor din Federația Ruso-Europeană — ca să găsim această fericire. Trecuseră patru ani de la moartea lui Jürgen și cu toate acestea noi am așteptat — de dragul familiei — încă un an până să ne căsătorim.

Am fost cât se poate de fericit în timp ce desfășuram cercetările mele despre telomeri, vârfurile albe ale cromozomilor care par să determine potențialul maxim al speranței de viață a unei persoane. Poate că frustrarea resimțită în laborator față de bucuria trăită când eram cu Klara m-a făcut să scurtez programul de lucru. Sau poate am avut o presimțire, am recunoscut unele dintre simptomele Klarei, întrucât introduseserăm în cercetări copii care sufereau de sindromul Hutchinson-Gilford, așa-zisa Progeria sau îmbătrânirea ultrarapidă. Dar am refuzat să cred asta, sindromul este determinat genetic și uneori este vizibil chiar de la naștere.

Când Klara a avut probleme la șold și a venit acasă spunându-mi că medicul examinator a întrebat-o dacă chiar are 49 de ani, l-am contactat. Și el mi-a confirmat că razele i-au prezentat corpul unei persoane despre care el credea că are 80 de ani.

Am trimis-o pe Klara la un specialist și a fost diagnosticată cu sindromul Werner, tot o îmbătrânire ultrarapidă, dar care te afectează mai târziu în timpul vieții. Medicul specialist a estimat că Klara mai avea cinci ani până când, la vârsta de 54 de ani, avea să moară de bătrânețe.

Klara a primit vestea cu calm.

Eu nu.

— Avem timpul care ne-a fost dat, m-a liniștit ea, fără să îmi poată opri lacrimile. Și, dacă nu avem prea mult timp, cât ne-a rămas vom fi fericiți, nu-i așa?

Mi-am dat demisia ca să pot fi cu Klara, dar m-am răzgândit după câteva luni. Eram specialist în longevitate, poate puteam face ceva, în loc să stau și să privesc cum iubita mea se destramă înaintea ochilor mei? Am început să lucrez mai mult și cu o râvnă mai mare ca oricând, vânam idei noi și mă refugiam în studii. Apoi, consiliul de administrație a decis că, din cauza crizei economice, compania nu își permitea să finanțeze ceva pentru care nu exista speranța unor rezultate pe termen scurt, așa că a trebuit să mă limitez la studierea hadesitei.

Nu îi spusesem Klarei despre descoperirea mea, cum făcuseră ceilalți cercetători, iar ea a crezut că m-am dus în Africa să găsesc un leac pentru boala venerică transmisibilă. Acum era fericită că eram din nou acasă și în timp ce stăteam pe canapea și ne uitam la vasul de nescufundat care se scufunda, m-am uitat la ea cu coada ochiului. Am văzut-o ducând la buze ceașca de ceai pe care i-o pregătisem și o lacrimă evadând din minunații ei ochi albaștri.

A sunat telefonul de pe hol.

M-am dus și am răspuns.

— Consiliul de administrație a fost de acord să continuăm, a spus Kopfer.

Am inspirat și doar atunci mi-am dat seama că îmi ținusem respirația.

— Dar au câteva condiții.

— Cum ar fi?

— Spun că, în cazul în care comisia medicală nu primește documentația scrisă cu privire la compoziția medicamentului, procedura va fi oprită și ar putea să dureze câțiva ani înainte să ne dea aprobarea de testare pe oameni. Având în vedere valoarea investiției, incertitudinea și orizontul de timp până la care medicamentul va aduce profit...

— Vor să le dau formula?

— Da.

M-am uitat la Klara. Își aplecase puțin capul să bea ceaiul. Era, desigur, propria mea închipuire, acum capul era în permanență aplecat, iar postura dreaptă a Klarei de odinioară era istorie.

— Și dacă pot aduce dovezi că acest medicament oprește îmbătrânirea la om?

— Ce vrei să spui?

— Dacă pot prezenta deja dovada că medicamentul poate opri îmbătrânirea la oameni?

Îl auzeam pe Kopfer respirând la capătul firului.

— Poți?

Am văzut-o pe Klara lăsând ceașca jos. Adora ceaiul pe care i-l făceam, mai ales cel nou pe care îl adusesem din Africa.

— În curând, am spus și am închis.

Aud strigăte de voci nervoase dinspre stradă, în spaniolă, arabă și berberă. Dar nu mă pot gândi la asta acum. Să fi luat cu mine pușca pentru elefanți care atârnă acum deasupra șemineului, acasă? Nu, sunt singur, nu am nicio șansă să mă apăr, nicio șansă să scap. Oamenii vor să trăiască, cu orice preț. Cred ei. Pentru că nu știu prețul, nu știu consecințele. Și zumzetul din servietă pare mai puternic, mai nervos, mai insistent. Tic-tac, secundele se scurg, iar bastonul sosește. Trebuie să dispară tot ce pot lua: tactica pământului pârjolit. Nu doar pentru binele Klarei sau al meu. Ci pentru binele umanității. Îmi este rușine, dar trădarea mea este singurul lucru decent pe care l-am făcut toată viața.

TRĂDAREA

Kopfer a continuat să mă preseze să le predau formula, motivând că la rândul său era presat de consiliul de administrație. Dar eu insistam că există un risc prea mare ca formula să fie furată de cineva pentru câștiguri financiare.

— Ralph, nu este treaba ta să faci astfel de analize.

— Poate că nu, dar îmi voi asuma această sarcină.

— Vreau să spun că nu ai dreptul să faci asta. Datoria ta este să...

— Datoria mea este față de Dumnezeu și omenire, Ludwig.

Mi s-a părut că-l văd pe Kopfer tresărind pe scaun când i-am spus pe numele mic.

— Această descoperire este mai importantă decât orice companie sau orice țară, mai importantă decât Antoil Med și REC. Primii care vor pune mâna pe această formulă vor încerca să obțină monopolul și să o folosească în scopuri politice. Singurul loc unde aș fi putut merge cu ea ar fi fost Națiunile Unite, dacă o astfel de organizație ar mai exista. Prefer să mor decât să dezvălui formula.

Kopfer m-a privit mult timp înainte să se ridice și să plece.

M-am lăsat pe speteaza scaunului tremurând.

Fusese o oarecare tristețe, suferință în privirea lui, același lucru pe care l-am văzut la medicii care veneau la noi cu mostre de la pacienți și eram nevoiți să le spunem că pacienții lor sufereau de hadesită.

Luam în mod regulat probe de sânge și de țesut de la Klara și mințeam spunându-i că le trimiteam unui coleg care lucra la un tratament pentru sindromul Werner. În laborator, vedeam că medicamentul avea același efect ca în cazul șoriceilor: îmbătrânirea nu era doar încetinită, ci aparent oprită complet.

Însă medicamentul avea și un efect secundar identificat pentru prima dată la șoareci. Melissa raportase că șoarecii se mișcau mai puțin, nu mai căutau cușca comună și păreau apatici. Singura reacție energică pe care o obțineam de la șoareci era aceea că își dezveleau dinții la cercetătorii asistenți când îi hrăneau. Nu știu în ce măsură sunt predispuși la depresie șoarecii pigmei africani sau Klara. Pentru un timp, am crezut că schimbările ei bruște de dispoziție, apatia și indiferența crescândă erau cauzate de gândul că avea să moară curând. Dar nu am observat nimic până nu am început să îi pun medicamentul în ceai, iar schimbarea a venit, dacă nu peste noapte, atât de rapid și a fost atât de marcantă, încât am decis să reduc doza. Fără să se vadă vreo îmbunătățire, din contră, se părea că schimbările de dispoziție și depresia se înrăutățeau, devenise dependentă de medicament. Melissa mai raportase că atunci când, la sfatul meu, a redus doza de Ankh pentru doi șoricei, comportamentul lor nu s-a schimbat. Doar când le-am dat antidepresive, starea lor s-a modificat. Și, din fericire, a avut același rezultat și cu Klara, când am amestecat același medicament în ceaiul ei.

Într-o zi, Daniel Egger, președintele grizonant al consiliului de administrație, a venit în biroul meu. Familia Egger deținea șaizeci la sută din acțiunile Antoil Med și nu îl văzusem niciodată pe capul necontestat al familiei purtând altceva în afară de un costum de tweed, adidași și un baston al cărui rol era greu de stabilit, din moment ce, atunci când merge, Daniel Egger mai mult aleargă.

S-a așezat, și-a împreunat mâinile pe mânerul șlefuit al bastonului său și s-a uitat la mine.

— Cred, a spus el după un timp, zâmbind cu un rând de dinți de un alb perlat încât era ușor să crezi că tocmai din perle erau făcuți, că în creierul aflat acum în fața mea se găsește răspunsul la întrebarea pe care omenirea și-a pus-o încă de la începuturile timpului. Cum să scape de moarte.

— Este posibil, am răspuns eu.

— Dar nu acesta este cel mai uimitor lucru, domnule Jason. Egger a scos o batistuță și a început să șteargă ceea ce am presupus că era fildeșul din capătul bastonului. Cel mai uimitor lucru este că tu ești om de știință, un cercetător care nu respectă cel mai important principiu al științei. Acela potrivit căruia cunoașterea trebuie împărtășită.

— Vrei să spui că Oppenheimer și cercetătorii care au lucrat la bomba atomică ar fi trebuit să împartă ceea ce știau cu Hitler și Stalin?

— Cel puțin Oppenheimer a adus-o la cunoștința superiorului său, președintele Federației Occidentale. Și tu trebuie să faci la fel, Jason. Consiliul de administrație și managementul acestei companii ți-au acordat fondurile pentru cercetare și ți-au plătit salariul. Descoperirea ta este proprietatea noastră.

— Datoria mea este față de...

— Dumnezeu și omenire. Kopfer mi-a spus că ai afirmat asta.

— Desigur, înainte să mor, va trebui să renunț la formulă. Când va veni vremea.

— Vremea aceea..., a spus Egger vârându-și batista înapoi în buzunarul costumului de tweed, s-ar putea să vină fără să știi, Jason.

Atunci am observat prezența a doi bărbați masivi, ambii purtând costume prea strâmte pentru ei, stând în fața ușii biroului meu.

Mi-am dres vocea.

— Mă amenințí, Egger?

Egger m-a privit inexpresiv.

— Am înțeles de la Kopfer că ești dispus să mori ca să păstrezi secretul.

— Evident, îmi este teamă că această descoperire ar putea face mai mult rău decât bine dacă ajunge pe mâinile cui nu trebuie. Trei războaie mondiale au fost purtate pentru mai puțin, domnule Egger. O singură viață nu înseamnă prea mult.

Egger a oftat.

— Dumnezeu și martir. Diametral opuse, dar totuși cele două roluri preferate ale bărbaților. Tu încerci să le joci pe amândouă, Jason. Nu este corect. Ar trebui să ți se permită să joci rolul lui Dumnezeu, dar rolul martirului trebuie să aparțină altcuiva.

— Ce vrei să spui? l-am chestionat, cu presimțirea că avea să se întâmple ceva rău.

El a zâmbit.

— Cred că Klara Jason este perfectă pentru rolul de martir.

Mi-a trebuit o secundă ca să îmi simt gura complet uscată.

— Despre ce vorbești?

— Dacă Dumnezeul anterior a fost dispus să își sacrifice fiul ca să salveze omenirea, cu siguranță tu vei putea să-ți sacrifici soția. Sau nu?

— Tot nu înțeleg...

— Probabil că da, a spus Egger arătând cu degetul spre capătul bastonului său. Știi ce este acesta? Nu, nu știi, este osul unul rinocer negru. Rinocerii negri au...

— Am văzut fotografii.

— ...dispărut. Acesta este de la ultimul dintre ei. Am moștenit bastonul de la bunicul meu și nici el nu avea probleme cu picioarele. Ca și mine, folosea bastonul ca să îi amintească faptul că nimic nu este etern, totul trebuie să dispară, spre mai bine sau spre mai rău. Or, *this too shall pass*, după cum spuneau evreii, cel puțin aceia care trăiau în SUA. Însă acum când moartea nu este în mod necesar sigură, o moarte prematură este cu atât mai amară. Fie că te afectează pe tine sau pe cineva cu care doreai să îți petreci viața.

S-a uitat la mine, gheața răzbătând din privirea lui cenușie.

— Îmi vei da formula, Jason. Aici și acum. Altfel, când te vei duce astăzi acasă, pe Rainerstrasse, vei descoperi că soția ta nu se mai află acolo. Când, într-un final, o vei găsi — dacă o vei găsi — va fi crucificată. Și nu vorbesc metaforic. Va atârna pe o cruce într-o pădure, prinsă cu piroane în mâini și picioare, cu o coroană de ghimpi pe cap, tot tacâmul, mai puțin partea cu învierea în a treia zi. Așadar, ce spui, Doamne?

Am înghițit în sec. L-am privit, așa cum un jucător de poker se uită la un alt jucător de poker care a pariat tot ce are. Mergea la cacealma? Nu îmi venea să cred că Daniel Egger, unul dintre cei mai importanți și respectați cetățeni, un adevărat susținător al comunității, mă amenința folosind metode criminale demne de capul unei familii mafiote. Pe de altă parte, în timpul războiului a fost ofițer și nu tocmai asta le aduce bărbaților și femeilor din societate pozițiile lor — faptul că sunt dispuși să facă un pas în plus?

Am încuviințat resemnat, am luat o foaie de hârtie din sertarul biroului și am început să scriu.

Mi-a luat aproape patru minute să scriu formula în limbajul codurilor chimice în care lumea este redusă la elemente, componente moleculare, presiune și temperatură.

I-am dat hârtia.

El și-a plimbat ochii peste simboluri.

— Sfântă Scriptură. Dar asta ce este?

A arătat antetul, un simbol în forma literei T cu o buclă suprapusă.

— Ankh. Pentru egiptenii anticii, simboliza viața eternă.

— Elegant, a spus el, îndoind foaia cu o grijă infinită și vârând-o în buzunarul interior al sacoului de tweed.

L-am urmărit cu privirea în timp ce dispărea pe hol. Își legăna bastonul, care scotea un sunet vesel de fiecare dată când atingea parchetul. Ca secundele unui ceas. Numărătoarea inversă începuse.

Nu știam după cât timp își va da seama Egger că l-am păcălit. Nici măcar cercetătorii din echipa mea nu ar fi putut nega ce era scris de mână, ca o farsă, pe hârtia lui Egger, pentru că aveau informații limitate. Dar, desigur, cu timpul aveau să adune doi cu doi și să descopere că formula de pe foaia de hârtie nu dădea patru.

Mi-a luat o săptămână să găsesc un loc unde să o ascund pe Klara.

Când eram proaspăt student la medicină, eu și colegii mei am făcut un stagiu medical într-un spital de nebuni. Era un loc a cărui asociere cu iadul putea fi egalată doar de coșmarurile și halucinațiile celor internați. Holurile întunecate duhneau a lichide pentru sterilizare și a fecale, iar din spatele ușilor închise se auzeau țipete și gemete care îți frângeau sufletul. Trăgând cu ochiul prin firidele pentru mâncare, am văzut chipuri palide, cu priviri goale, terifiate, holbându-se ca hipnotizate în bezna și haosul din viețile și sufletele lor. Persoana care ne însoțea a citit pe chipurile noastre ce simțeam și ne-a explicat că lucrurile nu fuseseră mereu așa, că înainte de Marele Război statul avea resursele financiare și tehnologia pentru a le asigura bolnavilor mintal o viață mai demnă.

Locul pe care l-am găsit pentru Klara părea să ofere tocmai acest lucru: demnitate.

Se numea casă de convalescență și era amplasată pe un deal cu vedere spre lac. Aer curat și proaspăt de munte, zone întinse cu parcuri, camere spațioase și aerisite, doi asistenți pentru fiecare pacient și discuții zilnice cu un psihiatru. Și ceva și mai important: se afla într-o zonă anterior denumită Elveția, care își păstrase o formă de autonomie, ceea ce însemna că avea unele privilegii, precum cele discreționare, ceea ce însemna că nu erau obligați să dezvăluie identitatea pacienților autorităților sau oricui altcineva. Evident, era o ofertă dedicată elitelor. Și doar elitele puteau plăti costurile.

Nici măcar din toate economiile strânse de mine nu aveam cum să îmi permit să o țin pe Klara acolo prea mult timp. Așa că m-am gândit la casa noastră de pe Rainerstrasse. Fusese a familiei de generații întregi, iar Klara și cu mine pur și simplu o îndrăgeam. Dar era mare și în ea ar putea și chiar *ar trebui* să locuiască o familie cu copii. Eu și cu Klara aveam nevoie doar de două camere și de o bucătărie. Și de noi.

— Haideți să vă prezint sala de sport, a început administratoarea.

— Mulțumesc, doamnă Cehov, dar am văzut suficient, am spus eu. Haideți să semnăm hârtiile. Apoi, mâine, o voi aduce și pe ea.

Vântul deșertic șoptește un secret, o formulă din neant. Așa cum Klara se înclina uneori spre mine și îmi șoptea cuvinte interzise, menite doar urechilor mele, o formulă care a deschis porțile, care a făcut ca oxidul nitric și noradrenalina să dea năvală. Care, pentru scurt timp, oferea viață eternă. Nu vreau să mă gândesc la celelalte cuvinte ale ei, cele pline de ură, pe care mi le-a aruncat când am dus-o acolo. Dar trebuie, mă voi gândi la ele. Mă voi gândi la furia ei, cum m-a scuipat, cum s-a agățat de tapetul de pe pereți și cât a țipat cu ochii bulbucați că trebuie să iasă. Mă voi gândi cum, într-un final, i-am dat suficiente sedative ca să o pot scoate din mașină. Dar mă gândesc și la chipul ei pașnic în timp ce dormea pe banchetă, cât eu am condus până în zori. Motorul a început să fiarbă pe serpentinele abrupte ce urcau spre casă, dar am ajuns acolo. Când am plecat, Klara ședea pe treptele de la intrarea în casa de convalescență, cu câte un îngrijitor de o parte și de alta, pregătiți să intervină. Dar ea nu s-a mișcat, brațele îi atârnau pe lângă corp și lacrimi mari și uriașe îi picurau din ochi în timp ce îmi șoptea numele iar și iar. L-am auzit pe tot drumul de întoarcere și de două ori am fost pe punctul de a face cale întoarsă ca să o iau de acolo.

La toate acestea trebuie să mă gândesc. Să mă gândesc la ele ca să poată fi șterse din creierul meu, astfel încât nicio frântură de amintire să nu îi poată conduce în locul în care se află Klara acum. Și trebuie să mă gândesc repede și fără ocolișuri inutile, dar și complet, pentru ca totul, absolut totul să dispară. Întrucât ceasul meu ticăie tot mai tare, tic-tac, bastonul lui Daniel Egger se apropie. Și apoi trebuie să mă gândesc la vizită.

VIZITA

Într-o seară, la două săptămâni după ce am dus-o pe Klara în Elveția, a sunat soneria.

Fusese deja o zi proastă. Doamna Cehov mă sunase și îmi explicase că doctorii lor doreau să nu îi mai administreze Klarei medicamentul pe care eu, în calitate de medic curant al ei, li-l lăsasem cu indicația de a-i fi injectat zilnic. Le explicasem că erau pentru sindromul Werner, însă acum ei credeau că tocmai aceste injecții îi provocau psihozele, că dacă nu încetau să îi mai administreze acest tratament necunoscut, exista pericolul să ajungă prizoniera schizofreniei pe viață.

Neîncetata ploaie acidă ne învăluia, se impregna în țigla de pe acoperiș, rodea din casele noastre milimetru cu milimetru. O scosesem la vânzare, era chiar și un anunț afară pe peluză, și când am auzit soneria sunând peste bătaia ritmică a ploii, primul meu gând a fost că e un potențial cumpărător. Că nu era posibil ca Daniel Egger să fi reușit să afle că formula era falsă.

Însă, când am deschis larg ușa și l-am văzut pe Bernard Johansson pe trepte, mi-am dat seama că mă înșelasem, că exista o posibilitate să afle.

— Ei bine? a spus el, cu ploaia șiroind pe craniul său lucios cu o stranie formă de ou. Nu mă inviți înăuntru?

Am deschis ușa și el a intrat, și-a dat jos paltonul și l-a scuturat ușor. Am văzut picăturile căzând pe covorul turcesc pe care îl cumpărase Klara de la Budapesta. Ne-am așezat în sufragerie, el pe canapeaua pe care eu și Klara obișnuiam să stăm.

— Cu ce te pot ajuta? l-am întrebat în timp ce îi aduceam din bucătărie o ceașcă de ceai.

Johansson a râs.

— Dumnezeule, ce oficial a sunat, Ralph.

— Poate, dar putem trece la subiect?

S-a îndreptat de spate. Puteam, desigur, să ne prefacem că era cel mai natural lucru din lume ca el să treacă pe la mine într-o seară de vineri, dar ținând cont că un astfel de eveniment — sau altceva care să aducă a interacțiune socială — nu intervenise între noi în cei 15 ani de când lucram împreună, vedeam doar două posibile motive ale vizitei lui. El, singurul individ din lume care putea dezvălui în mai puțin de trei săptămâni că formula era falsă, venise să mă prevină. Sau voia să-mi spună că intenționa să profite de asta.

Evident, era vorba despre cea de-a doua variantă.

— Am o propunere de afaceri care ne poate îmbogăți pe amândoi.

Avea un zâmbet forțat și senzația lui de disconfort era la fel de mare ca a mea.

Mi-a explicat că, atunci când Egger i-a adus formula scrisă de mine, la început a fost convins — având în vedere cunoașterea aproape completă a cercetărilor noastre — că trebuia să fie reală și îi spusese acest lucru lui Egger.

— Dar, continuând să lucrez la așa-zisa formulă, mi-am dat treptat seama că ai procedat ca orice mincinos priceput: ai mințit cât mai aproape de adevăr posibil. Totuși, erorile din formulă sunt atât de semnificative, încât doar cineva cu nivelul meu de cunoaștere a materialului ar fi capabil să completeze informația lipsă sau să corecteze greșelile intenționate.

— Cu tot respectul, mă îndoiesc, Johansson.

Totuși, nu am văzut niciun motiv să neg că formula nu era corectă, la urma urmei chimia este chimie și Johansson nu era un idiot.

El a dat ușor din cap.

— Dacă mă duc la Shanghai și-i ofer Indochinei formula aproape completă, nu doar că îmi vor oferi resurse nelimitate și cea mai bună echipă de cercetare din lume, ci îmi vor da o avere să rezolv enigma pentru ei.

— Dar nu știi sigur dacă vei reuși.

— Cu timpul, mai devreme sau mai târziu, o vom găsi.

A sorbit din ceai. Ceaiul fără Ankh.

— Cu tine la bord va merge mai repede și ei vor plăti mai mult. Așadar, îți ofer un parteneriat. Facem jumi-juma.

Chiar am râs la replica aceasta.

— Ți-a trecut vreodată prin cap că nu am intenționat niciodată să mă îmbogățesc? Dacă asta aș fi vrut de la bun început, aș fi făcut ceea ce îmi propui tu acum, dar pe cont propriu.

— Da, a spus Johansson. De aceea știu că nu este suficient să te ispitesc, ci trebuie să te și ameninț.

Tonul vocii sale trăda regretul, iar privirea de cățel, remușcarea.

— Serios?

— Dacă vei alege să îmi refuzi oferta, mai întâi voi vinde proiectul Indochinei, ei vor face public proiectul la care lucrează pentru a ridica prețul acțiunilor, astfel încât să poată strânge capitalul necesar dezvoltării acestuia prin emiterea de obligațiuni. După ce va deveni public, voi spune consiliului de administrație al Antoil Med că tu ești cel care a vândut formula. Și eu — spre deosebire de tine, care nu ai arătat nicio dorință de cooperare — s-ar putea să fiu crezut. Răzbunarea lui Egger va fi...

Johansson a sorbit iar din ceai. Mă îndoiesc că pentru a crea suspans, cred că pur și simplu ezita să fie pe atât de brutal pe cât impunea situația. A lăsat ceașca jos, de parcă ceaiul nu mai avea un gust bun.

— ...rapidă, dar nu neapărat nedureroasă, a terminat el.

— Te-ai gândit bine, Johansson. Dar uiți un lucru. Dacă nu îmi este frică de moarte? Sau, mai curând, dacă Ankh este pentru omenire ceea ce fisiunea plutoniului a fost acum 150 de ani, o oportunitate de a crea o lume mai bună, dar și o oportunitate de a o distruge peste noapte? Nu există suficient dreyran nici în sol, nici în atmosferă pentru ca Ankh să fie produs pentru toată lumea. Așadar, cine va decide cine primește viață eternă? Cine va accepta să nu se numere printre ei? Cu o populație care moare doar în urma accidentelor, suicidului și crimelor, vor trebui introduse reguli stricte împotriva procreării, ca Terra să nu fie suprapopulată într-o singură generație. Și cine va decide cine va avea voie să se reproducă și cine nu? Pe scurt, dacă Ankh nu este gestionat de o autoritate globală, nu va lupta o confederație împotriva altei confederații, ci va fi care pe care, un război în care toată lumea, vecinii și membrii familiilor se vor lupta unul cu altul. Moartea mea este o picătură de sânge într-un ocean. Lumea va vărsa un ocean de sânge dacă fac publică formula. Așa că, lasă-mă, Johansson.

Johansson a încuviințat, de parcă s-ar fi gândit deja la asta. În orice caz, anticipase că și mie îmi trecuse prin cap ideea aceea.

— De când te știu, ai avut un spirit utilitar, Ralph. Desigur, este o idee nobilă ca individul să se sacrifice pentru un scop mai înalt, așa cum se spune în Confederația Vestică. De aceea, mereu ți-am admirat nu doar inteligența, ci și caracterul și capacitatea de a-i iubi pe alții, nu doar pe tine. Apropo, unde este Klara?

Nu i-am răspuns și nu am schițat niciun gest. Dar poate că el a observat că m-am schimbat la față.

— Înțeleg, a spus el în șoaptă. O vor găsi. Și vor găsi și formula. Vor folosi Exor pe tine. Îți vor aspira creierul.

— Prostii, am spus eu.

— Serios?

Tot ce s-a auzit în sufragerie pentru următoarele câteva secunde, a fost ropotul ploii pe gazonul veșnic verde de afară. Exor era controlat de armată. Se zvonea că era într-un buncăr în locul în care fusese odinioară Luvrul și că era păzit de un întreg detașament. Că nu era nevoie de tot creierul pentru recuperarea amintirilor, și că folosind un eșantion microscopic putea fi reconstruită memoria în totalitate. Pe de altă parte, ar fi durat mai mult de un an și ar fi costat la fel de mult ca alimentarea unui oraș mare cu electricitate pentru o perioadă echivalentă de timp. Totuși, Johansson avea dreptate — după cum îi era obiceiul și în privința cercetărilor din domeniul tehnic. Dacă exista posibilitatea unui medicament care să le dea generalilor viață eternă, evident că aveau să folosească Exor.

Creierul meu a abordat problema așa cum prescrie Descartes: mai întâi intuitiv, apoi deductiv. Concluzia care urma era descurajantă, dar tocmai de aceea și eliberatoare, oricât de naiv ar suna.

— În vremurile de demult, vânătorii erau fericiți să aducă acasă trofee din Africa, am spus și m-am ridicat.

Le plăcea să împăieze capete de rinoceri, zebre, lei și antilope și să le atârne pe perete, i-am spus arătând cu degetul spre peretele de deasupra șemineului. Din moment ce în Africa nu mai există animale de talie mare, eu am adus asta.

Am dat jos pușca veche și grea pentru elefanți pe care mi-o cumpărasem dintr-un bazar din Marrakech.

— Vânzătorul a susținut că această pușcă a ucis ultimul elefant din Africa. Și îmi place ironia de a avea o pușcă deasupra șemineului, în locul capului unui leu. O pușcă moartă ce nu mai are niciun rost, care a fost învinsă și acum atârnă acolo, pe perete, în semn de derâdere. Toți vom muri, dar ce ar fi dacă mai înainte am putea face ceva util pentru turmă, pentru comunitate? Da, presupun că am un spirit utilitar, chiar cred că avem datoria să întreprindem orice acțiune care îi face omenirii mai mult bine decât rău, indiferent dacă vrem sau nu.

Am tras cocoșul și mecanismele ruginite s-au supus, scârțâind reticente. M-am holbat în gura țevii.

— Ralph, a spus Johansson pe un ton îngrijorat. Nu fi prost, nu are niciun rost să te împuști. Poate că vrei să acționezi în spirit utilitar, dar Exor poate să îți golească datele din creier și la mult timp după ce mori.

— Ce voiam să spun, am precizat, este că acțiunea corectă din punct de vedere moral nu trebuie să fie motivată moral. De exemplu, această acțiune este motivată în primul rând de egoismul meu, de iubirea pentru soția mea și de ura față de tine.

Am îndreptat arma spre Bernard Johansson, am țintit spre capul lui și am tras. Impactul a fost puternic, dar orificiul lăsat de glonț în fruntea lui Johansson a fost surprinzător de mic raportat la calibrul mare al proiectilului.

— Și, cu toate acestea, este corect din perspectivă utilitară, am spus dând ocol cadavrului și observând că divanul Klarei nu mai avea nicicând să fie la fel.

Am călătorit mult ca să revin în Sahara spaniolă. Zile întregi am auzit trosniturile înfundate produse de ronțăitul larvelor înfometate și nu știu dacă zgomotele acelea veneau din servietă sau din capul meu. Apoi s-a făcut liniște, așa cum cafetiera face liniște chiar înainte ca apa să înceapă să fiarbă. Pe urmă a început un zumzet încet. Care se intensifică și se tot intensifică. Iar acum în sfârșit fierbe, Klara, iubita mea. Aud voci și pași grei, târșâiți, pe scări. Nu se tem de mine, ei știu că au toată puterea din lume, dar nu tot timpul din lume. Nimeni nu-l are. Începem să murim din clipa în care ne naștem. Acestea sunt ultimele gânduri despre scrisoare. Despre șoareci. Despre Anton. Despre decizie. Așadar, Klara, trebuie să te părăsesc.

DECIZIA

În zori, când m-am trezit în patul meu și al Klarei, primul meu gând a fost că avusesem un coșmar.

Însă Klara nu era acasă, iar cadavrul lui Bernard Johansson zăcea pe canapeaua din sufragerie.

Mă gândisem toată noaptea și treptat mi-am dat seama că era foarte dificil să scapi de un cadavru. Pentru soluțiile evidente, cum ar fi să arunci trupul în mare sau să îl îngropi în pădure, era necesară logistica, ceea ce ridica o serie de probleme practice, care aproape că păreau triviale, dar care însumate contribuiau la probabilitatea neliniștitor de mare de a fi dat în vileag.

Acum, nu mă îngrijora că urma să fiu condamnat pentru omucidere, ci faptul că, în lipsa creierului meu, ar fi putut utiliza Exor pe creierul lui Johansson. Deoarece, chiar dacă nu obțineau formula completă, le permitea să ajungă atât de departe încât — așa cum corect subliniase Johansson — mai devreme sau mai târziu aveau să găsească răspunsul.

M-am uitat la ceas. Aveam toate motivele să cred că Johansson — care era și unul dintre acei clasici licențiați în cercetare — păstrase secretul cu privire la planurile sale ilicite și la vizita făcută mie, așa că probabil aveam la dispoziție un oarecare timp înainte ca ei să îl caute aici.

Am târât cadavrul în baie, l-am pus în cadă și l-am acoperit cu covorul turcesc de pe hol. Apoi m-am dus la serviciu.

Eram așezat la birou și mă holbam la tastatura mașinii de scris. Lângă mașina de scris se afla ziarul ce prezenta pe prima pagină articolele despre iminenta întâlnire de la Ialta dintre cele patru confederații. Evident, m-am gândit la asta. Am îndepărtat gândul, dar el a revenit și iar l-am îndepărtat. Și acum, când ideea mi-a străfulgerat din nou prin minte, am pus o foaie de hârtie în mașina de scris și eram pregătit să tastez. Pentru că Egger avea dreptate; de fapt, stă în natura cercetătorului să vrea să își împărtășească cunoștințele. Și dacă Ankh avea să devină o binecuvântare pentru om, aceasta se putea întâmpla într-un singur mod: ca toată lumea, absolut toată lumea să primească formula în același timp, ca nimeni să nu o poată folosi în scopuri de putere. Desigur, încă putea să existe un război pentru resurse precum dreyranul. Dar, dacă le ofeream formula liderilor lumii cât timp se aflau la Ialta, iar ei își dădeau seama că singura alternativă la haos și rebeliune ar fi să ajungă la o înțelegere și să stabilească reguli și o distribuție corectă a resurselor, putea exista un final fericit.

Era doar o chestiune de încredere în umanitate. Era precum *saltul credinței* descris de Kierkegaard, trebuia să reușești să te convingi de ceva ce, din pricina experienței și gândirii logice, nu credeai. Întrucât, de fapt, nu existau alternative. Dacă eu — care eram om de știință foarte bun, dar nu excepțional — puteam să descopăr din întâmplare formula pentru o viață prelungită și teoretic eternă, atunci și altcineva putea, indiferent dacă țineam ideea secretă sau nu. Este teoria haosului: tot ce se poate întâmpla se va întâmpla.

Așadar, patru exemplare, patru scrisori adresate fiecărui lider de confederație. O formulă și o explicație cu privire la ce reprezenta și de ce fusese trimisă tuturor. Nu avea să ajungă la ei imediat, nu mai era ca în perioada în care exista internetul. Însă antetul și semnătura mea, Cercetător-Șef la Antoil Med, aveau să asigure citirea lor de către profesioniștii confederațiilor. Și imediat vor înțelege ce țineau în mâini și că era urgent, trebuia să se întâmple la Ialta.

Am apăsat prima tastă. Atunci s-a deschis ușa biroului meu.

De obicei, îmi mustram subalternii că nu bat la ușă, dar când am văzut expresia de om hăituit de pe fața Melissei Worth, mi-am dat seama că nu era doar o scăpare.

M-am pregătit sufletește. Asta putea însemna un singur lucru.

Misterioasa absență a lui Bernard Johansson.

— Șoarecii, a spus Melissa și abia atunci am observat că avea ochii înlăcrimați. Ei... ei...

— Ce este cu ei?
— Se ucid între ei.

Când eu și cu Melissa am dat năvală în laborator, ceilalți membri ai echipei se adunaseră în jurul uneia dintre spațioasele cuști comune în care îi pusesem pe șoareci să socializeze înainte să dea semne de agresivitate.

Șase dintre șoareci zăceau în rumeguș lipsiți de viață și însângerați, ceilalți patru erau închiși în cuștile individuale.

— Am respectat programul doar, a spus Melissa. Am redus injecțiile la minimum și după ce șoarecii nu au mai fost agresivi când îi hrăneam în cuștile individuale, am deschis ușița spațiului comun, așa cum am stabilit. Atunci au sărit unul la altul, toți deodată, ca și cum abia așteptaseră asta. S-a întâmplat așa de repede, că nu am avut timp să îi punem înapoi în cuștile lor înainte să...

Vocea Melissei s-a stins. Fusese implicată încă de la început, ea se număra printre cei care văzuseră miracolul întâmplându-se, care își dedicase tot timpul, toată viața acestui proiect.

— Scoate-i de acolo, am spus eu. Pune-i în gheață.

M-am întors în birou ca să termin scrisoarea pentru confederați.

Dar, în schimb, stăteam și fixam cu privirea foaia goală de hârtie, în timp ce cu ochii minții vedeam șoarecii morți. Nu eram foarte surprins de ceea ce se întâmplase. De ce oare? În primul rând, agresivitatea la șoareci părea să fie un efect secundar al Ankh, în al doilea rând, șoarecii rămăseseră agresivi chiar și după reducerea dozei. Era posibil ca tratamentul să fi provocat o modificare în chimia creierului? Apăreau și alte întrebări: la un șoarece nu prea există o scară a agresivității, a năvăli asupra altuia și a ucide probabil înseamnă cam același lucru. Ce efecte ar putea avea Ankh asupra comportamentului oamenilor? Comportamentul Klarei era un caz izolat și, desigur, putea avea drept cauză cu totul alți factori, iar, în plus, nici nu devenise o ucigașă. Sau da? Ce s-ar întâmpla dacă nu îi mai administram antidepresivele pe care le lua împreună cu Ankh?

Chiar și așa, când soarele a început să coboare în spatele acoperișurilor și se preschimba în roșu de la fumul produs de fabrici, eu tot nu începusem să scriu epistola, trecusem să studiez materialul nostru de cercetare. Era posibil ca Ankh să conțină substanțe care provocau starea de agresivitate? Și în acest caz: puteau fi înlăturate fără să fie modificat efectul antiîmbătrânire al medicamentului?

Când s-a făcut ora 22:00 și restul echipei s-a dus acasă, eu am intrat în laborator, am prelevat probe de sânge de la doi dintre șoarecii morți și una de la mine și le-am trecut prin analizatorul de sânge. Am citit rezultatul și am tras concluzia că era cum intuisem. Substanța activă care împiedica îmbătrânirea era și cea care genera agresivitatea. Era una și aceeași, două fețe ale aceleiași monede.

Dar analizatorul de sânge a mai arătat ceva. În sângele șoarecelui, concentrația de Ankh era mai mică decât ar fi trebuit, având în vedere că fuseseră injectați în aceeași zi. Am scos din frigider o capsulă și am pus-o la microscop. Mi-a luat mai puțin de un minut să găsesc cele două găuri din capac, invizibile cu ochiul liber, dar care se vedeau ca niște cratere gigantice la microscop. Cineva împunsese capsula cu acul extrem de subțire al unei seringi. Printr-una dintre găuri, persoana respectivă extrăsese Ankh din capsulă, prin cealaltă înlocuise medicamentul furat cu alt lichid, probabil apă.

În calitate de manager de proiect, aveam acces la cardurile de pontaj și am verificat dacă exista vreun tipar al înregistrărilor privind ieșirile recente din laborator. Din moment ce Ankh nu rezistă mult pe raft, iar pentru șoarecii pigmei africani nu sunt necesare cantități mari, medicamentul era produs continuu, dar în cantități mici. Cu alte cuvinte, hoțul trebuia să fure la fel, în formă continuată și în cantități mici.

Am găsit ceea ce căutam. Un nume. Anton, un bărbat timid, tăcut, care, deși avea 39 de ani, încă era cercetător asistent. Nu știu dacă din cauză că nu era ambițios sau pentru că nu luase examenul final în domeniul biologiei. Poate din cauza stării lui de sănătate, în ultimii doi ani avusese concedii medicale pentru perioade lungi. În orice caz, datorită vechimii și responsabilității de a curăța laboratorul la finalul zilei, el primise cheile și puteam observa analizând celelalte carduri că, în ultimul an, fusese singur în laborator cel puțin două nopți pe săptămână.

M-am gândit o vreme înainte să-l sun pe Kopfer și să-i spun ce descoperisem.

Apoi am stins lumina și m-am dus acasă.

Două ore mai târziu, am desfăcut o bere și m-am așezat pe canapea, uitându-mă la televizor când au început știrile.

Reporterul se afla pe o stradă, în fața unei mașini de poliție cu girofarurile aprinse, și spunea că poliția încercase să aresteze un bărbat în vârstă de 39 de ani, suspectat de delapidare în dauna companiei la care lucra, când i-a atacat pe cei doi polițiști cu un cuțit, rănindu-l grav pe unul dintre ei. Acum bărbatul era încercuit în apartamentul său. La fața locului ajunseseră polițiști înarmați și încercaseră să comunice cu bărbatul, dar individul nu dăduse vreun semn că dorea să vorbească sau să se predea. Reporterul zelos a arătat spre o casă și preciza că bărbatul tocmai fusese văzut la o fereastră, fluturând un cuțit plin de sânge în timp ce profera amenințări și obscenități. În acel moment, a intervenit prezentatorul din studio și a declarat, cu o mină serioasă, că tocmai primiseră de la spital informația că polițistul grav rănit fusese declarat mort.

Mă holbam la imaginile de la televizor. Polițiștii erau pe poziție în spatele mașinilor lor, cu armele îndreptate spre locuința lui Anton. Dacă nu știau deja, aveau să afle în curând că Anton îl omorâse pe unul dintre colegii lor. Era ca și cum le puteam vedea degetele apăsând puțin mai tare trăgaciul. Am stins televizorul. Nu aveam nevoie să mă mai uit, deznodământul era clar.

Am așezat sticla de bere goală pe masa din living și m-am uitat la seringa ce se afla pe ea.

Faptul că și eu luasem Ankh acasă nu putea fi considerat furt, era pentru accelerarea testelor pe oameni, pe Klara. Și — după ce ea a răspuns pozitiv, dar prezentând niște posibile efecte secundare nefericite — l-am testat și pe mine. Luam Ankh de o lună și jumătate și nu observasem niciun gând depresiv sau agresivitate crescândă. Însă, desigur, este posibil ca pacientul însuși să nu fie conștient de propriile sentimente, e posibil să le nege în mod rațional și să creadă că situația e tristă sau impune acțiuni violente, că sursa nu o reprezintă o schimbare în propriul psihic și comportament.

M-am gândit la cadavrul din cada mea.

Eu — care nu mă atinsesem vreodată de cineva, nici măcar în copilărie — omorâsem un om.

Ankh. Dacă nu observasem până acum, mi se părea mai limpede ca oricând: nu era rețeta pentru viața veșnică, era rețeta pentru haos și moarte. Deocamdată, din fericire, era o rețetă secretă, o formulă care explica mai curând doar ingredientele necesare, dar mai era nevoie și de procese, presiuni și temperaturi, rețeta nu putea fi reprodusă studiind însăși substanța. Ei trebuiau să pună mâna pe mine, să găsească rețeta din mintea mea.

Amneziatorul. Era încă în El Aaiún. Am sunat la aeroport. Și am aflat că aveam noroc. Dacă ajungeam la Viena a doua zi, puteam să prind un loc la zborul săptămânal spre Londra, de unde era un zbor spre Madrid la fiecare două zile, dar de acolo trebuia să improvizez. Am comandat biletul.

Apoi am sunat în Elveția.

Când mi-a răspuns doamna Cehov, mi-am cerut iertare pentru ora târzie, dar i-am explicat că Klara nu mai trebuia să primească deloc medicamentul trimis de mine. Că descoperisem că putea fi cauza directă a stării sale mintale. Și că speram ca efectele secundare nu aveau să fie permanente, dar că probabil va dura o vreme până să redevină ea însăși.

Am urcat în dormitor și mi-am făcut bagajul. Niște haine, rublele pe care le aveam și fotografia de nuntă cu mine și Klara. Dacă mergeam cu mașina toată noaptea, puteam să ajung la Viena în zori.

Când am intrat în baie să iau articolele de toaletă, m-am oprit să privesc în oglindă la cada din spatele meu.

M-am întors, am dat perdeaua la o parte și m-am uitat la Bernard Johansson. La gaura din fruntea lui. Sângele care s-a prelins de-a lungul căzii până la scurgere era coagulat și negru. Poate că voi reuși să îmi șterg amintirile, dar când aveau să găsească trupul neînsuflețit al celui mai apropiat asistent al meu, cu siguranță aveau să utilizeze Exor pe creierul lui. Cât timp le va lua să completeze formula? O sută de ani? Zece ani? Un an? Dar era prea târziu să ascund cadavrul acum.

Bărbatul mort părea să se holbeze la un punct din tavanul de deasupra mea, ca și cum ar fi așteptat în continuare ca îngerii să vină și să îl ia. Să zboare cu sufletul lui.

Să zboare departe.

Am înghițit în sec.

Trebuia să o fac.

Am urcat iar în dormitor și am luat un vechi geamantan din piele.

Apoi am coborât în pivniță și am luat fierăstrăul.

CĂLĂTORIA

Mă strigă cineva de pe hol.

Bate cu un obiect tare în ușă, poate cu un pat de pușcă.

Călătoria, trebuie să îmi amintesc călătoria. Viena. Londra. Madrid. Mi s-a permis să urc la bordul unui avion cargo ce mergea la Marrakech și, de acolo, să fac autostopul.

Șoferul vorbea puțin rusește și se întreba ce aveam în geamantan de mirosea așa urât.

I-am explicat că era un cap de om, că am deschis craniul cu un topor și l-am lăsat la soare ca să atragă muștele. Că muștele au intrat prin toate orificiile și au depus ouă care s-au transformat în larve ce se hrăneau acum cu creierul. Șoferul a râs la glumă, dar tot a întrebat de ce.

— Ca să ajungă în Rai, am spus eu.

— Deci ești credincios?

— Nu încă. Mai întâi, vreau să văd cum se înalță.

După aceea, șoferul nu a mai vorbit cu mine, dar când m-a lăsat în El Aaiún și i-am dat ultimele mele ruble, s-a aplecat pe geam și mi-a spus în șoaptă și repede:

— Sunt pe urmele tale, señor.

— Cine?

— Nu știu. Am auzit în Marrakech.

Apoi a băgat mașina în viteză și a dispărut, lăsând în urma lui o dâră grea de fum de la motorina arsă.

M-am închis în apartament și m-a izbit aerul îmbâcsit. Luni în șir am locuit și am lucrat aici. Am suferit, am sperat, m-am bucurat, am plâns, am eșuat și totuși am reușit să fac acest miracol. Dar, mai presus de toate, tânjisem să ajung acasă, la Klara. Am deschis ușile și ferestrele și am șters amneziatorul de praf. L-am pornit și am oftat ușurat, din fericire bateriile încă erau încărcate. Am scos fotografia de nuntă din bagaj, am pus-o pe masă lângă amneziator, m-am așezat, am tras aer adânc în piept și m-am concentrat. Vântul deșertului mișca draperiile grele din fața ferestrei. Așa că am început cu începutul.

Prin urmare, șarpele se mușcă de coadă, cercul este complet.

Închid ochii. Acum, totul este acolo. Tot ce trebuie șters va dispărea pentru totdeauna. Inclusiv Klara. Iubita, draga mea Klara, iartă-mă!

În timp ce ușa este deschisă forțat, apăs butonul mare pe care scrie DELETE și apoi nu-mi mai amint...

Privesc în sus, la ventilatorul mare din tavan. Se învârtește încet, dar eu nu mă pot mișca. Aud două sunete, un zumzet încet și o bătaie constantă. În câmpul vizual apar două chipuri. Poartă uniforme de camuflaj de culoarea nisipului și mă amenință cu mitralierele. Am multe întrebări, dar îmi răspund doar la una dintre ele. Bocănitul. Este ușor de recunoscut și nu poate fi decât bastonul lui Daniel Egger, președintele Antoil Med, compania pentru care lucrez.

— Eliberați-l, spune o voce.

Este cu siguranță a lui Egger.

Mă pot mișca din nou, așa că mă ridic. Privesc în jur. Stau pe podea într-o încăpere semiobscură, în care lumina pătrunde printre covoarele ce atârnă la geamuri. Unde naiba suntem?

Egger se așază pe un scaun în fața mea. Poartă același tip de uniformă precum ceilalți, cam prea nouă ca să fie vechea lui uniformă de colonel, de dinainte să preia afacerea familiei. Are fața parțial arsă de soare. Își sprijină bărbia de capătul neted și negru al bastonului. M-am întrebat adesea din ce este făcut capătul, de ce îl lustruiește tot timpul de parcă ar fi un talisman. Mă fixează cu privirea lui rece, inteligentă.

— Unde este formula?

Vorbește răgușit, poate e răcit.

— Formula?

— Rețeta medicamentului, idiotule.

O spune calm, ca și cum așa m-ar chema. Idiot? Am greșit cu ceva?

— Dar este în rapoartele pe care i le-am trimis lui Kopfer.

— Ce rapoarte?

— Ce rapoarte? Rapoartele privind cercetările despre HADES1, predate săptămânal și...

— Ankh! răbufnește Egger. Vorbesc despre Ankh.

Mă uit la el, mă uit la bărbații înarmați din încăpere. Ce se petrece?

— Ankh? repet eu în timp ce mintea mea caută un loc în care s-ar fi putut ascunde acest cuvânt.

Egger mă privește nerăbdător. Și atunci creierul meu găsește cuvântul, ascuns într-un sertar. O dezamăgire din copilăria mea, când citeam despre Egipt.

— Te referi la hieroglifa pentru viața eternă?

Fața arsă de soare a lui Egger devine și mai roșie. Se întoarce spre biroul din spatele lui, unde este o mașină care nu știu ce este, dar arată precum calculatoarele personale folosite înainte ca tehnologiile civile să se strice. Egger ia ceva de lângă mașinărie și se postează în fața mea.

— Dacă nu îmi dai formula, o vom găsi și o vom ucide.

Este o fotografie înrămată. Desigur, mă recunosc pe mine, dar nu și pe femeia din fotografie. Suntem îmbrăcați ca mire și mireasă și încerc să îmi amintesc cu ce ocazie, dacă a fost un carnaval sau o farsă pusă la cale de cineva. Chiar mă străduiesc, dar chipul frumos, deși îmbătrânit al femeii nu îmi spune nimic. În egală măsură, se pare că Egger vorbește serios în privința amenințării. Oare a luat-o razna?

— Îmi pare sincer rău, domnule Egger. Dar trebuie să recunosc că nu înțeleg despre ce vorbim aici.

Este greu să interpretez cu exactitate ce observ în privirea lui. Furie? Ură? Disperare? Groază? După cum am spus, este dificil.

— Șefule, spune o voce.

Mă uit spre capătul încăperii, unde e un militar cu trese de sergent pe piept. Face semn cu pușca sa spre un geamantan uzat de piele.

— Din asta se aude un bâzâit.

Îl văd pe celălalt îndepărtându-se imediat spre perete.

— Brown! urlă Egger. Vezi dacă e o bombă acolo.

— Am înțeles!

Un bărbat se apropie, ține în mână un obiect metalic asemănător cu ceea ce erau denumite pe vremuri telefoane mobile. Îl plimbă de-a lungul geamantanului. Și abia acum observ geamantanul, este cel pe care l-am moștenit de la fratele meu, Jürgen. L-am adus chiar eu aici? Și acum îmi dau seama de ce nu înțeleg nimic, de ce am sentimentul că mă uit la un puzzle din care nu lipsesc doar piese individuale, ci segmente întregi. Întrucât dispozitivul cu ecran de pe birou e asemănător cu unul folosit pe un pacient ce suferea de traume, un așa-numit amneziator. Poate șterge anumite porțiuni de memorie, anumite subiecte, în timp ce restul rămâne intact. Folosisem mașinăria pe mine? Egger întreba de o rețetă. Înlăturasem o rețetă din memoria mea? Despre o bombă? Este acea bombă înăuntrul...

— Geanta nu are nicio bombă, spune bărbatul cu obiectul de metal.

— Deschide-o, spune Egger.

Bărbații de lângă el se lipsesc de perete. Inima îmi bate mai repede.

— Vom muri cu toții dacă nu găsim formula, spune Egger. Acum.

Sergentul pășește înainte, apasă ambele cleme ale geamantanului și pare să inspire înainte să deschidă capacul.

Zumzetul este asurzitor și parcă ne uităm la o furtună întunecată, la o noapte ce se mișcă și îmi ia o secundă să îmi dau seama ce este. Apoi se ridică spre tavan ca o imensă masă compactă și se dizolvă în părți mai mici care apoi se împart în segmente și mai mici. Sunt muște. Muște grase, greoaie. Și acum că sunt peste tot în cameră, privirea se îndreaptă spre ce au dezvăluit în geamantan.

Un cap de om.

Craniul este deschis. Ochii, buzele, obrajii, tot țesutul moale a dispărut, probabil devorat de cel puțin o generație de larve devenite muște adulte. Și totuși, capul acela neted și în formă de ou mă duce cu gândul la omul de știință foarte inteligent pe care cândva îl angajasem în calitate de asistent și care fusese mâna mea dreaptă în laborator, Bernard Johansson.

O pală de vânt împinge covoarele în cameră, lumina soarelui ne inundă, un suflu de aer cald îmi atinge chipul.

— Muștele! strigă Egger. Zboară spre lumină! Prindeți muștele!

Bărbații îl privesc nedumeriți. Căutând roiul care deja dispăruse ca prin magie, acum doar câteva muște mai pot fi văzute în jurul ventilatorului ce se învârtește lent.

Unul dintre bărbați trage în ele.

— Nu! strigă Egger exasperat.

Pe mine nu mă oprește nimeni când mă ridic, merg la fereastră și dau la o parte unul dintre covoare.

Mă uit în zare la un deal, sub mine se vede un șir de acoperișuri care se oprește brusc și începe deșertul. Iar acolo: doar nisip și un soare care fie tocmai acum a răsărit și urcă spre amiază, fie se îndreaptă spre apus, e cam greu să-mi dau seama de oră. Peisajul este foarte frumos. Și vorbind de ceruri, mă gândesc la muștele care acum sunt libere pentru prima dată în scurta lor viață — o muscă de casă trăiește în medie 28 de zile — și duc la ceruri ceea ce au devorat din capul lui Bernard Johansson. Îmi închid ochii și simt și eu un ciudat sentiment de libertate, în ciuda bărbaților înarmați din spatele meu. Știu doar că am scăpat de ceva, dar nu mai știu exact ce anume, iar acum mă simt la fel de ușor ca... ei bine, ca o muscă.

Dacă nu mă vor închide, mă vor împușca acum? Dacă mă aruncă în spatele gratiilor, oricum am uitat pentru ce, probabil din cauza a ceva ce am considerat necesar să șterg, în orice caz este singurul desen care îmi vine în minte când trasez liniile între cele câteva puncte de referință pe care le am în această încăpere. Și dacă ar trebui să fac rezumatul vieții mele în răstimpul dinainte ca ei să tragă, ce aș putea spune?

Că mi-am petrecut viața, cele 28 de zile ale mele, dezvoltând HADES1, un medicament care ar putea fi începutul unui tratament care va reduce suferința omenirii. Într-adevăr, viața mea nu a fost irosită. Este în regulă, nu îmi lipsește nimic.

Și, totuși, simt undeva, în suflet, un vid straniu. De parcă cineva mi-ar fi extirpat un organ; nu pot să-l descriu altfel. Și acolo, în acel vid, simt că într-adevăr e posibil să-mi lipsească ceva.

Mi-aș fi dorit să am parte de dragoste, de o femeie în viața mea.

CICADELE

— Gata, am spus eu.
— Am terminat, a spus Peter.
— Start! am strigat amândoi la unison și am început să alergăm.

Înțelegerea era că ultimul care trece linia imaginară dintre marginea plajei Zuriola și scaunul salvamarului, aflat la vreo doi metri distanță, trebuia să cumpere bere pentru amândoi. Dar era și un antrenament și o simulare pentru alergarea cu tauri de la Pamplona de peste două zile.

La început, nu am dat tot ce puteam. Nu pentru că primisem un sfat bun, ci pentru că eram destul de sigur că urma să câștig și, în același timp, nu voiam să îl întrec pe Peter într-o manieră care să îi strice buna dispoziție. Peter Coates avea un fond genetic care nu prea accepta înfrângerea. Familia lui era formată din oameni de știință, modele și oameni de afaceri, toți de succes, bogați și — cei pe care i-am întâlnit — cu dinți de un alb excepțional. Însă nu erau sportivi extraordinari. Am rămas la câtiva metri în spatele lui Peter și i-am urmărit stilul chinuit, dar nu tocmai eficient sau elegant. Avea mușchi, coapse puternice și un spate lat, însă cu toate că nu era deloc supraponderal, avea ceva ce dădea impresia de greoi, ca și cum s-ar fi mișcat sub acțiunea unei forțe gravitaționale mai puternice.

La trecerea printr-o porțiune îngustă între două prosoape de plajă și două persoane ce veneau dinspre apele răcoritoare ale Golfului Biscaya, a trebuit să mă așez chiar în spatele lui, iar nisipiul aruncat de tălpile goale ale lui Peter mă lovea direct în stomac. Cineva a strigat la noi în spaniolă, dar niciunul nu a încetinit. Am ieșit în dreapta lui Peter, mai aproape de plajă, unde nisipul este mai tare și neted, e plăcut să alergi. Când planificaserăm călătoria, Peter îmi spusese că San Sebastián nu doar că avea unele dintre cele mai bune restaurante, ci era destul de răcoros comparativ cu punctul maxim al temperaturilor estivale spaniole. Tot el îmi spusese că în San Sebastián își petreceau vacanțele turiștii mai puțin dornici de soare și mai sofisticați. Din fericire, pătura de nori și briza constantă de care am avut parte de la sosirea în San Sebastián, cu o zi înainte, erau o consolare față de căldura sufocantă din Paris și din timpul călătoriei cu trenul.

Am mărit viteza, am ajuns în dreptul lui Peter și îi vedeam fața îmbujorată pe care se putea deja citi expresia triumfului când linia de finiș era la mai puțin de cincizeci de metri distanță; expresia s-a schimbat în disperare când a simțit că mă apropii. Încă puteam alege, îl puteam lăsa să câștige. Pe el o înfrângere l-ar costa mai mult decât aș fi profitat eu de pe urma unei victorii, deci nu era ceea ce Peter îmi spusese că se numește joc cu sumă nulă în care, la calculele cu numere mari, plusurile sunt mereu echilibrate de minusuri. Însă întrebarea era dacă nu cumva l-ar afecta mai tare dacă își dădea seama că i-am cedat victoria. Sunetul respirației greoaie a lui Peter, faptul că se forța până la limită — nu trebuia să arăt respect și să dau și eu tot ce pot? Și nu-i așa că era o mică, mititică parte din mine care dorea să îl strivească pe tipul care îmi era superior în orice altceva? Mai erau treizeci de metri. Alegerea. Ne simțim atât de liberi, dar suntem? Nu era deja scris în stele ce urma să fac? Și ce urma el să facă?

Am mărit cadența și în câteva secunde l-am depășit. Am observat că a încercat să revină, dar nu mai avea nici forță și nici nu putea să mai accelereze, stilul de alergare i-a devenit și mai convulsiv, a pierdut și puținul ritm pe care îl avusese. Mi-am menținut viteza ca să nu îl umilesc prea mult, dar tot rămânea în urmă. Încă cinci sau șase pași și treceam de linia de sosire. Am simțit ceva lovindu-mi picioarele, mi-am pierdut echilibrul și am plonjat în față. Nici nu m-am dezmeticit bine că l-am văzut pe Peter trecând în viteză pe lângă mine.

Când a venit înapoi spre mine cu mâinile deasupra capului și cu dinții lui albi într-un zâmbet triumfător, m-am ridicat, dar încă scuipam nisip.

— Ai trișat! am șuierat încercând să strâng mai multă salivă în gură.

Peter a râs în hohote.

— Am trișat?

Eu scuipam întruna.

— Mi-ai pus piedică pe la spate.

— Da, sigur, dar am stabilit dinainte că nu e permis?

— Haide, era de la sine înțeles.

— Nimic nu este de la sine înțeles, Martin. Regulile sunt constructe. Structuri ce trebuie să fie construite. Înainte să faci asta, abilitățile de a fi... a zis, înălțându-și mâna strânsă din care ridica pe rând câte un deget,.... orientat spre soluții, de a lua decizii rapid, de a vedea dincolo de tipare de gândire rigide, de a sfida concepte morale contraproductive și... să pui piedică pe la spate sunt la fel de lăudabile ca abilitatea de a-ți mișca rapid picioarele.

A zâmbit și mi-a întins mâna să mă ajute să mă ridic. I-am dat mâna și m-am ridicat în picioare. Am scuturat nisipul de pe mine.

— Bine, am zis. Mă consolează gândul că, chiar acum, într-unul dintre universurile paralele, eu sunt cel care îți pune piedică, cel care îți ține prelegerea, iar tu cel care cumpără berea.

Peter a râs și m-a luat de umeri.

— Eu întind prosoapele și tu aduci berea, OK?

— Universurile paralele există, a repetat Peter, bând din sticlă și afundându-și cumva și mai mult prosopul în nisip.

— OK, am spus, bând culcat pe spate, cu ochii mijiți la cerul cenușiu de deasupra noastră. Știu că nu înțeleg fizica cuantică și teoria relativității și că probabil e corect ce spui tu, că ar exista acolo suficientă materie întunecată pentru universurile paralele, dar că acestea sunt într-un număr infinit îmi vine greu să cred.

— Înainte de toate, nu sunt teoriile mele, ci ale lui Albert Einstein. Și ale prietenului său subapreciat și aproape la fel de isteț, Marcel Grossmann.

— Ei bine, eu nu sunt vreun Grossmann, Peter, dacă vrei să mă convingi, nu poți folosi ecuații și numere.

— Dar lumea este alcătuită din ecuații și numere, Martin.

Peter a făcut ochii mari sub bretonul albit de soare și mi-a zâmbit cu dinții săi albi. Cândva, o fată m-a întrebat dacă erau naturali. Nu mintea științifică a lui Peter sau dinții săi m-au determinat să mă apropii de el și să ajung să îi fiu, probabil, cel mai bun prieten. Nu știu ce anume m-a determinat. Poate că încrederea lipsită de efort, naturală, care vine uneori odată cu abilitățile înnăscute și banii moșteniți. Pentru că Peter era un băiat care știa că va îndeplini toate cerințele fără prea mult efort. Curiozitatea era cea care îl anima, nu ambițiile pe care familia le proiecta asupra lui. Și astfel ne apropiem poate de motivul pentru care el se împrietenise cu mine, un amărât de student la arte, care provenea din cartierul situat în partea rău-famată a orașului. Pentru că Peter era atras de mine la fel de tare cum eram și eu atras de el. Probabil pentru că reprezentam ceva ciudat, singurul lucru pe care familia sa nu îl avea: mintea artistică, sensibilă, nestatornică, care — cu toate că îi era mult inferioară în matematică și fizică — putea depăși limitele logicii și să creeze altceva. Muzica simțurilor. Frumusețe. Bucurie. Căldură. Bine, încă nu ajunsesem acolo, dar cel puțin lucram la asta. Poate că tot curiozitatea, mai degrabă decât respectul, a fost cea care l-a determinat să accepte condiția efectuării acestei călătorii împreună. Să nu plătească nimic pentru mine și, prin urmare, să călătorim în limita unui buget pe care eu să mi-l pot permite. Ca atare, bilet de tren de la Berlin traversând Europa, cazare în hoteluri ieftine și mâncăruri servite în restaurante convenabile sau în camere cu bucătărie. Peter a impus o singură excepție. Aceea ca, la sosirea în San Sebastián — ultimul popas înaintea destinației finale a călătoriei, sărbătoarea San Fermín și cursa cu tauri de la Pamplona — să mâncăm la restaurantul Arzak, celebru în toată lumea, iar el să plătească.

— Te conving dacă îți spun că Stephen Hawking lucra la teoria universurilor paralele când a murit? m-a întrebat el. Știi tu, fizicianul, cel în scaun cu rotile și...

— Știu cine a fost Stephen Hawking.

— Sau este. În cazul în care calculele sunt corecte, el încă trăiește într-un univers paralel. Ca noi toți. Chiar avem o viață eternă.

— Dacă sunt corecte calculele! Cel puțin creștinismul oferă viață veșnică prin credința în Hristos, am mormăit eu.

— Știi ce ar fi cu adevărat interesant? Să îl verificăm pe acest Hristos, în ziua în care ne vom putea deplasa între universuri în mod controlat și voluntar.

— Cum? Adică se circulă deja într-un mod necontrolat?

— Desigur. Ai auzit de Steven Weinberg?

— Nu, dar presupun că este laureat al Premiului Nobel în ceva.

Sticla mea era goală și mi-am întors privirea de la marea liniștită din fața noastră către barurile din spatele nostru.

— În fizică, a spus Peter. Teoria lui spune că noi, cumulul de atomi care vibrează și din care suntem alcătuiți, putem vibra pe frecvența unui univers paralel, ca atunci când asculți un post de radio pe o frecvență și postul vecin poate fi auzit brusc în fundal. Când se întâmplă acest lucru, universurile se separă și poți să treci într-o realitate sau în cealaltă. Michio Kaku știi cine este?

M-am prefăcut că îmi spune ceva și că încercam să îmi amintesc.

— Haide, Martin. Profesorul cumsecade, cu trăsături japoneze, care vorbește la televizor despre teoria corzilor.

— Tipul cool, cu părul lung?

— El, da. Crede că sentimentul de déjà vu se explică prin faptul că vedem o fărâmă din acest univers paralel.

— Din cel în care am fost?

— Din cel în care suntem, Martin. Trăim o infinitate de vieți paralele. Această realitate de aici..., a zis, vânturându-și mâna spre umbrele, șezlonguri și oamenii în costume de baie... Nu este nici mai mult, nici mai puțin real decât celelalte. De aceea este posibilă călătoria în timp, pentru că nu există un paradox al timpului în universurile paralele.

— Paradoxul timpului... contradicții precum aceea care face imposibilă călătoria în timp, de exemplu, dacă te-ai putea întoarce în timp să îți ucizi mama?

— Da. Dar acum gândește-te din următoarea perspectivă. Călătorind în timp, prin definiție ai separat universul în două și în universul paralel sau în altul pot exista doi de tu, poți fi mort și viu în același timp.

— Și tu înțelegi aceste lucruri?

Peter a zăbovit asupra întrebării. Apoi a încuviințat. Nu era aroganță, doar încrederea cinstită a familiei Coates.

Nu m-am putut abține să nu râd.

— Și acum vei afla cum se poate călători în timp?

— Dacă am noroc. Mai întâi, trebuie să fiu primit în proiectul de cercetare de la CERN.

— Și ei ce spun când cineva în vârstă de 25 de ani afirmă că vrea să trimită oameni să călătorească în timp?

Peter a ridicat din umeri.

— Când Apollo 11 a aselenizat, vârsta medie a celor aflați în centrul de comandă din Houston era de 28 de ani.

M-am ridicat în picioare.

— Acum plănuiesc o călătorie înapoi la bar de unde să revin cu mai multe beri.

— Te însoțesc, a spus Peter ridicându-se.

Chiar în acel moment s-a auzit un țipăt, iar Peter s-a întors spre mare.

Și-a făcut mâna strașină.

— Ce este? l-am întrebat.

— Se pare că cineva are probleme. Acolo, a spus Peter arătând cu degetul.

Aleseserăm Zurriola pentru că era plaja surferilor din San Sebastián. Nu pentru că noi practicam surful, ci pentru că aici erau mai mulți tineri. Și asta însemna baruri pe plajă mai interesante. Dar și valuri mai mari. Am văzut printre valuri, printre costume de baie albastre, o cască de înot roz. Și atunci am auzit și o femeie care începuse să strige în spatele nostru. M-am întors instinctiv spre scaunul salvamarului, aflat undeva mai departe pe plajă. Scaunul era gol și nu se vedea nici picior de salvamar îndreptându-se spre apă. Nu îmi amintesc să fi luat vreo decizie, pur și simplu am început să alerg, fără să-l aștept pe Peter care, din motive necunoscute, nu știa să înoate.

Am alergat cu genunchii la piept prin apa mai puțin adâncă ca să ajung cât mai departe înainte să plonjez în apă. Ultimul lucru pe care l-am făcut înainte să mă arunc cu capul în apă a fost — cât încă eram în avantaj — să mă uit după persoana cu casca de înot roz. După ce am revenit la suprafață și am început imediat să înot folosind tehnica mea proprie, dar eficientă, mi-am spus că era mai departe decât părea, că trebuia să-mi dozez efortul, să găsesc ritmul în care să pot respira corect. Ce distanță era până la ea? Cincizeci de metri? O sută de metri? Este dificil să apreciezi distanța pe suprafața apei. La fiecare al zecelea braț, mă opream să văd dacă mă îndrept în direcția bună. Valurile nu erau suficient de mari și probabil de aceea astăzi nu erau prea mulți surferi în apă; totuși, erau suficient de mari încât fata — deoarece îmi dădusem seama că era fată, acum o puteam vedea — să iasă din raza vizuală de fiecare dată când eram în șaua dintre valuri. Nu puteau fi mai mult de zece, douăzeci de metri până la ea. Ea nu mai țipa, mai scosese un singur țipăt. Fie văzuse că vin să o salvez și își păstra forțele, fie era epuizată. Sau poate că nu era deloc în pericol, poate că doar striga, poate că un pește o atinsese pe picior. Am renunțat la ultima ipoteză când, la următorul val, am fost ridicat și am văzut casca de înot roz cufundându-se în apă și dispărând în șaua valurilor de sub mine. A reapărut. Și a dispărut din nou. Am inspirat, am dat din picioare și m-am scufundat după ea. Pe timp însorit, probabil că aș fi observat-o imediat în apa limpede, dar cum San Sebastián este binecuvântat cu nori, am văzut doar bule și umbre cenușii în lumina difuză. Am continuat să mă scufund. Era tot mai întuneric și mai rece. Nu mă gândesc adesea la moarte, dar acum am făcut-o. Casca de înot m-a salvat. Adică pe ea. Dacă ar fi avut o culoare mai închisă, poate că nu aș fi văzut-o niciodată, întrucât costumul de înot era negru și pielea prea întunecată. M-am apropiat mai mult. Ea arăta ca un înger adormit plutind imponderabil și dansa la cele mai mici unde care ajungeau acolo jos. Și era așa de liniște. Atât de pustiu. Un cuplu. Ea și cu mine. Am cuprins-o cu o mână în jurul coastelor, pe sub sâni, și ne-am întors la lumină. I-am simțit căldura pe brațul meu și ceea ce mi-am imaginat a fi niște bătăi ale inimii. Apoi s-a petrecut ceva ciudat. Chiar înainte să ieșim la suprafață, ea și-a întors capul spre mine și m-a privit cu ochii ei mari și negri. Precum cineva care a revenit la viață, cineva care a trecut într-un univers în care putea respira în apă. În clipa următoare, pe când capetele noastre au trecut din lumea apelor în lumea văzduhului, privirea i-a alunecat din nou și a rămas fără vlagă în brațele mele.

Dinspre plajă am auzit strigăte în timp ce înotam pe spate, ținând capul fetei pe pieptul meu. Când am atins pământul, Peter, salvamarul și un bărbat care a spus că era medic au venit spre mine și au tras-o pe uscat. Eu zăceam pe mal, scuipând apă și încercând să îmi revin.

— Baywatchm-aaa-n.

Am deschis ochii. Un bărbat cu barbă roșie și o față la fel de roșie, bronzată se uita la mine. Zâmbetul îi era echipat în mod rudimentar cu dinți, kiltul era murdar și la fel și tricoul albastru care — dacă nu mă înșel — era echipamentul naționalei Scoției.

— Ești un adevărat salvator, a continuat el într-o engleză scoțiană poticnită, dar totuși inteligibilă, în timp ce mă ajuta să mă ridic. Dar, ajuns în picioare, eu a trebuit să îl susțin pe el, tipul era beat criță.

— Întrebarea este, pe mine poți să mă salvezi, Baywatchman? Am nevoie de 20 de euro ca să ajung la Pamplona.

— Regret, dar și eu am nevoie de ei, i-am răspuns sincer.

M-am uitat la grupul aflat mai departe pe plajă și am observat o femeie de vârstă mijlocie purtând o ținută care o surclasa pe a scoțianului: hijab și bikini. Era aplecată peste doctor și Peter, pe care îl puteam distinge printre oameni, stând în genunchi lângă fată. Femeia când striga, când plângea, dar se părea că nimeni nu reacționa la ceea ce spunea ea. Când m-am întors spre scoțian, el se îndrepta deja spre alții de pe plajă. M-am apropiat de grup.

— Cum...

— Respiră, mi-a spus Peter fără să se uite la mine. Așteptăm ambulanța.

A mângâiat-o pe obrazul care îmi era parțial ascuns; eu îi vedeam doar fruntea. Chiar deasupra părului negru și lucios de pe frunte se formaseră mici bucle care deja se uscaseră și se mișcau în bătaia vântului.

Am simțit o mână strângându-mi brațul și femeia în hijab și bikini mi se adresa. Părea să fie arabă, persană poate, ori turcă. Sau poate doar mi se părea pentru că mă gândeam că arăta ca și cum era din acea parte de lume; în orice caz, nu înțelegeam niciun cuvânt.

— Engleză, vă rog, am spus.

— Rusă? a întrebat ea.

Am clătinat din cap.

— Fiică, a spus ea, arătând spre fată. Miriam.

— Ambulanță, am spus, dar ea s-a uitat prin mine, a sporovăit mai multe cuvinte în limba străină și mă ținea de braț de parcă bariera lingvistică putea să dispară dacă doar mă concentram. Spital, am încercat, mimând că sunt la volan, dar nu am primit niciun răspuns.

Din depărtare s-a auzit sunetul unei sirene, purtat de briza mării, și i-am făcut semn în direcția dinspre care provenea sunetul. Femeia s-a luminat la față.

— Aha, spital, a spus ea, fără să pot distinge vreo diferență față de cum pronunțasem eu cuvântul.

Femeia s-a făcut nevăzută și s-a întors cu două poșete, în timp ce paramedicii veneau alergând cu o targă dinspre ambulanță, care era parcată în fața șirului de baruri. Medicul și mama fetei însoțeau targa. Eu și Peter îi urmăream cu privirea. Apoi, fără să spună nimic, Peter și-a luat telefonul din prosop și a alergat spre ambulanță. Și acolo, spre marea mea uimire, am văzut că vorbea cu mama fetei. El a tastat ceva pe telefon, i l-a arătat ei, iar ea a confirmat, dând din cap. Apoi, femeia l-a sărutat pe obraz și a urcat în ambulanța care a demarat imediat, dar de această dată cu sirenele oprite.

— Cum de te-ai făcut înțeles? l-am întrebat pe Peter în timp ce se apropia de mine.

— Am auzit-o când te-a întrebat dacă vorbești rusa.

— Tu vorbești rusa?

— Puțin, a zâmbit el. Materie facultativă la gimnaziu.

— Și ai ales rusa pentru că...?

— Pentru că jumătate din studiile serioase în fizică sunt scrise în limba rusă.

— Desigur.

— Sunt din Kârgâzstan, toți cei peste 40 de ani vorbesc puțin rusa.

— Măcar părea bucuroasă că i-ai vorbit.

— Poate.

— Ți-a dat un pupic.

Peter a râs.

— Rusa mea este teribilă. Ea a înțeles din ce i-am spus că eu am fost cel care a salvat-o pe fiica ei și eu...

— ...tu?

Peter a zâmbit. Era un băiat arătos, dar în timpul călătoriei — probabil din cauza meselor frugale cu care nu era obișnuit — fața sa își pierduse rotunjimea copilărească și i se vedeau mușchii pe trupul bronzat și, până nu demult, rotofei.

— Eu nu am corectat-o.

— De ce nu? l-am întrebat, deși aveam o bănuială.

— Chipul acelei fete, a spus el zâmbind. Și ochii. Când și-a revenit și i-a deschis...

Vocea lui părea visătoare, atipic pentru Peter care, după cum declara, nu era vreun sentimental.

— Ar fi trebuit să-i vezi ochii aceia minunați, Martin.

— I-am văzut. I-a deschis pentru o secundă sau două când eram sub apă.

Peter s-a încruntat.

— Crezi că te-a văzut? Adică, crezi că te va recunoaște drept salvatorul ei?

Am clătinat din cap.

— Fețele se schimbă foarte mult sub apă. Nici eu nu știu dacă aș recunoaște-o.

Peter și-a întors fața spre soare de parcă și-ar fi dorit să fie orbit.

— Te deranjează, bătrâne?

— Ce anume?

— Să ne prefacem că eu am fost cel care a înotat spre ea?

Nu i-am răspuns. Pentru că nu știam ce să-i răspund.

— Ce idiot sunt, a spus Peter închizând ochii și păstrându-și zâmbetul care părea să refuze să-l părăsească. La ce visezi când înoți zi și noapte, an de an, știind că nu vei deveni campion mondial? Da, că într-o zi vei salva pe cineva de la înec, vei fi aclamat ca erou, poate vei primi o medalie și cândva le vei spune copiilor cum ai obținut-o, am dreptate?

Am ridicat din umeri.

— Acolo, în adâncul sufletului, poate că există un astfel de vis prostesc, da.

— Și când, în sfârșit, se întâmplă, îți cer să mă lași pe mine să-mi asum meritul. Și totul din cauza ochilor unei fete frumoase. Ce mai prieten sunt și eu! Probabil că am făcut insolație. I-am cerut mamei numărul de telefon ca să o pot suna să mă asigur că totul va fi bine, așa cum au promis medicii.

— Doamne! Tu...

— Da, la naiba, Martin! Trebuie să văd iar ochii aceia. Sprâncenele. Fruntea, Buzele palide. Miriam, numele ei este Miriam. Și corpul... Dumnezeule, este o nimfă.

— Exact. Puțin prea tânără pentru tine, poate?

— Ești nebun? Avem 25 de ani. Nimeni nu este prea tânăr pentru noi!

— Nu știu dacă are mai mult de 16 ani, Peter.

— În Kârgâzstan se căsătoresc de la 14 ani.

— Te-ai căsători cu ea dacă are 14 ani?

— Da!

Și-a pus mâinile pe umerii mei și m-a scuturat de parcă eu aș fi luat-o razna.

— Sunt îndrăgostit, Martin. Știi de câte ori mi s-a întâmplat asta?

M-am gândit.

— De două ori și jumătate, dacă ai spus adevărul.

— Zero! Nu că aș fi mințit, doar că am crezut că nu știam ce este iubirea. Acum știu.

— Bine, i-am spus.

— Bine ce?

— Bine că ai salvat-o.

— Crezi?

— Da, dacă nu mă mai scuturi și dacă stai deoparte în cazul în care are sub 18 ani, atunci ne-am înțeles.

— Și juri că niciodată, dar niciodată, nu-i vei spune nici ei, nici mamei ei și nimănui altcuiva?

Am râs.

— Niciodată, am spus.

În noaptea aceea am avut un vis ciudat.

Peter și cu mine împărțeam o cameră într-unul dintre hotelurile vechi și mici din străvechiul oraș. Sporovăiala și râsetele de pe trotuarele pavate cu pietre cubice, de la restaurantele aflate chiar sub fereastra noastră deschisă, zgomotul străzii, respirația constantă a lui Peter ce se auzea din patul aflat de cealaltă parte a încăperii și impresiile zilei s-au împletit și s-au transformat în chestia din care, presupun, sunt făcute visele.

Se făcea că eram — deloc surprinzător — sub apă, ținând ceva ce eu credeam că este un corp omenesc, când deodată și-a deschis ochii și mă uitam într-o pereche de ochi de pește întunecați, injectați de sânge, ca aceia pe care îi observase Peter la peștele de pe galantarul din fața restaurantului la care cinasem în acea seară. Îmi spusese cum ochii ne spuneau aproape tot ce trebuia să știm despre peștele pe care îl alegem, dar în plus de asta a și strâns peștele cu mâna ca să-și facă o idee despre prospețimea și conținutul de grăsime, apoi a zgâriat pielea peștelui, iar solzii s-au desprins ușor, semn că era un pește de crescătorie. Peter trebuia să mă învețe toate aceste lucruri elementare despre mâncarea din restaurante și, nu în ultimul rând, despre vinuri. Până să îl întâlnesc, eu nu mă gândisem niciodată că provin dintr-o familie fără prea multă educație. Adică: acasă, în familia mea, probabil că știam mai multe despre trenduri în arte vizuale, muzică, filme și literatură, dar când venea vorba despre literatură clasică și teatru — pe care Peter le studiase sistematic de la 12 ani — el era mai versat decât mine. Peter putea să citeze pasaje lungi din Shakespeare și Ibsen, dar, uneori, îmi mărturisea că nu reușea să le înțeleagă sensul. Era ca și cum aplica o metodă științifică ca să disece până și textul cel mai plin de sentimente și cel mai estetic.

Am tresărit când am văzut ochii ca de pește ai fetei și trupul neted mi-a alunecat dintre brațe. În timp ce se scufunda în bezna de sub noi, am observat că nu era roz casca de înot, ci roșie.

M-am trezit într-o lumină ce apărea și dispărea, ca și cum cineva se juca cu lumina unei lanterne pe care o plimba înainte și înapoi peste pleoapele mele. Când am deschis ochii, am văzut că era lumina soarelui ce se strecura printre perdelele fluturânde în briza dimineții.

M-am ridicat, mi-am pus picioarele pe podeaua răcoroasă din lemn a încăperii spațioase, mobilată în stil spartan, și mi-am luat pantalonii și un tricou în timp ce mă adresam spinării nemișcate a lui Peter, aflat în celălalt pat.

— Este timpul pentru micul-dejun. Vii și tu?

Mârâitul pe care l-am primit drept răspuns indica efectul secundar al vinului din ziua precedentă. Peter nu prea rezista la alcool, cel puțin era mai rău decât mine.

— Să îți aduc ceva?

— Un espresso triplu, a șoptit el răgușit. Te iubesc.

Am ieșit la lumina soarelui și am găsit un restaurant cu terasă pe trotuar care, spre surprinderea mea, servea un mic-dejun savuros, deosebit de cel obișnuit pe care îl primești în orașele turistice, un soi de standard UE fără gust.

Am răsfoit un ziar catalan pe care cineva îl uitase, poate ca să văd dacă era menționată fapta eroică de pe plajă, dar cum limba catalană este una dintre acele limbi care nu seamănă cu nicio alta, nu am înțeles niciun cuvânt. Mă întreb dacă era și în kârgâză? Pentru că așa trebuia să se numească, nu kârgâstaneză sau ceva asemănător? Pe de altă parte, se spune pakistaneză, nu pakistă. După ce m-am gândit la aceste lucruri fără să ajung la o concluzie, după ce am mâncat și am primit espressoul triplu la pachet, am revenit în cameră.

Am închis ușa camerei și am pus paharul de cafea pe noptiera de lângă patul gol al lui Peter, când mi-am dat seama că dispăruse covorul.

— Unde e covorul? am strigat în direcția băii, de unde se auzea zgomotul inconfundabil făcut de Peter când se spăla pe dinți.

Mă gândisem să studiez mai atent tehnica lui, poate că în asta se ascundea secretul unor dinți mai albi.

— A trebuit să îl arunc, am vomitat pe el, s-a auzit din baie.

Peter a apărut în dreptul ușii. Și arăta foarte rău. Era palid, de parcă bronzul fusese îndepărtat cu clor, și avea cearcăne. Arăta cu zece ani mai bătrân față de băiatul euforic care, cu o zi înainte, se declarase îndrăgostit pentru prima dată.

— A fost din cauza vinului?

El a clătinat din cap.

— Peștele.

— Da? Crezi că o să te refaci până diseară?

Mi-am palpat abdomenul, dar stomacul meu părea să fie în regulă. Peter s-a strâmbat.

— Nu știu.

Rezervasem masa la restaurantul Arzak cu patru luni înainte, în ultima clipă. Am descărcat meniul și în timpul călătoriei cu trenul prin Europa am planificat nerăbdători masa de la început până la final, în mai multe variante. Nu e o exagerare să spun că am fost încântat.

— Arăți de parcă ai fi murit. Hai, Lazăre, nu lăsa un pește alterat...

— Nu este doar peștele. Tocmai a sunat mama lui Miriam.

Seriozitatea de pe fața lui mi-a stins orice urmă de amuzament.

— Se pare că lucrurile nu merg bine și m-a rugat să trec pe la spital. Nimeni de acolo nu vorbește limba rusă.

— Miriam este...

— Nu știu, Martin, dar trebuie să ajung acolo imediat.

— Te însoțesc.

— Nu, a spus sec în timp ce se încălța cu o pereche de mocasini de genul celor purtați în partea lui de oraș.

— Nu?

— Lasă o singură persoană să intre în salon, așa că mi-au spus să vin singur. Te sun când aflu mai multe.

Stăteam în mijlocul camerei, în locul mai decolorat lăsat de urma covorului, întrebându-mă dacă se referea la Miriam sau la ieșirea la restaurantul nostru.

Când ieșeam din cameră am zărit colțul covorului. Era rulat și se ițea din tomberonul din parcarea din spatele pensiunii. Mi-am imaginat mirosul de pește digerat și m-am îndepărtat repede.

Mi-am petrecut ziua rătăcind pe străzile din San Sebastián. Era, în mod evident, un oraș pentru cei bogați. Nu pentru rușii vulgari, șeicii arabi, fanfaronii americani sau noii bogătași enervant de îngâmfați ai națiunii mele. Acesta era un oraș pentru cei care își iau avuția ca atare, dar știu că sunt privilegiați. Care nu sunt nici mândri, nici rușinați de statutul lor, nu simt nici nevoia să iasă în evidență, nici să ascundă că sunt bogați. Conduc mașini care nu se deosebesc de altele și ar trebui să fii pasionat de mașini ca să știi că sunt de două ori mai scumpe. În

San Sebastián şi în alte oraşe turistice, ei trăiesc în case de vacanţe impunătoare, ascunse în spatele unor garduri vii înalte, dar cu porţi ruginite din fier forjat şi faţade care pot lăsa impresia că au nevoie de un strat proaspăt de vopsea, un fel de eleganţă neîngrijită şi distinsă deopotrivă. Poartă haine care par confortabile şi care pentru un ochi neavizat nu par impresionante, dar care au un stil etern, discret, cumpărate din genul de magazine a căror locaţie o ştie Peter, fără să îşi dea seama că nu am cunoştinţă de ele şi că, oricum, nu mi le permit. Clasa superioară poate fi bine informată şi poate avea o profundă fascinaţie pentru clasa muncitoare şi săraci, mai ales dacă pot susţine că şi stră-stră-străbunicii lor fuseseră la fel. Dar tind să fie complet ignoranţi cu privire la clasa mijlocie superioară, cei care tânjesc să forţeze ultimele trepte ale propriei pături sociale. Ei sunt precum oamenii din capitală care nu ştiu nici cele mai elementare lucruri despre periferie, ci doar despre locuri îndepărtate şi exotice.

M-am plimbat pe aleile şi străzile mai late din San Sebastián, ascultând vocile din jurul meu sporovăind în spaniolă, bască, franceză şi ceea ce putea fi catalană. Dar nu în limbi nordice. Aşa că am străbătut oraşul ca un intrus, aşa cum tranzitasem şi cercul social al lui Peter. Prietenii lui m-au întâmpinat cu o bunătate şi o ospitalitate bine exersate şi şi-au ţinut uşile camerelor deschise, prefăcându-se să nu ştie că nu aveam permisiunea să intru.

— Trebuie să vii la balul nostru de toamnă, Martin, toată lumea va fi prezentă!

Semnul stop începea cu „ţinuta“ corespunzătoare, care în traducere înseamnă ţinută, dar care, în contextul lor, înseamnă nu doar un smoching, ci smochingul potrivit, cum este purtat și cum miroase, detalii secrete care pot să-ți trădeze statutul de intrus. Felul în care privirile lor — în ciuda ospitalității — pot și vor revela puținul dispreț pe care îl păstrează pentru intrusul pe care îl percep involuntar drept un aspirant, presupunând că dorește să devină unul dintre ei. Pentru că, după cum am spus, ei își cunosc locul și știu că acesta se află în vârful lanțului trofic. Adică, mereu este loc pentru cineva chiar mai important și acolo și-au îndreptat în principal atenția, spre următorul cerc, aflat pe o poziție superioară.

În această privință, Peter era poate mai degajat comparativ cu prietenii lui. Nu doar pentru că nu era competitiv, dar nu părea să fie mânat de ambiții sociale, ci mai curând de curiozitate și sincer entuziasm. Desigur, se întâmplă ca aceia cărora li se acceptă orice simt mai puțin nevoia de acceptare și cred că tocmai acest lucru îl făcea pe Peter atât de ușor de plăcut. Sau mai bine spus: era foarte greu să nu-l placi. Și întrucât eu eram preferatul lui Peter, calitatea aceasta era transferată și asupra mea.

În special, fetele din cercul relațional al lui Peter păreau să mă placă. Aprobarea lui Peter îmi oferea biletul de acces necesar, dar în același timp mi-am dat seama că eram perceput ca fiind „incitant", chiar puțin „periculos", ceea ce, evident, i-ar fi făcut pe băieții din cartierul meu care mă cunoșteau să râdă în hohote. Vorbeam cu un jargon specific Coastei de Est — desigur, moderat și în curs de dispariție —, iar Peter mă prezenta ca fiind artist, fără epitetul „aspirant" pe care îl meritam. Am petrecut o noapte sau trei cu unele dintre aceste fete fără să frâng vreo inimă, păreau la fel de mulțumite ca și mine de relațiile pe termen scurt, lipsite de obligații. Cred că o numeau „aventură" când povesteau prietenilor lor. Pentru că exact asta era: ceva suplimentar realității ce le aparținea. De bună seamă, nu aveau să se implice serios cu cineva atât de lipsit de importanță precum un artist de pe Coasta de Est, indiferent cât de drăgălaș și plăcut ar fi fost.

Una dintre acestea a fost iubita din copilărie a lui Peter, care era pasionată de cai. La o petrecere ținută la Peter, când i-am spus că la ferma bunicilor mei călărisem un cal semisălbatic, ea m-a invitat la călărie. I-am răspuns că trebuie să îl întreb pe Peter dacă este în regulă. Peter a râs, evident. „Du-te" a spus el, lovindu-mă cu pumnul în umăr. Așa că am făcut întocmai. Poate că la un moment dat m-am gândit că este un clișeu erotic să faci sex cu fete din clasa superioară, îmbrăcate în ținută de echitație pe baloți de fân, într-un grajd, dar asta nu a însemnat că a fost mai puțin agreabil. Mai curând mai agreabil, poate. Însă când, entuziasmat fiind, i-am spus lui Peter ce se întâmplase, am realizat că am interpretat situația greșit. O trăsătură aproape invizibilă pe chipul lui, o rigiditate aproape imperceptibilă în zâmbetul său. Așa că am mințit, i-am spus că am încercat, dar că am eșuat. Nu știu de ce a părut să îl facă să mă placă mai mult, din felul în care am prezentat lucrurile am dat impresia că n-aș fi avut nicio reținere să seduc iubita din adolescență a celui mai bun prieten al meu. Nu-mi rămânea decât să sper că ea nu avea să dezvăluie mica noastră aventură. Întrucât am observat ceva în acea fracțiune de secundă în acel zâmbet forțat, ceva necunoscut și totuși familiar, un Peter pe care nu îl cunoșteam, dar știam cumva că este acolo.

Când m-am întors la pensiune, am văzut că luaseră tomberonul. Am urcat în cameră, m-am întins pe pat, am închis ochii și am ascultat sunetele ce intrau pe fereastră. Observasem și înainte cum sunetele din natură și din orașe se schimbă pe parcursul unei zile, ca niște cicluri fixe determinate de activități obișnuite, interacțiuni între oameni și lumina zilei. Acum se auzea un țârâit, fie al unui greiere sau al unei cicade, produs de o membrană vibrantă, o chemare disperată pe care masculul era programat să o facă și, prin urmare, nu se putea abține, un sclav al propriului apetit sexual.

Când m-am trezit, era întuneric în cameră, în gură simțeam gust de cenușă și ce visasem îmi scăpase din capcana memoriei, dar implicase un covor zburător.

M-am uitat la ceas. Opt și jumătate. Masa era rezervată de la ora nouă. Am verificat telefonul. Nimic de la Peter. L-am sunat, nu a răspuns, așa că i-am trimis un mesaj, doar un semn de întrebare. Am așteptat zece minute, apoi m-am îmbrăcat și am ieșit.

La ora nouă și cinci minute, taxiul m-a lăsat în fața intrării restaurantului Arzak, care era la parterul a ceea ce părea să fie un bloc de locuințe. Numele restaurantului era scris pe o copertină îngustă, arcuită, deasupra intrării. Nicio firmă luminoasă, nimic care să anunțe cele trei stele din Ghidul Michelin. I-am trimis un mesaj lui Peter, l-am întrebat dacă este totul în regulă, l-am informat că eram în fața restaurantului Arzak și că aveam să intru și să aștept la masa noastră, în caz că era pe drum.

De această dată, am primit răspunsul imediat.

Nu, întoarce-te la pensiune, eu vin direct de la spital și ne întâlnim acolo. Lăsăm Arzak pe altă zi.

Mi-am pus telefonul în buzunar și m-am uitat pe stradă după un taxi liber, dar nu se vedea nicio mașină. M-am hotărât să intru în renumitul restaurant, să explic situația și poate să mă ajute să comande un taxi pentru mine. Am fost întâmpinat de un valet purtând o vestă roșie. I-am spus că regret că domnul Coates nu putea veni în seara aceea cu invitatul său, că domnul Coates a trebuit să viziteze pe cineva la spital. Valetul s-a uitat la lista cu mese aflată în fața lui, în timp ce eu aruncam o privire în jur. Restaurantul era amenajat simplu, dar cu gust, stilat și primitor în același timp. Părinților mei le-ar fi plăcut aici, dacă și-ar fi permis, poate că de aceea aveam un straniu sentiment că mai fusesem aici.

— Dar domnul Coates și invitatul său sunt aici, domnule, a spus valetul cu un pregnant accent spaniol.

El m-a privit cum rămân cu gura căscată.

— Dacă există o neînțelegere, poate doriți să discutați cu el, domnule?

— Da, am spus fără să mă gândesc. Da, mulțumesc.

În timp ce mergeam în urma valetului, am regretat că am acceptat. Era evident o greșeală, fie valetul făcuse o încurcătură, fie altcineva ne-a furat rezervarea. În orice caz, nu mai puteam face nimic. M-am uitat la mesajul trimis de Peter, ca să mă asigur că nu înțelesesem greșit. Când mi-am ridicat iar privirea și am văzut-o pe ea, era atât de evident, încât eram uimit că nu mă gândisem la asta mai înainte, cu toate că, în același timp, a fost o surpriză totală.

Peter era așezat cu spatele la mine și din limbajul corporal mi-am dat seama că vorbea aprins despre ceva, poate despre conceptele noastre limitate cu privire la timp și spațiu. Ea nu spunea nimic. Privirea ei rătăcea peste umărul lui și m-a zărit. A tresărit ca electrocutată. La fel și eu. Purta o rochie simplă, neagră. Ochii, poate că erau doar pupilele, păreau aproape nenatural de mari și negri pe chipul oarecum plat. Și gura era generoasă, cu buze voluptuoase. Dar restul era mic. Nasul, urechile, umerii, prin materialul rochiei nu se evidențiau sânii. Poate că nuanța trupului mă făcuse să cred că era mai mică decât vedeam acum. Probabil că era de-o seamă cu mine și Peter.

Ea mi-a susținut privirea. Poate că trezisem o amintire latentă de când se uitase la mine sub apă. În orice caz, nu părea deloc bolnavă. Peter încă era cuprins de portretizarea unei realități pe care el o credea mai reală decât cea în care ne regăseam noi trei aici și acum, dar știam că era doar o chestiune de secunde până avea să-i observe privirea și să se întoarcă spre mine.

Nu pot exprima toate gândurile, jumătățile de gânduri și gândurile încă nenăscute care s-au contopit și m-au determinat să fac ceea ce am făcut, dar mi-am întors privirea de la ea, am lăsat-o să alunece ca și când nu găsisem ceea ce căutam, m-am întors la o sută optzeci de grade și am ieșit repede afară.

Când Peter a intrat în cameră la o jumătate de oră după miezul nopții, m-am prefăcut că dorm.

El s-a oprit lângă ușă și a ascultat, apoi, în liniște, s-a descălțat și s-a băgat în pat fără să aprindă lumina.

— Peter? am mormăit ca și cum abia mă trezisem.

— Îmi pare rău. Nu au vrut să mă lase să plec.

— Da? am spus eu. Cum se simte fata? Miriam, nu?

— Nu se simte bine deloc, dar își va reveni. Noapte bună, Martin, sunt epuizat. Din nou, îmi pare rău. Vom găsi un restaurant bun în Pamplona.

A căscat în întuneric.

Eram pe cale să îi spun. Să îi spun că îi văzusem în restaurant. Să îl dau triumfător în vileag, să îl fac și pe el să râdă de situație, să îmi spună că înțelegeam, desigur, prioritatea, că trebuia să o ducă acolo pe fata cu care spera să se căsătorească, că din moment ce avea rezervată o masă la cel mai bun restaurant din lume, ea era tot ce mai lipsea. Că în asemenea situații ce îți pot schimba viața, considerația pentru cel mai bun prieten trebuia să dea prioritate. Acest prieten nu se arătase interesat de restaurantele gourmet decât recent. Aș spune că Peter a dat dovadă, de fapt, de mai multă considerație decât era de așteptat în mod rezonabil. Nu se arătase dispus să mintă, să mă inducă în eroare, poate? Trecuse prin toate aceste probleme neplăcute doar ca să nu mă simt rănit. Dar nu m-am simțit rănit! Ba da, puțin. Rănit pentru că nu avusese suficientă încredere că îmi pasă de el suficient de mult încât să înțeleg că am fost înlocuit cu o femeie care putea — dacă își juca bine cărțile în puținul timp pe care îl avea la dispoziție — să devină femeia vieții lui.

Dar nu i-am spus aceste lucruri. Nu știu de ce. Poate pentru că m-am gândit că el ar fi trebuit să le spună, nu să le dezvălui eu. În orice caz, secundele se scurgeau. Și după ce s-a scurs un anumit număr, era prea târziu. Dacă spuneam ceva acum, își pierdea onoarea, nu ar mai fi fost nimic amuzant. Pentru că în acele secunde și eu am mințit. Și procedând astfel, prefăcându-mă că nu știu nimic, i-am permis să prelungească minciuna, să se încâlcească în ea. Dacă îl dădeam acum în vileag, cream o falie de neîncredere între noi.

Am închis ochii. Era derutant. Chiar era.

Am zărit ochii ei pe interiorul pleoapelor mele. Ce știa ea? Despre mine și Peter? Demascase minciuna că el fusese cel care o salvase? Își amintea de mine, asta întrezărisem oare în privirea ei? Și, în acest caz, de ce nu i-a spus că m-a văzut în restaurant? Nu. Nu, nu avea cum să își amintească, abia dacă era conștientă. După un timp am auzit respirația lui Peter intrând într-un ritm constant, profund. Apoi am adormit și eu.

În dimineața următoare, eu și Peter am predat camera, am luat un taxi spre gară și ne-am urcat într-un tren arhiplin spre Pamplona, pentru care aveam, din fericire, bilete luate din timp. Călătoria spre continent și pe culmi a durat o oră și jumătate. Când am coborât în Pamplona, trecuse puțin de ora nouă și aerul era încă răcoros, mai răcoros decât în San Sebastián, chiar dacă aici soarele strălucea pe un cer senin.

Am găsit adresa la care urma să stăm, o casă particulară care, la fel ca multe altele din oraș, închiria camere turiștilor pe timpul festivalului San Fermín.

Festivalul avea un program bogat și citisem că pentru mulți catolici și localnici cele mai importante erau spectacolele religioase, dansurile populare și reprezentațiile teatrale. Pentru pasionații de sporturi sângeroase exista „death in the afternoon" a lui Hemingway, lupta cu tauri la Plaza de Toros din Pamplona. Pentru toți ceilalți, erau alergările alături de tauri organizate în fiecare dimineață pe străzile înguste și pavate cu piatră cubică din partea veche a orașului, terminate în interiorul arenei pentru coridă.

Peter și cu mine stabiliserăm să luăm de două ori parte la alergările cu tauri în timpul celor nouă zile ale festivalului, gândindu-ne că a doua oară — știind ce ne așteaptă — ar fi fost o experiență complet diferită de prima. Sau, după cum spunea Peter: „Va fi ca două prime experiențe". Nu mă gândisem la acest aspect, că și în cazul reexperimentării există o primă dată.

După ce am dat binețe gazdelor și ne-am instalat în micile, dar curatele noastre camere, ne-am dus la micul-dejun înainte ca El Chupinazo, racheta cu artificii, să fie lansată de la balconul primăriei la ora 12:00, marcând debutul festivalului. Am așteptat în piața primăriei alături de mii de oameni ce aclamau și cântau, mulți purtând vestimentația pe care o văzusem în fotografii: cămăși și pantaloni albi și eșarfe roșii. Atmosfera era atât de electrizantă, încât pentru un timp am uitat tot ce se petrecuse în San Sebastián.

De la casa noastră până în piața primăriei nu erau mai mult de două sute de metri și cu toate acestea ne-a luat 20 de minute să ne facem loc prin mulțimea care aproape că blocase străzile pietonale înguste. Aici am auzit și mai multe graiuri decât în San Sebastián.

În fața unui bar a cărui clientelă se revărsa pe stradă, ni s-a oferit vin pentru simplul motiv că ne cumpăraserăm fiecare câte o eșarfă roșie și o beretă de la un comerciant ambulant.

— Sunt fericit, a spus Peter după ce am terminat de băut sangria, după ce am schimbat jurăminte de eternă simpatie cu noii noștri prieteni spanioli și am pornit mai departe.

Desigur, observasem cum, încă de dimineață, verifica telefonul din cinci în cinci minute, dar m-am abținut să comentez.

După ce am dormit puțin, am ieșit din nou și am mâncat churros și am băut coniac. Am urmat sunetul muzicii și șuvoiul de oameni și am încercat să vorbim limbile rostite în jur. La un moment dat, aproape de miezul nopții, ne-am trezit într-o piațetă cu o fântână, unde mai mulți tineri formaseră o piramidă și unul dintre ei a sărit din vârf, de la cinci metri înălțime. A fost prins de o plasă de salvare alcătuită din brațele a șase sau șapte băieți și fete. Chestia aceasta se repeta, oamenii aclamau la fel de tare de fiecare dată și brusc, l-am văzut pe Peter stând acolo sus. Și-a întins brațele în lateral, și-a luat avânt și a plonjat. Dar, când s-a rotit în jurul propriului centru de greutate și cădea cu capul înainte, am simțit că îmi stă inima în piept. Un freamăt s-a auzit dinspre mulțime. Peter a dispărut în spatele celor aflați chiar în fața mea. Liniște. Apoi ovațiile s-au înălțat iară spre cerul înțesat de stele.

— Ești nebun! am strigat eu în timp ce Peter a apărut în fața mea. Puteai să mori!

Ne-am îmbrățișat.

— Peter Coates a murit deja de un milion de ori. Dacă moare de tânăr în acest univers, atunci mai există un infinit de alte universuri în care lucrurile pot merge mai bine.

A doua zi dimineață, am încercat să mă agăț de acel gând în timp ce stăteam alături de un grup de bărbați, majoritatea îmbrăcați în alb, în fața unei mici statui dintr-o nișă a zidului unei case. Am ascultat în timp ce se spunea o rugăciune în cinstea figurii care se presupunea că îl reprezintă pe Sfântul Fermín. Era ora 7:30, iar când am ieșit din casa unde locuiam, văzuserăm oameni, majoritatea tineri, dormind după beția din timpul nopții pe pietrele cubice, sprijiniți de zidurile caselor, lipiți unul de altul să își țină de cald în aerul rece de munte. Acum se treziseră și erau pregătiți pentru cursa cu tauri a zilei. Rugăciunea era o singură propoziție în spaniolă, cerând binecuvântarea și protecția în fața taurilor. Peter și cu mine am repetat-o cât de bine am putut.

Mai era o jumătate de oră până începea cursa, așa că ne-am dus la un pub — Jake's — și am cumpărat espresso și coniac. Pe tejgheaua barului era unul dintre ziarele pe care îl văzusem făcut sul în mâinile multora dintre bărbații îmbrăcați în alb. L-am răsfoit, am încercat iar să înțeleg unele dintre cuvintele în bască, dar am renunțat și m-am uitat la fotografii. Majoritatea păreau să fie dedicate inaugurării din ziua anterioară și coridei de astăzi. Printre altele, din ce îmi dădeam seama, erau fotografii și date statistice cu privire la cei șase tauri care urmau să intre în ring. E puțin spus că păreau înfricoșători. Așa că am dat pagina. În timp ce privirea mea aluneca peste pagina următoare, s-a oprit la o imagine. Era un covor. Precum cel din camera noastră din San Sebastián. Și am văzut și numele orașului în subtitlu. M-am întors spre Peter, dar l-am văzut de la spate mergând spre toaletă. Așa că m-am apropiat de bărbatul care stătea lângă mine și l-am întrebat politicos și în engleză dacă putea să traducă. El a clătinat din cap zâmbind.

— Sunt spaniol.

Barmanul, care turna coniac într-un pahar, trebuie să ne fi auzit, pentru că a întors ziarul spre el și s-a uitat la el timp de câteva secunde.

— Poliția a găsit un cadavru neidentificat în groapa de gunoi din San Sebastián. A fost ascuns în covorul acela.

Barmanul s-a retras în celălalt capăt al barului și eu am rămas cu privirea ațintită la fotografie. Probabil că era un covor obișnuit, pentru că Peter spusese, când l-a despăgubit pe proprietar, că îl costase atât de puțin, încât nici nu s-ar fi sinchisit să încerce să îl dea la curățat.

Când a revenit, Peter era palid.

— Ești bine cu stomacul? l-am întrebat.

El a încuviințat și a zâmbit. Avea telefonul mobil în mână. Noaptea trecută, mergând spre și întorcându-mă de la toaleta de pe hol, l-am auzit în cameră, vorbea în șoaptă. Din moment ce în timpul călătoriei nu vorbise măcar o dată cu cineva de acasă, am presupus că vorbea cu ea. Cu Miriam. Și mă hotărâsem să îi spun după cursa cu tauri. Să aduc vorba într-o doară: „Apropo, azi-noapte te-am auzit vorbind. Ai vorbit cu ea, cu Miriam, sau cu altcineva?"

Exista posibilitatea ca Peter să se fi hotărât să spună totul. Sau, cel puțin, că avea să lase garda jos și să dea expresie gândurilor așa cum obișnuia, spontan și fără rezerve. Da, era prietenos, cum fusese mereu, dar se purta precaut, circumspect. M-am gândit că avea mustrări de conștiință, combinat cu faptul că era atent să nu dezvăluie ce se petrecuse. Dar privindu-l acum pe Peter, am știut că nu aveam să îl întreb despre Miriam. Sau despre orice altceva.

Peter a expirat șuierând, ca un atlet înainte de începerea cursei.

— Mergem?

La ora 8:00 fix s-a auzit o bubuitură în depărtare, ca o salvă de tun. Era racheta ce fusese lansată undeva mai jos, în centrul vechi, care semnala că li se dăduse drumul taurilor. Peter și cu mine stăteam împreună cu alți aproximativ 50 de alergători într-un loc în care ni se spusese că este potrivit pentru începători. Era cam pe la jumătatea pistei de 800 de metri și acum se punea doar problema de a ne păstra cumpătul până la vederea taurilor și să nu începem să alergăm prea devreme. Două fete care se cățăraseră pe baricada amplasată pe strada alăturată au strigat vesele la noi, stropindu-ne cu sangria din două ploști, astfel încât tricourile noastre albe s-au umplut de pete roșii. După aceea am strigat „Jake's bar después", ceea ce le-a determinat — și pe cele aflate în apropierea lor — să ovaționeze și să ne trimită bezele.

— Concentrează-te, a spus Peter în șoaptă. Ascultă.

Părea serios. Și acum auzeam și eu. Un huruit în surdină, ca o furtună ce se apropie. Unii dintre alergătorii aflați lângă noi, inclusiv turiști debutanți, nu au mai rezistat presiunii nervoase și au luat-o la fugă. Apoi i-am zărit pe primii alergători care se apropiau din virajul aflat la 50 de metri de noi. Și în urma lor — taurii. Alergătorii se cățărau pe zidurile caselor și animalele masive îi depășeau. Între timp, în spatele lor, unii căzuseră și mai mulți se prăbușiseră peste ei, și am văzut un taur năvălind în grămada de neajutorați, am văzut chiar și de la distanță cum coarnele albe intrau și ieșeau din nou, roșii iar sângele țâșnea din mulțimea de oameni, exact ca sangria din ploști. Auzisem că taurilor le place să atace tot ce stă întins pe jos și se mișcă. Așa că, de se întâmpla să cazi, nu trebuia să te miști, chiar dacă erai călcat în picioare.

Am văzut doi bărbați îmbrăcați în alb începând să alerge.

— Acum! am spus eu și am pornit.

Am alergat pe lângă zidurile caselor de pe partea stângă a străzii. Peter a venit imediat lângă mine. M-am întors pe jumătate și am văzut un animal mare cu coarne foarte lungi, dar mi-am dat seama după petele albe că era doar vaca trimisă odată cu taurii ca să îi calmeze puțin și să le arate calea. Dar imediat în spatele vacii venea altceva. Un colos negru. Am avut senzația că inima a încetat să-mi bată, deși probabil adevărul era diametral opus: bătea mai tare ca oricând.

Jumătate de tonă de mușchi, coarne, testosteron și furie. Și mi-a trecut prin minte că, dacă îl împingeam atunci pe Peter, îl dezechilibram câtuși de puțin, avea să alunece pe pietrele cubice și, indiferent cât de mult ar fi făcut pe mortul, ar fi fost preț de câteva secunde ținta mașinăriei ucigașe din spatele nostru.

— Aici! am strigat, arătând spre baricada ce bloca strada de lângă noi și urcând pe peretele de lemn, agățându-mă de marginea lui.

Peter a făcut la fel. Mâini nerăbdătoare, serviabile, ne-au prins și ne-au tras de cealaltă parte, jos, printre spectatorii care cântau. O ploscă plină cu vin mi-a fost pusă la gură, ca și când mi se dădea primul ajutor. M-am uitat la Peter, care avea parte de același tratament și am râs și am tras aer în piept, am râs și am respirat.

Ne-am întors în camerele noastre ca să ne odihnim și să ne spălăm de sangria lipicioasă, de transpirația îmbâcsită de adrenalină și praf. Când m-am intersectat cu Peter pe hol, așteptând să intru în locul lui la duș, el avea doar un prosop în jurul taliei și un mic tatuaj pe mușchiul pectoral stâng, un M încadrat de o inimă.

— Hei! am spus, făcând semn cu degetul. Când...

— În San Sebastián, a spus el sec.

— Devine o treabă serioasă.

— Da.

— Nu am vrut să pară că e recent. L-am rugat pe artistul tatuator să îl facă să pară că l-am avut dintotdeauna.

Și când l-am privit cu mai multă atenție, am văzut că reușise, tatuajul chiar părea puțin șters.

Peter voia să mai doarmă puțin, dar eu i-am spus că urma să ies din nou la masă și să văd dacă reveniseră fetele la bar.

În timp ce rătăceam pe străzile înguste, am auzit că două persoane, un bărbat și o femeie, fuseseră împunse în timpul cursei cu tauri și acum erau la spital, zbătându-se între viață și moarte.

Trecând pe lângă Jake's, am auzit vocea unei fete:

— Hola, Mister Bullrunner!

Mi-am dus mâna streașină la ochi. Și într-adevăr, la umbră stăteau cele două fete de pe baricadă. Am intrat, am comandat o baghetă și o sticlă de apă și am ascultat melanjul lor repezit de engleză și spaniolă. Erau de prin părțile locului, dintr-unul din satele din imediata apropiere de Pamplona. Cea care vorbea mai bine engleza — o blondă voluptuoasă, cu ochi blânzi și plini de viață — studiase la Barcelona, mereu venea acasă de San Fermín, dar spunea că mulți oameni din Pamplona — inclusiv părinții ei — erau atât de sătui de toți turiștii, petrecerile cu beții și hărmălaie, că plecau și reveneau după ce se termina festivalul.

— De San Fermín petrecerile sunt și mai sălbatice în sate, iar băutura este mult mai ieftină. Aici, prețul pentru o bere o ia razna. Vino cu noi!

— Mulțumesc, dar trebuie să ajung undeva. Poate mâine?

Am luat numărul de telefon al blondei, am salutat cu bagheta și am plecat.

La gară, a trebuit să aștept trenul timp de o oră și când am ajuns în San Sebastián era ora siestei, iar majoritatea magazinelor și restaurantelor erau închise. L-am rugat pe taximetrist să mă ducă la secția de poliție.

M-a lăsat lângă râu, în fața a două moderniste — sau poate piese postmoderniste — de zgârie-nori. Douăzeci de minute mai târziu eram într-un birou, în fața ununei detective îmbrăcate în civil, Imma Aluariz. Era mai în vârstă decât mine, la vreo 35 de ani, poate. Scundă, cam obtuză și cu o față severă, dar cu niște ochi căprui care, mi-am imaginat, se puteau îmblânzi dacă priveau ceva ce le plăcea. După ce m-a ascultat timp de două minute, a apelat un număr de telefon și imediat după aceea a intrat un tânăr care a precizat că este interpret. Era puțin surprinzător, dat fiind că detectiva Aluariz vorbea bine limba engleză. Însă, din moment ce era un caz de crimă, probabil că voiau să se asigure că evită neînțelegerile. I-am explicat că eu și amicul meu avusesem un covor identic cu cel din ziar, că fusese aruncat în tomberonul din spatele pensiunii, pentru că prietenul meu vomitase pe el. Cei doi au verificat adresa pensiunii și au vorbit între ei în bască. Aluariz și-a lipit degetele mâinilor și s-a uitat la mine.

— De ce ai venit aici? a spus ea încet și clar, ca și cum dorea să înțeleg că întrebarea necesita un răspuns la fel de bine gândit.

— Pentru că, am spus eu imitând în mod mecanic ritmul ei lent de exprimare, m-am gândit că vă poate ajuta în cercetări.

Aluariz a încuviințat încet și cu seriozitate, deși părea să își rețină un zâmbet batjocoritor.

— Majoritatea oamenilor nu ar veni din Pamplona doar ca să ne spună că au văzut un covor care este... asemănător.

Ea s-a uitat la interpret, care stătea încă în picioare.

— Asemănător cu cel din ziar.

Am ridicat din umeri.

— Am venit și pentru situația în care descoperiți vomă pe covor. Sau bucăți din pielea degetelor mele de la picioare, am mers desculț pe covor. Așadar... ADN-ul ne putea pune pe lista suspecților, presupun.

M-am uitat la ei, evident că înțelegeau la ce mă refeream, dar refuzau să termine silogismul în locul meu.

— Poliția v-a luat, ție și amicului tău, mostre de ADN pentru analiză?

— Nu, adică, nu mie. De asemenea, mă îndoiesc că prietenul meu a avut vreodată de-a face cu forțele de ordine.

Prea târziu — și spre supărarea mea — mi-am dat seama că folosisem forma incorectă a verbului. Pe de altă parte, folosisem expresia forțele de ordine, care mi s-a părut destul de elegantă. De ce m-am gândit la asta acum? De ce mi-a păsat ce fel de impresie las?

— Nu erau urme de vomă pe covor, a spus Aluariz.

— Ah, am făcut eu. Ei bine, în acest caz...

— ...nu există un caz, a terminat ea propoziția în locul meu.

Am simțit ceva. Ce? O ușoară dezamăgire?

Imma Aluariz a clătinat din cap.

— Dar, ca să te scot de pe lista suspecților, ai fi de acord să ne dai o probă ADN, domnule Daas?

— Desigur. Dacă îmi puteți da detalii despre caz.

— Ce vrei să spui?

— Victima. Este o femeie sau un bărbat? Cauza morții? Aveți vreun suspect?

— Nu oferim astfel de detalii, domnule Daas.

Am roșit. Și poate că ea a crezut că îmbujorarea era o trăsătură conciliantă, în orice caz a părut să se răzgândească.

— Este un bărbat cu vârsta între 20 și 30 de ani. Dezbrăcat, fără semne distinctive, fără acte de identitate, de aceea nu îl putem identifica. Lovit cu putere în cap. Nu avem suspecți încă.

— Mulțumesc.

— Tot ceea ce am spus era în articolul de presă.

— În bască, am subliniat eu.

Pentru prima dată am văzut-o zâmbind și avusesem dreptate în privința acelor ochi.

La departamentul de criminalistică, unde ar fi trebuit să fac testul ADN, era ora siestei, așa că am stabilit cu Aluariz să revin după-amiază. Între timp, am luat un taxi ca să merg la Hospital Universitario Donostia. Era uriaș, dar coada de la recepție era scurtă. Mi-a luat ceva timp să o conving pe femeia de la recepție să mă ajute. I-am explicat că am salvat o anume Miriam de la înec, că fusese trimisă aici, că o întâlnisem chiar după externare, că acum plecase cu mama ei, dar că uitase un inel la mine și că aveam nevoie de numele ei întreg și, eventual, de un număr de telefon. Îi mai puteam spune că Miriam era din Kârgâzstan și data și ora aproximativă când a fost internată. Recepționera nu părea convinsă, dar m-a trimis la Urgențe. Când am ajuns acolo, am repetat minciuna, dar acum s-a potrivit mai bine, fiind exersată. Cu toate acestea, tânăra din spatele ușii de sticlă a clătinat din cap.

— Dacă nu puteți dovedi că îi sunteți rudă, nu vă putem oferi informații despre pacient.

— Dar...

— Dacă nu mai este altceva, suntem ocupați.

Purta pantaloni albi și o cămașă și mi-am imaginat-o alergând în fața taurilor. Și împunsă. O altă femeie, care scotocise în sertarul unui dulap aflat în spatele femeii în alb și care evident ne auzise, s-a apropiat de trapă, s-a aplecat peste cealaltă și a apăsat tastatura. Amândouă se uitau la ecranul computerului, a cărui lumină se reflecta în ochelarii nou-venitei.

— Se poate să fi internat o pacientă de pe plaja Zurriola în acea zi, da.

Am văzut Dr. în fața numelui de pe legitimația prinsă de buzunarul de la pieptul halatului ei alb.

— Ne pare rău, dar obligația de confidențialitate este extinsă. Lăsați aici un mesaj și datele de contact și noi îi putem trimite pacientei un mesaj.

— De aici plec direct într-o călătorie pe munte în Andorra și nu voi putea fi contactat telefonic sau pe e-mail. Din informațiile obținute acolo, se pare că în ambulanță a fost prezent un medic spaniol.

— Da, știu cine este, dar nu lucrează la acest spital.

— Dar îi puteți comunica lui informații despre pacientă și apoi el poate decide dacă mi le pune sau nu la dispoziție. Îi puteți spune că eu am fost cel care a scos-o din apă.

Doctorița a ezitat, continuând să se uite la mine. Aveam sentimentul că și-a dat seama că era vorba de mai mult decât de un inel rătăcit. Apoi a luat telefonul și a apelat pe cineva. A urmat o conversație rapidă în spaniolă, în timp ce mă privea scrutător, ca și cum mă descria interlocutorului. A închis telefonul, a rupt o foaie de hârtie din carnețelul aflat lângă tastatură, s-a uitat la ecranul computerului și a scris ceva. Mi-a dat foaia de hârtie.

— Succes, mi-a urat ea, zâmbindu-mi scurt.

— Alo?

Nu îi auzisem niciodată vocea, dar știam că era a ei.

Stăteam în fața spitalului cu un vânt fierbinte în față și telefonul lipit de ureche.

— Eu sunt Martin, am spus. Sunt prietenul lui Peter.

— Tu ești, a spus ea simplu.

— Sunt în San Sebastián și am câteva ore la dispoziție, înainte să merg la secția de poliție. Ți-ar plăcea o cafea?

— Ți-ar plăcea? a râs ea.

Era un râset sincer, sănătos, genul pe care vrei să-l auzi tot timpul.

— ...dori, am spus. Ai dori o cafea?

— Aș dori și mi-ar și plăcea o cafea, Martin.

„Tu ești“, a repetat ea când, o jumătate de oră mai târziu, stătea la masa de pe terasa barului unde luasem micul-dejun în dimineața anterioară. Palele de vânt îi făceau rochia largă, hippie și părul negru ca pana corbului să danseze în jurul ei. Cu o mână încerca în zadar să își țină părul departe de chip, așa că gura ei generoasă și ochii negri erau parțial ascunși. M-am ridicat și i-am întins mâna. Era subțirică, dar mai înaltă decât îmi aminteam. Când am văzut-o traversând piațeta pavată cu pietre cubice în direcția barului, pășea încet, legănându-și șoldurile, făcându-mă să mă gândesc că era fotomodel.

— Apreciez că ai venit, i-am spus eu.

Ne-am așezat și ea a oftat, a zâmbit și m-a privit îndelung. Neabătută, aș spune. Avea pielea închisă la culoare, dar ici și colo avea cicatrici deschise la culoare, poate urme lăsate de varicelă sau acnee. Chipul nu era chiar așa de frumos cum țineam minte din restaurant, dar probabil că atunci se machiase. Dar am văzut ce văzuse Peter. Ochii. Aveau o strălucire intensă, o prezență care era aproape intruzivă. Nu mai vedeam nimic decât acei ochi. Și dinții albi, doi dintre ei strâmbi. Și sprâncenele, desigur. Puternice și cu un tipar natural, oblic, aidoma penelor păsărilor.

— Ne-am mai văzut, a spus ea.

— Așadar, ți-ai amintit?

— Tu nu?

M-am uitat din nou la ea.

— Arătai altfel pe plajă. Aveai ochii închiși.

— Nu pe plajă, a răspuns ea.

— Si, senor?

M-am uitat în sus și am comandat două espresso, aruncând o privire spre Miriam, să mă asigur că nu greșeam.

— Triplu, a spus ea.

— Și al meu la fel, am intervenit.

Chelnerul s-a făcut nevăzut.

— De ce tocmai acest local? m-a întrebat ea.

— Am luat micul-dejun aici. Peter și cu mine am stat acolo.

I-am făcut semn spre pensiunea de pe cealaltă parte a piațetei. Am văzut că fereastra camerei noastre de la etajul al treilea era închisă.

Miriam s-a întors.

— O, arată frumos. Cum a fost micul-dejun?

— Micul-dejun?

— Ador mic-dejunurile. Din păcate, aici, în Europa, par să fie la fel peste tot. Cel puțin în orașele pe care le-am vizitat. Scumpe și fade.

Am încuviințat.

— Aici este bun. Și cafeaua.

Ea a continuat să se uite la pensiune, ceea ce mi-a oferit șansa să o privesc cu mai multă atenție. Gâtul, ceafa. Umerii. Osoase, mă duceau cu gândul la o pisică jigărită.

— Cazarea a fost scumpă? m-a întrebat ea.

— Nu, este ieftină. Cel puțin, pentru locul acesta. Dar camerele sunt simple.

Și-a întors privirea spre mine.

— Simplu este frumos. Mama și cu mine căutăm ceva mai ieftin față de locul în care stăm acum.

Da, m-am gândit, simplu este mai frumos.

— Lucrezi ca fotomodel? am întrebat-o eu.

— Vai, a spus ea, dându-și ochii peste cap.

Am râs.

— Da, da, știu că este o replică de agățat ciudată. Vrei să știi de ce am întrebat?

— Pentru că sunt slabă?

— Pentru că mergi ca un fotomodel și nu este tocmai cel mai eficient mod de a ajunge din punctul A în punctul B.

— Precum stilul meu de a înota, de altfel.

— Și pentru că, adesea, modelele se îmbracă nepotrivit. Nu în privința gustului, dar este ca și cum vor să dovedească lumii că nu le pasă deloc de aparențe și de toate chestiile acelea superficiale. Dar și pentru că — desigur — ele pot face și cel mai anost articol vestimentar să arate bine.

— Vrei să spui că rochia mea este urâtă?

— Tu ce crezi?

— Cred că încerci puțin prea mult să mă convingi că ești isteț și interesant.

— În afară de partea exagerată, am reușit să te conving?

Soarele s-a ivit dintre nori, iar ea și-a mijit ochii și a scos de nicăieri o pereche de ochelari de soare cu rame mari.

— Ca modele, suntem obligate să purtăm atât de multe haine incomode la lucru, astfel încât în timpul nostru liber acordăm prioritate confortului în detrimentul elementului uau! Dar, desigur, sperăm ca veșmântul pe care l-am cumpărat din piața de vechituri sau din dulapul bunicii va deveni noua modă după ce l-am purtat noi.

— Bună încercare, dar acum știu că nu ești fotomodel.

Ea a râs.

— Nu?

— Nu ți-ai pus ochelarii ca să ascunzi faptul că minți, dar când ți i-ai pus, te-ai gândit că te poți folosi de oportunitate ca să te distrezi.

Ea și-a așezat coatele pe măsuța metalică rotundă și instabilă, și-a sprijinit bărbia în palme și m-a privit zâmbind.

— Acum ai fost cam isteț și interesant.

— Minți adesea?

Ea a ridicat din umeri.

— Nu des, dar se întâmplă. Dar tu?

— La fel.

— Îți minți prietenii și iubitele?

— Sunt două întrebări diferite.

Ea a râs.

— Așa este. Pe prieteni, atunci.

M-am gândit la Peter. La faptul că venisem în secret în San Sebastián, că o contactasem pe Miriam și că acum stăteam aici. Dacă doream să o văd, îi puteam cere lui numărul ei de telefon. Nu că aș fi făcut-o. Însă el mințise, așa că de ce nu aș fi avut și eu dreptul să mint puțin?

— Întotdeauna, am răspuns.

— Întotdeauna?

— Glumesc. Este un paradox formulat de Socrate, care spune că toți cretanii mint tot timpul. Însă, prin urmare, nu poate fi adevărat că toți...

— Nu Socrate a spus asta, ci Epimenide.

— Oh, vrei să spui că mint?

Ea nu a râs, ci a oftat scurt. Și am simțit cum mi se înfierbântă urechile.

— Așadar, cu ce te ocupi?

— Sunt studentă.

— Istorie? Filosofie?

— Și engleză. Puțin din toate. Și din nimic.

A oftat, apoi a scos o eșarfă și și-a legat-o în jurul capului, cum făcuse mama ei, dar se părea că Miriam a făcut-o ca să își îmblânzească părul.

— Și refugiată.

— De ce anume fugi?

Soarele s-a ascuns din nou pe după nori, iar următoarea rafală de vânt a fost imediat mai rece.

— De un bărbat.

— Povestește-mi.

Chelnerul a așezat ceștile de cafea în fața noastră. Ea și-a dat din nou jos ochelarii de soare, fără să își ia privirea de la ceașcă.

Miriam mi-a povestit că crescuse împreună cu părinții ei în Almaty, Kazahstan. Mi-am amintit că tatăl meu vorbise despre Almaty, sau Alma-Ata, cum se numea pe atunci, și despre recordurile mondiale la patinaj stabilite în aer rarefiat și în vânturi descendente venite dinspre munți, ceea ce însemna că puteai să beneficiezi de vânt din spate pe toată durata cursei. Tatăl lui

Miriam lucrase în industria petrolieră și făcuseră parte din noua elită a acestei țări mari, dar cu o populație redusă.

— Corupție și cenzură, un dictator care denumește capitala după numele său, cea mai mare țară din lume fără ieșire la mare. Și, cu toate acestea, eram fericiți acolo. Până când tata a dispărut.

— A dispărut?

— A amenințat că îi va raporta pe americanii care au cumpărat drepturi de exploatare a petrolului mituind persoane din aparatul de stat. Îmi amintesc că tata îmi spunea să fiu atentă ce vorbesc la telefon. Apoi, într-o zi, nu a mai venit acasă de la serviciu. Nouă nu ni s-a spus nimic și nu am mai auzit niciodată despre el. Mama a observat cum privilegiile de care ne bucuram au dispărut unul câte unul, a trebuit să ne mutăm din casa despre care spuneau că aparține companiei petroliere. Am plecat în ceea ce am crezut că este o vacanță în Kârgâzstan, de unde e familia mamei mele, dar nu ne-am mai întors.

Miriam a descris Kârgâzstanul ca pe o variantă mai frumoasă, dar mai săracă a Kazahstanului. Și mai liberală.

— Cel puțin, oamenii nu se temeau să spună ceva rău despre dictator.

Dar și mai arhaică, chiar și în capitală, Bișkek. De exemplu, se practica ala kachuu, furatul miresei. Deși era interzis în mod oficial, se estima că o treime din mariaje fuseseră contractate de soți care își răpiseră viitoarea soție, iar soțul și familia lui — și uneori a ei — o obligau să se căsătorească.

— Familia mamei era înstărită. Nu mult, dar suficient ca eu să pot studia la Moscova. Și de fiecare dată când veneam la mama, simțeam că parcă viața în Kârgâzstan devenise mai rece. Este așa...

Ea a bătut din palme. Degete lungi, firave, cu unghii roase.

— Știi, în Kazahstan mulți oameni vor să elimine particula *-stan*, pentru că nu vor să fie asociați cu acel tip de țară. Ca acei oligarhi care încearcă să își ascundă accentul țărănesc. Ei bine, în Kârgâzstan nici măcar nu încearcă, oamenii sunt mulțumiți cu identitatea lor. Am ajuns să mă obișnuiesc cu comentariile pe care mi le aruncau bărbații pe stradă, le ignoram complet, și astfel nu l-am observat pe tipul mărunt stând pur și simplu la tejghea și privindu-mă pe mine și pe verișoarele mele în timp ce savuram o băutură la barul hotelului. Apoi, într-o seară, când intram în bar ca de obicei, am fost prinsă de doi bărbați, în timp ce alți doi le țineau pe verișoarele mele la distanță și am fost trasă într-o mașină și dusă departe.

Am observat că încerca să relateze cu o oarecare lejeritate, ca și cum ar fi fost o poveste, da, o poveste amuzantă, însă un ușor tremur al vocii o trăda.

— Stăteam între cei doi bărbați pe bancheta din spate a mașinii și, când i-am întrebat ce vor, au spus că voi fi soția fiului bărbatului ce stătea pe scaunul pasagerului. Am început să plâng și atunci bărbatul din față s-a întors și a rânjit, de parcă ar fi vrut să mă consoleze. Era îmbrăcat ca de nuntă, un tip gras la vreo 50 de ani, cu mai mulți dinți de aur decât naturali. Și transpirat, era o zi călduroasă. El a spus: „Fiul meu te va iubi și tu îl vei iubi pe el". Pur și simplu. Când am ajuns, am fost conduși într-o casă mare. La intrare erau postați bărbați, care păreau să aibă rol de paznici, iar unul dintre ei avea o pușcă. Atunci nu am știut, dar bărbatul de pe scaunul din față era Kamchi Koliev, liderul mafiei care controlează cimitirele din Bișkek. Dacă vrei să ai un loc de veci, trebuie să îl cumperi de la el. Imediat în spatele ușii stătea un tânăr scund și slab, îmbrăcat în costum negru și kalpak, o pălărie tradițională pe care bărbații o poartă la nunți și înmormântări. El doar se holba și părea la fel de speriat ca mine. În spatele lui se afla o mulțime de oameni, invitații, de bună seamă. O femeie mai în vârstă — cred că bunica lui — voia să mă acopere cu o basma albă. Știam că, dacă îi permiteam să facă asta, însemna că acceptasem să mă căsătoresc, auzisem poveștile de groază despre *ala kachuu*, dar niciodată nu m-am gândit că mi se poate întâmpla mie. Dar, exact ca în povești, eram atât de îngrozită, încât nu am îndrăznit să mă împotrivesc. Toți oaspeții au aplaudat și am primit un pahar de arak, adică o specialitate kârgâză care, în realitate, este doar vodcă. Mi s-a spus să beau lichidul și apoi a început ceremonia. Mi-a fost luat telefonul mobil și eram urmărită în permanență, așa că era imposibil să anunț pe cineva sau să scap. Am plâns și am tot plâns, dar femeile au încercat să mă aline. „O să fie mai bine după ce ai copii. Atunci o să ai alte lucruri la care să te gândești. Și familia Koliev va avea grijă de tine, sunt oameni cumsecade și au bani și putere. Ești mai norocoasă decât multe din această cameră, așa că nu mai plânge, fetițo." L-am întrebat pe băiatul cu care tocmai mă căsătorisem de ce m-a ales pe mine. Chiar s-a rușinat. „Te-am văzut în barul hotelului câteva seri. Dar ești atât de frumoasă, încât n-am îndrăznit să intru în vorbă cu tine." Așa că, atunci când tatăl lui l-a obligat să-și aleagă o fată cu care să se însoare, el m-a ales pe mine, iar ei au verificat să nu fiu deja măritată. În timp ce vorbea, l-am compătimit aproape la fel de mult ca pe mine însămi. Apoi s-a întunecat, iar eu și soțul meu am fost duși la etaj, în dormitorul nostru, ca doi prizonieri în celula lor.

Miriam a râs scurt și două lacrimi s-au rostogolit pe obrajii ei lucioși.

— Am fost închiși înăuntru și un paznic și trei femei — rude de-ale băiatului — au stat afară, evident ca să audă ce se petrecea înăuntru. L-am implorat să mă lase în pace, dar m-a întins pe podea, m-a ținut strâns și a încercat să mă dezbrace. Nu a reușit, parțial pentru că era un sfrijit, nu cu mult mai puternic decât mine, și parțial pentru că era foarte beat. Dar când mi-a șoptit în ureche că, dacă nu îl las să o facă, va trebui să cheme ajutoare, l-am lăsat. Ne-am dus pe pat și a încercat să... da, dar era prea beat. Era el însuși pe punctul de a plânge, sărăcuțul, a spus că tatăl lui avea să îl omoare. Așa că l-am liniștit și i-am spus că nu îl voi bârfi, iar el mi-a mulțumit. Apoi am scos niște gemete pentru publicul de pe hol și el a început să râdă, așa că a trebuit să îi pun perna pe față. Când am îndepărtat-o, pentru o clipă am crezut că l-am sufocat. Însă apoi a început să sforăie. Am așteptat până le-am auzit pe femei plecând, după care m-am strecurat afară din pat. M-am îmbrăcat cu costumul negru al băiatului, el era, cum am spus, scund, doar pantofii îmi erau mult prea mari. Am găsit portofelul și am luat din el câțiva soms, suficient pentru a plăti taxiul până acasă. I-am luat kalpakul, mi-am îndesat părul în el, am deschis fereastra, m-am ținut de cadru și am sărit pe gazon. Era întuneric, începuse să plouă și mulți invitați începuseră să plece. Cu toate că Kârgâzstanul este musulman, interdicția din Coran cu privire la alcool este privită cu mai puțină seriozitate decât jurămintele de cununie, ca să zic așa.

Din fericire pentru mine. Așa că am ieșit pur și simplu pe poartă alături de alți invitați și paznici beți, fără să reacționeze cineva. La mică distanță de casă, am chemat un taxi și m-am dus acasă. A doua zi, mama și cu mine ne-am împachetat câte o valiză și am luat zborul de dimineață spre Istanbul, cu puținii bani pe care îi aveam.

— Ai fugit?

Miriam a încuviințat.

— Familia Koliev nu mi-ar permite niciodată să nu stau cu băiatul cu care m-am căsătorit. Este vorba despre onoare și respect. Fără acel respect, nici măcar familia Koliev nu înseamnă nimic. Pur și simplu, nu au de ales.

— Dar ai fost răpită, la urma urmei. De ce nu sesizezi poliția, ca să ceri protecție?

Miriam a râs.

— Tu trăiești într-o altă lume, Martin. Ei sunt familia Koliev, iar eu și mama mea suntem două femei fără un sfanț din Kazahstan. În ochii autorităților, eu sunt o străină care s-a căsătorit în prezența martorilor kârgâzi, care vor susține că a fost un act voluntar. Și acum încerc să nu îmi îndeplinesc jurămintele de cununie.

Aș fi vrut să argumentez că și ea avusese martori ai răpirii, dar avea, desigur, dreptate. Eu eram cel care trăia într-o altă lume, una în care nu contează — cel puțin nu mereu — dreptul celui puternic.

— De când durează toate acestea?

— De trei luni. Fuga. Supraviețuirea. Am mers mai departe de fiecare dată când am simțit că se apropie oamenii lui Koliev.

— Ați trecut prin multe orașe?

Miriam a încuviințat.

— Și mai aveți bani?

Ea a ridicat din umeri.

— Trebuie să fie un iad.

— Cel mai rău lucru, a spus Miriam, este că i-am distrus viața mamei. Pentru a doua oară. Uneori îmi doresc să fi ales calea ușoară și să mă fi încurajat să accept căsătoria, însă mai curând aș fi fugit de una singură și mi-aș fi încercat norocul. Pe de altă parte, ea a știut că, dacă rămânea, familia Koliev ar fi folosit-o ca să pună mâna pe mine. Oricum, la cum stau lucrurile, sunt ca o piatră de moară atârnată de gâtul ei. Așa că sunt la fel de responsabilă pentru mama cum sunt pentru mine însămi.

Poate că a fost asocierea pietrei de moară cu înecul, dar m-a lovit un gând nebunesc. Că Miriam ieșise în larg, în valuri, pentru ca mama ei să scape de piatra de moară. Dar nu aveam de gând să întreb asta. M-am uitat spre cer. Eram destul de departe de mare și totuși în aer se simțea briza sărată.

— Pari tulburat, a spus ea, ducând ceașca de cafea în dreptul buzelor. Sper că nu te-am făcut să te simți vinovat, nu asta a fost intenția mea.

— Vinovat?

— Știu că nu ne poți ajuta. Nu de asta am acceptat invitația la cafea.

Bineînțeles că mă mustra conștiința. Dar din alte motive. Nu doar că nu îi spusesem lui Peter de planurile mele în San Sebastián, dar nu aveam să îi spun nimic nici la întoarcere.

— De ce ai acceptat? am întrebat-o.

Ea a clătinat din cap.

— Pentru că ești prietenul lui Peter.

— Și crezi că Peter te poate ajuta?

Ea a încuviințat.

— El spune că vrea.

— De asta te-ai văzut cu el la Arzak?

Ea a încuviințat iar.

— Nu pentru că te-a salvat de la înec?

Ea nu a răspuns, doar și-a îndepărtat de pe față un fir de păr rebel și s-a uitat la mine.

— M-ai recunoscut când am intrat în restaurantul Arzak?

— De unde? s-a interesat ea.

— Exact, de unde? am continuat eu.

Nu aveam nicio intenție să-mi încalc promisiunea făcută lui Peter cum că el era salvatorul, dar, dacă ea își amintea de mine, își amintea de acele secunde sub apă când ne priviserăm reciproc, nu l-aș fi trădat.

— Dar îți amintești că m-ai văzut acolo?

— Era ceva familiar la tine. Dar a fost exact ca acel...

— Déjà vu?

— Exact. Ca și când erai o persoană pe care am întâlnit-o exact așa, doar că eu nu am mai fost niciodată la acel restaurant.

— Ca o frântură dintr-un univers paralel.

— Și tu ești pasionat de asta?

Am râs.

— Peter spune că va cerceta domeniul. Vom vedea ce va descoperi. Dar ai spus ceva la telefon. Ai spus „ești tu". Ca și cum așteptai să apar. Și asta a fost tot déjà vu?

— Poate. Vocea ta... Sincer, nu știu. Este foarte derutant, nu-i așa?

Și-a lăsat privirea să alunece în direcția piațetei, ca și cum ar fi fost prevăzătoare.

Mi-am scos portofelul.

— Trebuie să merg la secția de poliție. Vrei să mă însoțești?

— De ce?

— Să depui...

— Nu, de ce ar trebui să te însoțesc?

Am ridicat din umeri.

— Peter nu știe că sunt aici. Ești de acord ca lucrurile să rămână așa?

— Nu, a spus ea. Eu nu mint. Cel puțin, nu pe prieteni.

— Asta este pentru tine? Un prieten?

— Da.

— Și dacă te iubește?

— Atunci e problema lui.

— Dar cum vei proceda atunci? Tot îi vei permite să vă ajute, pe tine și pe mama ta?

M-a privit cu o oarecare indignare și uimire.

— Martin, nu știu dacă noi doi ne cunoaștem suficient de bine ca să ai dreptul să primești răspuns la o astfel de întrebare insinuantă.

— Tocmai mi-ai împărtășit cea mai intimă poveste a ta, Miriam. Dacă vreau, i-aș putea oferi informația acestui Koliev pentru un preț destul de bun, presupun. Dar tu ai încredere în mine. Știi de ce ai încredere în mine?

— Nu, nu știu, a spus ea, împing scaunul în spate, ca și cum s-ar fi pregătit să se ridice de la masă.

— Nu ai încredere în mine sau nu știi de ce?

— Ultima parte, a răspuns ea scurt.

— Din instinct. Poate că ai suspectat faptul că Peter m-a trimis să îți verific motivele, dar tu știi că nu e așa.

— Atunci, de ce o faci?

— Pentru că te iubesc.

Am simțit că mi-a căzut cerul în cap. Nu pentru că n-ar fi fost adevărat ce declarasem, mă îndrăgostisem de ea din secunda în care o privisem în ochi, sub apă. Sau poate chiar dinainte. Da, dinainte. Întâlnirea din apele mării fusese ca o revedere, nu o pot explica altfel, a fost déjà vu-ul meu. Motivul pentru care norii, soarele și cerul din San Sebastián mi-au căzut în cap a fost acela că spusesem cu voce tare ce simțeam, era de parcă aș fi evadat din această realitate, de parcă s-ar fi spart acoperișul de sticlă, cerul fals, și eu aș fi părăsit această realitate gen *Truman Show* și aș fi pășit în alta. Cele două realități erau mai adevărate decât una singură, asta știam cu siguranță. Miriam s-a ridicat și când mi-am înălțat privirea să îi văd chipul, am fost orbit de soarele aflat pe linia orizontului și nu am văzut nimic.

— Asta a fost tot, mi-a spus detectiva Imma Aluariz în timp ce mă conducea pe hol, din laboratorul de criminalistică, spre lift. Ar trebui să te întorci în Pamplona până să înceapă din nou petrecerea.

Am încuviințat. Procedura nu durase mult. Un bețișor cu vată ținut de un bărbat ce purta mănuși de latex, prelevarea celulelor din gura mea și — după cum spusese Aluariz — asta a fost tot.

— Ar mai fi ceva, a spus ea apăsând butonul liftului. Aveai întrebări legate de identitatea victimei.

— Eram doar curios cu privire la...

— Vrei să o vezi?

Ușa liftului s-a deschis în fața noastră și mi-a făcut semn să urc primul. Apoi a urcat ea și a apăsat pe butonul pentru nivelul -1.

— Medicina legală este la subsol, așa că nu va dura mult.

— Eu nu trebuie să...

— Doar ca să confirmăm dacă victima este o persoană pe care ai mai văzut-o înainte sau nu. Asta ne-ar ajuta.

Am rămas în tăcere în timp ce liftul cobora în acompaniamentul unui huruit surd, genul de conținut despre care Peter spusese că este acceptat de oameni în filmele despre spațiul cosmic, cu toate că ar trebui să știe că absența atmosferei înseamnă absența sunetului.

Ajunși la subsol, am continuat pe alt hol. Lumina era mai slabă, oamenii mai puțini. Tavanul jos, temperatura scăzută. Cu toate acestea, am început să transpir. Palmele mi-au asudat, inima a început să-mi bată mai tare.

Am trecut de vreo două uși deschise de Aluariz cu cardul pe care îl ținea atârnat la gât și brusc, ne-am trezit într-o încăpere rece, în fața unui bărbat îmbrăcat ca un chirurg și a unei mese de oțel cu un cearșaf albastru-deschis așezat peste ceea ce trebuia să fie un cadavru. Felul în care era pregătit și salutul tăcut schimbat de cei doi printr-o mișcare a capului, m-au convins că toate acestea fuseseră prestabilite. Iar când el a dat cearșaful la o parte, am văzut că privirile lor nu erau ațintite la masă, ci la mine. Cu alte cuvinte, scena fusese regizată, ca să îmi vadă reacțiile. Și poate tocmai pentru că mi-am dat seama de acest aspect am reușit să îmi rețin și să îmi ascund măcar o parte a uimirii.

— Pari șocat, a spus Aluariz.

— Îmi pare rău, am spus. Doar că nu am mai văzut un cadavru până acum.

— Ai mai văzut această persoană?

M-am prefăcut că mă gândeam. Apoi am clătinat încet din cap.

— Niciodată. Îmi pare rău.

Am părăsit secția de poliție după ce am lăsat adresa din Pamplona și am promis să comunic orice modificare în următoarele două săptămâni, până la obținerea rezultatelor analizei ADN. În taxi, pe drum spre gară, mi-am privit palmele. Încă îmi tremurau.

Ultimul tren spre Pamplona plecase, dar știam că erau o mulțime de autobuze cu ocazia sărbătorii Sfântului Fermín. Dar când m-am dus la casa de bilete din autogară, mi s-a spus că toate autobuzele erau pline, că primul loc liber pentru a prinde *el encierro*, cursa cu tauri, era la unul dintre autobuzele ce plecau dimineața devreme, în ziua următoare. Am ieșit pe stradă și am chemat un taxi. L-am întrebat pe șofer cât cerea pentru o cursă până la Pamplona. Mi-a spus un preț exorbitant pe care nu mi-l permiteam, a ridicat din umeri cu părere de rău când am încercat să negociez și am spus San Fermín. Așa că l-am rugat să mă ducă, în schimb, la un loc de cazare ieftin și a așteptat să-mi iau bilet la autobuzul de la ora 5:30 dimineața.

Am încercat la două pensiuni, în ambele cazuri mi s-a spus nu doar că erau pline, ci și că toate celelalte pensiuni pe care le știau erau în aceeași situație. Așa că l-am plătit pe taximetrist și l-am rugat să mă lase în fața pensiunii în care stătusem cu Peter. Chiar dacă era o cameră dublă spațioasă, nu putea să coste mai mult decât camerele single din celelalte locuri pe care le vizitasem. Când proprietarul a deschis ușa, n-a dat semne să mă recunoască. Poate că așa se întâmplă când vezi fețele a sute de noi oaspeți în fiecare an.

— Este plin, a spus el pur și simplu.

I-am explicat în ce cameră am stat și că în urmă cu o oră părea să fie liberă.

— Yes, but guest looking now, a spus el în engleza lui stricată.

— O iau, am auzit o voce cunoscută în spatele meu.

M-am întors.

Miriam era împreună cu soția proprietarului pensiunii.

— Cât timp? a întrebat proprietarul.

— Pe termen nedeterminat, a spus Miriam uitându-se la mine.

— *Perdón*?

— Îmi pare rău, i-a răspuns ea fără să își ia ochii de la mine.

— Pentru mult timp, cred.

— Nu mă așteptam să te revăd atât de curând, a spus Miriam în timp ce ne plimbam de-a lungul râului lat care curge prin oraș, numit, conform spuselor ei, Urumea.

— Te-ai fi așteptat să mă mai vezi vreodată?

Miriam o sunase pe mama ei și stabiliseră că nu trebuiau să se mute până a doua zi, așa că puteam să o folosesc eu în noaptea aceea.

— Tu mi-ai spus că ești cel mai bun prieten al lui Peter, deci da.

Am zâmbit.

— Am spus asta? Vrei să spui că un prieten adevărat nu face declarații de dragoste iubitei celuilalt.

— Peter și cu mine nu suntem iubiți.

— Sau alesei lui.

— Nu îmi place să fiu aleasa.

— Dar de această dată ar putea avea dreptate, vocile ce îți șoptesc la ureche că, la urma urmei, ești norocoasă și că nu ar trebui să mai plângi. Peter e un băiat bun. Și suficient de bogat încât să aibă grijă de tine și de mama ta.

Ea s-a oprit, s-a întors cu fața spre râu și s-a uitat spre malul opus.

— Nu este atât de simplu.

— Știu. Nu ești responsabilă doar pentru tine, ci și pentru mama ta. Este o dilemă morală. Dacă veți accepta ajutorul lui, trebuie să îi dai speranțe că se va întâmpla ceva între voi. Așa că trebuie să minți.

Ea a pufnit.

— Și de ce ar fi asta o minciună? Nu pot ști acum dacă o să-l pot iubi sau nu.

— Ba da, știi.

— Ah, da?

— Da, pentru că mă iubești pe mine.

A râs, scuturând din cap și a pornit la drum. Am prins-o repede din urmă.

— Chiar mă iubești. Doar că nu știi încă, evident.

— Știi care este diferența dintre voi, vesticii, și noi? Cu toții devorăm cărți și filme romantice, dar voi credeți că sunt adevărate.

— Poate. Dar uneori apare o poveste care chiar este adevărată, iar aceasta este una dintre ele.

— Cu câte fete ai folosit replica asta, Martin?

— Cu câteva doar. Presupun că nu mințeam, dar mă înșelam, nu erau astfel de povești. De această dată nu mă înșel. Noi nu greșim.

— Noi? Nu știi nimic despre mine, Martin. De cât timp ne știm noi doi?

— Nu știu. M-am gândit la asta, dar nu știu. Tu știi?

Ea a încetinit pasul. Apoi s-a oprit complet.

— La ce te referi?

Am ridicat din umeri.

— Din prima clipă în care te-am văzut, din prima clipă când ți-am vorbit, am avut acest sentiment de permanent déjà vu. De parcă tot ce se întâmplă acum s-a mai întâmplat înainte.

— Da? Și atunci ce urma să se întâmple acum?

— Acum tu urma să mă întrebi asta și eu îți voi răspunde că avansul meu este foarte mic, ca atunci când cânți o melodie ale cărei versuri nu ți le amintești dacă te gândești la ea, doar știi că îți vei aminti versurile cu puțin timp înainte să ajungi la ele, nu îți trebuie decât muzica pentru a te ghida. Și asta știam că voi spune chiar înainte să o spun.

— Vorbe în vânt, vorbe goale și nu foarte credibile, a spus ea, fluturându-și mâna. Încerci să te eschivezi. Spune-mi ceva concret.

— În această noapte, vom dormi împreună.

— Ai vrea tu! a exclamat ea, încercând să mă lovească.

— Nu, nu în acel sens, am spus eu. Îmbrăcată. Nici măcar nu ne vom săruta.

— Exact. Acum îmi vei da un motiv ca să fiu de acord să dorm cu tine? Mulțumesc, am întâlnit băieți ca tine. Sunteți așa vicleni.

Telefonul din buzunarul meu a vibrat iar, știam că era Peter care încerca iar să dea de mine. Nu îi răspunsesem înainte pentru că nu știam ce să îi spun, cel puțin nu acum, când nu mă puteam întoarce. Înainte să plec spre San Sebastián, planificasem să îi explic absența mea spunându-i că fusesem luat de valul sărbătorii zgomotoase din Pamplona și că pur și simplu nu auzisem telefonul.

Miriam și-a încrucișat brațele și s-a înfiorat. Vântul nu se domolise, iar acum pătura de nori devenise atât de groasă, încât acoperise complet soarele după-amiezii.

— Trebuie să mă întorc la mama, a spus ea.

— Ești sigură? Voiam să te invit la cină în semn de mulțumire că mi-ai lăsat camera pentru această seară.

Ea a lăsat să îi scape un suspin scurt, ca de exasperare, și a clătinat din cap.

— Nu-mi permit să te duc într-un local precum Arzak. Dar, dacă la bar tapas este la fel de bun ca micul-dejun, ratezi o ocazie pe cinste.

Și-a lăsat capul într-o parte, și-a îndepărtat părul din ochii ei frumoși și s-a uitat la mine.

— Ratez?

În privirea ei era ceva, ceva ce căuta. Sau recunoștea.

— Presupun că exagerez, recunosc. Dar ar putea fi... o cină cu adevărat plăcută.

Ea a încuviințat.

— Da? am întrebat eu neîncrezător.

— Îmi este foarte foame, a spus ea, răsucindu-se pe călcâie pentru a face cale întoarsă.

În timpul cinei, i-am spus tot ce mi-a trecut prin minte despre mine. Despre lipsurile mele când venea vorba de lucruri practice, lipsa de disciplină, capacitatea limitată de a gândi analitic. Despre imaginația poate puțin prea bogată și dorința de a fi creativ, dar și despre îndoiala că ambițiile artistice nu se ridicau la înălțimea abilităților mele. Despre cât de stângaci eram în amor. Despre aventura cu iubita din copilărie a lui Peter. Simțeam că trebuia să etalez totul, bune și rele, cât aveam ocazia.

— Pe scurt, ești prost și egoist, a spus ea, sorbind din paharul cu vin roșu.

Stătea picior peste picior, cu picioarele ei lungi și zvelte, cu spatele încovoiat și umerii ei subțiri împinși înainte, de parcă ar fi fost puțin adusă de spate. Cu puțin timp în urmă mă gândisem că nu mai era așa de frumoasă ca atunci când o văzusem la Arzak. Acum mă gândeam că este mai frumoasă. Poate datorită luminii mai blânde.

Poate pentru că era mai relaxată. Sau poate că doar mi s-a părut.

— Da, sunt prost și egoist, i-am confirmat.

— Spui asta întrucât crezi că te face să pari mai interesant? Pentru că nu văd niciun băiat rău aici, Martin.

— Atunci ce vezi?

— Un băiat destul de drăguț.

— De ce îmi dai impresia că ești cu cinci ani mai mare decât mine și nu invers?

— Suntem de-o seamă.

— De unde știi?

— Peter mi-a spus că aveți aceeași vârstă.

— Ah, da. Ce altceva ți-a mai spus despre mine?

— Nu prea multe. Numele tău a fost pomenit în conversație când l-am întrebat amănunțit dacă într-adevăr călătorea singur de sărbătoarea Sfântului Fermín.

— Așa ți-a spus?

— Nu, nu direct, dar părea că încerca să lase acea impresie. De parcă nici n-ai fi existat. Cel puțin, a evitat să vorbească despre tine.

— Ciudat, am spus, ridicându-mi paharul.

— Nu și dacă a decis că mă dorește și dacă nu cumva aveți obiceiul de a vă îndrăgosti de aceeași femeie.

— Și tu crezi că sunt un băiat bun?

— Cred că faci lucruri despre care știi că sunt greșite, dar cel puțin te mustră conștiința.

— Da, este ceva. Cum rămâne cu părțile tale rele?

— Eu fur, a răspuns ea fără ezitare.

— Furi?

— Da, este un fel de obișnuință. Nu că aș fi cleptomană, dar cred că am nevoie de acel fior. Probabil că de aceea fur în principal lucruri de care nu am nevoie.

— Cum ar fi inima băieților naivi?

— E ieftin, a spus ea râzând și am închinat paharele.

Se întunecase și pe sub nori se auzea un huruit periculos în timp ce mâncam ultimul tapa, iar ea povestea despre iubitul pe care îl avusese la Moscova, planurile de a se muta în Singapore, poate de a-și găsi un job de jurnalist la vreunul dintre ziarele de limbă engleză. Dar nimic legat de motivul pentru care s-a aruncat în valuri și aproape că s-a înecat. La un moment dat a luat telefonul, ecranul i-a luminat fața în întuneric și s-a încruntat.

— Mama ta? am întrebat-o când ea l-a pus deoparte fără să răspundă.

— Da, a spus ea scurt.

— Aha, am spus.

— Aha?

— Poate că te pricepi să furi, dar minți chiar mai prost decât mine. Era Peter?

Ea a oftat.

— De ieri probabil că mi-a trimis 20 de mesaje.

— Și tu crezi că sunt prea multe?

Ea a făcut o grimasă. Voiam să o întreb câte mesaje de răspuns trimisese, dar am reușit să mă abțin.

— Mulțumesc, a spus ea, făcând semn către farfuriile goale. A fost foarte bun.

— Mai dorești ceva de băut?

— Cu siguranță nu. Mă așteaptă mama.

Am cerut nota de plată. Ea a așteptat cât semnam chitanța cardului de credit.

— Christopher, a spus ea.

Mi-am ridicat privirea.

— Am crezut că numele tău este Christopher, a explicat ea zâmbind.

— Când?

— Când te-am văzut.

— Ți-a spus Peter că....

— Baywatchm-aaa-n!

Bărbatul cu picioarele în forma literei O, îmbrăcat în kilt și tricoul Naționalei de fotbal a Scoției stătea lângă masa noastră. Mi-a făcut cu mâna, iar gura lui mirosea a lichid pentru parbriz.

— Eroul meu! Am nevoie de zece euro ca să merg mâine la *encierro*. Îți voi cânta un cântec de dragoste.

— *Vete*! a strigat chelnerul, făcându-i semn cu degetul spre piațetă.

I-am dat scoțianului o bancnotă de cinci euro, iar el s-a îndepărtat clătinându-se și a dispărut în întuneric.

— Să sperăm că se trezește înainte de cursă, am spus eu.

— Oh, n-o să plece, stă aici tot timpul, a spus chelnerul în engleză, dându-și ochii peste cap.

Ne-am ridicat de la masă. Miriam a început să tremure, căci vântul se întețise pe neașteptate și nu era doar o pală, freamătul frunzelor din copacii aflați în jurul nostru se intensifica tot mai mult.

— Vom găsi un taxi, i-am spus eu, privind fulgerele de pe cer.

Părea efectiv că s-a spart cerul, fulgerul era aidoma unei crevase subțiri ce dezvăluia o frântură din ceva ce se afla dincolo, dintr-o altă lume. Și apoi, din crevasă, s-a pogorât apa. A lovit umbrelele, mesele, piatra cubică și toată lumea se ridicase și fugea. Când, după doar câteva secunde, Miriam și cu mine ne-am adăpostit sub porticul dintre piațetă și curtea din spate a pensiunii, eram deja uzi până la piele.

— Acum nu mai prindem niciun taxi, i-am spus eu.

— Se va opri curând, mi-a răspuns ea.

Eu m-am uitat în sus, la cer.

— Poate, am spus. Ai înghețat.

— Și tu.

Am ridicat în aer cheia de la cameră.

— Vino sus cu mine, să ne uscăm puțin.

Ne-am închis în cameră și am aprins lumina. Covorul nu fusese înlocuit.

— Fă un duș ca să te încălzești, i-am zis eu.

Miriam a încuviințat și s-a retras în baie, în timp ce eu m-am așezat pe patul în care dormisem în urmă cu două nopți. Sunetul ploii și al dușului s-au contopit, la fel ca sentimentele mele de fericire și frustrare. Telefonul a sunat iar. Era Peter. Trebuia să îl calmez. Îmi adaptasem povestea, acum aveam să spun că m-am dus împreună cu cele două fete întâlnite pe baricadă în satul lor, că am o conexiune cu blonda și voi petrece noaptea cu ea. Avea să fie convins sau nu? M-am gândit la cadavrul de la morgă. Nu mai eram sigur de nimic. Dușul s-a oprit și am pus telefonul înapoi în buzunar. Nu puteam să îi servesc minciuna lui Peter dacă mă asculta Miriam. Pur și simplu, nu aș fi fost în stare să fac asta.

Miriam a ieșit din baie înfășurată într-unul dintre prosoapele albe, s-a grăbit spre celălalt pat și s-a strecurat tremurând sub cearșaf.

— Deodată a început să curgă doar apă rece, s-a plâns ea. Îmi pare rău.

— Nu-i nimic, i-am răspuns. Merg afară să cumpăr ceva, din moment ce sunt deja ud. Tu vrei ceva?

— Vrei să ieși ca să îl suni pe Peter.

— Și de asta.

— Minte-l! a spus ea în șoaptă.

— De ce? Nu am făcut nimic.

— Dar îl vei minți. Vreau doar să spun că nu mă deranjează.

Am ieșit și am coborât scările. M-am oprit în portic și am scos telefonul. Am căutat numele lui Peter și eram pe cale să îl apelez, când, deodată, mi-am dat seama de ceva. Ropotul ploii era atât de puternic, încât Peter avea să-l audă și nu eram sigur dacă ploua și în regiunea Pamplonei. Era improbabil, înainte să plecăm citiserăm că, deși cele două localități sunt foarte apropiate, în San Sebastián ploua de două ori mai mult decât în Pamplona în această perioadă a anului.

Am privit în depărtare, spre piațetă. Era pustie, dar prin ploaie am auzit o voce răgușită cântând *Mull of Kintyre*, dacă nu mă înșelam. Și acolo, de cealaltă parte, singur sub prelata din fața unui magazin închis, stătea scoțianul, chinuindu-și chitara.

Am traversat piațeta alergând și m-am adăpostit sub aceeași prelată. El s-a luminat la față și s-a oprit din cântat.

— Baywatch-maan, what d'ya wanna hear?

— Știi ceva în spaniolă sau bască?

Drept răspuns, el a început imediat să cânte La Bamba.

— Continuă până când termin convorbirea telefonică, l-am rugat.

El a încuviințat, eu am apăsat tasta de apelare și Peter a răspuns înainte de cel de-al doilea țârâit.

— Martin! Începusem să mă gândesc că ai murit!

— Eu credeam că tu ai murit, i-am spus, fără să mă pot abține.

Dar el n-a reacționat, în schimb a început să spună cât de îngrijorat fusese. Iar eu i-am răspuns oferindu-i explicația mea.

— Aud, a spus el. O atmosferă de petrecere așa cum trebuie, abia te aud.

I-am făcut semn cu mâna scoțianului — care se pregătea să încheie — să continue.

— Urează-mi noroc, Peter, și ne vedem mâine!

— Nu ai nevoie de noroc, porcușorule. Și trebuie să te întorci la cursa cu tauri.

A râs puțin, dar nu din toată inima, așa cum obișnuia.

— Da.

— Promiți?

— Da.

Pauză. Ploaia cădea peste tot în jurul nostru și nu puteam decât să sper că interpretarea nebunească dată de scoțian melodiei La Bamba o acoperea.

— Te-ai îndrăgostit, Martin?

Eram înmărmurit.

— Posibil, am răspuns înghițind în sec.

— Pentru că vorbești de parcă ai fi.

— Serios?

— Da, acum că știu cum sună, da, așa se pare.

Am înghițit în sec.

— Pe curând, i-am spus.

— Pe curând.

Am strecurat o bancnotă de zece euro îmbibată cu apă printre corzile chitarei și am traversat piațeta înapoi.

— Ce a spus? m-a întrebat Miriam când m-am întors în cameră.

Își trăsese pătura până sub nas.

— Că par îndrăgostit.

— Pari cel puțin înfrigurat. Du-te și usucă-te.

M-am dus la baie, m-am dezbrăcat, am luat ultimul prosop și am încercat în zadar să mă încălzesc frecându-mă cu el. Stând acolo, am văzut o insectă mare mergând de-a lungul peretelui pe lângă vasul de toaletă. Părea rănită, avea o umflătură și își târa picioarele. M-am apropiat ca să îi curm suferința, moment în care am văzut că picioarele erau lipite între ele, că în spatele lor era o dâră subțire. M-am aplecat și m-am uitat în spatele vasului de toaletă. Acolo, sub țeavă, unde era greu de ajuns cu mopul, era o mică băltoacă de ceva solidificat. Mi-am băgat degetul în ea, cu toate că știam deja ce era. Era umedă și vâscoasă sub pojghița negricioasă. Mi-am studiat degetele în lumină. Nu era nicio îndoială, era sânge.

— Pari palid, a spus Miriam când am ieșit din baie cu prosopul înfășurat în jurul taliei.

— Am folosit factor de protecție 50.

Ea a râs cu blândețe. Apoi a ridicat pătura.

— Vino și încălzește-te.

M-am strecurat în pat și m-am ghemuit lângă ea.

— Ține-ți mâinile acasă, a spus ea, întorcându-se pe partea ei de pat și ascunzându-și nasul în scobitura gâtului meu.

Era ca un mic cuptor, de la căldura trupului ei mi se făcea pielea de găină mai ceva decât de la frigul de afară.

Stăteam perfect întins, neîndrăznind să mă mișc de teamă să nu stric vraja. Sau să mă trezesc din vis. Pentru că așa mă simțeam, de parcă eram într-un vis pe jumătate delicios, pe jumătate coșmar. Sângele, covorul, cadavrul de la morgă. Și încă ceva.

— Hm... Știi că Peter și-a făcut un tatuaj în ziua în care te-a vizitat la spital?

— Nu. Ce fel de tatuaj?

— Nu ți-a spus nimic despre asta?

— Nu. De ce te preocupă?

— N-are importanță. Dar el ți-a spus că mă cheamă Christopher?

— Nu. Așa te cheamă?

— Este cel de-al doilea prenume al meu.

— Serios? a râs ea. E fantastic.

— Da, i-am răspuns. Fantastic.

Nu am știut dacă era doar o închipuire, dar mi s-a părut că ea s-a tras mai aproape de mine. Și niciunuia dintre noi nu îi mai era frig. Dar eu nu m-am mișcat. Și nici ea. Afară nu mai ploua torențial, ci molcom. Se auzea vocea răgușită, suferindă a scoțianului care cânta, probabil că era singura ființă umană rămasă afară. Cântecul avea de bună seamă multe versuri.

— Am mai auzit cântecul acela. Doar că nu îmi amintesc unde.

— Nouă ne-a spus că e o veche melodie irlandeză, a spus Miriam. *About the merrow with the red cap.*

— Merrow?

— Înseamnă sirenă în limba irlandeză.

Sirena cu căciulă roșie. M-am gândit la vis. La ieșirea la suprafață din apa rece, întunecată, spre lumină. La suprafață a apărut și ceva în plus.

— V-a spus *vouă,* adică ție și mamei tale?

— Mie și lui Peter. Am trecut pe lângă el când cânta nu departe de restaurantul la care am mers. Peter i-a dat 50 de euro și l-a rugat să mai cânte o dată *The Red Capped Merrow.*

Am închis ochii și mi-am zis în sinea mea vorbe de ocară.

Cu toate că Peter nu prea avea ureche muzicală, probabil că realizase că tipul care cânta La Bamba era același pe care îl ascultase cu Miriam. OK, dar dacă îl recunoscuse, aș putut să îl conving că scoțianul venise în sat să cânte. Oricum, dacă eram dat în vileag, atunci eram dat în vileag. În mod destul de ciudat, gândul m-a calmat.

— Cred că 50 de euro a fost desigur mult prea mult, a spus Miriam. Dar nu cred că Peter a făcut-o ca să mă impresioneze. Cred că a făcut-o din... cum să spun? Datorie?

Am încuviințat și mi-am împreunat mâinile sub cap.

— Cred că ai dreptate. Peter înțelege că banii pot fi de folos, că prinde bine să îi ai, dar nu că pot impresiona sau că îi pot face pe alții să se simtă inferiori. Dimpotrivă, se poate simți stânjenit că este atât de privilegiat. Și știu că o privește ca pe o povară sau o datorie. Odată mi-a spus că mă invidiază.

— Că te invidiază?

— Nu mi-a explicat pentru ce, dar cred că vede la mine ceva ce el nu poate avea, naivitatea și libertatea omului de rând provenite din faptul că nu are suficienți bani și putere ca să fie obligat să își asume responsabilitatea. La fel cum eu văd în el naivitatea de a crede cu adevărat că are o responsabilitate morală față de lume, că este unul dintre aleși, că bogăția lui moștenită este dovada că în spatele existenței lui se ascunde o misiune.

— Iar tu nu crezi asta?

— Eu cred în haos. Și în capacitatea noastră de a ne imagina conexiuni acolo unde nu există niciuna, deoarece pentru noi haosul e insuportabil.

— Nu crezi în soartă?

— Ar trebui?

— Ai prezis că noi doi vom dormi în același pat.

— Ai auzit prezicerea, poate că asta e ceea ce, în mod inconștient, te-a făcut să mă inviți în patul tău. De altfel, am spus că vom purta haine.

— Avem prosoapele pe noi. Și nu ne sărutăm.

Eram pe cale să mă întorc spre ea, dar am simțit împotrivirea din trupul ei și am renunțat la idee, încercând să-mi țin ochii în tavan.

— Poate că asta facem mereu. Încercăm să ducem la îndeplinire o prevestire în care credem. Poate că asta e viața noastră.

Nu ne-am mai spus nimic și am ascultat ploaia care se domolea. Curând, lumea era iar pe străzi. Taxiurile aveau să circule. Miriam avea să plece la mama ei. Am aruncat o privire la ceas. Trebuia să mă trezesc peste doar câteva ore ca să prind autobuzul, dar era în regulă, oricum nu aveam să dorm în această noapte.

Ploaia s-a oprit complet. Scoțianul a încetat să mai cânte, dar dinspre piațetă se auzeau alte voci răsfirate. Miriam s-a foit. M-am gândit că urma să se ridice, dar a rămas culcată. Era atât de liniște, încât auzeam cum picăturile de pe acoperiș loveau piatra cubică de sub fereastra noastră deschisă. Sunau ca niște suspine profunde, apăsătoare. Am decis.

— Ce voi spune acum nu este ca să te îndepărteze de Peter. Este doar ceva ce cred că ar trebui să știi.

— Și anume? a spus ea de parcă se aștepta.

— Cred, am spus înghițind în sec, că Peter a ucis pe cineva.

— Da, a spus ea. Dar tot poate fi un om bun.

— Poate? am spus eu uimit.

— Așa sper. Și eu am ucis pe cineva.

Lumea se dusese acasă, păsările nu se treziseră încă, așa că afară era o liniște totală când Miriam a terminat de povestit. A spus că a vorbit serios când a spus că nu își minte prietenii.

— Dar atunci nu erai prietenul meu, Martin. Acum ești.

Nu era adevărat că bărbatul cu care se căsătorise nu reușise să întrețină relații sexuale cu ea. Dimpotrivă, când el o amenințase că va cere ajutoare, ea i-a cedat. „Viol fără violență", l-a denumit ea. Ea blocase orice amintire a detaliilor, își amintea doar că el mirosea a vodcă. Și când s-au culcat, el a adormit imediat. A fost adevărat că ea i-a pus o pernă pe față. Dar nu a mai luat-o. S-a așezat pe băiatul sfrijit, i-a blocat brațele sub genunchi și a apăsat și a tot apăsat până când el nu s-a mai opus, după care a continuat să țină perna apăsată.

— Până când trupul lui a rămas complet inert și am fost sigură că sunt văduvă, a spus ea.

Restul poveștii a fost destul de aproape de adevăr.

— Am fost sigură că poliția avea să ne oprească la aeroport a doua zi. Dar probabil că familia Koliev nu apelează la poliție. Totuși, dacă am fi luat alt zbor, sunt sigură că ne-ar fi prins.

Miriam și mama ei au stat la niște prieteni din Istanbul.

— Până când cineva a bătut la ușă și a întrebat de noi. Prietenii mamei și-au dat seama că erau oamenii lui Koliev și au spus că nu ne mai pot ține ascunse. După aceea, am călătorit prin toată Europa. E scump, dar avantajul este că, atât timp cât suntem în zona Schengen, nu trebuie să prezentăm pașapoartele. Nu luăm niciodată avionul sau alte mijloace de transport care implică liste de pasageri. Dar de două ori au fost la hotelul în care stăteam și abia am reușit să fugim. Acum stăm în pensiuni ieftine, unde oaspeții nu sunt înregistrați pe computer. Însă e imposibil să nu lăsăm urme, așa că știm că e doar o chestiune de timp până ne vor găsi. Singurul lucru care îi poate opri este să afle că nu mai au ce să găsească. Pentru că sunt moartă. De aceea... De aceea i-am spus mamei că ar trebui să mergem pe plaja Zurriola.

Am înghițit și eu în sec.

— Ca să te îneci.

Ea a încuviințat printr-o mișcare lentă a capului.

— Ca mama ta să fie liberă.

Aveam vocea răgușită.

Miriam s-a uitat la mine și mi-am dat seama din felul în care mă privea că înțelesesem greșit.

— Trebuia să pară că m-am înecat. Sunt o înotătoare foarte bună. Am fost în echipa facultății din Moscova. Planul era să strig pentru a avea martori care să vadă că am probleme și că apoi dispar. Urma să înot puțin pe sub apă, sunt pricepută la asta. Apoi spre mal, înspre partea estică, acolo nu este niciun drum și e pustiu. Ascunsesem un rucsac cu haine și pantofi în spatele unei stânci și aveam să iau autobuzul spre Bilbao, unde rezervasem o cameră pe un nume fals și urma să stau o săptămână. Mama urma să mă dea dispărută, iar povestea să apară în presă.

— Iar Koliev nu te-ar mai fi urmărit.

Ea a încuviințat.

— Dar ai venit atât de repede... M-am scufundat și m-am gândit că acum, cel puțin, aveam un martor al înecului. Dar apoi m-ai găsit și acolo, în întuneric.

— Datorită căștii de înot.

— Așa că nu prea știam ce să fac. Planul a fost dat peste cap. M-am gândit să mă las salvată și să repet actul dispariției în altă zi.

— Dar nu ai mai făcut-o.

Ea a încuviințat.

— Pentru că nu mai ai nevoie, acum când Peter intenționează să te ajute.

Ea a încuviințat iar.

— Și el nu știe nimic despre Koliev, să înțeleg?

— I-am spus povestea cu răpitul soției.

— Dar nu știe că ți-ai ucis soțul.

— Nu-i spune soțul meu!

— Bine. Dar asta înseamnă că ai știut tot timpul că eu te-am salvat, nu Peter.

Ea râs puțin și cu poftă.

— Nu m-ai salvat, Martin, m-ai dus la pierzanie.

— Dar ai jucat rolul fetei salvate de ochii lui Peter.

— El a făcut pe eroul!

— Da, toată lumea minte. Dar...

Am simțit o mână pe fața mea. Degetele ei pe buzele mele.

— Șșșt. Putem să nu mai spunem nimic pentru o vreme?

Am încuviințat și am închis ochii. Avea dreptate, aveam nevoie de o pauză. O pauză să respir, să mă gândesc. Cum de se întâmplaseră atât de multe lucruri într-un timp atât de scurt? În urmă cu două zile, Peter și cu mine eram doi prieteni ce voiau să alerge cu taurii în Pamplona. La cursele acelea participaseră atât tatăl, cât și unchiul lui, așa că, deși nu recunoscuse vreodată, era probabil un soi de test al bărbăției în familia lui. În timp ce pentru mine era un adevărat roman, trăiam *Fiesta* lui Hemingway care, după spusele tatălui meu, trebuia citită și apreciată la vârsta tinereții, pentru că Hemingway este scriitorul tinerilor, își pierde din relevanță pe măsură ce îmbătrânești. Însă, în locul unui sprint de trei minute pe străzile din Pamplona, acum aveam senzația că alerg tot timpul și fiecare stradă lăturalnică e blocată, iar coarnele taurilor se apropie tot mai mult. Era după cum spunea Peter: tot ce se poate întâmpla se întâmplă mereu și în același timp. Timpul deopotrivă este și nu este o iluzie, pentru că într-o infinitate de realități este la fel de irelevant ca orice altceva. Eram amețit. M-am prăbușit. M-am prăbușit într-o prăpastie și nu fusesem niciodată mai fericit. Am auzit cum respirația ei s-a reglat după ritmul respirației mele, i-am simțit trupul ridicându-se și scufundându-se cu al meu. Era ca și cum, pentru o clipă, deveniserăm o singură ființă, nu mai era trupul ei cel care mă încălzea sau invers, alcătuiam un singur trup. Nu știu cât timp s-a scurs — cinci minute, o jumătate de oră — până să încep iar să vorbesc:

— Te-ai gândit vreodată cum ar fi să te poți întoarce în timp să schimbi ceva?

— Da, a spus ea. Dar nu funcționează. Poate că ai avea senzația unui liber arbitru, dar, dacă ești aceeași persoană care ai fost, cu aceleași informații, în aceeași situație, nu vei face decât să te repeți. Este de la sine înțeles.

— Dar cum ar fi dacă ai putea să te întorci fiind cea de acum?

— Aha. Ideea că te poți răzbuna pe profesorul psihopat plătindu-i cu aceeași monedă în fața întregii clase sau că te poți îmbogăți pariind pe lucruri al căror rezultat îl știi?

— Și să înscrii penaltiul pe care l-ai ratat în viața anterioară, am adăugat eu.

— E distractiv să brodezi pe marginea ideii. Până când îți dai seama de paradoxul timpului, că dacă schimbi trecutul, vei modifica și viitorul. Și atunci nu merge.

— Dar dacă nu mergi înapoi în timp, în universul din care faci parte, dar reușești să te strecori într-un univers paralel, într-un moment ales de tine? Un univers care, până în acea clipă, este complet identic cu cel în care ai trăit. Cu alte cuvinte, un univers în care deja exiști ca o altă persoană.

— Vrei să spui că există doi ca tine?

— Da. Pentru că atunci nu mai există paradoxul timpului.

— Dar o realitate foarte nebunească.

— Nu este nebunească orice realitate?

Ea a râs.

— Ba da.

— Problema este că, dacă vrei să execuți iar acea lovitură de pedeapsă, versiunea ta mai tânără este deja pe cale să rateze. Așa că, mai întâi, trebuie să dai acea persoană la o parte.

— Cum?

— Dacă e să iei locul acestei persoane fără să observe cineva, cel mai practic lucru pe care îl poți face este să îl scoți complet din peisaj pe personajul principal.

— Să îl îneci?

— Să îi pui perna pe față în timp ce doarme.

— Da, bine. Martin?

— Da.

— Despre ce vorbim acum?

— Vorbim despre cum Peter a călătorit aici dintr-o altă realitate care, până în urmă cu două zile, era identică cu aceasta. Și în această aici-și-acum realitate, el s-a sinucis în timp ce eu luam micul-dejun.

— Aici? În acest pat, cu o pernă?

— Cred că s-a petrecut în baie, poate în timp ce Peter al meu făcea duș sau stătea pe vasul de toaletă. Peter cel nou-venit l-a lovit cu un obiect contondent și a curs sânge, pentru că este sânge sub vas. Noul, dar mai bătrânul Peter, a curățat sângele, a rulat cadavrul în covorul care era aici pe podea și l-a aruncat în tomberonul din spatele casei, despre care știa că în acea zi avea să fie gol.

— Ador povestea, a râs ea. Dar de ce? De ce s-a întors?

— Ca să schimbe ce s-a petrecut în universul din care vine el.

— Și anume?

— Că nu te-a obținut pe tine. Cred că tu ești penaltiul pe care l-a ratat.

— Este așa de bună povestea, ar trebui să faci un film despre asta! a spus ea, fără să observe, poate, că și-a pus o mână pe pieptul meu.

— Poate că da, am spus eu, închizând iar ochii.

Era în regulă. Afară a început iar să plouă. Nu mult, dar Miriam a oftat lângă mine. Fără să deschid ochii, am observat ecranul luminat al telefonului ei.

— Trebuie să îi spun mamei că astă-seară rămân aici, a spus ea. Știe doar că am închiriat camera, nu și că ești tu aici.

Am bombănit ceva drept răspuns. Cu ochii minții mi-am imaginat iarăși cadavrul dezbrăcat. Rana de la tâmplă. Pielea albă, impecabilă. Fără niciun tatuaj. Peter. Care tocmai se îndrăgostise pentru prima oară în viața lui. Care încă nu avusese timp să facă prima greșeală care a determinat-o pe ea să îl respingă. Părea un băiat fericit care doar dormea.

Mă înșelam.

Trebuia să dorm.

Când m-a trezit alarma telefonului, afară era încă întuneric.

M-am uitat la ea, întinsă pe pat cu spatele la mine.

Părul negru era răsfirat pe pernă.

— Trebuie să plec, am spus.

Ea nu s-a mișcat.

— Îi vei spune lui Peter că ne-am întâlnit?

— Nu, promit.

— Știu că promiți, dar sunteți prieteni buni. Știu cum e. În plus, am stabilit că toți trei suntem mincinoși.

S-a întors spre mine și mi-a zâmbit, cel puțin asta am văzut pe întuneric.

— Nu știu dacă persoana care este în Pamplona îmi este prieten, am spus eu. Dar știu că te iubesc.

— Asta înseamnă să respecți fata dimineața, a mormăit ea și s-a întors iar cu spatele la mine.

Când am ieșit, am descoperit că nu aveam suficient numerar ca să iau un taxi, dar alergând spre autogară corpul meu a generat suficientă căldură încât hainele mele — umede și reci când le-am luat pe mine — s-au uscat.

În autobuzul spre Pamplona era o atmosferă stranie. Pasagerii erau de trei categorii. Prima îi cuprindea pe cei care mergeau alături de amicii lor la cursa cu tauri și strigau pe scaune, râdeau zgomotos ca să își ascundă emoțiile, se loveau reciproc în umeri și deja începuseră să bea sangria sau coniac. În cea de-a doua se regăseau cei care dormeau sau încercau să doarmă. În a treia categorie eram eu, cel care stătea și admira peisajul în timp ce reflecta. Cel care încerca să cuprindă cu gândul și să înțeleagă, dar care eșua de fiecare dată și trebuia să o ia de la capăt. Șirul gândurilor mi-a fost întrerupt de apelul lui Peter, dar nu puteam răspunde pentru că ar fi auzit că eram în autobuz. Mai era o oră până ajungeam și un autobuz local nu explica intervalul temporal.

Am sunat înapoi doar când am ajuns la periferia orașului Pamplona.

— Am crezut că nu te-ai trezit, a spus el.

— Cum să nu. Ne întâlnim la Jake's peste un sfert de oră?

— Sunt deja acolo. Pe curând.

Am pus telefonul în buzunar. Fusese ceva în vocea lui, un ton iritat, ceva care spunea că știa ceva? Habar nu aveam. Dacă ar fi fost Peter, aș fi știut. Dar bărbatul cu care tocmai vorbisem era doar un străin. Simțeam că îmi explodează creierul.

Jake's era atât de aglomerat, încât am fost efectiv nevoit să mă strecor printre doi bărbați — și câteva femei — echipați în alb și roșu. Peter — sau cel care își spunea Peter — era așezat la bar, probabil că se trezise devreme. Purta o pălărie și o pereche de ochelari de soare mari pe care nu îi mai văzusem înainte.

— Te rog, a spus el, făcând semn către un pahar cu coniac așezat lângă păhărelul meu.

Am ezitat. Apoi am luat paharul și l-am dat peste cap.

— Ți-e teamă?

— Da, am spus.

El a făcut semn cu capul spre ziarul de pe tejghea.

— Taurii de astăzi sunt de la ferma Galavanez. Se spune că taurii de acolo sunt ucigași.

— Bine.

— Ei nu știu că vor fi omorâți. După-amiază, adică.

— Presupun că e mai bine să nu știi, am spus eu.

— Da.

S-a uitat la mine. Eu la el. Acum era ușor de observat. Când a ieșit din baie, în San Sebastián, și a spus că vomase, m-am gândit că motivul pentru care își pierduse bronzul și părea mai bătrân era acela că părea bolnav. De unde venise, din ce timp, din ce loc?

— E târziu, a spus el fără să se uite la ceas. Să mergem.

Ne-am aliniat în același loc ca în ziua precedentă. Ideea era că a doua rundă ar fi trebuit să fie pe cât posibil o copie a celei dintâi. Păstrarea cât mai multor variabile fixe, după cum a explicat Peter. Ca să ne concentrăm pe ce simțim, nu pe nou și necunoscut. Să experimentăm același lucru, dar în mod diferit. Asta era ce făcuse acest Peter în ultimele două zile? În universul din care venea, el și cu mine — sau oricine aș fi fost în celălalt univers — stăteam în același loc așteptând taurii? Evident, din clipa în care a sosit în acest univers, lucrurile au început să se schimbe, cursul evenimentelor nu a mai fost paralel. Dar cât de mult s-a schimbat? Și cât de mult avea să se mai schimbe? Era apăsător. Lângă noi, un băiat a început să suspine convulsiv. L-am recunoscut, era unul dintre americanii gălăgioși din autobuz. Nu, era de nesuportat și m-am întors spre Peter să îi spun că știam cine e — sau, mai bine spus cine nu e — când o bubuitură ne-a anunțat că taurii fuseseră eliberați.

Mi s-a uscat gura. M-am aplecat, într-un soi de poziție de start. Nu știu de ce alergătorii nu se aliniau la distanțe egale de-a lungul străzii, la urma urmei acel loc părea la fel de bun ca oricare altul. În schimb, ne adunam în grupuri. Poate în ideea că ești mai în siguranță într-o turmă.

— Voi alerga chiar în spatele tău, a spus Peter. Între tine și tauri.

Zgomotul și strigătele erau tot mai aproape și m-am gândit că pot simți în aer mirosul de panică și sânge, cum ploaia din ziua anterioară împinsese aerul în fața ei, făcând copacii să se aplece și frunzele să-și freamăte avertismentele pentru mine și Miriam. Vreo doi turiști s-au desprins din grupul nostru și au început să alerge, precum picăturile ce se desprindeau cu o noapte înainte de jgheabul de deasupra camerei noastre.

Și apoi au apărut. Au trecut de viraj. Unul dintre tauri a alunecat pe piatra cubică, a aterizat pe o parte, dar s-a ridicat. Pe stradă, în locul în care a căzut taurul, a rămas o siluetă. Un bărbat chel îmbrăcat în alb alerga chiar în fața taurului aflat în fruntea plutonului și părea să îl direcționeze cu mâna în care ținea un ziar făcut sul, pe care îl folosea alternativ să lovească taurul peste frunte și să își mențină echilibrul. Grupul din jurul nostru a început să se miște și am dat să fug, dar am fost ținut pe loc de tricoul meu.

— Așteaptă, a spus Peter calm în spatele meu.

Aveam gura atât de uscată, încât nu puteam să înjur.

— Acum, a spus el.

Am fugit. Puțin la stânga față de centrul străzii, la fel ca în ziua precedentă. Concentrat pe ceea ce era în fața mea. Să nu cad. În orice altă privință nu puteam face nimic și toate simțurile mi s-au oprit. Dar nu era nimic acolo, teroarea albă bloca orice altceva. Apoi mi-au fugit picioarele de sub mine. O piedică din spate. Doar la asta m-am putut gândi înainte să mă lovesc de piatra cubică.

Știam că trebuia să stau nemișcat. Dar mai știam și că un taur de jumătate de tonă era chiar în spatele nostru, așa că m-am rotit într-o parte, spre stânga. O umbră a trecut pe deasupra mea, ceva mare, ca o navă blocând soarele. Apoi s-a terminat și am privit în sus, am văzut dosul negru, îngust, al masivului animal.

S-a oprit. Și s-a întors pe loc.

Brusc, în jurul meu s-a făcut liniște, atât de liniște, încât un strigăt singuratic — poate că o fată cățărată pe baricadă a văzut ce era pe cale să se întâmple — m-a străpuns prin măduvă și oase.

Taurul s-a uitat la mine. Avea ochii morți, nu exprimau nimic, decât că mă văzuseră. Animalul a pufnit. Și-a târât o copită pe piatra cubică și și-a lăsat coarnele în jos. Eu nu mă puteam mișca. Dar nu mai era tactica potrivită, fusesem descoperit, fusesem separat de bancul meu. O vibrație a străbătut mușchii acestui tren negru când s-a repezit, cu o explozie de energie, spre mine. Eram deja mort. Am închis ochii.

Ceva m-a prins de un picior și m-a tras, făcându-mă să alunec în timp ce mi-am simțit bărbia izbindu-se de piatra cubică. Ceafa mi s-a lovit de ceva, pentru o clipă totul s-a întunecat și apoi am deschis ochii. Mă lovisem de zidul casei. Deasupra mea era Peter, mă ținea încă de picior. La vreo doi metri de noi, bărbatul chel cu ziarul dansa în jurul taurului, distrăgându-i atenția și îndepărtându-l, era ajutat de încă un bărbat — înarmat tot cu un ziar. Peter stătea între mine și taur. A trecut o vacă, iar taurul a părut să își piardă interesul și s-a avântat după vacă. Restul turmei, cinci tauri și vaci, ne-au depășit imediat după aceea, dar nu ne-au observat, ca să fiu sincer, păreau doar obosiți de toată agitația, voiau să plece, să aibă parte de liniște.

M-am ridicat cu spatele lipit de zid, iar Peter s-a prăbușit lângă mine. Am respirat. Am inspirat, apoi am expirat. Am repetat. Am inspirat, apoi am expirat. Făcând să îmi scadă treptat pulsul în timp ce priveam cum se golește strada, iar oamenii se îndreptau spre stadion.

— Ăsta ți-a fost planul? l-am întrebat după un timp.

— Poftim?

— Ăsta a fost planul, ca eu să cad în fața taurilor și tu să mă salvezi? Ăsta a fost planul de la început?

L-am privit în timp ce se pregătea să răspundă ceva precum „ce tot îndrugi acolo?" sau „nu înțeleg". Dar poate că a văzut din privirea mea că înțelesesem.

— Nu, a spus el. Nu acesta era planul.

— Nu?

— Nu să te salvez.

Și-a sprijinit capul de zidul văruit. I-am urmat exemplul, privind cerul senin dintre fațadele caselor.

De pe străzile lăturalnice din susul și josul pistei începuseră deja să ridice baricadele.

— Așadar, te-ai dus în San Sebastián?

— Da, am spus eu.

— De ce?

— Trebuia să aflu ce s-a întâmplat acolo.

— Ți-ai dat seama?

— Ți-am văzut cadavrul.

— Nu este al meu. Nu total, în orice caz.

— Atunci ce este?

— Este greu de explicat. Sunt eu, dar fără sine.

— De asta ai putut să îl omori?

— Da. Dar nu a fost ușor. A fost dureros.

— Dar nu atât de dureros încât să te abții?

— Durerea de a nu o avea pe Miriam ar fi fost mai mare. Din punctul meu de vedere, a fost o sinucidere necesară.

— Trebuia să te omori pe tine ca să o ai pe ea?

— Ar fi foarte tulburător cu doi Peter, nu crezi?

— Ai țigări?

Și-a îndreptat picioarele ca să ajungă la buzunar și a scos două țigarete din pachet. Le-a aprins pentru amândoi.

— Cu ce a greșit primul Peter?

— Nu a văzut că tu și Miriam erați făcut unul pentru celălalt. Plămădiți unul pentru altul, făcuți unul pentru celălalt. Ai întâlnit-o în San Sebastián?

A tras un fum din țigară.

— Tu ce crezi?

— Sunteți două cicade. Evident că v-ați găsit reciproc.

— Eu am găsit-o pe ea.

— Da, doar masculul de cicadă este cel care cântă.

M-am uitat iar la el. Acum părea chiar mai bătrân decât atunci când așteptam taurii, parcă îmbătrânise zece ani în câteva secunde.

— Ce s-a întâmplat? l-am întrebat, pufăind din țigara mea. Ai descoperit cum să călătorești în timp?

— Mi-a luat 11 ani. Mie și unui mic grup de cercetători din Elveția. Și nu călătorești în timp, ci între universuri paralele sau cursuri de acțiune. Ne-am dat seama cum să deschidem ușa din spate a universurilor paralele, dar dificultatea a fost să găsim universul în care doream să intrăm, din moment ce sunt o infinitate, iar majoritatea sunt lumi moarte, reci. Nu poți schimba nimic într-un univers, cursul acțiunilor este stabilit, dar poți crea noi universuri modificând ceva, chiar și un atom, dintr-un univers în altul. Dacă găsești un univers care până la un punct, de exemplu, până în dimineața ce a urmat salvării lui Miriam, este identic cu cel în care ești tu și te muți acolo, este creat un nou univers în care ai impresia că schimbi cursul lucrurilor, dar în realitate este doar nou. Adică, nici măcar nu este nou, este doar prima dată când îl experimentezi. Înțelegi?

— Nu.

— Am găsit o metodă prin care să identific universuri similare cu cel în care ești. Noi o numim sincronizarea habitatelor. În universul din care vin eu, voi primi Premiul Nobel pentru asta.

Am râs. Nu puteam face nimic altceva.

— Așadar, te-ai strecurat în acest univers imediat după ce am salvat-o pe Miriam. Dar de ce nu mai înainte?

— Pentru că punctul de plecare optim este acela că i-am salvat viața. Adică, ea crede eu am salvat-o. Așa că mai întâi aveam nevoie de tine. După cum știi, eu nu știu să înot.

El a tras un fum. Am clătinat din cap.

— Dar, Dumnezeule, de ce nu ai găsit un univers în care o iei pe Miriam fără să faci nimic?

— Există și acestea, desigur, dar sunt imposibil de găsit, întrucât sincronizarea habitatelor le conține doar pe cele care sunt similare. Așa că trebuie să intru efectiv într-unul dintre ele și de acolo să încep să creez sau să experimentez unul nou care, sper, va deveni unul în care mă aleg cu Miriam.

— Tu chiar adaugi o nouă dimensiune căutării iubirii, am spus eu, dar am regretat imediat că am încercat să dau o turnură amuzantă.

Dar Peter a părut să nu reacționeze.

— Iubirea este cea mai importantă, s-a limitat el să spună, uitându-se la rotocoalele de fum care se ridicau. Există o infinitate de universuri în care noi doi stăm și purtăm această conversație și unde fumul se răsucește doar puțin diferit sau în care doar un cuvânt este schimbat. Dar în habitatele mele sincronizate nu-i loc pentru asta. Așa că, în cele în care am loc, tu ești cel care se alege cu Miriam. Iar eu trebuie să le parcurg ca să creez unul cu final fericit.

— Pentru că iubirea este cea mai importantă?

— Este mai importantă decât toate acestea.

— Iubirea este doar un sentiment creat de evoluție ca specia umană să se poată reproduce și să își protejeze genele și pe cei dragi într-un mod eficient.

— Știu, a spus Peter, strivindu-și țigareta de pietrele cubice. Și cu toate acestea, este cea mai importantă.

— Atât de importantă, încât ești dispus să îți ucizi versiunea din acest univers?

— Da.

— Și pe mine, cel mai bun prieten al tău?

— Teoretic, da. Dar practic, evident că nu.

— Mai întâi ai încercat să mă ucizi și apoi m-ai salvat. De ce?

El s-a uitat în jos la țigareta stinsă, pe care continua să o frece de pământ.

— Este așa cum ai spus. Ești cel mai bun prieten al meu.

— Ai eșuat să mă ucizi.

— Putem spune și așa.

Și-a ridicat privirea și a zâmbit.

— Mergem să mâncăm ceva de mic-dejun?

Ne-am dus la Jake's. Eu am comandat o omletă, Peter șuncă și cafea.

Probabil că își aruncase ochelarii de soare și pălăria când începuse să alerge. Acum, fără ele, am văzut că părul lui era și mai blond și avea cearcăne, care fuseseră albe ca ouăle fierte tari, însă acum aveau o rețea fină de vase de sânge și ceva șters, galben. Dar dinții erau în continuare la fel de albi.

— Prin urmare, dacă te-am înțeles corect, atunci vă voi face pe Miriam și pe tine nefericiți pentru tot restul vieții voastre.

— Este foarte posibil, dar reține că acesta este un nou univers pe care îl experimentez, tot ce știu este că a fost similar cu cel din care am venit eu, până în momentul în care am venit la bord. Acum este diferit din cauza sosirii mele.

— De aceea există o infinitate de universuri? Oamenii au început să se mute între universuri și astfel ele au început să se separe și...

— Nu știm. Dar este posibil. Tot ce se poate întâmpla, s-a întâmplat. Poate că au fost doar unul sau două universuri și apoi omul a găsit breșa — și astfel a început expansiunea.

— În acest caz, aceste universuri sunt create de om.

— Spre deosebire de...?

— Cele create de natură. Sau de legile fizicii.

— Omul a fost creat de natură, care la rândul ei este supusă legilor fizicii. Totul este fizică, Martin.

Am simțit telefonul sunându-mi în buzunar, dar n-am răspuns.

— Și acum ce-o să faci? l-am întrebat.

— Încep să-mi formez echipa de cercetători care va descoperi cum va putea omul să se teleporteze în alt univers. Cercetările vor avansa mai repede acum, când știu aproape totul, inclusiv din alte „domenii de expertiză".

— Și apoi vrei să călătorești în alt univers, să încerci să rămâi cu Miriam acolo?

El a încuviințat.

Ne-a fost adusă mâncarea.

Peter a pus mâna pe cuțitul ascuțit de carne, dar doar s-a uitat la șuncă, fără să o atingă.

— Chiar sper că vei rămâne cu ea, Martin. Și trebuie să-mi cer scuze că aproape te-am omorât.

A pus o bancnotă pe masă.

— Acum trebuie să dispar. Noroc, prietene!

— Ce vei face?

— Păi ce face toată lumea după cursa cu tauri?

— Doarme.

— Atunci voi dormi, a zis și și-a mutat cuțitul în mâna stângă, s-a ridicat, m-a prins de mâna mea dreaptă. Încă un lucru: nu mă trezi. Nu intra în camera mea, cel puțin până se înnoptează. OK?

Mi-a strâns mâna, i-a dat drumul, și-a croit drum printre ceilalți clienți și a dispărut.

— Hei!

Am vrut să fug după el, dar un american masiv, beat și guraliv, purtând o pălărie de soare, mi-a blocat calea. Și când am reușit într-un final să ies pe stradă, Peter nu se mai vedea.

When in doubt, go left. Acesta era mottoul tatălui meu și l-am urmat. Am alergat, m-am lovit de oameni, l-am strigat pe Peter pe nume.

Am trecut de piața unde seara săriserăm de pe statuie, oprindu-mă doar când am ajuns în dreptul nișei cu statueta Sfântului Fermín. Peter dispăruse.

Respiram atât de greu, încât a trebuit să mă sprijin de zid. Nenorocitul acela șiret. Îmi pare rău, spusese el. Nu a spus că îi pare rău, doar se scuza că aproape mă omorâse.

Apoi a sunat iar telefonul. L-am scos, sperând că era Peter. Un număr străin. Două mesaje text.

Do you really love me?

Și: *Really, really?*

— Salutare, Mister Famous!

Mi-am ridicat privirea din telefon și le-am văzut pe cele două prietene spaniole din sat, braț la braț. Blonda s-a apropiat și m-a sărutat pe ambii obraji.

— *You must have been very afraid. And so lucky!*

— *Sorry?*

— *When you were saved from the bull.*

— *Oh... You were there?*

— *No, no. You are on TV. You are famous, Martin!*

Fetele au râs de expresia de uluire de pe chipul meu, înainte să mă târască în barul din care tocmai ieșiseră. Acolo, pe televizorul atârnat de perete, erau prezentate momentele importante ale cursei cu tauri din ziua respectivă, evident o înregistrare care se repeta.

— Nici măcar nu am știut că filmează, am spus eu.

„În mod oficial, este ilegal să alergi în fața taurilor, dar este de la sine înțeles că polițiștii vor închide ochii la fapta asta. Dar postul național de televiziune a difuzat cursa. Bine ați venit în Spania!" Cele două tinere au râs până le-au dat lacrimile și și-au turnat singure sangria în pahare, fără ca barmanul să pară deranjat. Eu însumi mă holbam la ecranul pe care acum mă puteam vedea alergând, cu Peter purtând ochelari de soare și o pălărie chiar în spatele meu. Brusc am plonjat înainte, dar erau atât de mulți oameni în centrul atenției, încât era imposibil să văd ce mă lovise. La momentul acela, camera urmărea taurul, iar eu nu mai apăream în imagini. Până când s-a oprit taurul. Și atunci am văzut. Doi bărbați se cățăraseră pe baricadele din spatele taurului. Unul dintre ei era Peter, care încă purta pălăria și ochelarii de soare. Și a sărit de cealaltă parte și a dispărut!

Camera s-a fixat pe ținta asupra căreia se oprise taurul. Pe mine. Și atunci o persoană, care stătuse lipită de zidul casei chiar lângă locul în care ajunsesem eu și care acum făcuse un pas în față, m-a prins de călcâi cu ambele mâini și — când taurul a năvălit spre mine cu coarnele în jos și căutând — a șters pământul cu mine, m-a rotit într-un arc de cerc elegant, precum își leagănă matadorul pelerina într-un unghi mai ascuțit decât poate taurul să își schimbe direcția.

Era Peter. Al doilea Peter. Nu, al treilea Peter. Unul care era încă și mai bătrân decât al doilea Peter. În timp ce priveam cum taurului îi era distrasă atenția, iar al treilea Peter și cu mine dispăream din imagine, mi-am dat seama de ceva. Motivul pentru care al treilea Peter a spus că îi părea rău — așa cum procedează cineva când o face în numele altcuiva — era acela că al doilea Peter încercase pe deplin și fără nicio remușcare să mă ucidă. Al treilea Peter nu venise să o cucerească pe Miriam, ci să mă salveze pe mine.

Am înghițit în sec.

Barmanul m-a privit încurajator.

— Brandy, am spus.

— Unde ești? m-a întrebat Miriam.

— La un festival câmpenesc, i-am zis privind în sus la cer.

Însă soarele tocmai apusese și era prea devreme să răsară stelele. M-am scuzat și m-am îndepărtat de piața unde o trupă locală cânta muzică dansantă. M-am oprit lângă un măslin, cu casele și zgomotul îndepărtat în spatele meu, iar în față cu o podgorie până la poalele munților. Și acolo, la apus, am sunat-o.

— Ești beat?

— Puțin, am spus. Ai vorbit cu Peter?

— A sunat-o pe mama, prostuțule. Ea a fost cea care ți-a răspuns, și pentru că eram lângă ea, mi-a dat telefonul. Nu știe nimic despre noi, dar tot ce își dorește este un ginere.

— El ce a spus?

— Știa că ne-am întâlnit în San Sebastián. M-a întrebat dacă ne-am simțit bine și mi-a spus că te-a pierdut din ochi în timpul cursei și că nu te-ai întors încă acasă. M-am îngrijorat când nu mi-ai răspuns la mesaje, de aceea am sunat.

— Mi-am dat seama.

— De ce nu m-ai apelat înapoi?

— A fost... o zi nebună. Îți povestesc mai târziu, sunt așteptat.

— Ah, da, Peter mi-a spus asta.

— Ce anume?

— Că ai ajuns probabil la vreo petrecere cu niște *chicas*. A avut dreptate.

Tonul ei pe jumătate vesel, pe jumătate acuzator m-a făcut să zâmbesc.

— Ești puțin geloasă?

— Nu fi prost, Martin.

— Atunci spune că ești puțin geloasă. Așa, pentru propriul meu orgoliu.

— Chiar *ești* beat.

— Spune-o, te rog.

În pauza ce a urmat, am ascultat. Cântecul cicadei a încetat după ce soarele a apus. Sau cântau așa cum făceau prin părțile din care veneam eu: pe un ton atât de înalt, încât urechea umană nu le poate auzi. M-am gândit la asta, la vibrațiile care ne înconjoară și pe care nu le vedem, nu le auzim și nici nu le înțelegem.

— Sunt puțin geloasă. Asta e spre binele tău.

Am închis ochii. Am simțit un val de căldură în tot corpul, poate era fericire.

— Mă întorc în San Sebastián mâine dimineață. Vrei să luăm micul-dejun împreună?

— Mic-dejun gustos?

— Sun când sunt în autobuz sau tren.

— Bine.

— Noapte bună.

— Noapte bună.

— Știi?

Nu a răspuns, a închis. Dar am spus-o oricum.

— *I do. Really, really.*

Abia băgasem telefonul în buzunar, că a sunat din nou.

— Da? am răspuns, încă zâmbind, dar în locul vocii lui Miriam s-a auzit vocea unei alte femei.

— Mister Daas? Sunt Imma Aluariz de la poliția San Sebastián. Unde sunteți acum?

Limba mi s-a uscat și abia am rezistat tentației de a închide telefonul.

— Sunt în Pamplona, am informat-o eu.

Fii cu băgare de seamă și nu minți, mi-am zis în sinea mea.

— Și eu, a spus Aluariz. Trebuie să vorbim.

— Despre ce?

— Știți despre ce.

— Sunt ...suspect sau ceva?

— Unde mai exact vă putem găsi, domnule Daas?

Doi polițiști, unul îmbrăcat în civil și altul în uniformă, m-au condus de la mașină, pe lângă alte două mașini de poliție, spre pensiunea în care Peter și cu mine închiriaserăm o cameră. Polițistul în uniformă a ridicat o panglică, am intrat pe poartă și m-am uitat prin ușă. În loc să fiu condus în camera mea, am fost dus în camera lui Peter. Am fost oprit în prag. Înăuntru erau mai multe persoane, doi dintre ei îmbrăcați în alb din cap până în picioare. Patul era ascuns vederii de o persoană scurtă, puțin rotofeie, ce stătea în picioare la capătul său.

Polițistul în civil — care se prezentase ca fiind detectiv când m-au luat de la marginea satului — și-a dres vocea și persoana rotofeie s-a întors spre noi.

— Mulțumesc că ați putut veni atât de repede, a spus Imma Aluariz.

Am vrut să răspund că ei sosiseră repede, dar m-am limitat la a da din cap.

— Mai întâi, vreau să identificați cadavrul, domnule Daas.

A făcut un pas în lateral.

Nu știu dacă urmărirea, în astfel de situații, ale unor gânduri complet irelevante este modalitatea creierului de a se proteja sau de a se refugia în altă parte. Mă gândeam că, cel puțin pilota și cearșaful albe, laolaltă cu husa de pernă, care era roșie, îmbibată cu ceea ce trebuia să fie sânge, se potriveau perfect cu sărbătoarea San Fermín. Mânerul cuțitului de măcelar care ieșea din grumazul lui Peter era imaginea taurului din spinarea căruia se ițește mânerul spadei matadorului.

— Este prietenul meu, am spus cu vocea tremurândă. Este Peter Coates.

Am simțit privirea lui Aluariz, dar știam că nu trebuie să mă prefac șocat. Eram șocat. Și totuși nu prea.

— Ce s-a întâmplat? am întrebat eu.

Aluariz și-a mutat privirea de la mine către polițistul îmbrăcat în civil. El a încuviințat și a spus ceva în bască.

— Ce a spus? m-am interesat.

— Că ambele fete spun că ai fost împreună cu ele începând de azi-dimineață, a spus Aluariz, apoi a părut să se gândească puțin înainte să continue. Se pare că prietenul tău s-a sinucis. Potrivit medicului legist, trebuie să se fi întâmplat între orele 10:00 și 12:00. Proprietara l-a găsit.

— Mda, am spus simplu. De unde știți că s-a sinucis?

— Am luat amprente de pe mânerul cuțitului și singurele prezente sunt identice cu ale lui.

Identice, m-am gândit, dar nu ale lui. Cuțitul era de la Jake's.

— Ce este interesant este că seamănă foarte mult cu cadavrul pe care îl avem în San Sebastián. Parcă ar fi gemeni, nu? Și, în acest caz, de ce nu ați spus nimic?

Am clătinat din cap.

— Nu știu ca Peter să fi avut un frate geamăn și nici nu cred că seamănă prea mult. Cadavrul din San Sebastián era mai tânăr, puteți constata singură acest aspect. Și avea părul mai lung și mai deschis la culoare. Și nu avea acel tatuaj. Am indicat pieptul cadavrului și litera M decolorată.

— Presupun că pot fi gemeni și dacă nu au același tatuaj.

Am ridicat din umeri.

— Pot înțelege de ce vi se pare că sunt identici. Și mie îmi vine greu să-i deosebesc pe basci între ei.

Ea m-a străfulgerat cu privirea.

Am ridicat din umeri.

Ea a scos un carnețel.

— Știți vreun motiv din pricina căruia să fi dorit să se sinucidă?

Am clătinat din cap.

— Ar putea fi mustrările de conștiință pentru că a ucis pe cineva în San Sebastián? a întrebat ea.

— Aveți această suspiciune?

— Covorul în care a fost găsit cadavrul este din camera pe care ați împărțit-o. V-am găsit ADN-ul acolo.

— Atunci ar trebui să mă suspectați și pe mine.

— Criminalii, cu excepția cazului în care sunt nebuni, nu sesizează poliția și nu oferă probe incriminatorii, dar nu și o mărturisire. Și nu sunteți nebun, domnule Daas.

Ba da, m-am gândit. Sunt nebun. Dacă ți-aș fi spus versiunea mea despre cele întâmplate, ai înțelege și tu. Și în universurile paralele poate că tocmai asta făceam acum, iar în multe — sau într-o infinitate a lor — eram închis în spitale de nebuni.

— Trebuie să îmi descrieți exact ce știți despre activitățile lui Peter Coates, de când ați sosit în San Sebastián.

— Dacă vreți să mă interogați, trebuie să vă previn că sunt foarte obosit, i-am mărturisit eu. Și nu complet treaz. O putem lăsa pe mâine dimineață?

Aluariz a schimbat priviri cu colegul îmbrăcat în civil. Și-a mișcat puțin capul, ca și cum mă cerceta de sus până jos. Apoi a încuviințat.

— Bine, a spus ea. Nu avem motive să vă arestăm, nu sunteți suspect în niciunul dintre cazuri. Și din moment ce suspectul nostru este mort, nu avem de ce să ne grăbim. La ora 10:00, la secția de poliție din San Sebastián, sună bine?

— Perfect.

Soarele strălucea și reflexia mării m-a orbit când mi-am dat jos ochelarii de soare ca să îmi șterg lacrimile.

Din locul în care stăteam, pe culmea promontoriului pustiu, vedeam întreaga plajă Zurriola. M-am gândit la prietenul meu cel mai bun. Și la ea, cea care înota în marea de acolo, de jos. La femeia pe care amândoi trebuia să o avem, cu orice preț. Poate că el venise ca să o lase. Cel puțin, în unele universuri avea să o facă. La fel și eu. Dar asta nu conta, nu acum și nu în acest univers, nu în această poveste. Așa că, după ce am încetat să plâng, am revenit la această poveste, la povestea mea. Mi-am pus binoclul la ochi, am găsit casca de înot roz acolo, în apă. Nu îi puteam auzi strigătele, dar când am îndreptat binoclul spre plajă, la 300 de metri înspre uscat, o puteam vedea pe mama ei — la fel ca pe ultima — alergând de colo-colo, alertându-i pe ceilalți oameni de pe plajă cu privire la strigătele de ajutor ale fetei sale. Am orientat binoclul spre scaunul salvamarului. La fel ca data trecută, Miriam și mama ei așteptaseră să își pună spectacolul în scenă când salvamarul de serviciu s-a dus la toaleta de pe plajă.

Un surfer a alergat spre apă, s-a aruncat pe placă și a pedalat spre larg, înspre Miriam. Dar de această dată, ea a înotat mai mult în larg, iar el nu avea s-o ajungă înainte să se facă nevăzută. Și acum ea s-a scufundat în apă și a dispărut. Am numărat secundele: 10, 20, 30, 40. Avea o capacitate pulmonară excepțională, rămăsesem impresionat în timpul testelor din ziua precedentă. Surferul a ajuns în locul în care o văzuse dispărând, s-a dat jos de pe placă și s-a scufundat. Am direcționat binoclul la 50 sau 60 de metri mai aproape de țărm, chiar sub mine, unde marea spăla cu blândețe marginile stâncilor care intrau de pe malul pustiu, neospitalier în apă. Ea își scosese casca de înot și abia am zărit capul cu plete negre ițindu-se la suprafață timp de câteva secunde, cât să inspire, după care a dispărut iar.

M-am întins pe spate, în iarbă. Curând, ea avea să fie aici. Dându-se drept altcineva. Dar totuși aceeași. Și împreună urma să încercăm să ne strecurăm afară din țară, într-o altă realitate. Un nou început, noi oportunități. Mi-am dat seama că încă număram, doar că acum număram invers. Număram invers cât mai rămăsese din vechea mea viață. Am auzit un sunet puternic, strident, prea ascuțit ca să fie o cicadă sau un greier. Un mascul de cicadă solitar căutându-și perechea, al cărui cântec răzbătea la o distanță de kilometri. Este mult pentru o insectă atât de mică, m-am gândit.

Curând, mi s-a părut că aud pașii ei peste tot. Am închis ochii. Și când i-am deschis din nou, am văzut-o. Iar într-o clipă trecătoare mi-am amintit: am mai fost aici așa și înainte.

ANTIDOTUL

Undeva, din depărtare, se aude țipătul urât al unei păsări. Sau poate că este un animal, Ken nu știe exact. Ține tubul din sticlă în lumina albă a soarelui, înfige acul în capsula de plastic și trage de piston, astfel încât lichidul lucios și gălbui este tras în seringă. Un strop de sudoare alunecă printre sprâncenele lui stufoase, iar el înjură în șoaptă când sarea îi înțeapă ochii.

Bâzâitul insectelor, care mereu a fost asurzitor, pare doar să se intensifice. Se uită la tatăl lui, care se sprijină de trunchiul unui copac cenușiu cu care pielea lui pare să se contopească. Pe chipul și pe cămașa lui kaki se perindă puncte de lumină, ca și când ar sta sub un glob de discotecă într-unul dintre cluburile din Londra ale lui Ken. Însă el șade pe malul unui râu din estul Botswanei, cu privirea pironită la coroanele copacilor, unde lumina soarelui este filtrată de frunzele fremătânde al unui arbore al febrei, numit *Acacia xanthophloea*, dar Ken încă nu știe asta. Ken Abbott nu prea știe multe despre această lume însorită, verde și de coșmar din jurul lui. Știe doar că i-a mai rămas foarte puțin timp să salveze viața persoanei la care ține cel mai mult aici, pe Pământ.

Emerson Abbott nu și-a făcut niciodată planuri mărețe pentru fiul său. Văzuse prea multe cazuri dramatice în care cetățenii clasei superioare își proiectaseră așteptările asupra progeniturilor. Nu trebuia să meargă cu gândul prea departe. Nici la prietenii din școlile cu internat, care nu ajunseseră poveștile de succes la care speraseră părinții și beau până goleau toate sticlele din lume, după care făceau marele salt, de pe penthouse-urile din Kensington sau Hampstead până la cinci etaje mai jos, pe un asfalt tare ca în Brixton sau Tottenham. Nici măcar la Archie, nepotul pe care îl văzuse ultima oară într-o cameră din Amsterdam printre cearșafuri pline de pete de sânge și seringi de unică folosință, având deja pe buze urma sărutului Îngerului Morții, care refuzase să vină acasă și îndreptase alene un revolver în direcția lui, dar într-un fel care îl făcuse pe Emerson să își dea seama că lui Archie îi era indiferent în ce direcție ținea când a apăsat pe trăgaci.

Nu, Emerson nu trebuia să meargă departe cu gândul. Era suficient să se privească în oglindă.

Timp de aproape treizeci de ani fusese un editor nefericit, publicase cărți scrise de idioți, despre idioți și cumpărate de idioți. Dar existau suficienți idioți pentru ca, în cursul carierei sale profesionale, Emerson să tripleze averea și așa considerabilă a familiei, mai mult spre încântarea soției sale, Emma, decât a sa. Își amintea bine ziua înăbușitoare de vară din Cornwall când se căsătoriseră, dar uitase de ce. Poate că ea a fost în locul potrivit, la timpul potrivit și din familia potrivită, iar după o scurtă vreme el nu mai știa ce îl interesează cel mai puțin: banii, cărțile sau soția lui. El bătuse apropouri despre divorț și trei săptămâni mai târziu ea îl anunța, debordând de încântare, că era însărcinată. Emerson a simțit o profundă bucurie interioară care s-a stins după zece zile. În timp ce stătea în camera de așteptare a St

Mary's Hospital, era din nou la fel de nefericit. S-a dovedit a fi băiat, l-au numit Ken, după tatăl lui Emerson, l-au dat unei dădace, l-au trimis la o școală cu internat și brusc, într-o zi, el era în biroul tatălui său și întreba dacă va primi o mașină.

Emerson a ridicat surprins privirea la acest tânăr. Moștenise trăsăturile cabaline ale mamei lui și gura cu buze subțiri, dar în rest îl moștenea pe el, fără îndoială. Nasul lung și subțire forma împreună cu sprâncenele stufoase un T în centrul feței, cu niște ochi albaștri strălucitori de o parte și alta. Părinții speraseră că odată cu trecerea timpului părul său blond se va transforma în griul cenușiu al mamei sale, dar nu se întâmplase așa. La Ken părul dobândise deja acea formă blazată, amintindu-i de umorul autopersiflator caracteristic britanicilor. Acum părul îi strălucea vesel în ochii albaștri ai tatălui său, când Ken a observat confuzia de pe chipul acestuia.

Emerson și-a dat seama că, dacă ar fi intenționat să facă planuri ambițioase pentru fiul său, probabil că nu le-ar fi făcut. Cum de crescuse fiul său pe nesimțite? Fusese prea preocupat să fie nefericit, să fie cine credea că toți din jurul său credeau că ar trebui să fie, și dacă așa stăteau lucrurile, de ce nu-l inclusese în planurile sale pe unicul său fiu? Îl durea sufletul. Sau nu? Și-a cercetat sentimentele. Da, chiar îl durea sufletul. Și-a ridicat neputincios mâinile în aer.

Probabil Ken anticipase mustrarea de conștiință a tatălui său, poate că nu. Cel puțin obținuse mașina.

Când Ken a împlinit douăzeci de ani, nu mai avea mașina. O pierduse într-un pariu cu un coleg de facultate, pariaseră cine conduce mai repede de la unul dintre cele mai anoste puburi din Oxford până în campus. Acum, ar trebui spus că și Kirk avea un Jaguar, dar Ken tot credea că avea o șansă.

În anul următor, și-a pierdut întreaga taxă de școlarizare din fondul de educație al tatălui său în timpul unei nopți de poker cu moștenitorul averii familiei Roland. Avea trei valeți și se gândea că avea o șansă.

La 24 de ani, a obținut în mod miraculos documente care demonstrau că știa ceva despre literatura și istoria Angliei și fără multe hopuri a obținut un post de stagiar la o bancă englezească de modă veche, adică o bancă a cărei conducere știe să aprecieze un absolvent de Oxford care poate recita din Keats și Wilde și care presupune că abilitatea de a citi un cont sau de a analiza riscul unui client este ceva înnăscut la cineva din clasa lui socială sau, cel puțin, poate fi învățat pe parcurs.

Ken a ajuns la biroul de acțiuni, unde a cunoscut un succes imediat. Îi apela telefonic zilnic pe majoritatea investitorilor importanți pentru a-i ține la curent cu ultimele escrocherii din domeniu, îi ducea pe cei mai importanți la cine și cluburi de striptease și pe cei mai însemnați dintre toți la casa de la țară a tatălui său, unde îi îmbăta și, când se ivea ocazia, se culca cu soțiile lor.

Conducerea băncii se gândea să îi ofere un post de conducere în zona de tranzacționare când a ieșit la iveală că adusese un prejudiciu de aproape cincisprezece milioane de lire sterline prin tranzacții neautorizate, constând în contracte futures având ca obiect sucul de portocale, încheiate în numele băncii. A fost chemat în fața consiliului de administrație, unde a explicat că el credea că avusese o șansă și a fost concediat pe loc, fără să fie avansat, ci expulzat din bancă, din City of London și din întreaga lume financiară londoneză.

A început să bea, dar nu a deprins acest obicei și, în schimb, s-a dus la cursele de câini, chiar dacă nu suportase vreodată câinii. Din acel moment, problemele sale cu pariurile au dobândit proporții reale. Nu în coroane sau în øre, întrucât Ken, în ciuda numelui său, nu mai era solvabil și, oricum, ar fi fost dificil să depășească afacerea cu sucul de portocale. Dar, în orice caz, jocurile de noroc îi consumau timpul și energia. În scurt timp, l-au aspirat în vortexul lor, pe al cărui fund întunecat s-a prăbușit fără greutate.

Adică, presupusul fund. Pentru că, momentan, nu se oprise din cădere și, dacă priveai situația dintr-o perspectivă optimistă, putea să însemne că nu exista unul.

Ken Abbott își finanța frenezia crescândă pentru jocurile de noroc apelând la singura persoană despre care știa că încă nu părea să înțeleagă ce se petrecea: tatăl său. Fiul descoperise că Emerson Abbott avea minunata abilitate de a uita. De fiecare dată când îi bătea la ușă, tatăl său îl privea de parcă l-ar fi văzut pentru prima dată, iar apoi îi cerea bani, da, exact ca și când i-ar fi stat în pragul ușii întâia oară.

Ken scosese acul seringii din teaca de plastic.

— Îți amintești cum se procedează?

Acum, vocea tatălui său este doar o șoaptă răgușită.

Ken încearcă să zâmbească. Niciodată nu a putut suporta injecțiile, altfel probabil că nu s-ar fi oprit la cocaină, ci ar fi suflecat mâneca. Într-adevăr, nu are nicio dorință să se alăture clubului celor de 27 de ani, alături de Jimi Hendrix, Kurt Cobain și Jim Morrison, dar din păcate el e ca Oscar Wilde, poate rezista la orice, mai puțin tentațiilor. Acum trebuie să reziste nevoii de a vomita la vederea seringii. Dar nu are de ales, este o chestiune de viață și de moarte.

— Îmi amintesc, îmi amintesc, spune Ken. Adu-mi aminte. Trebuie să încerc să caut o venă?

Tatăl lui clatină din cap. Își ridicase pantalonul și i-a arătat călcâiul, unde două mici orificii indicau locul în care fusese străpunsă pielea. Din una dintre ele curge puțin sânge.

— Lasă vena, fă injecția în apropierea mușcăturii. Injecții mici, trei sau patru doze. Apoi una în coapsă.

— Coapsă?

Chiar și în starea în care se găsea, tatăl lui reușea să se uite la Ken cu privirea resemnată pe care o urăște atât de mult.

— Ca să fie mai aproape de inimă decât mușcătura.

— Tată, ești sigur că era o cobră egipteană? Nu putea fi una precum acea...

— Precum care?

— Nu știu... mamba verde sau așa ceva.

Emerson Abbott încearcă să râdă, dar tot ce reușește este să tușească.

— Șarpele mamba verde este un drăcușor verde care își petrece toată ziua prin copaci, Ken. Acesta era negru și se târa pe pământ. Iar șarpele mamba verde are venin hemotoxic, aș sângera pe gură, urechi și fund. Nu îți amintești că am vorbit despre asta?

— Vreau doar să fiu absolut sigur înainte să fac injecția.

— Desigur. Îmi pare rău. Sper doar să nu crezi că aceste trei săptămâni au fost irosite.

Tatăl lui își închide ochii. Ken clatină din cap și nu glumește. Într-adevăr, a urât fiecare secundă a celor 27 de zile de când era aici, a urât zilele lungi și fierbinți pe care le petrecuseră bătătorind pământul fermei de șerpi a tatălui său și a managerului de culoare cu păr cărunt, pe care părinții lui, probabil într-un moment de umor negru, au găsit de cuviință să îl boteze Adolf. Vocile sâcâitoare au intrat pe o ureche și au ieșit pe cealaltă, despre mamba verzi și negri, despre dinții veninoși din fața și din spatele gurii, despre șerpii care te pot mușca chiar dacă îi ții de coadă cu capul în jos, despre care trebuie hrăniți cu păsări și care cu șoareci. Lui nu îi pasă dacă o cobră vine din Egipt sau din Mozambic, știe doar că sunt multe reptile și că tatălui său i-a fost greu când a cumpărat ferma.

Seara, stăteau pe terasa din fața casei, tatăl său și managerul fermei având fiecare pipa lui, și ascultau animalele din sălbăticie, iar Adolf povestea legendele despre ele, pe măsură ce se prezentau. Când răsărea luna și râsul rece al hienei îl făcea pe Ken să tremure, Adolf povestea despre zuluși, care credeau că șerpii sunt spiritele morților și îi lăsau să le intre în case, despre triburile din Zimbabwe care nu omorau pitonii pentru că avea să fie secetă mare. Când Ken râdea de asemenea superstiții, tatăl lui îi spunea că în anumite zone izolate din nordul Angliei încă se practica un străvechi ritual al șarpelui: dacă vedeai o viperă, o ucideai pe loc, desenai un cerc în jurul ei, o cruce în interiorul cercului și citeai din Psalmul 68. Iar Ken se uita uimit la tatăl său, care se ridica în picioare pe terasă și striga spre jungla întunecată ca noaptea:

Dumnezeu se ridică,
dușmanii lui se risipesc și cei
care-l urăsc fug dinaintea feței lui.
Cum se risipește fumul,

așa îi risipești,
cum se topește ceara în fața focului,
așa pier cei răi
din fața lui Dumnezeu.

Pasărea țipă din nou. Stă în vârful copacului, o pasăre albă cu ciocul lung și creastă roșie, asemănătoare unui cocoș.

— Nu-i așa că e incredibil cât de puține știm unul despre altul, Ken?

Ken bate din palme. Parcă tatăl său îi citește gândurile. Bătrânul oftează:

— Probabil că nu am ajuns să ne cunoaștem. Eu... nu am fost niciodată prezent, nu? E păcat când tații nu se implică.

Ultima propoziție atârnă în aer, cerând un răspuns, dar Ken nu are niciunul.

— Mă urăști, Ken?

Bâzâitul insectelor se oprește brusc, ca și când și-ar ține respirația.

— Nu. Ura nu are nimic de-a face cu asta, tată.

Ken ține ridicat vârful seringii și scoate aerul din ea până când o picătură se scurge pe ac.

Emerson Abbott s-a trezit foarte devreme într-o dimineață, s-a uitat la soția sa adormită de parcă ar fi încercat să-și amintească cine e, s-a ridicat din pat și s-a dus la fereastra deschisă, a contemplat copacii din parc, care se profilau dezolant cu ramurile lor negre pe cerul cenușiu al iernii, și asfaltul din depărtare care licărea umed sub lumina lămpilor stradale aplecate în bătaia vântului.

Erau vremuri ciudate, oamenii voiau minciuni ieftine și visuri, și din moment ce el le vindea pe cele mai ieftine, editura a dat faliment. O companie americană i-a făcut o ofertă. Editura aparținuse familiei timp de trei generații. Emerson Abbott a zâmbit. S-a urcat pe pervazul ferestrei, o pală de vânt a înfășurat o draperie în jurul piciorului său și era pe cale să cadă. Prinzându-se de burlan, s-a ridicat în picioare tremurând. Ploaia venea din lateral și-i înțepa pielea ca țurțurii. A deschis gura. Avea gust de cenușă. Știa că e timpul pentru marele salt. Așa că a închis ochii.

Când i-a deschis din nou, deja se despărțise de Emma. Numele ei de familie era acum Ives, care nu era numele ei de fată, ci al noului ei soț. Acesta a ocupat locul lăsat liber de Emerson, din moment ce în urma partajului ea a rămas cu casa. Americanii au dat jos firma *Abbott* de deasupra intrării în clădirea editurii.

Luaseră decizia de a folosi propria denumire, iar Emerson era, practic, bucuros că numele familiei sale nu avea să mai fie asociat cu produsele care ieșeau de acolo. Prin intermediul unui prieten, a cumpărat o fermă de șerpi în Tuli, în estul Botswanei. Nu știa nimic despre creșterea șerpilor, doar că îi putea furniza parcurilor cu șerpi și laboratoarelor care produceau seruri antiveninoase care salvau oamenii de la moarte și că nu aduceau mulți bani.

La trei săptămâni după ce-și deschisese ochii, i-a strâns cât de tare a putut. Soarele atârna ca o lampă de citit supradimensionată deasupra stației de taxi de la marginea aeroportului internațional al nu-prea-internaționalei capitale a statului Botswana, un sat numit Gaborone, din ce văzuse scris pe biletul de avion. A luat un taxi până la ministere și după o săptămână de alergat pe holurile birocrației, a plecat cu toate licențele, semnăturile și ștampilele necesare, și de atunci nu a mai fost în Gaborone. Și din moment ce în Gaborone era singurul aeroport internațional din țară, asta însemna că nu a mai plecat din Botswana.

De ce ar fi făcut-o? Pe cât de repede și instinctiv a urât Gaborone, pe atât de repede s-a îndrăgostit de Tuli. Ferma avea trei clădiri vechi de cărămidă, dar bine întreținute, unde cele patru persoane care lucrau acolo trăiau alături de 800 de șerpi cu mușcături mai mult sau mai puțin letale. Clădirile era amplasate pe un podiș înconjurat de tufișuri buffalo și copaci mongongo pe dealurile joase, în pantă.

Ferma avea rareori vizitatori, cu excepția elefanților care greșeau poteca spre malul râului, a șacalilor care căutau gunoaie sau pantofi uzați, ori a Jeepului care venea săptămânal să ia șerpi și venin de șarpe și să aducă provizii pe drumurile aproape impracticabile. La orizont se profila coama dealurilor verzi, copacii morți își întindeau spre cer degetele negre ca de vrăjitoare, dar altfel aici nu era nimic care să amintească de Londra.

Când începea sezonul secetos, turmele de impala se adunau pe câmpiile din apropierea apei, alături de companionii lor constanți, babuinii. Urmau zebrele și antilopele kudu. Leii vânau zi și noapte, era sezonul festinului pentru toți prădătorii din savană. Pe durata scurtului apus vedeau soarele arzând în vest și dispărând, iar mai târziu se auzeau răgetele cutremurătoare ale leilor străbătând întunericul, în timp ce roiurile nopții aduceau a viscol în lumina lămpilor exterioare.

Doar o singură dată se îndoise că aici îi era locul, când o *Naja nigricollis*, o cobră scuipătoare cu gâtul negru, a dat naștere puilor ei, iar el l-a urmărit pe tatăl lor mâncându-i de vii, unul câte unul, înainte să apuce să-l pescuiască din cușcă. Adolf îi spusese că puii de șarpe făceau parte din meniul obișnuit al cobrelor, dar chiar să-și devoreze propriii copii? Întâmplarea i-a stârnit un așa dezgust, o antipatie față de lumea animală, încât pentru o vreme n-a știut dacă mai poate continua. Apoi, într-o seară, Adolf i-a arătat un șarpe tigru mort, mușcat letal de puii lui, și i-a explicat că legea naturii nu cunoștea conceptul legăturilor de familie, ci doar regula „mănâncă sau fii mâncat". Devorarea propriilor pui sau a părinților nu era ceva rău sau imoral, din contră, era firesc pentru urmarea cursului naturii și asta însemna Africa: să supraviețuiești cu orice preț. Până la urmă, Emerson Abbott a înțeles, a acceptat și, într-un final, chiar a admirat ordinea prestabilită, logica solidă care asigura echilibrul natural și le dădea animalelor și oamenilor de aici rațiunea existenței lor. Treptat, a recâștigat ceea ce îi lipsise o îndelungată perioadă: frica de moarte. Sau mai bine spus: frica de a nu fi viu.

Și apoi a sosit sezonul ploios. Nu avea să uite nicicând prima experiență. Adormise în noaptea aceea înainte de începerea ploii, și când a privit câmpia în dimineața următoare, părea că un pictor nebun făcuse ravagii pe pânza gri-gălbuie. După o zi sau două, câmpia se transformase într-o luncă cu arome intense, o splendoare de culori amețitoare, iar insectele zumzăiau încet pe deasupra covorului de petale și a râului maroniu care se umfla.

Și s-a gândit: ce să caute el în altă parte?

La șase luni după ce ajunsese acolo, i-a trimis o scrisoare lui Ken. Apoi, după ce a așteptat alte șase luni un răspuns, a mai trimis una. În anul următor și-a încheiat monologul din felicitarea de Crăciun cu urări de sărbători fericite și, întrucât aflase pe căi ocolite că fiul său Ken nu reușise să facă nimic însemnat în Londra, i-a făcut o ofertă de angajare pe perioadă nedeterminată la fermă.

Nu se așteptase la vreun răspuns și nici n-a primit vreunul. Decât după trei ani.

Lui Ken îi plăcea aproape totul legat de consumul de cocaină. Îi plăcea efectul care îl avea asupra sa, iar oamenilor din jur le plăcea efectul pe care drogul îl avea asupra lui, nu se îmbăta și nu observa niciun semn de dependență. Singurul lucru care nu îi plăcea era prețul.

De aceea, după ce două săptămâni nefaste la cursele de câini l-au condus spre o criză financiară, s-a îndreptat spre varianta omului sărac, amfetaminele. Dar așa a ajuns să o cunoască pe Hilda Bronkenhorst. O tipă urâtă și incredibil de proastă, obsedată de sănătate, cu care s-a culcat o vreme pentru că sperase să-l împrumute cu o parte din banii tatălui ei. De fiecare când o vedea că își desface picioarele și cerea să fie satisfăcută, el se gândea că-și merita banii. Oricum, ea i-a spus lui Ken că amfetamina este un drog sintetic. Că organismul uman nu reușește niciodată să descompună complet substanțele sintetice. Cu alte cuvinte: odată ce ai luat amfetamine, ele îți vor rămâne în organism pentru totdeauna. Din moment ce două erau cuvintele care îl enervau pe Ken — niciodată și întotdeauna — a spus imediat stop. A jurat că din acel moment nu avea să mai ia nimic altceva în afară de substanțe sănătoase, organice, precum cocaina, și a constatat că are nevoie de bani. Și asta destul de repede.

Șansa a apărut când a trecut pe la biroul unui fost coleg din districtul financiar londonez, în esență ca să reia prietenia cu acesta, astfel ca la următoarea întâlnire să-i ceară bani cu împrumut. De amuzament, fostul coleg al lui Ken i-a arătat un pariu ilegal pentru finala cupei mondiale la fotbal între Franța și Brazilia, ținut de doi importanți brokeri de acțiuni prin pagini separate codificate pe ecranele lor Reuters. Când fostul coleg s-a dus să mai aducă ceai fără să se delogheze, Ken n-a pierdut vremea. A închis ochii, și-a imaginat coapsele de dinozaur ale lui Ronaldo, și-a scris propriul nume și adresa, s-a dus la coloana pentru sumă, a închis iar ochii, i-a văzut pe eroii îmbrăcați în galben ai Braziliei ridicând trofeul și a scris un milion de lire sterline. Enter. Și-a ținut respirația în așteptarea răspunsului, știa că numele lui nu era înregistrat, că suma era prea mare, dar știa și că în lumea Reuters obligațiunile erau tranzacționate în fiecare secundă pentru sume de zece ori mai mari, fără să întrebe cineva cine era de cealaltă parte. S-a gândit că are o șansă. Apoi a primit mesajul de răspuns: CONFIRMED.

Dacă Ronaldo nu ar fi suferit o criză de epilepsie în acea noapte din cauza jocurilor excesive de PlayStation, poate Ken nu ar fi trebuit să își facă griji cu privire la finanțarea ulterioară a achiziției de cocaină sau, după cum s-a dovedit, la starea sănătății sale. Două zile mai târziu, dimineața devreme, ceea ce în cazul lui Ken însemna undeva înainte de ora 11:00, a sunat cineva la ușă. Era un bărbat în costum negru, cu ochelari de soare și o bâtă de baseball, care i-a explicat lui Ken neplăcutele consecințe în cazul în care nu ar avea un milion de lire sterline disponibile în decurs de două săptămâni.

Patru zile mai târziu, la sfârșitul lunii iulie, Emerson Abbott a primit o telegramă în care fiul său îi întorcea urările de Crăciun, accepta oferta de angajare și îl ruga să îl aștepte la aeroportul din Gaborone peste cinci zile. Plus contul bancar în care trebuiau virați cât mai repede banii pentru biletul de avion. Emerson era foarte bucuros pentru tot, mai puțin că trebuia să meargă iar la Gaborone.

Ken s-a uitat la ceasul său de mână, un Raymond Weil cu aur sud-african și ticăind cu precizie elvețiană spre judecata de apoi.

Ziua începuse la fel ca toate celelalte 26, Ken s-a trezit întrebându-se unde dracului era și de ce. Mai întâi și-a amintit de ce. Din cauza banilor. Ceea ce ar fi trebuit să îl ducă cu gândul la creditorii săi londonezi, dar, în schimb, mintea i-a zburat la pudra albă și la o femeie cu care nu mai era așa de sigur că avea o relație platonică. Simptomele erau clasice, dar el credea că nervozitatea și sudoarea puteau fi cauzate la fel de bine de acest loc uitat de Dumnezeu plin de creaturi veninoase, insecte omniprezente și negri nepoliticoși, care păreau să fi uitat de mult cine colonizase și încercase să civilizeze acest tărâm. Dar depresia era ceva nou. În întunericul care se lăsa brusc, în care pierdea controlul asupra existenței, podeaua dispărea și el cădea într-un abis nesfârșit și tot ce putea să facă era să aștepte să treacă.

— Vânătoare de șerpi, a anunțat tatăl său la micul-dejun.

— Fantastic, a spus Ken.

Ken încercase să pară interesat, chiar a încercat. Timp de 26 de zile fusese un elev căruia tatăl îi ținuse prelegeri despre tot ce era și ce nu era permis în mânuirea șerpilor, despre șerpii care produceau un anume venin, letalitatea diverselor veninuri și ce simptome dădeau. Acest din urmă aspect era important dacă nu știai ce șarpe l-a mușcat pe pacient, astfel încât să îi poți administra la timp serul corect dintre cele patruzeci disponibile la fermă. Dar, dacă era să fie cinstit — ceea ce Ken evita pe cât de mult posibil — veninurile, serurile și simptomele s-au contopit într-o supă de moduri sângeroase de a muri. Măcar și-a dat seama că recipientele de sticlă conținând serurile aveau un cod și o capsulă albastră, iar capsulele cu venin aveau un cod corespondent și o capsulă roșie. Sau era invers?

Când puterea de concentrare a lui Ken slăbea, când mintea sa rătăcea și pixul nu mai nota, tatăl său doar îl privea.

După micul-dejun, au mers vreo jumătate de oră cu mașina pe ceea ce aducea vag a drum, prin tufișuri dense și verzi, băltoace cu noroi adânci de o jumătate de metru și peisaje selenare galbene și aride. Tatăl lui s-a oprit într-un loc ales în mod complet arbitrar, în opinia lui Ken, a coborât din mașină și a luat trei saci de pânză și un băț lung prevăzut în capăt cu un laț de oțel.

— Pune-ți ăștia.

Tatăl lui i-a aruncat o pereche de ochelari de înot. Ken l-a privit nedumerit.

— Cobra scuipătoare. Venin neurotoxic. Te poate nimeri în ochi de la opt metri distanță.

Apoi au început să caute. Nu pe pământ, ci în copaci.

— Urmărește păsările, i-a spus tatăl său. Dacă le auzi cârâind sau le vezi sărind din ramură în ramură, poți fi destul de sigur că în apropiere este un șarpe boomslang sau un mamba negru.

— Nu cred că...

— Șșșt! Auzi acele sunete ca de clinchet? Sunt dihori la vânătoare. Vino!

Tatăl său a alergat în direcția din care se auzeau sunetele, iar Ken l-a urmat reticent. Brusc s-a oprit și i-a făcut semn lui Ken să se apropie încet. Și acolo — pe o piatră plată mare — stătea întinsă o abominație lungă și neagră, încălzindu-se la soare. Ken a estimat o lungime de doi metri și, ei bine, treisprezece centimetri. Își dorea să fi avut posibilitatea să parieze. Tatăl său s-a strecurat până a ajuns chiar în spatele șarpelui, a poziționat bățul deasupra pietrei și a trecut cu grijă lasoul peste capul îngust, deosebit al reptilei. Apoi l-a strâns. Șarpele a pufnit și a deschis gura, de parcă avea să-și dea duhul. Ken s-a holbat fascinat la gura de un roz aprins, îl făcea să se gândească la Hilda Bronkenhorst.

— Vezi colții cu venin din față? a strigat tatăl său cu entuziasm.

— Da?

— Așadar, ce avem aici?

— Tată, te rog, mai întâi hai să terminăm. Chestia asta mă neliniștește.

El a lăsat bățul în sacul pe care Ken îl ținea deschis.

— Un mamba negru, i-a spus tatăl său, făcându-și mâna streașină în timp ce privea cu ochii mijiți spre copaci.

Whatever, se gândea Ken, tremurând în timp ce simțea șarpele agitându-se acolo.

După o jumătate de oră în bătaia soarelui, Ken și-a permis o pauză de țigară. Stătea sprijinit de unul dintre copacii al căror nume a încercat tatăl său să îl învețe și se gândea la pușca din mașină, asta era o ocazie la fel de bună ca oricare alta, când a auzit țipătul tatălui său. Nu a fost chiar un strigăt, ci mai curând un lătrat scurt, dar Ken a știut imediat ce se întâmplase. Poate că visase, se gândise sau sperase la asta în mod inconștient. Și-a strivit țigara de trunchiul copacului, dacă avea noroc, situația avea să îl salveze de multă bătaie de cap. Și-a făcut umbră la ochi și acolo — lângă malul râului — a zărit spatele tatălui său, aplecat peste iarba rigidă, înaltă până la brâu.

— La dracu'! Ken, am fost mușcat și nu am văzut ce fel de șarpe a fost! Ajută-mă să caut!

— Vin.

Tatăl său a făcut o scurtă pauză, surprins poate de tonul vocii fiului său.

Ken și-a amintit ce i-a spus tatăl său, că dacă nu puteai identifica șarpele și era necesar să alegi dintre cele 40 de seruri diferite, nu avea rost să le injectezi pe toate, căci te vor ucide mai repede și mai eficient decât veninul. Și-a mai amintit ceva ce îi spusese tatăl său: să nu calce cu putere când vâna șerpi, pentru că fugeau dacă simțeau vibrații în pământ. Ken a tropăit cât de tare a putut.

— L-am găsit! a strigat tatăl său, plonjând în iarbă.

O altă lecție: riscul de a fi mușcat iar este mai mic decât a nu ști ce anume te-a mușcat.

Sărmanul nenorocit, se gândea Ken în timp ce îl privea pe tatăl său izbind sacul de mai multe ori de cel mai apropiat trunchi de copac. Nu se gândea nici la șarpe, nici la tatăl său. Pe retină i-a reapărut imaginea tipului în costum și înarmat cu o bâtă de baseball. Ken Abbott se gândea la Ken Abbott, ca de obicei.

Tatăl său s-a prăbușit lângă trunchiul copacului, pe când Ken se apropia de el. Avea pielea înroșită și respira sacadat.

— Poți să verifici ce este, i-a șoptit tatăl său, aruncând sacul spre el.

Ken a tușit din cauza prafului ce s-a ridicat din terenul arid, a deschis sacul de pânză și a băgat mâna înăuntru fără tragere de inimă.

— Nu..., a apucat tatăl lui să spună.

Ken a simțit în palmă pielea aspră, ca de pește uscat, în ultimele săptămâni atinsese mai mulți decât putea să se gândească. Acesta nu putea fi diferit. Nu până când Ken și-a dat seama că vibrațiile simțite sub solzi erau mușchi, că animalul nu era mort. Nici pe departe. A țipat, mai mult de groază decât de durere, când dinții i-au străpuns pielea brațului. Și-a tras brațul spre el, a văzut orificiile rotunde chiar sub cot și a țipat din nou. Apoi și-a dus repede brațul în dreptul gurii și a început să sugă energic din găuri.

— Încetează. Chestia asta funcționează doar în filmele western, ți-am spus.

Vocea tatălui său era slabă și resemnată.

— Da, dar...

— Și celălalt lucru pe care ți l-am spus este că niciodată nu trebuie să bagi mâna într-un sac în care sunt șerpi, chiar dacă crezi că sunt morți. Întorci sacul cu capul în jos și ești atent la picioare. Întotdeauna.

„Întotdeauna“ și „niciodată“ în aceeași lecție. Nu era de mirare că Ken a ignorat informația.

— Să răstorn sacul.

Șarpele a căzut pe pământ cu un bufnit ușor și încolăcit, paralizat de lumina soarelui.

— Ce crezi, Ken? Cobra cu capișon?

Ken nu a răspuns, doar se holba la șarpe.

— Șarpe de nisip? Viperă cu corn?

Limba hipersensibilă a alunecat din gura șarpelui și, cu simțul gustului și mirosului, a colectat într-o secundă toate informațiile despre situația în care se afla — cel puțin, potrivit prelegerii tatălui său.

— Nu-l lăsa să scape, Ken.

Dar Ken l-a lăsat să scape. Nu avea nici puterea, nici curajul să atingă iar un șarpe, mai ales pe unul care i-a scurtat speranța de viață la 27 de ani.

— La dracu'! a spus tatăl său.

— Glumești! L-ai văzut la fel de bine ca mine și cunoști pe dinafară toți șerpii din nenorocita de Africa. Vrei să spui că nu știi...

— Bineînțeles că știu ce șarpe e, a răspuns tatăl lui, privindu-l pe Ken cu o expresie pe care fiul nu o putea descifra. Și de aceea am spus la dracu'. Grăbește-te și adu geanta maro din mașină.

— Dar nu ar trebui să ne întoarcem la...

— Era o cobră egipteană. Sistemele noastre nervoase centrale vor fi paralizate până să ajungem la jumătatea drumului. Acum, fă cum îți spun.

Creierul lui Ken a încercat cu disperare să analizeze situația, să vadă care sunt opțiunile. Nu a funcționat. Ba chiar și-a scos limba, dar nici asta nu l-a ajutat. Așa că a făcut ce i-a spus tatăl său.

— Deschide-o, i-a spus tatăl lui când Ken a revenit cu o trusă medicală mare, făcută din piele de bivol. Repede.

Ken avea mișcări agitate, ținând gura deschisă de parcă nu ar fi primit suficient aer.

— Tată, mă simt perfect, de ce...

— Pentru că eu am fost mușcat primul. Am primit de cinci ori mai mult venin decât tine. Ceea ce înseamnă că mai am o jumătate de oră de trăit, iar tu două ore și jumătate. Ce vezi în geantă?

— De margine sunt prinse o grămadă de tuburi.

— Luăm mereu la noi antidoturi pentru veninurile cu acțiune rapidă. Cobra egipteană, îl poți găsi?

— Aici este, tată.

— Trebuie să îmi fie administrat imediat. Să sperăm că mă voi reface suficient cât să îți arăt drumul, ca să ne putem întoarce la fermă în timp util, înainte să începi să ai probleme. Seringile sunt în doza de bere. Știi ce ai de făcut, fiule.

Ken se uită la tatăl său. E evident că nu se mai poate mișca, doar stă acolo cu ochii pe jumătate închiși, privindu-și fiul. Apoi Ken se concentrează asupra seringii. Se forțează să îndepărteze starea de greață. Își ține respirația. Știe că își va aminti de asta până în ziua în care va muri, de clipa în care a preluat controlul situației și a salvat viața bărbatului pe care îl iubește cel mai mult pe Pământ. Fixează vârful seringii între cele două orificii ale mușcăturii, privește cum pielea cedează puțin la presiune, dar revine în poziție după ce este penetrată și acul seringii alunecă în antebrațul lui Ken. Îl ustură și inspiră profund pe nas în timp ce împinge încet pistonul. Urmărește lichidul gălbui până mai rămân două treimi din el, apoi trage puțin de pistonul seringii, retrage acul și repetă procedura puțin mai sus, pe braț. Îi dă târcoale un gând. Nu se va alătura clubului celor de 27 de ani, până la urmă. Dimpotrivă, va fi bogat și fericit și va trăi mult. Totul datorită unei seringi. Este hilar.

— Cum te simți? întreabă el râzând.

— Trist, spune tatăl său în șoaptă, cu capul prăbușit pe piept.

Ken scoate vârful seringii și folosește un ghemotoc de vată ca să șteargă sângele de la locul înțepăturii. Nicio greață. Nicio mustrare de conștiință. Doar soare și fericire. Pe scurt, jackpotul suprem.

— Ei bine, dragă tată, dacă te consolează cu ceva, a cam durut. O consolare pentru ultimele minute pe care le mai ai de trăit.

Ken se uită la ceas. Tatăl său își ridică cu un ultim efort capul.

— De ce, Ken? Pentru numele lui Dumnezeu, de ce?

Ken se așază lângă tatăl său și îl prinde pe după umeri.

— De ce? Tu de ce crezi? Din același motiv pentru care m-am învârtit cu pușca în mână, așteptând să ajungem într-o situație în care puteam da vina pe o descărcare accidentală sau oricum vrei să îi spui. Pentru bani, tată. Pentru bani.

Capul lui Emerson se apleacă din nou.

— Așadar, de aceea ai venit? Ca să îți revendici moștenirea?

Ken își bate prietenește tatăl pe umăr cu mâna sănătoasă. O durere trepidantă, semiparalizantă începe să se răspândească în celălalt braț, în jurul mușcăturii și al injecțiilor.

— Am citit în The Guardian un articol descurajant despre populația îmbătrânită. Știi care este speranța de viață pentru bărbații din clasa mijlocie, cu vârsta între 50 și 55 de ani, care nu au suferit încă un atac de cord sau de cancer? 92 de ani. Am câțiva creditori care nu sunt dispuși să aștepte atât de mult, tată. Dar cred că se vor liniști considerabil când eu, în calitate de unic moștenitor, mă voi întoarce cu certificatul tău de deces.

— Puteai să îmi ceri bani.

— Un milion de lire sterline? Și insolența mea are limite, tată.

Ken râde în hohote și i se răspunde instantaneu de pe celălalt mal al râului, unde a apărut un grup de hiene gri-maronii, care se uită la ei curioase. Ken se cutremură fără să vrea.

— Ele de unde au apărut?

— Ele o pot mirosi, spune Emerson.

— Mirosi? Încă nu ai început să miroși.

— Moartea. O simt în aer, am mai văzut așa ceva.

— Mda. Sunt urâte, proaste și sunt de cealaltă parte a râului. Le urăsc.

— Pentru că ne sunt superioare moral.

Ken se uită uimit la tatăl său, care își ridică iar capul și zâmbește cu tristețe:

— Te-ai putea gândi că în lipsa liberului arbitru, nu există moralitate. Însă, dacă libertatea de alegere înseamnă să îți forțezi propria ființă și propria moralitate, atunci de ce suntem atât de nefericiți? Pentru că ne imaginăm că am putea face lucrurile altfel, credem că suntem binecuvântați cu o capacitate de a face altceva decât ceea ce, în final, ne-ar aduce beneficii nouă. Dar nu putem. Dovada este că suntem aici, că încă existăm. Ne devorăm tații sau fiii când suntem nevoiți, nu din ură, ci din dragoste de viață. Cu toate acestea, credem că vom arde în iad din această pricină. Și poate că vom arde. De aceea cobra ne este superioară moral când alege să își mănânce odraslele. Nu simte în niciun moment rușine, pentru că nu există păcat, doar o dorință arzătoare de a trăi. Tu înțelegi. Singurul tău salvator ești tu însuți și ești salvat doar făcând ceea ce trebuie ca să supraviețuiești.

Ken este pe cale să răspundă, dar o durere neașteptată în piept îl face să își piardă suflul.

— S-a întâmplat ceva? îl întreabă tatăl său.

— Eu...

— Cu o durere în piept, spune tatăl său, vocea sa sunând deodată normal. Așa începe.

— Începe? Ce...

— Cobra egipteană. Îți amintești că am vorbit despre ea, da?

— Dar...

— Venin neurotoxic. Mai întâi, o durere intensă în jurul mușcăturii, care se răspândește treptat în restul corpului, pielea din locul acela se decolorează, picioarele și brațele se umflă, începe să se instaleze letargia. Și apoi, spre final: ritm crescut al bătăilor inimii, ochi înlăcrimați, cantitate mare de salivă în gură, laringele paralizează, îngreunând vorbirea și respirația, înaintea sentinței finale. Agentul neurotoxic paralizează inima și plămânii, apoi mori. Poate dura ore și este extrem de dureros.

— Tată!

— Pari surprins, fiule. Nu ai fost atent la lecție?

— Dar tu... tu pari... mai bine.

— Nu, nu cred că ai fost prea atent, spune tatăl cu o mină gânditoare. Altfel ți-ai fi dat seama de diferența dintre cobra egipteană și pitonul de stâncă african.

— Pitonul... de stâncă african?

— Agresiv și dezagreabil, dar neveninos. Ai dreptate, mă simt perfect, dar tu? Simți cum gâtul începe să se contracte, fiule? După o vreme vor urma crampele și chiar nu e ceva prea plăcut.

Tatăl se îndreaptă de spate și își rotește capul.

— Dar noi...

— Am fost mușcați de același șarpe. Straniu, nu? Poate că ți s-a inoculat ceva diferit față de mine.

Lui Ken îi pică fisa. Se uită la tubul de sticlă gol de pe pământ, încearcă să se ridice, dar picioarele nu îl ascultă. Subsuorile au început să îl doară cumplit.

— Dacă ai fi fost atent în timpul lecțiilor, te-ai fi uitat la capacul tubului de sticlă înainte să îl introduci în seringă, Ken.

Roșu, se gândește Ken. Dop roșu. Și-a injectat singur venin în braț.

— Dar nu erau alte tuburi pe care să scrie cobra egipteană, le-am verificat pe toate, niciuna cu capac albastru, niciun antidot...

Tatăl său ridică din umeri. Ken încearcă să inspire. Zumzetul insectelor provoacă o presiune constantă asupra timpanelor.

— Ai știut de la început. Ai știut... de ce... am venit.

— Nu. Nu am știut. Dar nu sunt prost, așa că nu am eliminat posibilitatea. Și desigur, te-aș fi oprit dacă ai fi încercat să îmi faci injecția.

Ken nu simte lacrimile care îi curg pe obraji.

— Tată... du-mă înapoi acum. Timpul...

Însă tatăl său pare să nu îl audă. S-a ridicat în picioare și privește cu ochii mijiți spre celălalt mal al râului.

— Adolf spune că sunt bune înotătoare, dar eu nu le-am văzut niciodată înotând.

Ken se târăște înapoi, se întinde pe spate și fixează cerul. Soarele încă atârnă la o mare distanță deasupra copacilor de pe culme, dar știe că pe la ora 19:00 cineva va tăia firul invizibil, soarele se va prăbuși dincolo de orizont și bezna se va instala în răstimp de un sfert de oră.

Pasărea albă strigă iar. Își ia avânt cu aripile și două secunde mai târziu Ken o zărește în câmpul său vizual. Este atât de frumoasă.

— E timpul să mă duc acasă, spune tatăl său. Sigur Adolf e aproape gata cu pregătirea cinei.

Ken îl aude pe tatăl său ridicând geanta conținând tuburile cu antidoturi și îl privește plecând. Pentru câteva secunde se așterne liniștea. Apoi aude pleoscăituri în apă. Ken Abbott știe că nu are nicio șansă.

CALUL DE NEGRU

Partea I
Începutul partidei

— Simți cum pleoapele devin tot mai grele, i-am spus.

Ceasul de buzunar — făcut de un ceasornicar anonim, dar, în orice caz, împovărat de atât de mult aur încât a ticăit constant și mult timp — era în posesia familiei încă din anul 1870.

— Ești obosită, închide ochii.

Liniștea era desăvârșită. Ferestrele care dădeau înspre stradă erau triple. Aici, sunetele puternicelor clopote ale Domului din Milano abia dacă se auzeau. Era atât de liniște, încât lipsa ticăitului era perceptibilă. Limbile ceasului se întindeau în ambele părți ale cadranului, în locul în care ceasul a stat pentru ultima oară. Acum era un obiect mut, lipsit de funcția pe care ar trebui să o aibă un ceas.

— Când te vei trezi, nu îți vei mai aminti că ai fost însărcinată sau că ai avortat. Nu vei mai ști că a existat un copil.

Brusc am simțit cum mă podidesc lacrimile. Când mi-am pierdut propriul copil, am pierdut și ceea ce noi, psihologii, numim control afectiv, suspinam la cel mai mărunt lucru care îmi amintea de el. M-am adunat și am continuat:

— Îți vei aminti că ai venit aici ca să scapi de dependența ta de nicotină.

Zece minute mai târziu, am scos-o încet pe doamna Karlsson din transă.

— Nu mai simt nicio poftă să fumez, a spus ea în timp ce își încheia nasturii hainei de nurcă și se uita la mine.

M-am așezat la birou și mi-am notat ceva cu stiloul Montegrappa pe care îl găsisem într-un magazin de antichități cu mulți ani în urmă. Pacienților le place să notezi, îi face să se simtă puțin mai mult decât un obiect pe o bandă rulantă.

— Spune-mi, doctor Meyer, este greu să hipnotizezi?

— Depinde cine trebuie hipnotizat. E cum spun regizorii de film, cel mai greu se lucrează cu copiii și cu animalele. Și cel mai ușor, cu mințile artistice receptive ca a dumneavoastră, signora.

Ea a râs.

— Umblă zvonul că ați reușit să hipnotizați un câine, doctor Meyer, este adevărat?

— Sunt doar zvonuri, am spus zâmbind. Și, dacă aș fi făcut asta, am oricum o obligație de confidențialitate față de pacienții mei.

Ea a râs din nou.

— Dar puterea pe care o aveți...

— Mă tem că sunt la fel de neputincios ca oricine altcineva, i-am spus în timp ce căutam în sertarul biroului o nouă rezervă pentru stiloul meu, care nu mai scria.

Șeful clubului local de șah pe care îl frecventam odinioară mi-a spus că motivul pentru care pierdeam mereu nu era că nu știam ce fac, ci îmi sabotam șansele de a câștiga din cauza unei slăbiciuni de neînțeles față de cei slabi. Mă suspecta că prefer să sacrific un turn în locul unui cal pentru că îmi plăcea mai mult calul, ori mă credeam pe mine însumi o piesă de șah care face sărituri.

— Sunt piese, Lukas, piese! Iar calul are o importanță mai mică, este un fapt, nu o chestiune de preferințe.

— Nu în toate pozițiile. Calul poate ieși din blocaje.

— Caii sunt lenți și mereu ajung prea târziu să salveze pe cineva, Lukas.

Am găsit patronul, un cilindru îngust de metal, la fel de lung ca stiloul și având un vârf din oțel subțire ca o seringă. Mi-am dat seama că acesta era ultimul stilou Montegrappa și că rezervele potrivite nu se mai produceau. Acest brand, la fel ca mulți alți producători de obiecte de o calitate inutil de bună, cedase în fața nemiloasei competiții globale.

Am scris cu atenție, cu devotament și fără să irosesc cuvintele. Doamna Karlsson avea să se apuce iar de fumat și o să le spună prietenilor că nu doctorul Meyer e problema, într-o bună zi o să se lase. Nu avea să își amintească faptul că avortase. Dacă s-ar întâmpla să-și reamintească, atunci motivul ar fi acela că un cuvânt, o stare, un vis sau ceva ar declanșa hipnoza.

Ca în cazul meu. M-am gândit adesea că mi-ar plăcea să-i șterg din memorie pe Benjamin și pe Maria. Alteori nu. În orice caz, a trecut mult timp de când mă puteam autohipnotiza. Înveți prea multe despre ea, devii iluzionistul care nu se mai poate bucura că e înșelat, chiar dacă ar vrea.

După ce a plecat doamna Karlsson, mi-am luat minunata geantă neagră Calvino. O cumpărasem pentru că avea același nume precum rebelul, antifascistul Italo Calvino. Și pentru că mi-o puteam permite, desigur.

Mi-am pus eșarfa Burberry și am ieșit în zona recepției, unde Linda, recepționera mea și a celorlalți doi psihologi din cabinetele asociate, și-a ridicat privirea.

— O zi bună, Lukas, a spus ea cu un suspin ușor, aruncând o privire aproape imperceptibilă la ceas, care, ca de obicei, arăta doar ora 15:00.

Ea obișnuia să folosească expresia americană nu ca să binecuvânteze orele rămase până la lăsarea întunericului sau până ce eu adormeam, ci ca să sublinieze că nu era corect că ziua mea de lucru era mai scurtă decât a colegilor mei și, prin urmare, decât a ei. Cred că se referea — sau credea că se referă — la faptul că eram lipsit de respect pentru că nu acceptam mai mulți pacienți, dar nu avea de unde să știe că practicarea psihologiei căzuse pe planul doi în ultimii ani. Da, devenise doar un paravan pentru a doua și reala mea activitate. Să ucid oameni.

— O zi bună, Linda, am spus pășind afară, în minunata vreme de decembrie.

Niciodată nu m-am putut decide dacă Milano este un oraș frumos. A fost frumos, dacă ne uităm la fotografiile din perioada în care Milano era un simplu oraș în Italia și nu în Capitalia, cum numesc eu statul non-statal care este actualmente. Înainte de ultimul război mondial, fusese, desigur, nespus de frumos, dar chiar și după bombardamente și-a păstrat o eleganță sobră, deosebită, casele de modă în special influențând stilul și gustul orașului — și invers. Înainte ca 16 mari carteluri să preia controlul asupra Europei, Americii de Nord și Asiei, emisiile fabricilor făceau obiectul reglementărilor din partea autorităților centrale, ceea ce însemna că până și în Milano — unul dintre orașele europene cu cel mai poluat aer — într-o zi bună, puteai vedea în zare culmile înzăpezite ale Dolomiților. Acum, peste oraș atârna permanent un văl de noxe, iar cei care nu își permiteau purificatoarele de aer exagerat de scumpe aveau vieți scurte și chinuite.

Presa, deținută de carteluri, ne spune că acum oamenii sunt mai bogați decât înainte și o dovedește prezentându-ne statistici cu venitul real pe cap de locuitor. Însă realitatea este că acum inventatorii și directorii cartelurilor câștigă de o mie de ori mai mult decât muncitorul de rând. Optzeci la sută sunt angajați cu contracte pe termen determinat fără să aibă șansa de a-și face planuri pe termen lung și sunt obligați să se stabilească în mahalalele tot mai extinse care împrejmuiesc orașele din toate părțile, cu excepția zonei de nord.

După ce Milano a devenit centrul financiar al Europei, cu Borsa Milano și sediile centrale ale celor șapte carteluri, populația sa a crescut vertiginos. Acum, nu doar că era cel mai mare din Europa, ci avea și cea de-a treia mahala ca mărime din lume. Nu sunt socialist, dar nu trebuie să fii unul ca să tânjești după o perioadă în care veniturile erau mai mici, dar distribuite mai echilibrat și exista un stat funcțional care se îngrijea pe cât se putea de cei care aveau puțin.

Am trecut pe lângă Domul din Milano. În fața catedralei impunătoare, șirul de turiști și credincioși se întindea mult înspre Piazza Duomo. În capătul opus al pieței, am trecut pe lângă mesele a ceea ce noi, cei care lucrăm în industria asasinatelor, numim Café Morte, Cafeneaua Morții. Bărbații așezați la mese — pentru că erau exclusiv bărbați — păreau că se uită în ziare și telefoane, în timp ce cu coada ochiului scrutau orizontul în căutare de posibili clienți. Piața asasinatelor la comandă crescuse exponențial după preluarea controlului de către carteluri și cu libera concurență nereglementată, iar industria avea în principal două clase, la fel ca industria prostituției. Café Morte reprezenta piața de pe stradă, piața prostituatelor. Clienții care veneau aici puteau să-și rezolve problemele pentru un preț mediu de 10 000 euro. Calitatea varia, la fel și gradul de discreție, însă într-o societate în care atât poliția, cât și procuratura erau considerabil reduse numeric și profund corupte, riscul de a fi prins era acceptabil de mic. De aceea, rudele victimelor sau angajatorii lor reacționau adesea comandând asasinate în contrapartidă, iar, din această perspectivă, industria — la fel ca industriile armelor și drogurilor — a devenit ea însăși o forță motrice a pieței.

Primele asasinate în rândul cartelurilor, în care un personaj-cheie al unui cartel rival este asasinat pentru subminarea capacității sale concurențiale, au fost executate de șoferii de taxi — se presupune că de aceea suntem numiți „șoferi". Dar există șoferi care așteaptă clientelă în stațiile de taxiuri precum Café Morte și apoi există și șoferii de limuzine, cei care lucrează pe piața ascunsă, precum prostituatele de lux, și la care ajungi printr-un intermediar numit „facilitator". Un astfel de șofer își creează o reputație și este de până la zece ori mai scump decât unul de la Café Morte, însă, dacă trebuie să scapi de personaje-cheie bine protejate ale unui cartel, trebuie să apelezi la unul. Unul ca mine.

Habar n-am avut că eram atât de talentat în această meserie, dimpotrivă. Dar o mare capacitate de empatie poate să însemne și o înțelegere a modului în care gândește celălalt. În cei doi ani de când activez în domeniul asasinatelor, am reușit să devin unul dintre cei mai căutați. Veniturile de pe urma cabinetului meu de terapie au scăzut încă din ziua în care fiul meu a împlinit opt ani și a murit, și s-au oprit complet când Maria s-a sinucis, în anul următor. Dar nu motivele financiare m-au determinat să devin șofer. Ca psiholog, sunt obișnuit să deduc cele mai simple și adesea cele mai banale motive, inclusiv pe ale mele. Iar motivul meu a fost răzbunarea. Mă obișnuisem cu gândul că singurul meu copil se născuse mut, a fost un joc de noroc, nu era vina nimănui și nu afecta fericirea nimănui în viață. Nu am acceptat ceea ce l-a ucis pe Benjamin: lăcomia umană, oamenii de afaceri care calculaseră că, dacă eludau reglementările costisitoare privind siguranța la incendiu a produselor electrice, puteau să le vândă puțin mai ieftin decât competiția și tot să obțină un profit mai mare. Știu că sună ciudat că o lampă de veghe defectă te poate determina să îți sacrifici umanitatea pentru a răspândi moartea. Și prin a răspândi chiar la asta mă refer. Pentru că nu puteam da vina pe o singură persoană, trebuia să îmi canalizez răzbunarea împotriva tuturor celor care conduceau și decideau la nivelul cartelurilor, cei care, prin venerarea nesăbuită a avuției, îi luaseră pe Benjamin și Maria de lângă mine. Așa cum teroristul care și-a pierdut familia într-un bombardament îndreaptă spre un zgârie-nori avionul cu oameni despre care știe că nu sunt vinovați în mod direct, dar totuși sunt complici. Da, știam exact de ce devenisem unul dintre asasinii membrilor proeminenți ai cartelurilor. Dar formularea motivului nu schimbă nimic, informația nouă nu duce neapărat la modificarea comportamentului. Și din moment ce moartea era răspândită și poțiunea răzbunării era diluată, nu stingea setea, trebuia pur și simplu să continui. Puteam, evident, să mă sinucid, dar realizarea bruscă a faptului că viața nu are niciun rost nu înseamnă neapărat că oamenii vor înceta să mai trăiască. Oamenii ca Maria sunt, la urma urmei, excepții.

Am repetat testul de câteva ori, la intervale regulate, mi-am plimbat privirea oarecum aleatoriu peste mesele de pe terasa cafenelei. N-am remarcat nici de această dată semne că cineva m-ar recunoaște. Oamenii decideau instantaneu că nu eram client și își pierdeau interesul. Bine. Dacă doreai să continui să îți câștigi existența în segmentul de limuzine al industriei, era esențial ca nimeni — nici clienții și, cu siguranță, nici concurența — să nu știe cum arăți. Intermediarul, facilitatorul, încasa un sfert din onorariu și îl merita pe deplin, fie doar și pentru că ne puteam ascunde în spatele lui. Dintre cei implicați în afacerea limuzinelor, facilitatorii erau cei care ajungeau să fie prinși — și prin prinși nu mă refer de către poliție — mai des decât șoferii, este suficient să arunci o privire la pietrele de mormânt din Cimitero Maggiore.

Dincolo de setea mea neostoită pentru răzbunare, ca șofer aveam și alte câteva avantaje. Unul era Judith Szabó, cunoscută în breaslă doar sub numele de Regina. Era unul dintre cei mai importanți trei sau patru facilitatori, iar talentele ei de negociator erau legendare. Se spunea că Regina nu ieșea niciodată dintr-o sală de ședințe fără un acord încheiat și acum eu eram singurul ei client obișnuit. Și unicul iubit, cred. Desigur, nu pot fi complet sigur, și fostul ei client obișnuit crezuse că era unicul ei iubit. Un alt avantaj era că, spre deosebire de mulți alți șoferi, eu aveam un paravan credibil, cel puțin atât timp cât aveam suficienți pacienți încât cabinetul meu de psihoterapie să rămână un paravan. Al treilea și cel mai important avantaj al meu era că aveam o armă a crimei pe care ceilalți nu o aveau. Hipnoza.

M-am oprit într-o intersecție. Cu toate simțurile mele în alertă, am așteptat ca luminile semaforului din intersecție să se schimbe din roșu în verde. Nu îmi mai plăcea să stau în public fără să știu cine se află în jurul meu. O pușcă cu lunetă și amortizor într-unul dintre balcoanele în stil franțuzesc, un cuțit în spate în timp ce se face verde, lama împunsă până la rinichi, când primul val de durere este atât de violent, încât victima nu scoate niciun sunet și rămâne imobilizată, în timp ce mulțimea merge mai departe.

Într-o vreme, șoferii se aflaseră în vârful lanțului trofic sau cel puțin nu trebuiau să se teamă pentru viețile lor. Asta a fost înainte ca uniunile monopoliste să înceapă să îi angajeze pe termen nedeterminat pe cei mai buni șoferi, așa încât aceștia din urmă au devenit persoane esențiale în cadrul concurenței și, prin urmare, ținte. Acum, cartelurile aveau propriile miliții care puteau practic să se pună deasupra legii, iar competiția pentru piețe — în principal în domeniul tehnologiei, divertismentului și medicinei — a început să semene mai mult cu războiul de modă veche decât cu capitalismul de modă veche. Partea stranie era că, deși piețele nu erau reglementate și competiția era mai dură din toate punctele de vedere, jucătorii erau mai puțini, nu mai mulți, iar elementele de mono și oligopol erau mai frecvente ca rezultat al achizițiilor. Pentru că, după cum se spune în lumea rechinilor: *size is everything*. Adică, mărimea nu te ajută dacă nu ai dinți. „Dinții" erau cele mai istețe creiere, cei mai buni inventatori, cei mai buni chimiști, cei mai buni strategi. În cele din urmă, personalul esențial al cartelurilor atingea același statut și salarii similare cu ale celor mai buni jucători de fotbal, iar acele companii care nu le puteau plăti stagnau în lupta concurențială. Ca să se afirme, companiile cu resurse limitate au început să ucidă cele mai luminate minți ale celorlalți. Companiile mai puternice au fost nevoite să răspundă cu aceeași monedă ca să își mențină hegemonia, iar cei mai buni chimiști, inventatori și manageri au fost înlocuiți de o nouă nobilime: cei mai pricepuți asasini. Se părea că, pe termen lung, compania cu cei mai buni ucigași avea să câștige.

De aceea am împietrit când am auzit o voce aflată puțin în stânga, în spatele meu, în ceea ce, în contextul dat, poartă denumirea potrivită de unghi mort. Nu pentru că am recunoscut vocea — pentru că nu a fost cazul — ci pentru că am știut că trebuia să fie el. Pe de o parte, pentru că vorbea în dialectul napoletano-calabrez, care îi adusese porecla de il Calabrese. Pe de altă parte, pentru că mă cam așteptam să apară mai devreme sau mai târziu. Parțial pentru că niciun alt șofer în afară de Gio „il Calabrese" Greco nu ar fi reușit să mă ia așa prin surprindere. Și parțial pentru că, reflectându-se în geamurile mașinilor aflate în mișcare, am văzut că bărbatul din spatele meu purta un costum alb, știut ca fiind costumul obișnuit purtat de Greco la comiterea asasinatelor.

— Este o realizare extraordinară, mi-a spus vocea la ureche.

A trebuit să mă forțez să nu mă întorc. Mi-am spus că nu are rost, că dacă ar fi vrut să mă omoare ar fi făcut-o deja sau că, în orice caz, avea să o facă fără să pot preveni acest lucru. Pentru că vorbim despre cel mai bun șofer din Europa. Nu este o chestiune de discreție. Gio Greco a fost cel mai bine plătit din Europa timp de mai mulți ani și trăim vremuri în care e general acceptat faptul că piața are întotdeauna dreptate. După spusele lui Judith, când fusese facilitatoarea lui Greco, el era plătit dublu față de Thal, Fischer sau Alekhin.

— Crezi că ești mai bun decât mine, Lukas?

Am făcut instinctiv un pas în spate când un camion a trecut chiar prin fața mea, făcând pământul să se cutremure.

— Din câte știu, te plătesc de trei ori mai mult decât pe mine, așa că nu.

— Ce te face să crezi că vorbesc despre muncă, Lukas? Mă întreb dacă crezi că o satisfaci mai bine decât mine?

Am înghițit în sec. El a râs. Un râs sâsâit care începea cu un *t* care se transforma într-un lung, sacadat *s*.

— Glumesc, a spus el. Chiar vorbesc despre muncă. Uciderea domnului Chadaux. Membrii consiliului de administrație al companiei lui nu s-au putut pune de acord dacă a fost un accident rutier sau suicid. Așa că au apelat la un expert în moarte. La mine. În imaginile surprinse de camerele de monitorizare a traficului... cum vezi, sunt montate vizavi... se vede domnul Chadaux așteptând împreună cu ceilalți pietoni la semafor, chiar unde suntem noi acum. Dar, când semaforul s-a făcut verde și toți ceilalți au început să traverseze, domnul Chadaux a rămas pe loc. Părea că doarme în picioare în timp ce alți pietoni trec pe lângă el. Apoi semaforul se face roșu, iar el închide ochii și își mișcă buzele de parcă ar număra în gând. Ai văzut înregistrarea?

Am clătinat din cap.

— Dar poate ai văzut chiar când se întâmpla?

Am clătinat iar din cap.

— Serios? Atunci permite-mi să îți povestesc, zice el pășind pe zebră. Știi câte mașini l-au călcat până au reușit să oprească traficul? Nu, probabil că nici asta nu știi. Lasă-mă să îți spun ce nu s-a scris în ziare, și anume că domnul Chadaux a trebuit să fie răzuit de pe asfalt, ca o bucată de gumă de mestecat.

— Au aflat dacă a fost un accident sau o sinucidere?

Greco a râs din nou ascuțit, cu t și s. Încet, dar atât de aproape de urechea mea, încât încă îl puteam auzi peste zgomotul făcut de trafic.

— Compania lui Chadaux este în concurență cu una dintre cele pentru care lucrezi tu. Crezi în coincidențe, Lukas?

— Da, bineînțeles, se întâmplă mereu.

— Nu, nu crezi. Am analizat înregistrarea de câteva ori, apoi am venit aici să cercetez mai îndeaproape. Am verificat expres acest semafor care apare pe filmare, fixat cu privirea de domnul Chadaux.

Greco nu mai râdea. A arătat cu degetul spre semaforul de pe refugiul din fața noastră.

— Prezintă urme de șurubelniță. Când am verificat camera de supraveghere, s-a dovedit că a fost defect timp de o oră în noaptea anterioară, nefiind nimeni în stare să explice de ce. Cum ai făcut-o, Lukas? Ai instalat un ecran în semafor cu care ai comunicat folosind un telefon ca să îl hipnotizezi pe domnul Chadaux în direct? I-ai spus când să traverseze sau a fost un declanșator, cum ar fi lumina roșie?

În ciuda frigului de afară, tipic iernii, simțeam cum transpir prin toți porii. Nu cred că mă tem în mod deosebit de moarte, dar îmi era frică de Gio Greco. Poate că a fost ceea ce noi, psihologii, numim atribuire, poate că Greco era doar un bun artizan cu o reputație teribilă. În orice caz, prezența lui mi-a lăsat impresia că ceva teribil se putea întâmpla în orice clipă. Poate că a fost aura lui. Sau lipsa aurei, așa cum frigul este doar absența căldurii. Un astfel de rău pur este doar absența compasiunii. Un psihopat, după cum văd eu lucrurile, nu este o persoană care are ceva special, ci o persoană căreia îi lipsește ceva.

— Te-au trimis după mine cei de la compania lui Chadaux? l-am întrebat.

Omulețul roșu a fost înlocuit de unul verde la semaforul din fața noastră și oamenii s-au revărsat pe stradă de pe ambele trotuare. Dacă mă mișcam, primeam un glonț în spate?

— Cine știe? Oricum, nu prea pari să te temi moarte, Lukas.

— Există lucruri mai rele decât să părăsești această vale a plângerii.

Îi priveam din spate pe pietonii care ne lăsaseră singuri pe trotuar.

— În orice caz, e mai bine să pleci decât să fii abandonat, probabil că suntem de acord cu asta, Lukas.

Primul lucru la care m-am gândit a fost, desigur, că Judith l-a părăsit pe el. Aș fi fost naiv să nu cred că, la un moment dat, el avea să afle că eu l-am înlocuit și în calitate de client, și de amant. Dar ceva legat de modul în care a spus-o m-a făcut să cred că era posibil să se refere la mine. Că am fost abandonat de fiul meu Benjamin și de soția mea, Maria. Dacă într-adevăr la asta se referise, nu știu cum și de unde obținuse acea informație.

— Bună, sunt..., a început el.

Cuvintele erau rostite încet, ritmic și am înlemnit.

Liniștește-te, a râs el încet. Nu te împușc aici, chiar în fața camerelor de supraveghere.

M-am forțat să fac un pas în față, apoi încă unul. Am plecat fără să privesc înapoi.

Cel mai evident motiv pentru care Milano a devenit capitala șoferilor din Europa este, bineînțeles, acela că este centrul tehnologiei, al inovației, al celor mai luminate minți și al celor mai bogate companii. Orașul este oaza din savană unde se adună tot felul de animale. Exceptându-le pe cele câteva erbivore care sunt suficient de mari încât să nu își facă probleme, noi ceilalți suntem fie prădători, fie prăzi, fie paraziți. Trăim într-o simbioză a fricii de care niciunul dintre noi nu se poate elibera.

Am mers pe una dintre străzile pietonale înguste pavate cu piatră cubică, care virează încet astfel încât nu poți vedea prea departe în față. Poate că acesta este motivul pentru care aleg acest traseu între birou și apartament: nu trebuie să văd tot ce este în fața mea.

Am trecut de micile, dar exclusivistele magazine de haine, de unele mai puțin exclusiviste și de atelierele artizanilor care cunoscuseră o renaștere după ce producția în masă a multor bunuri se oprise din cauza lipsei materiei prime.

Acasă, tabla de șah aștepta în locul în care jucam partida mea preferată, Murakami contra Carlsen. Partida era din perioada de glorie a lui Carlsen, dar e celebră pentru că acolo, chiar la începutul partidei, Carlsen a pășit direct într-o capcană atât de evidentă, dar foarte vicleană, încât a fost numită capcana Murakami și a devenit la fel de renumită ca și capcana Lasker. Mai mult, Murakami avea să joace mai târziu o variantă brutală a aceleiași capcane într-o partidă și mai faimoasă de șah rapid împotriva tânărului și promițătorului italian Olsen, din Milano.

După întâlnirea cu Gio Greco inima a continuat să-mi bată cu putere. Știam, evident, că asasinarea în plină stradă nu era stilul său, lăsa asta pe seama șoferilor din Café Morte. Dar când spusese „Bună, eu sunt...", fusesem convins că îmi sunase în sfârșit ceasul și că aveam să îi revăd pe Benjamin și pe Maria. Gio Greco este fan Johnny Cash și, potrivit legendei, cartea sa de vizită, vorbele de adio spuse victimelor, ar fi „Hello, I'm Greco". Într-adevăr, unii susțin că a început să o spună doar după ce a apărut legenda. Dacă era prezent, desigur. Pentru că și el putea comite asasinate de la distanță, ca în cazul spectaculoasei asasinări a familiei Giualli, în castelul Sforza, anul trecut.

Știam că nu mă urmărește nimeni, dar, evident, m-am întrebat de ce apăruse așa și îmi șoptise doar jumătate din replică. Pentru că Greco avusese dreptate: nu cred în coincidențe.

A fost o amenințare? Dar de ce să o iau în serios când știam amândoi că își putea duce treaba la bun sfârșit atunci și acolo, ar fi fost o bună oportunitate. Ce urmărea? Poate a intenționat să mă facă să cred că urmărea ceva, poate că nu era decât fostul amant gelos care voia să nu mai dorm liniștit noaptea.

Șirul gândurilor mi-a fost întrerupt de voci ridicate și strigăte în fața mea. Mai mulți oameni se adunaseră pe strada îngustă și se uitau în sus. M-am uitat și eu în față. De la un balcon în stil franțuzesc de la penultimul etaj ieșea fum negru. În spatele grilajului balconului am văzut ceva, un chip palid. Un băiat. Opt ani? Zece? Era greu să îmi dau seama de aici.

— Sari! a strigat unul dintre spectatori.

— De ce nu se grăbește nimeni să urce să ia băiatul de acolo? l-am întrebat pe cel care a strigat.

— Poarta este încuiată.

S-a strâns și mai multă lume, mulțimea s-a dublat, s-a triplat și mi-am dat seama că trebuie să fi ajuns chiar după ce au descoperit incendiul. Băiatul a deschis gura, dar nu a spus nimic.

Ar fi trebuit să îmi dau seama chiar atunci, și poate că am făcut-o. Nu ar fi schimbat nimic, iar mie aproape că îmi dădeau lacrimile.

Am alergat spre poartă și am lovit cu putere în ea ca să o deschid. S-a deschis un mic vizor și m-am trezit față în față cu un chip bărbos.

— Este un incendiu la etajul șase, am spus.

— Așteptăm pompierii, a răspuns bărbatul pe un ton ce lăsa impresia unei replici exersate.

— Va fi prea târziu, cineva trebuie să salveze băiatul. Apartamentul e în flăcări. Lasă-mă să intru, am spus încet, deși îmi venea să strig cât mă ținea gura.

Poarta s-a deschis larg. Bărbatul era înalt și lat, iar capul părea să-i fi fost înfipt între umeri cu un baros; purta uniforma obișnuită a șoferilor, un costum negru, anonim. Mi-am făcut loc și am trecut pe lângă el pentru că m-a lăsat.

Am alergat în sus pe scări, simțind cum aerul otrăvit al orașului Milano îmi arde plămânii, în timp ce număram etajele. Când m-am oprit la etajul al șaselea, am apucat clanța ușii din stânga. Era închis și am auzit un cățel lătrând furios înăuntru. Apoi mi-am dat seama că balconul era în partea dreaptă a fațadei și am tras de mânerul celeilalte uși.

Spre uimirea mea, ușa s-a deschis și fumul s-a revărsat pe hol. În spatele perdelei negre de fum am zărit foc, mi-am acoperit fața cu o parte a pardesiului meu de lână și am intrat. Nu vedeam multe, dar părea să fie un apartament mic. M-am îndreptat spre ceea ce trebuie să fi fost balconul și m-am lovit de o canapea. Am strigat, dar nu am primit niciun răspuns. Am tușit și am mers mai departe. Dintr-un frigider deschis ieșeau flăcări și pe podea erau rămășițele răsucite și arse ale unui lucru nedeslușit. O lampă de veghe?

După cum am spus, nu cred în coincidențe, iar asta era o reluare regizată, pusă în scenă doar pentru mine. Totuși, trebuia să fac ceea ce se aștepta de la mine, nu puteam vedea o alternativă.

O rafală bruscă de vânt a îndepărtat temporar fumul de la ușa balconului și l-am văzut pe băiat. Purta un sacou murdar cu o emblemă, un tricou murdar și găurit la fel ca pantalonii. S-a holbat la mine cu ochii cât cepele. Avea părul blond, exact ca Benjamin, doar că mai scurt.

Am făcut doi pași rapizi în față și mi-am înfășurat brațele în jurul băiatului, l-am ridicat și i-am simțit degetele mici, calde prinzându-se de pielea gâtului meu. M-am grăbit în direcția ușii în timp ce tușeam din cauza fumului. Am găsit ușa pipăind peretele și am încercat să dau de clanță. Nu am găsit-o.

Am lovit ușa cu piciorul, am împins-o cu umărul, dar nu se clintea. Unde era nenorocita de clanță?

Mi-am primit răspunsul când am auzit un șuierat puternic dinspre frigider, ca și când s-ar fi spart un furtun. A țâșnit gazul, s-a aprins și a aprins întregul apartament.

Ușa nu avea clanță. Nici broască, nimic. Regizorul: Gio Greco.

Fără să îi dau drumul băiatului, am alergat înapoi la ușa deschisă a balconului. M-am aplecat peste grilajul din fier forjat al balconului.

— Respiră, i-am spus băiatului, care încă mă fixa cu ochii lui căprui larg deschiși.

El a făcut așa cum i-am spus, dar știam că indiferent de distanța la care îl țineam de balcon, amândoi aveam să murim curând intoxicați cu monoxid de carbon.

M-am uitat în jos la mulțimea adunată pe stradă, se holbau cu gurile deschise. Cineva striga, dar nu auzeam ce spunea din cauza flăcărilor care acum vuiau în spatele nostru. Așa cum nu auzeam nici sirenele mașinilor de pompieri care să se apropie. Pentru că nu venea nicio mașină de pompieri.

Bărbatul care deschisese poarta nu doar că purta același costum ca și ceilalți de la Café Morte, dar avea și chipul rece, inexpresiv, la fel de inert ca al victimelor lui. M-am uitat în dreapta. Acolo era un balcon obișnuit, dar era prea departe și nu aveam cum să ajung la el. În partea stângă nu erau balcoane, doar o cornișă îngustă ce ducea la cea mai apropiată fereastră a apartamentului vecin.

Nu era timp de pierdut. Am ținut băiatul la mică distanță de mine și m-am uitat în ochii lui căprui.

— Mergem acolo, așa că trebuie te urci în spatele meu și să te ții bine. Înțelegi?

Băiatul nu a răspuns, doar a încuviințat.

L-am balansat până pe spinarea mea și el s-a prins de gâtul meu și și-a înfășurat picioarele în jurul trunchiului meu. M-am ținut de balustradă când am pus piciorul pe cornișă. Era atât de îngustă, încât îmi încăpea pe ea doar o parte a tălpii pantofului, dar, din fericire, ghetele mele groase de iarnă erau atât de rigide, încât îmi asigurau suficientă susținere. Am luat o mână de pe balustradă și am sprijinit-o de zid.

Mulțimea de spectatori de afară striga la noi, dar nu îmi păsa nici de ei, nici de înălțime. Nu că nu m-aș teme de înălțimi, pentru că mă tem. În cazul în care cădeam, urma să murim, era evident. Însă, întrucât creierul realizase că alternativa echilibristicii pe cornișă era să ardem de vii, nu a ezitat. Și din moment ce echilibristica solicită mai multă concentrare decât invocarea unor puteri disperate, creierul a închis temporar partea cu frica, care nu avea nicio funcție utilă în această situație. Experiența dobândită atât ca psiholog, cât și ca asasin plătit îmi spune că noi, oamenii, suntem, surprinzător, atât de raționali.

Cu infinită atenție am dat drumul balustradei. Am stat cu pieptul și cu obrazul lipite de tencuiala aspră și am simțit că îmi mențin echilibrul. Era ca și cum băiatul și-a dat seama că trebuia să stea complet nemișcat în spinarea mea.

De jos, din stradă, nu se mai auzeau strigăte, nu se mai auzeau decât flăcările care acum ieșeau pe balcon. Târându-mă încet, am început să mă mișc cu grijă spre partea dreaptă, pe cornișa îngustă, dar, speram, solidă. Spre groaza mea, am văzut că se dizolva în bucăți gelatinoase în locurile în care stăteam. De parcă presiunea exercitată de pantofi ar fi creat o reacție chimică în cornișă, acum văzând că avea o nuanță ușor diferită față de restul fațadei. Din moment ce nu puteam sta într-un singur loc mai mult de câteva secunde înainte să se sfarme cornișa, am continuat să mă mișc. Eram deja la o distanță considerabilă față de balconul în stil francez, astfel că retragerea era imposibilă.

Când m-am apropiat suficient de mult de fereastra apartamentului de alături, cu mâna stângă mi-am desfăcut cu grijă eșarfa Burberry, în timp ce cu mâna dreaptă mă țineam de pervazul ce ieșea în exterior. Judith îmi dăruise eșarfa cu ocazia împlinirii a 40 de ani, alături de o felicitare în care îmi spunea că mă place foarte mult, o glumă ce făcea aluzie la cele mai profunde cuvinte pe care eu însumi le folosisem ca să îmi exprim afecțiunea față de ea. Dacă puteam să îmi înfășor eșarfa în jurul mâinii, puteam să sparg fereastra, dar unul dintre capete era prins între brațul băiatului și gâtul meu.

Smucind de eșarfă ca să o eliberez, băiatul s-a agitat și s-a mișcat, iar eu mi-am pierdut echilibrul. Cu mâna dreaptă prinsă de cadrul ferestrei și având doar piciorul drept pe cornișă, m-am balansat neajutorat pe fațadă, ca ușa unui hambar în balamale și era cât pe ce să cad, însă în ultima clipă m-am prins de pervaz și cu cealaltă mână.

M-am uitat în jos și am văzut eșarfa Burberry planând încet spre stradă. Înălțimea. Mi-am încordat stomacul. Trebuia să îl blochez. Mi-am ridicat pumnul drept dezvelit și am lovit cu toată forța în geam, imaginându-mi că lovitura puternică reducea riscul de a mă tăia. Geamul era subțire, într-un strat și casant, dar totuși durerea s-a răspândit în tot brațul. Nu din cauza tăieturii, ci pentru că pumnul s-a oprit în ceva tare. M-am prins bine de partea solidă, m-am aplecat într-o parte și am văzut că am lovit un grilaj din fier forjat. Grilajul era prins în balamale de ambele părți și era închis la mijloc cu un lacăt mare. Cine montează un grilaj de fier forjat în spatele geamului de la etajul șase?

Răspunsul a venit de la sine. În spatele grilajului, am văzut un apartament gol, semiîntunecat. Nu era mobilat, doar un topor mare pentru incendii atârna pe peretele opus, de parcă ar fi fost la expoziţie. Sau ca să mă exprim altfel: ca şi cum Greco voia să îl văd numaidecât.

Sunete ca de scârţâit şi râcâit de gheare. O siluetă neagră a venit valvârtej, mârâind, sărind şi am simţit un maxilar umed şi dinţi alunecând pe degetele prinse de zăbrele. Apoi silueta s-a lăsat pe podea şi a început să latre furios.

Instinctiv, m-am lăsat pe spate când a sărit câinele spre mine şi atunci am simţit mânuţele băiatului alunecând pe gâtul meu. Nu se mai putea ţine mult timp. Trebuia să intrăm rapid.

Câinele — un rottweiler — stătea pe podea, chiar sub fereastră. Balele îi curgeau din gura deschisă în care străluceau dinţi albi. S-ar ridicat pe labele din spate şi s-a sprijinit cu cele din faţă de perete, dar botul i s-a oprit la barele de metal, care îl împiedicau să ajungă la degetele mele. Bestia mă fixa cu privirea inexpresivă a urii glaciale. Am observat că atârna ceva de zgarda din jurul gâtului său gros. O cheie.

Câinele a renunţat, labele din faţă i-au alunecat în jos şi s-a aşezat pe podea, lătrând iar la mine. Băiatul m-a strâns mai tare cu braţele lui osoase încercând să se tragă mai sus pe spinarea mea, scâncind uşor. Am privit cheia cu atenţie. Toporul. Şi lacătul. Greco voia să sacrifice o piesă. Aşa procedează marii jucători de şah ca să nu dea adversarului un avantaj şi să-şi îmbunătăţească poziţia pe tabla de şah. Deocamdată nu îmi dădeam seama ce scop urmărea, dar evident că avea unul. În timpul unui turneu de şah din Nottingham din 1936, campionul mondial german Emanuel Lasker l-a privit pe adversarul său gândindu-se timp de o jumătate de oră, după care a mutat un cal la sacrificiu. Germanul nu l-a luat, dar a câștigat partida. Când a fost întrebat ulterior de ce nu a luat calul, el a răspuns că, dacă un adversar atât de bun se gândește jumătate de oră și apoi crede că merită sacrificiul, atunci nu trebuie să se răspundă cu mutarea calculată de adversar.

M-am gândit. Ploua. Și am făcut mutarea pe care conta adversarul meu. Am dus mâna stângă printre zăbrele. Erau atât de apropiate, încât mânecile sacoului și cămășii mele s-au ridicat, expunând pielea vulnerabilă.

Sacrificiul meu oferit câinelui. Care a reacționat cu viteza luminii și în liniște. Și-a retras buzele, astfel încât i-am văzut dinții înfigându-se în antebrațul meu. Am simțit durerea de abia când și-a încleștat fălcile. Am băgat și mâna dreaptă, dar în timp ce mi-o apropiam de cheia de pe zgardă, câinele mi-a tras brațul stâng jos, pe podea, ca să se ferească de mâna mea liberă.

Nu este adevărat că unele rase de câini își pot bloca fălcile, dar unele mușcă mai tare. Și unele sunt mai inteligente. Rottweilerul are scoruri mari la ambele categorii, forța mușcăturii și IQ. În așa măsură încât, atunci când am pariat cu alți doi studenți la psihologie că puteam să fac un animal să îndeplinească sarcini simple — cum ar fi să dea din cap de câteva ori — sub hipnoză, am ales un rottweiler. Dar singurul lucru pe care am reușit să îl fac a fost să îl determin să stea complet nemișcat și nu era nicio noutate că folosind tehnici simple poți face animalele — orice soi, de la câini și găini la porci și crocodili — să stea nemișcate și, aparent, într-o transă profundă. Meritul pentru această stare catatonică îi revine doar parțial hipnotizatorului, se datorează în egală măsură instinctului animalelor de pradă de a se preface moarte când nu mai au scăpare. Scopul este să te folosești de aversiunea prădătorului față de prada deja moartă sau poate bolnavă. Adică, era evident ceva nou pentru prietenii mei, care au crezut că am câștigat pariul și mi-au dat banii și o reputație nemeritată de mare hipnotizator de animale. În acel punct al vieții mele, nu îmi permiteam să declin niciuna dintre ele.

Am întins mâna dreaptă printre zăbrele până am ajuns la câine și am pus-o încet pe fruntea animalului. L-am mângâiat cu blândețe și ritmic, înainte și înapoi, în timp ce îi vorbeam duios. Câinele s-a uitat în sus la mine fără să slăbească strânsoarea. Nu știu ce simțea. Un hipnotizator nu este un înțelept în virtutea meseriei sale, doar cineva care a învățat tehnici, un jucător de șah obișnuit care, fără prea multe cunoștințe, face mutările de început despre care a citit că sunt bune. Dar, desigur, există o diferență între un hipnotizator bun și unul mai puțin bun, iar eu eram, la urma urmei, unul dintre cei buni, poate chiar unul dintre cei mai buni. Chiar și la oameni, hipnoza ocolește procesele cognitive lente, de aceea funcționează uimitor de repede și de aceea un bărbat ce așteaptă la o intersecție poate fi manipulat doar privind lumina semaforului preț de câteva secunde, văzând acolo ceva care declanșează o reacție prestabilită.

Am văzut pleoapele câinelui lăsându-se pe jumătate și am simțit că slăbește strânsoarea mușcăturii. Am continuat să-i vorbesc blând, timp în care am dus mâna dreaptă spre zgardă, am desprins cheia și am tras-o înspre mine. Concomitent, am simțit băiatul slăbind priza și alunecând în jos pe spatele meu. Arcuindu-mi mâna în spatele lui, am pipăit corpul băiatului și l-am prins de cureaua pantalonilor înainte să cadă. L-am ținut, dar știam că nu puteam să o fac pentru mult timp.

Am reușit să nu pierd cheia vârându-mi degetul mare în brelocul larg și acum trebuia să o scot și să o introduc în lacătul prins de grilajul din fier forjat. Nu puteam să o fac cu o singură mână. Mușcătura era mai slabă. Am tras încet brațul spre mine, dar simțeam că trag de capul câinelui. Dinții unui animal de pradă sunt îndreptați spre interior, e logic, ca să nu scape prada. Așa că, în schimb, am împins încet brațul înainte să îl ridic și de această dată m-am eliberat. Sângele mi se scurgea pe antebraț până în palmă, încât era cât pe ce să îmi alunece când am prins una dintre bare cu degetul mic și inelarul.

— Mai rezistă zece secunde, am spus cu voce tare. Numără să te aud.

Băiatul nu a răspuns, dar s-a prins iar de gâtul meu. I-am dat drumul și cu ajutorul celorlalte trei degete și mâinii drepte am introdus cheia în lacăt și am rotit-o. Lacătul s-a deschis. Am dat la o parte una dintre gratii și m-am sucit ca băiatul să poate urca de pe mine pe fereastră.

De jos, de pe stradă, s-au auzit aplauze și ovații. Am intrat în apartament. Câinele stătea nemișcat și privea înainte, sau în sinea lui, de unde să știu? Nu mai citeam reviste de specialitate, dar cândva văzusem o listă cu animalele despre care oamenii de știință presupun că au conștiință de sine și câinii nu fuseseră incluși în ea...

Ușa era metalică și, la fel ca la apartamentul alăturat, nu avea clanță. Doar ca să fiu sigur, am împins-o puțin cu piciorul, cât să îmi confirm că era închisă, după care am luat toporul ce atârna de cele două cuie din perete. L-am cântărit în mână și m-am uitat la ușă.

Sângele îmi curgea de pe braț și picăturile cădeau pe podeaua din lemn. Am mai auzit un sunet, un mârâit, și m-am întors spre fereastră. Băiatul stătea chiar în fața câinelui, îl mângâia! Am văzut mușchii încordându-se sub blana netedă și neagră a câinelui și urechile ciulite. Nu mai era în transă. Un mârâit pe o frecvență joasă.

— Pleacă de lângă el! am țipat, dar am știut că era prea târziu.

Băiatul a reușit să facă o jumătate de pas în spate înainte ca fața lui să fie umplută de sânge. A căzut în genunchi cu o expresie șocată în ochi. Lama toporului s-a înfipt în parchet chiar în fața copilului, iar între lamă și băiat zăcea capul câinelui cu buzele întoarse. Inima a pompat încă de două ori făcând sângele să țâșnească din gâtul trupului rănit al câinelui.

Am rămas nemișcat timp de câteva secunde. Și abia atunci am realizat că de pe buzele băiatului nu s-a auzit nici măcar un sunet. M-am lăsat și eu pe genunchi, chiar în fața copilului. Mi-am dat jos paltonul și am șters cu el sângele de pe fața lui, i-am pus o mână pe umăr și i-am întâlnit privirea înainte să îi vorbesc prin semne:

— Ești mut, nu este așa?

El nu a răspuns.

— Ești mut? l-am întrebat vorbind tare și clar.

Băiatul a încuviințat.

— Și eu am avut un băiat mut. Vorbea prin semne, așa că înțeleg. Știi limbajul semnelor?

Băiatul a clătinat din cap. A deschis gura și a făcut semn spre interiorul ei. Apoi a făcut semn spre lama toporului.

— Dumnezeule! am exclamat.

A început să sune telefonul. L-am scos din buzunarul paltonului. Era un apel FaceTime, număr necunoscut, dar bănuiam cine era. Am preluat apelul și pe ecran a apărut un chip. Semăna cu o mască Guy Fawkes, masca purtată cândva de rebelii idealiști din lume, protestând împotriva autorității, a statului-națiune. Cu mustața lui subțire, Gio Greco semăna puțin cu un porc.

— Felicitări, a spus Greco. Văd că ai intrat în camera torturii.

— Cel puțin aici nu arde, am răspuns.

— Oh, când vei vedea ce îți pot oferi locul unde ești acum, îți vei dori să fi murit în foc.

— De ce faci asta, Greco?

— Cartelul din Abu Dhabi îmi dă două milioane. Ar trebui să fii mândru. E un preț record pentru un șofer.

Am înghițit în sec. Dobândirea reputației de șofer de primă clasă presupune deopotrivă riscuri mai mari și mai mici. Mai mari, pentru că prețul pus pe capul tău crește. Mai mici, pentru că alți șoferi nu vor accepta misiuni în care știu că există mari șanse să sfârșească în mormânt. Am crezut că ultima parte îmi va oferi protecție.

— Aș fi putut chiar să măresc prețul și mai mult, a spus Greco. Dacă ar fi apelat ei la mine.

— Tu te-ai dus la ei?

— Eu am propus misiunea, da, și un preț pe care știam că îl vor accepta.

Transpiram din toți porii, ca și cum trupul se gândea că, dacă scapă de lichide, îmi acorda mai multe șanse de supraviețuire.

— Dar de ce... toate astea? Ai fi putut să mă împuști pur și simplu la intersecție.

— Am avut un buget pentru ceva mai extravagant decât un glonț, ceea ce va avea un răsunet în mediul de afaceri. La urma urmei, construirea unei reputații este...

— De ce?! am urlat și l-am văzut pe băiat uitându-se la mine înfricoșat. La celălalt capăt al firului era liniște, dar îl puteam auzi râzând fericit. De ce? am repetat, făcând un efort să mă controlez.

— Sigur știi deja. Tu, cel care te culci cu Regina și ești și psiholog.

— Din gelozie, este atât de simplu?

— Oh, dar gelozia nu este ceva simplu, Lukas. Vezi tu, după ce Judith m-a părăsit, am intrat într-o destul de ușoară depresie. Așa am ajuns la psiholog, care a spus că, pe lângă depresie, sufeream și de narcisism. Nu știu exact dacă o imagine solidă despre tine însuți este ceva de care să suferi, dar i-am spus că venisem după antidepresive, nu pentru un nenorocit de diagnostic care privea cu totul alte lucruri.

Nu i-am răspuns, dar ceea ce spusese Greco era tipic narcisiștilor, pentru că ei nu recunoșteau nici tulburarea de personalitate, nici nu căutau să se trateze și, de obicei, noi, cei din sistemul de sănătate, descopeream în timp ce îi tratam pe acești indivizi că fac parte din acea jumătate a populației care suferă de narcisism.

— Dar idiotul n-a încetat, a oftat Greco. Înainte să-l împușc, a reușit să-mi spună că o trăsătură definitorie a narcisiștilor este că au un simț al invidiei extrem de dezvoltat. Ca primul narcisist din istorie, Cain. Tipul acela din Biblie, știi, care își ucide fratele din gelozie. Ei bine, aici a nimerit-o.

Nu știam dacă partea cu împușcarea psihologului era o glumă, dar nu aveam de gând să întreb. Și nici nu intenționam să subliniez inutilitatea răzbunării pentru ceva ce știi că este iremediabil. Poate pentru că exact asta făceam chiar eu.

— Acum înțelegi, Lukas? Sunt victima unei tulburări de personalitate care mă face să îmi doresc ca tu să suferi. Regret, nu prea am ce face în această privință.

— Eu sufăr în fiecare zi, Greco. Pentru Dumnezeu, ucide-mă pe mine și lasă băiatul să plece.

El a pocnit de trei ori, cum face profesorul cu elevul care a greșit un calcul la tablă.

— Să mori e ușor, Lukas. Iar suferința ta este pe cale să fie atenuată. Regina este un bun tratament, nu-i așa? OK, vreau să văd cum se redeschide acea rană a ta. Vreau să văd cum te perpelești în furca mea. Vreau să văd cum încerci să salvezi băiatul. Și cum dai greș. Când fiul tău s-a intoxicat cu fum, l-ai dus la spital, dar ai ajuns prea târziu, am înțeles.

N-am răspuns. Când am simțit miros de fum în toiul nopții și am dat năvală în dormitorul în care Benjamin stătea întins lângă lampa de veghe ce ardea mocnit, aproape că nu mai respira. Am condus cât de repede am putut, dar nu sunt un șofer de viteză, iar spitalul era prea departe; ca de obicei, am fost calul aflat pe partea greșită a tablei de șah.

— Corzile vocale ale băiatului, am spus înghițind în sec. Tu le-ai distrus?

— Ca să semene mai mult cu fiul tău. Așa că atunci când spui *pentru Dumnezeu*, dă mai curând vina pe Dumnezeu pentru că a făcut-o pe soția ta să dea naștere unui copil mut.

M-am uitat la băiat.

Unde îl găsise Greco? Probabil în mahalalele de la periferia orașului, un loc în care dispariția unui copil nu stârnea prea multe valuri.

— Pot să sar pe geam, am spus. Așa vom termina acest joc.

— Atunci măruntaiele băiatului vor fi mistuite de gaz.
— Gaz?
— O simplă apăsare pe tastă.

Greco a ridicat o telecomandă mică în dreptul camerei.

— Este o nouă invenție a chimiștilor unuia dintre carteluri. O variantă de iperită care erodează încet mucoasele. Este extrem de dureros și poate dura multe ore. Îți vomiți propriile măruntaie înainte să sângerezi până mori.

Am aruncat o privire prin apartament.

— Las-o baltă, Lukas. Va veni și din tavan, și din pereți, nu vei putea să îl oprești. Peste exact o oră, voi apăsa butonul declanșator, 60 de minute, Lukas. Tic-tac.

— Pompierii sunt pe drum, ne vor auzi strigând.

— Incendiul s-a stins, Lukas. A fost doar un strat subțire de alcool pe o podea ignifugă, plus un frigider în flăcări. Nu va veni nimeni. Crede-mă, ești singur.

L-am crezut. M-am uitat la ceas și mi-am dres vocea.

— Suntem singuri, Greco.

— Ei bine, măcar suntem singuri amândoi acum, când ea ne-a fost luată amândurora.

Mi-am ridicat iar privirea la masca Guy Fawkes. Ea ne-a fost luată. Ce voia să spună?

— Adio, Lukas.

Legătura a fost întreruptă. Mă holbam la ecranul negru. Lucrurile îngheață de la exterior, dar frigul pe care îl resimțeam creștea dinăuntrul meu și se răspândea în jur. Doar nu...? Nu, trebuia să fie ceva cu care să mă manipuleze. Dar de ce? Să o sun pe Judith ca să verific dacă este în siguranță, pentru ca el să intercepteze semnalul, să vadă unde se ascunde? Nu, era atât de versat încât trebuia să știe că eu, la fel ca el și Judith, am un telefon care alege aleatoriu între imensele rețele de sateliți ale cartelurilor și stațiile terestre private, pentru a face imposibilă interceptarea semnalului.

M-am uitat la tavan și la pereți. M-am uitat la ceas, la minutarul care avansa, rigid și implacabil. Am încercat să gândesc limpede, să-mi stabilesc următoarea mișcare, dar era imposibil de știut dacă mintea mea funcționa rațional, așa cum alpinistul de pe Everest știe că altitudinea unde oxigenul este rarefiat împiedică gândirea rațională. Confuzia este confuzie.

Mai aveam 60 de minute. Nu, 59.

Trebuia să știu.

Am apelat-o, inima bătându-mi sălbatic în timp ce așteptam. A sunat o dată. De două ori. Răspunde. Răspunde! A sunat de trei ori.

Partea a II-a
Desfășurarea partidei

Olsen a pierdut totul la jumătatea partidei. Nu pentru că a jucat rău, ci pentru că a intrat în panică după ce a picat în capcana lui Murakami, la începutul partidei. Mereu veselul, dar tăcutul Olsen pierduse mult timp gândindu-se, iar acum se lupta și cu tabla de șah, și cu forța superioară a cailor bine plasați ai lui Murakami. O discuție recurentă privește regina lui Olsen, dacă Murakami a furat-o sau dacă Olsen a sacrificat-o. Majoritatea oamenilor, inclusiv eu, se gândesc că este evident că Olsen nu a renunțat voluntar la ea, singurul lucru obținut când i-a luat-o Murakami a fost o amânare a inevitabilului. Într-o partidă de șah lungă, Olsen ar fi capitulat încă din clipa aceea și i-ar fi oferit victoria lui

Murakami, dar în șahul rapid există mereu probabilitatea ca adversarul să facă o mutare greșită. Așa că Olsen a ales să prelungească chinul, să se lase tăiat în bucăți, în timp ce calul de negru care îi rămăsese sărea de colo-colo ca o găină amețită. Să joci iar acea partidă, mutare dureroasă cu mutare dureroasă, era ca retrăirea unei tragedii grecești. Știi cum se va termina, scopul este să găsești cea mai frumoasă cale până la final, ceea ce șoferii numesc *traseul pitoresc.*

Pe Judith Szabó am cunoscut-o când încă era facilitatoarea și iubita lui Gio Greco. În timpul unui bal la Castelul Sforza, pe care Luca Giualli, șeful cartelului din Lombardia, îl cumpărase de la municipalitate, transformându-l în fortăreața sa personală. Pe lângă angajarea unei mici armate pentru asigurarea securității familiei, mă angajase și pe mine să caut breșe în sistemul de securitate și să identific semne ale unor asasinate planificate.

Stăteam lângă pianul cu coadă din atriu și priveam peste mulțimea de oameni bogați și puternici îmbrăcați în fracuri și rochii de gală. Cu toate că ea părea să se miște precum ceilalți invitați, am observat-o. Nu doar pentru că era deosebit de frumoasă, într-o rochie roșie strălucitoare și cu părul lung și negru, ci pentru că nu se putea abține să nu se apropie de mine ca un profesionist.

— Nu-ți faci treaba prea bine, a fost primul lucru pe care mi l-a spus și s-a uitat în jos.

Era cu câțiva centimetri mai înaltă decât cei 175 ai mei.

— Tu trebuie să fii Judith Szabó, am spus eu.

— Vezi, așa e mai bine. Cum de ți-ai dat seama?

— Din ce am auzit. Și pentru că te miști ca o regină și te uiți în jur ca un șofer. Nu ești pe lista invitaților, așadar cum ai reușit să intri?

— Sunt trecută ca Anna Vogel din Cartelul Tokyo. O invitație cu același nume a fost introdusă în sistem. A fost mult prea simplu de spart, iar controlul actului meu fals de identitate, rușinos de superficial, a zis ea vânturând un card bancar.

Am încuviințat.

— Și de ce nu aș da acum alarma și să cer să fii pusă în lanțuri?

Ea a zâmbit scurt, după care a făcut semn cu capul spre Luca Giualli, care stătea de vorbă cu primarul orașului Milano, un bărbat care vorbise cu pasiune despre revenirea la sistemul orașelor-state independente în Italia.

— Pentru că, a spus Judith Szabó și am știut în mare parte ce urma, ar dovedi că ai permis unui potențial asasin să se apropie atât de mult de clientul tău, încât ea — dacă ar fi dorit — l-ar fi eliminat.

— Și atunci ce dorești?

— Să transmit un mesaj. De la știi-tu-cine.

— De la Greco. Capul de broccoli.

Ea a zâmbit discret.

— Voia doar să aflu dacă ești atât de bun pe cât se spune.

— Mai bun decât el, vrei să spui?

Ea n-a răspuns, doar a zâmbit mai larg. Avea niște ochi minunați. Reci și albaștri. Atunci m-am gândit că avea ritmul cardiac al unui psihopat, adică îl reducea în situații în care viața și moartea erau chestiuni de la sine înțelese. Mai târziu aveam să aflu că mă înșelam, că era doar o actriță desăvârșită. Și că motivul pentru care juca atât de bine rolul unui psihopat era acela că trăia cu unul.

— Cel puțin acum știm că nu ești cel mai bun, domnule Steinlitz. O seară bună, domnule Steinlitz, sunt așteptată.

Mi-a întâlnit privirea în timp ce lustruia ecusonul fracului meu Brioni, chiar dacă știam că nu era nimic acolo.

Trebuie să mă fi văzut privind peste umărul ei și clătinând încet din cap, pentru că a înlemnit, s-a răsucit și s-a uitat în sus, la unul dintre balcoanele interioare cu deschidere spre atriu. Nu putea vedea pe nimeni în bezna de dincolo de ușa deschisă a balconului, dar când și-a coborât privirea a observat micul punct roșu al laserului dansând pe rochia ei.

— De când e acolo? a întrebat ea.

— Roșu pe roșu. Am putea crede că niciunul dintre oaspeți nu a observat încă.

— Și de cât timp știai că Anna Vogel nu există?

— De trei zile. Am cerut ca toți cei aflați pe lista de invitați să fie verificați de două ori și, când a apărut Anna Vogel, iar în cartelul Tokyo nu există nimeni cu acest nume, am devenit evident curios să aflu cine putea fi. Se pare că am bănuit corect.

Zâmbetul ei nu mai era atât de ferm.

— Ce se întâmplă mai departe?

— Acum te întorci la cel care te așteaptă și îi spui că a primit un mesaj.

Judith Szabó a rămas nemișcată, cercetându-mă cu atenție.

Știam ce se întreba: dacă plănuisem să îi dau drumul sau dacă fusese o decizie de moment. Oricum, după două săptămâni aveam să regret acea decizie.

O sunam deja a patra oară. Ea mereu își ține telefonul la îndemână. Te rog, Judith. Am sunat-o și a cincea oară. Nu muri!

Am sunat-o după două săptămâni de la întâlnirea de la Castelul Sforza.

— Bună, a spus ea simplu.

I-am recunoscut vocea imediat. Probabil pentru că mă gândisem la ea.

— Bună, am răspuns. Sun pentru că ai sunat la acest număr. Pot să întreb de unde îl ai?

— Nu, dar mă poți întreba dacă vreau să ies la cină în această seară.

— Vrei?

— Da. Masa a fost rezervată. Ora 19:00, la Seta.

— Este devreme. Voi supraviețui?

— Dacă vii la timp.

Am zâmbit auzind ceea ce am crezut că era o glumă.

Dar nu am întârziat. Totuși, când am sosit, ea era deja așezată la masă. Ca și data trecută, m-a surprins că era frumoasă într-un fel auster, fără drăgălășenie, doar un tot unitar, simetrie și proporții normale. Dar ochii ei erau. Ochii...

— Ești văduv, a spus ea, după ce am vorbit puțin despre mediul de afaceri fără să dezvăluim secrete.

— De ce crezi asta?

Ea a făcut semn cu capul spre mâna mea.

— Niciun șofer nu poartă verighetă, spune ceva despre ei și îi poate face vulnerabili, dacă arată că au pe cineva la care țin.

— Poate că o am pentru a induce în eroare. Sau poate sunt divorțat.

— Poate. Durerea din ochii tăi îmi spune altceva.

— Poate că sunt victimele care îmi apasă conștiința.

— Și o fac?

— Nu.
— Atunci?
— Mai întâi spune-mi ceva despre tine.
— Ce vrei să știi?
— Probabil este mare diferență între ce vreau să știu și ce voi ajunge să știu. Începe cu ce vrei.

Mi-a zâmbit, a gustat vinul și a făcut semn cu capul spre somelier care, fără să întrebe, își dăduse seama rapid care dintre noi doi dă comenzile.

— Provin dintr-o familie din elita societății și mi-au fost satisfăcute toate nevoile materiale, dar niciuna dintre cele emoționale. Cel mai apropiat de mine a fost tatăl meu, care m-a abuzat în mod frecvent de când aveam 11 ani. Mă întreb ce concluzie ar fi tras un psiholog din asta și din faptul că am ajuns să lucrez în această industrie.
— Păi, poți să-mi spui.
— Am absolvit trei facultăți, nu am copii, am trăit în șase țări, mereu am câștigat mai mult decât foștii iubiți sau foștii soți și am fost permanent plictisită. Până când am intrat în contact cu această industrie, mai întâi în calitate de client. Așadar... încă ceva. În prezent sunt iubita lui Gio Greco.
— De ce nu invers?
— Ce vrei să spui?
— De ce nu spui că Gio Greco este iubitul tău?
— Oare nu obișnuiesc femeile să facă asta când vine vorba despre bărbați puternici?
— Nu-mi lași impresia că poți fi dominată ușor. Și spui „pentru moment". Sugerezi că relația este un aranjament temporar.
— Și mie mi se pare că tu ești preocupat de semantică.

Omul vorbește din preaplinul inimii, nu așa se zice?

Ea a ridicat paharul pentru un toast. Am băut.

— Greșesc? am întrebat.

Ea a ridicat din umeri.

— Nu sunt toate relațiile temporare? Unele se termină când nu mai există iubire, distracție sau bani. Altele, când se termină viața. În cazul tău ce s-a întâmplat?

Am agitat paharul de vin.

— Ultima ipoteză.

— Șoferii concurenței?

Am clătinat din cap.

— S-a întâmplat înainte să intru în industrie. Ea s-a sinucis. Fiul nostru murise într-un incendiu cu un an înainte.

— Mânie?

— Și vinovăție.

— Și ea a avut sentimente de vinovăție?

Am negat printr-o mișcare a capului.

— Producătorul lămpii Mickey Mouse din dormitor a fost de vină. Lampa era făcută dintr-un material ieftin și ușor inflamabil, ca să submineze concurența. Producătorul a refuzat să-și asume responsabilitatea. Proprietarul a fost unul dintre cei mai bogați bărbați din Franța.

— A fost?

— A murit într-un incendiu.

— Din întâmplare, nu vorbim despre Françoise Augvieux, care a ars de viu la bordul iahtului său ancorat la Cannes?

N-am răspuns.

— Deci tu ai fost. Mereu ne-am întrebat cine a făcut-o, nu existau clienți care să iasă în evidență. Impresionant debut. Pentru că acela a fost debutul, nu?

— Lumea nu are nevoie de oameni care nu-și folosesc puterea pentru a face bine.

Ea și-a înălțat capul, ca pentru a mă privi dintr-un alt unghi.

— De aceea ești în domeniu? Ca să ucizi profitori nemiloși și să-ți răzbuni fiul și soția?

A fost rândul meu să ridic din umeri.

— Poți întreba un psiholog despre asta. Dar, spune-mi, ce ar crede Greco despre noi doi, stând aici, servind cina împreună în această seară?

— Ce te face să crezi că nu știe?

— Știe?

Ea a zâmbit scurt.

— Este ocupat la serviciu. Și eu sunt la muncă. Mi-aș dori să te am în herghelia mea.

— Mă faci să par un cal de curse.

— Te deranjează?

— Nu analogia, dar nu am nevoie de un intermediar.

— Ba da, ai. Planurile îți pot fi dejucate ușor fără unul și ai nevoie de cineva să urmărească ce se petrece pe la spatele tău.

— Din câte îmi amintesc, planul tău a fost dejucat.

— Sper să nu iei asta personal, Lukas, dar acum nu ar trebui să fii aici, ar trebui să fii cu clientul tău.

Am simțit cum îmi crește pulsul.

— Mulțumesc, Judith, dar Giualli este în siguranță în fortăreața lui și nu avem trădători în echipa noastră, m-am asigurat personal de asta.

Judith Szabó a scos ceva din geanta ei Gucci și l-a pus pe fața de masă, în fața mea. Era un desen sau un document printat. Părea să fie o pisică alergând și care avea fixată în jurul ei o încărcătură explozivă detonată. Pe fundal era desenat un castel.

— Asta este o ilustrație veche de cinci sute de ani a unei tactici de atac utilizate de germani în timpul asediilor, în secolul al XVI-lea. Prindeau o pisică sau un câine care ieșise prin breșe, animalele mereu reușesc să iasă din castelul sau satul în care locuiesc. Apoi legau pe acel animal o încărcătură explozivă și îl goneau înapoi acasă. Planul era ca animalul să treacă prin breșă înainte ca fitilul să ardă complet.

Simțeam o furnicătură între omoplați. Bănuiam deja ce urma. Ceva la care nu mă gândisem, dar la care ar fi trebuit să mă gândesc.

— Gio este...

Părea că încerca să își găsească cuvintele. Pe lângă faptul că nu era o fire slabă, Judith Szabó nu părea nici să fie o persoană care să își găsească cuvintele cu dificultate. Când într-un final le-a găsit, a vorbit atât de încet, încât m-am aplecat fără să vreau în față.

— Nu am nimic împotriva metodei în sine, la urma urmei, asta este meseria noastră și facem ce trebuie. Dar există o limită undeva. Cel puțin pentru unii dintre noi. Precum acest băiat care locuiește cu mama lui la Castelul Sforza, Anton...

Am tresărit. Luca Giualli și soția lui, care era cu două decenii mai tânără, erau oameni buni, cel puțin buni ca să fie oameni bogați și influenți ai cartelului. Aveau trei copii bine-crescuți, pe care îi tratam cu politețe detașată, și invers. Dar altfel stăteau lucrurile cu Anton, fiul în vârstă de cinci ani al bucătarului, care locuia într-unul dintre apartamentele servitorilor de la parter și care semăna atât de mult cu Benjamin, încât trebuia să fac un efort să nu îi dăruiesc complet inima mea. Judith Szabó a făcut o pauză, simțind probabil că numele a atins o coardă sensibilă. Ea și-a dres vocea și a continuat.

— Anton este desemnat să fie pisica.

Deja mă ridicasem pe jumătate.

— Este prea târziu, Lukas. Rămâi la masă.

M-am uitat la ea. Avea vocea fermă, dar mi s-a părut că văd lacrimi în ochii ei. Nu știam nimic, doar că eram iar calul.

Avea să dureze mai multe zile până ce declarațiile martorilor și investigațiile criminalistice să dezvăluie ce se întâmplase. Deși copiii familiei Giualli erau, desigur, însoțiți de gărzi de corp oriunde mergeau — acasă, la școală, la balet, la antrenamentele de karate, la prietenii lor — regula nu se aplica și copiilor servitorilor. Toți angajații erau percheziționați corporal la venire și la plecare, la urma urmei trădarea face parte din natura umană, însă riscul ca ei să fie răpiți era considerat redus, mai ales că toți semnaseră un contract care stabilea expres că angajatorul nu își asuma răspunderea în astfel de cazuri.

În acea după-amiază, când Anton a venit de la școală cu o întârziere de o oră, i-a spus mamei sale că fusese oprit de un bărbat în Parcul Sempione. Acesta îi pusese o cârpă pe față, totul s-a întunecat și Anton a spus că nu știa cât trecuse până s-a trezit într-unul dintre tufișurile din parcul marelui oraș. Avea dureri când înghițea, dar altfel, date fiind condițiile, se simțea bine. Când a fost rugat să îl descrie pe bărbat, tot ce își amintea Anton era că, deși era cald, el purta un palton.

Mama lui vorbise cu Luca Giualli, care chemase imediat poliția și un medic. Doctorul a explicat că durerea și inflamația din gât puteau fi cauzate de ceva — nu a dorit să speculeze despre ce era vorba — care fusese introdus forțat pe gâtul copilului, dar nu putea spune mai multe până la o examinare amănunțită.

Raportul poliției spunea că patru polițiști se îndreptau spre intrarea în fortăreață la momentul exploziei. Forța explozivă a conținutului pungilor gelatinoase din stomacul băiatului nu ar fi fost suficientă să îl ucidă pe Luca Giualli și pe soția lui dacă s-ar fi aflat în zona lor din fortăreață, iar Anton în apartamentele servitorilor. Însă ei erau — într-un fel — oameni buni și nu doar că erau în apropiere, ci chiar în aceeași încăpere; nu rămăsese prea mult din niciunul dintre ei când poliția și pompierii își croiseră drum printre ruine.

Dar eu încă nu aflasem niciunul dintre aceste detalii la momentul în care mă aflam într-unul dintre cele mai bune restaurante și mă uitam în ochii albaștri ai lui Judith Szabó. Ce știam sigur era că Anton era mort, la fel și Luca Giualli. Că nu îmi făcusem treaba, iar acum era prea târziu. De asemenea, am realizat că Judith Szabó nu glumise când mi-a spus că riscam să mor dacă întârziam.

— La bal, am spus eu, nu ar fi trebuit să te las să scapi.

— Nu, n-ar fi trebuit. Dar ai vrut să îi transmiți un mesaj lui Greco, nu?

Nu i-am răspuns.

— M-ai invitat aici ca să nu fiu la castel când venea copilul acasă. De ce?

— La bal mi-am dat seama că ești bun. Ai fi mirosit fitilul și poate l-ai fi salvat pe Luca Giualli.

— Greco a luat decizia să fiu ademenit aici, la cină?

— Tot ce ține de operațiuni este decizia lui Greco.

— Dar?

— Dar a fost sugestia mea.

— De ce? După cum vezi, ai supraestimat talentul meu de a mirosi orice. Când m-ai invitat aici, m-am gândit...

M-am abținut și mi-am dus degetul arătător și degetul mare la ochi.

— Ce ai crezut? a întrebat ea cu blândețe.

Am expirat profund.

— Că ești interesată de mine.

— Înțeleg, a spus ea, punându-și mâna pe mâna mea liberă. Dar nu greșești. Sunt interesată de tine.

M-am uitat în jos la mâna ei.

— Serios?

— Te-am luat de acolo în primul rând pentru că nu doream să mori și tu. M-ai lăsat să plec ultima dată când ne-am întâlnit. Nu erai obligat, nici nu cred că asta plănuiai. Acum a fost rândul meu să dau dovadă de aceeași îndurare.

— Să arăți clemență nu este același lucru cu a fi interesată.

— Dar tocmai ți-am spus că sunt. Am nevoie de un nou client. Cred că tocmai l-am pierdut pe cel pe care îl aveam.

Și-a lăsat privirea în jos fără să își ia mâna de pe a mea. Cu cealaltă mână și-a luat șervetul din poală și mi l-a dat.

— Plângi, a spus ea.

Așa a început relația mea cu Judith, în lacrimi. Oare tot așa avea să se și termine? A sunat a șasea oară. A șaptea oară. A opta. Eram pe cale să închid.

— Bună, iubărețule! Eram la duș.

Mi-am dat seama că îmi ținusem respirația și acum inspiram profund.

— Ce s-a întâmplat? m-a întrebat ea îngrijorată, încercând să interpreteze tăcerea mea.

— Sunt închis într-un apartament împreună cu un băiat mut.

— Gio! a rostit ea înainte să termin propoziția.

— Da, am confirmat. Mi-a fost teamă că te-a găsit și pe tine.

— Nu mă poate găsi aici, ți-am spus.

— Oricine poate fi găsit, Judith.

— Unde ești?

— Nu este important, nu mă poți ajuta. Voiam doar să știu că ești în siguranță.

— Lukas, spune-mi unde...

— Știi că încearcă să ajungă la tine folosindu-se de mine. Stai ascunsă. Eu...

Chiar și acum, în această situație, nu o puteam spune.

Iubire.

Era un cuvânt rezervat încă pentru Maria și Benjamin. În anul în care eu și Judith am fost împreună, m-am gândit că poate, într-o zi, aș fi putut să îl rostesc și să fie din inimă. Dar indiferent cât de mult mă fascina, mă captiva și mă încânta Judith, exista o ușă care părea să fie închisă și încuiată.

— ... te iubesc, draga mea.

— Lukas!

Am închis. M-am sprijinit de perete. M-am uitat la ceas. Timpul îmi era potrivnic, de asta îmi dădusem seama, dar de ce îmi acordase o oră de răgaz? De ce a riscat să-mi sun aliații și să-i fac să vină să mă salveze? Sau chiar să chem poliția?

Pentru că știa că nu am aliați, cel puțin pe nimeni care să îl înfrunte pe însuși Gio Greco. Iar poliția când intervenise ultima oară în confruntarea dintre șoferi, cu sau fără un băiat nevinovat folosit pe post de momeală?

Am bătut cu palma în perete și băiatul a tresărit.

— Este în regulă, am spus, încerc doar să mă gândesc.

Mi-am pus mâna pe frunte. Greco nu era nebun, nu în sensul că nu acționa rațional. Doar că din cauza tulburării sale de personalitate — un diagnostic mai precis era, probabil, așa-zisul narcisism malign, care se aseamănă foarte mult cu psihopatia — acționa condus de o rațiune total diferită de cea a așa-zișilor oameni normali. Dacă era să anticipez următoarea lui mutare, trebuia să încerc să îl înțeleg. Amândoi eram răzbunători, dar aici se opreau toate asemănările dintre noi. Cruciada mea împotriva cartelurilor era o tentativă de purificare sufletească, de amorțire a propriei suferințe, dar era mânată și de principii. Voiam să ajut la distrugerea unei ordini mondiale în care cei mai lacomi și nemiloși vânători de profituri aveau toată puterea. Greco nu voia să mă tortureze din principiu, ci ca să obțină o plăcere sadică, de scurtă durată. Și pentru a obține această bucurie, era dispus să sacrifice viețile unor nevinovați. Asta era.

Acesta trebuia să fie răspunsul la întrebarea de ce nu trecuse imediat la tortură sau ucidere. Bucuria lui ar fi avut o viață prea scurtă. Mai întâi, avea să savureze că eu știam ce urmează. Ăsta, mă tem, era aperitivul lui.

Am analizat mai bine raționamentul meu.

Ceva nu se lega.

Ceea ce gândisem eu, că voia doar să mă vadă suferind, era exact raționamentul pe care mi-l oferise el, ceea ce insinuase și voia să cred. Era prea simplu. Voia ceva mai mult. Ce vrea un narcisist? Caută confirmarea. Vrea să știe că e cel mai bun. Sau, mai important, vrea ca toată lumea să știe că el e cel mai bun. Desigur. Voia să demonstreze întregii industrii, întregii lumi a cartelurilor, că era mai bun decât mine. Până acum reușise să mă determine să fac exact ce plănuise. Am urcat să-l salvez pe băiat, l-am adus în acest apartament, am folosit toporul în scopul în care trebuia. Am...

Am înghețat.

O sunasem pe Judith. Mă manipulase să o fac, voia să o fac. De ce? Apelurile nu puteau fi interceptate și localizate ca în trecut.

Am luat iar telefonul și am reapelat-o. Am pus telefonul la ureche. Nu suna. M-am uitat la ecran. Simbolul pentru semnal indica nu doar că aveam o conexiune slabă, dar că nu aveam deloc semnal. M-am dus la fereastră, am scos telefonul dincolo de cadrul ei. Tot niciun semnal. Eram în centrul orașului Milano, era imposibil. Sau, bineînțeles, din contră. Dacă instalai un dispozitiv în cameră, puteai să bruiezi semnalul și puteai să îl pornești și să îl oprești după bunul plac.

Am analizat pereții să văd unde ar fi putut să instaleze Greco cutia. Pe acoperiș, poate? Cutia era setată ca să nu pot suna pe nimeni după ce — în mod predictibil — o sunasem pe Judith? Greco s-a gândit că puteam să sun pe cineva care să mă salveze și care putea să îi strice planul.

Să accept. Trebuia să accept că aceea posibilitate nu mai exista. Trebuia să nu mă mai întreb de ce ar fi vrut s-o sun pe Judith, oricum acesta era un aspect cu privire la care nu mai puteam face nimic. Cel puțin acum ea știa că el e pe picior de război și trebuia să o cred cu privire la faptul că nu putea fi localizată pe baza telefonului și că el nu știa unde se află apartamentul ei. Nici măcar eu nu știam. M-am uitat la ceas. Și la băiat.

Nu aveam nicio îndoială că Gio Greco ar folosi gaz, o mai făcuse și înainte. Când cel mai isteț inventator al celui mai mare dintre cele trei carteluri din sectorul electronicelor și-a dus mașina la service, Greco a mituit un mecanic, a intrat noaptea în atelier și a instalat un recipient de gaz la transmisie, astfel încât recipientul să se spargă când inventatorul avea să bage schimbătorul în cea mai mare treaptă de viteze. Responsabilul cartelului cu asigurarea securității a luat mașina a doua zi, a verificat-o să nu aibă bombe și a condus-o pe străzile aglomerate ale orașului până la el acasă.

Abia când inventatorul s-a dus câteva zile mai târziu la casa lui de la țară, aflată pe malul Lacului Como, a intrat pe autostradă, unde avea sens să folosească treapta superioară de viteză. Mașina a ieșit de pe stradă pe unul dintre podurile mari, a căzut peste parapet și s-a zdrobit de pavajul cubic al pieței unui sat aflat chiar sub pod. Moartea a fost catalogată drept accident rutier. Totuși, cei din interior știau că fusese vorba despre gaz, oricărei persoane atât de importante pentru competitivitatea unei companii i se face autopsie, existând mereu suspiciunea de omucidere, indiferent de situație. Însă, după spusele lui Judith, cartelul a considerat că reputația lor ar avea de suferit dacă lumea afla că sistemul lor de securitate era vulnerabil.

Ironia a fost că, la nivelul comunității șoferilor, eu am fost creditat pentru ispravă, doar pentru că, odată, îi răspunsesem unui alt șofer de limuzină care mă întrebase cum să lichideze un chimist care avea o armată și o fortăreață din care nu pleca aproape niciodată, iar când o făcea pentru a merge la schi în munții de lângă Bergamo, folosea o mașină blindată, șofer personal și gărzi de corp.

Am sugerat ca șoferul să fie urmărit și hipnotizat fără să observe, doar să îi fie sugerat un cuvânt declanșator care — atunci când îl auzea sau îl citea — să îl adoarmă instantaneu. Acest tip de hipnoză subtilă lasă impresia că persoana în cauză nu este afectată și tot așa se și simte. Am sugerat că termenul declanșator ar trebui să fie denumirea unei localități scrise pe un indicator pe care obligatoriu avea să îl întâlnească pe una dintre cele mai rapide și periculoase porțiuni de drum dintre Milano și Bergamo.

Nu știu dacă propunerea mea a ajuns la urechile lui Greco și l-a inspirat sau ce credea despre faptul că eu am primit meritele. Concluzia este că, personal, nu aș duce așa ceva la îndeplinire, nu accept niciodată misiuni în care pot muri persoane nevinovate.

M-am uitat iar la ceas. Problema nu era trecerea prea rapidă a timpului — pentru că el se scurgea încet, iar mintea mea mergea și mai încet de atât.

Trebuia să scot băiatul din apartament înainte să fie eliberat gazul.

Dacă îi puteam determina pe oamenii strânși pe stradă să rupă prelata unui magazin pe care să-l folosească drept trambulină?

M-am dus în dreptul ferestrei și m-am uitat în jos. Acolo era un bărbat îmbrăcat în uniformă de polițist, în rest nu era nimeni pe stradă.

— Hei! am strigat brusc. Am nevoie de ajutor.

Bărbatul în uniformă s-a uitat în sus. Nici n-a răspuns, nici măcar nu s-a mișcat.

Deși era prea departe să îi văd trăsăturile, am observat că țeasta lui mare părea să fie îndesată între umeri. Strada pietonală era închisă la ambele capete cu panglică, probabil tot recuzită falsă de poliție.

Am închis ochii și am înjurat în sinea mea. Purtând uniforma de poliție și dat fiind și gabaritul său, nu ar fi avut probleme să le ordone oamenilor să elibereze zona. Mai mult, drama se terminase, focul fusese stins, iar eu și băiatul eram aparent în siguranță.

Am privit de sus în jos zidul casei de vizavi. Am încercat să număr metrii. Polițistul fals a traversat strada și a intrat pe poarta aflată chiar sub mine.

M-am retras în cameră și mi-am plimbat privirea prin apartament. Dar am ajuns la aceeași concluzie. Eram doar noi, patru pereți, un topor pentru incendii și leșul secționat pe jumătate al câinelui. M-am plimbat prin cameră și am ciocănit în pereți. Pereți.

— Ai învățat să scrii? am întrebat.

Băiatul a încuviințat.

Am scos stiloul Montegrappa din buzunarul interior și i l-am dat.

— Cum te numești? am întrebat, ridicând mâneca paltonului ca el să poată scrie pe manșeta albă a cămășii. Dar era îmbibată cu sânge de la mușcătură și până să o ridic pe cealaltă, el s-a dus la zid și a scris pe tapetul albastru deschis.

— Oscar, opt ani, am citit cu glas tare. Salut, Oscar, numele meu este Lukas. Și știi ce? Trebuie să te scoatem de aici.

Mizasem totul pe asta. Erau aproximativ 18 metri până jos, la stradă. Legând paltonul, cămașa și pantalonii mei, puteam să îl cobor pe Oscar patru metri. Folosind și hainele lui, șase metri. Ca să nu se rănească grav, probabil că puteam să îi dau drumul la patru metri de pământ. Dar pentru asta, mai aveam nevoie de încă opt metri. Și unde aveam să îi găsesc într-un apartament complet gol?

M-am uitat la câine. Nu prea făcusem anatomie în timpul studiilor de psihologie, dar unul dintre lucrurile pe care le-am reținut — pe lângă grosimea cât o foaie de hârtie a osului dintre orbite și creier — a fost acela că intestinele umane au o lungime de opt metri. Sau intestinul. Pentru că este un singur tub continuu de la faringe la orificiul anal. Ce greutate putea susține un maț? M-am gândit la unchiul meu din Munchen care servea cârnați făcuți din intestine legate între ele și pe care am încercat să le rup când eram copil. Într-un final, a trebuit să folosesc un cuțit.

Am luat toporul.

— Oscar, vrei să mă ajuți?

Copilul s-a uitat la mine cu ochii larg deschiși, dar a încuviințat. I-am arătat cum să țină corpul câinelui între genunchi și să îi întindă labele în lateral și spre înapoi, astfel încât abdomenul patrupedului să fie întins și orientat spre mine.

— Închide ochii, i-am spus.

Este ciudat cât de fragile suntem noi, mamiferele. A trebuit doar să ating superficial lama ascuțită a toporului de blana câinelui. Abdomenul s-a deschis și organele interne s-au revărsat. La fel și putoarea. Am început imediat să îi scot intestinele, în timp ce mă concentram să respir pe nas.

Era dificil să văd dincolo de sânge și mucoasă, dar am găsit ce am crezut că erau două capete și le-am retezat. Am legat un nod la fiecare capăt ca să închid orificiile. Nu păreau să aibă opt metri, abia dacă erau cinci. Dar materialul părea flexibil, poate că se întindea până la opt metri sub acțiunea unei greutăți prinse în capăt?

M-am dezbrăcat de haine și le-am legat una de alta folosind noduri marinărești. A durat o vreme, dat fiind că de mult nu mai exersasem legarea nodurilor pe care le învățasem de la tatăl meu, pe vremea când spera să devin un navigator de competiție, ca el.

După multe bâjbâieli, mi-am dat seama cum se face, dar când am trecut să leg mațele de mâneca paltonului, cele două nu stăteau împreună; mâneca paltonului aluneca pur și simplu din nod. Am încercat să mă concentrez stând pe podea doar în chiloți și tremurând de la frigul care intra pe fereastră. Pur și simplu, nu mergea. Am înjurat cu glas tare și, uitându-mă la ceas, am văzut că trecuse o jumătate de oră de când începuse Greco numărătoarea inversă. Am mai făcut o încercare, cu un segment mai lung. Însă intestinul neted și plin de mucoasă a alunecat iar din nod. Am desfăcut intestinul și haina, m-am întins pe podea, mi-am pus mâinile puturoase și însângerate pe față și am simțit că îmi venea să plâng.

Ajunsesem exact în punctul urmărit de el.

O mânuță mi-a îndepărtat mâna de pe față.

M-am uitat în sus, în lumină, și la Oscar, care ținea ceva ridicat în aer.

Intestinul și mâneca hainei. Erau legate una de alta. Le-am luat și am tras de capete, dar erau blocate. M-am uitat uimit la nod și l-am tras încet. Era un nod pentru legarea steagului. Mi-am adus aminte ce mi-a spus tatăl meu când i-am mărturisit că eu și Maria urma să ne căsătorim, că unele femei ar trebui ținute cu un nod ușor de legat, ușor de dezlegat, dar că mariajul era ca legatul unui steag: cu cât tragi mai tare de el, cu atât mai tare se strânge.

— Unde ai învățat..., am dat eu să spun.

Oscar a salutat cu două degete.

— Cercetaș?

El a încuviințat.

Concomitent, telefonul — pe care îl lăsasem pe parchet alături de cheile de la casă și de portofel — a început să vibreze. L-am ridicat. Era iar un apel FaceTime și aveam iar semnal maxim.

Am apăsat tasta de răspuns și pe ecran a apărut iar fața lui Gio Greco.

— Salut, Lukas. Se îndreaptă spre mine. Uite, parchează afară chiar acum.

A așezat telefonul în fața ecranului unui computer. Am văzut o stradă, evident dintr-un cartier rezidențial elegant și un Alfa Romeo a cărui portieră se deschidea. M-am simțit de parcă cineva mi-ar injecta apă înghețată direct în inimă. Femeia care a coborât din mașină și traversa strada se mișca precum un profesionist. Și ca o regină.

Greco a vorbit din spatele telefonului:

— Când nu le poți găsi, fă-le să vină la tine.

Judith era îmbrăcată cu paltonul roșu pe care îl purta mereu la negocieri. Când mergea la război, după cum se exprima ea. Îl dădea jos înainte să înceapă discuțiile. Pe sub el purta o bluză albă inocentă. Simboliza foaia albă, spunea ea. Disponibilitatea pentru compromis. Și înainte să își ia din nou paltonul, întotdeauna, *fără excepție*, încheia o înțelegere cu clientul ei. Acum că mă gândeam la asta, era atât de evident, așa cum și la șah îți dai seama de mutările strălucite doar când le vezi.

Gio Greco fusese iubitul lui Judith mai mult timp, o cunoștea mai bine. În plus, el era un jucător de șah mai bun decât mine. Știuse că aveam să o sun când îmi spusese acele cuvinte: „Ei bine, măcar suntem singuri amândoi acum, când ea ne-a fost luată amândurora". Iar el știa ce avea ea să facă, aflând că Greco m-a prins. Să îl caute, pentru ca ea să facă singurul lucru pe care îl putea face, la care excela. Să negocieze.

Rânjetul lui Greco a umplut iar ecranul.

— Se pare că înțelegi ce se petrece, Lukas. Regina va muri. Totul este pierdut. Sau nu?

Și-a coborât vocea, ca amfitrionul emisiunii de jocuri aparținând televiziunii-concept a cartelului din Tokyo.

— Poate că până la urmă o poți salva. Mda, știi ceva? Vei avea șansa să mă oprești. Vei putea să îți folosești arma, marele Lukas Meyer va avea ocazia să îl hipnotizeze pe crudul Gio Greco și să salveze situația! Haide, ai aproximativ 15 secunde până ajunge ea aici.

Greco și-a holbat ochii, ca să arate cât de pregătit și receptiv era.

Am înghițit în sec.

Greco a ridicat o sprânceană subțire și stufoasă.

— S-a întâmplat ceva?

— Ascultă..., am început.

— Nu poți, Lukas? Ai trac de scenă? Ai trac și când ți-o tragi cu ea?

N-am răspuns.

— OK, asta nu a fost tocmai corect, a spus Greco. Vezi tu, psihologul despre care ți-am povestit a sugerat hipnoza pentru depresie, dar când am încercat, s-a dovedit că nu sunt receptiv. Explicația este așa-zisa tulburare de personalitate pe care o am. Sunt imun. Nebunia are avantajele ei.

Râsul, t-ul și s-ul lungi sunau ca pana unei roți de bicicletă. Apoi a dispărut din fața ecranului. Telefonul era așezat pe un raft sau ceva asemănător, oricum vedeam ceea ce părea să fie holul de la intrare și o ușă de stejar cu interfon. S-a auzit o sonerie stridentă. Gio Greco a reintrat în câmpul vizual cu spatele la mine, îmbrăcat în costumul său de un alb strălucitor. Părea să aibă ceva în mâna pe care o ținea în fața lui, ca să nu văd eu. A deschis interfonul cu cealaltă mână.

— Da?

Pauză. Apoi, cu o voce surprinsă:

— Vai, tu ești, draga mea? Ce drăguț, a trecut atât de mult timp! Da, da, cel puțin încă îți amintești unde ai locuit.

A apăsat butonul de acces al interfonului, s-a auzit un gong îndepărtat și s-a deschis o ușă. Strângeam telefonul atât de tare, încât aveam impresia că o să se spargă. Cum putea Judith, care era atât de inteligentă și îl știa pe Greco atât de bine, să nu vadă capcana, să nu își dea seama că o scosese afară din ascunzătoare folosindu-se de mine? Răspunsul a venit la fel de repede ca întrebarea. Bineînțeles că înțelesese. Și, cu toate astea, s-a dus acolo. Pentru că nu existau opțiuni, era singura șansă să mă salveze.

Am plâns. Fără lacrimi, dar tot corpul meu s-a cutremurat de plâns. Îmi doream să o fi mințit. I-am spus că o iubesc. I-am oferit măcar atât. Pentru că urma să moară. Iar eu aveam să privesc.

Greco și-a întors triumfător râtul spre mine. Atunci am văzut ce ținea în mână. Un cuțit karambit. Cu mâner curbat și lamă scurtă, încovoiat ca un canin. Un cuțit pentru a lovi, tăia sau înțepa. Și care nu iese odată intrat în corp.

Am vrut să închid telefonul, dar nu am găsit puterea să o fac.

Greco s-a întors spre ușă și a deschis-o, ținând cuțitul la spate, doar eu puteam să îl văd. Apoi a intrat ea. Palidă, cu obrajii îmbujorați. Ea l-a îmbrățișat și Greco i-a permis să facă asta fără să miște mâna de la spate. Acum îi vedeam pe amândoi din profil.

— Fugi! am țipat în telefon. Judith, vrea să te omoare!

Nicio reacție, Greco trebuie să fi închis difuzorul telefonului.

— Frumos, a spus Greco pe un ton care a răsunat pentru puțin timp pe hol. Cu ce ocazie mă vizitezi?

— Îmi pare rău, a spus Judith pe nerăsuflate.

— Regreți?

— Că am plecat. M-am gândit mult timp la asta. Mă primești înapoi?

— Oh! a spus el. Chiar înainte să îți dai jos paltonul?

— Vrei?

Greco se balansa pe călcâie.

— Eu, a spus el sugându-și buza superioară, o vreau pe Judith Szabó înapoi.

Ea respira sacadat, dar îi zâmbea și și-a pus o mână pe piept.

— Sunt așa de fericită acum. Pentru că te vreau, Gio. Acum înțeleg. Doar că am avut nevoie de timp și îmi cer iertare pentru asta. Sper că mă poți ierta.

— Te iert.

— Bine. Iată-mă.

Ea a făcut un pas spre el cu mâinile larg deschise, dar Greco a făcut un pas în spate. Ea s-a oprit și s-a uitat la el nedumerită.

— Arată-mi limba, i-a spus el încet.

Pentru o clipă, Judith arăta de parcă o trăsese cineva de ureche. Dar și-a revenit repede și a zâmbit.

— Dar, Gio...

— Limba!

Se părea că ea trebuia să se concentreze, ca și cum era o complexă sarcină motrică. Ea și-a deschis gura pe jumătate, după care a apărut limba ei de un roz aprins.

Greco a zâmbit, aproape că îi privea limba cu amărăciune.

— Știi foarte bine că aș primi-o înapoi, Judith. Pe ea, cea care ai fost. Înainte să devii altcineva și să mă înșeli.

Limba a dispărut.

— Gio, dragule...

Ea s-a apropiat de el, însă el a făcut încă un pas în spate.

— Ce este? Îți e frică de mine? Oamenii tăi m-au percheziționat la poartă.

— Nu îmi e frică, dar dacă ar fi să mă tem de cineva, tu ești aceea. Nu pot decât să îți admir curajul. Dar mereu i-ai apărat pe cei pe care i-ai iubit. De aceea am știut că vei veni. Aceasta este metoda ta. Direct la sursă.

— Ce vrei să spui?

— Haide, Judith, ești o actriță mai bună de-atât.

— Gio, nu înțeleg despre ce vorbești acum.

Dar eu înțelegeam. Era mantra ei învăluitoare. Să meargă direct la sursă. Când era contactată pentru o afacere, care, din motive evidente, avea loc aproape întotdeauna prin intermediari, se asigura că află cine era clientul final și îl contacta. Exista întotdeauna o șansă să fie luat, putea pierde misiunea sau risca să se pună ea însăși în pericol, dar insista să ajungă la sursă ca să negocieze prețul și condițiile. Ea se gândea că prețul era mai bun, pentru că nu existau mulți intermediari care să încaseze comision și nu apăreau neînțelegeri cu privire la ce includea serviciul nostru și ce nu. I-am susținut metoda direct-la-sursă pentru că voiam să știu scopul, finalitatea misiunii. Calea mea spre rai era pavată cu intențiile malefice ale altora, trebuia să mă asigur că nu câștiga răul mai mare.

— Poate, poate că o vreau pe acea Judith Szabó. Îmi place limba ta. Ai venit să negociezi. Așa că dă-i drumul. Ce primesc dacă îl cruț pe psihologul tău?

Ea a clătinat din cap.

— A dispărut de mult din viața mea, Gio. Dar, da, asta presupune să nu îi faci vreun rău.

Greco și-a dat capul pe spate și a râs cu t-urile și s-urile lui și cu ochii porcini scufundați în obrajii rotunzi ca merele.

— Hai, Judith, un negociator trebuie să mintă mai bine de atât. Știi ce mi-aș dori?

M-am cutremurat când și-a întins o mână și a mângâiat-o pe obraz.

— Mi-aș dori să mă fi iubit suficient încât să faci și pentru mine ceea ce faci pentru el.

Judith l-a fixat cu privirea, ținându-și gura deschisă. Cu o mână încă o mângâia pe obraz. Cu cealaltă strângea mai tare mânerul cuțitului pe care îl ținea la spate. Am putut vedea cum o podidesc lacrimile, cum i se moleșește corpul, deja își ridicase pe jumătate mâinile, în semn de apărare. Presimțea ce avea să urmeze și știa care e deznodământul. Iar acum era prea târziu pentru regrete.

— Hello..., a spus el.

— Nu! a țipat ea.

— Nu! am strigat eu.

— ...*I'm Greco*, a continuat el.

A rotit cuțitul într-un arc de cerc și a lovit atât de repede, încât a lăsat impresia că lasă o dâră argintie în aer.

Judith s-a holbat la el și la cuțit. Lama era curată, dar gâtul ei era spintecat. Apoi a apărut sângele. S-a revărsat, iar ea și-a ridicat mâinile încercând să împiedice șuvoiul să-i ajungă pe haină, pe haina ei magică. Dar când a apăsat cu mâinile pe gât, presiunea a crescut și printre degetele ei au țâșnit firicele subțiri de sânge. Greco s-a îndepărtat, dar nu suficient de repede, și o parte din sânge l-a stropit pe mâneca sacoului alb. Picioarele ei au cedat și a căzut în genunchi. Privirea îi era fixă, creierul nu mai primea oxigen. Mâinile i-au căzut neînsuflețite din dreptul gâtului, fluxul sangvin deja se reducea. Timp de o secundă sau două, trupul ei s-a legănat de la genunchi, apoi s-a prăbușit în față, lovindu-se cu capul de podeaua de piatră, cu o bufnitură ușoară.

Am țipat la ecranul telefonului.

Greco s-a uitat în jos. Nu la Judith, ci la mâneca sacoului, încercând să șteargă sângele. Apoi s-a apropiat de telefon și eu mi-am înăbușit un țipăt doar când fața lui care semăna cu Guy Fawkes a umplut întregul ecran. S-a uitat la mine fără să spună nimic, cu un soi de seriozitate gravă, de parcă ținea doliu. Așa să fi fost? Sau mima compasiunea, o parodie a reprezentantului pompelor funebre?

— Tic-tac, a spus Greco. Tic-tac.

Apoi a închis convorbirea.

Am format numărul pentru urgențe al Poliției, dar, evident, era prea târziu, nu mai aveam semnal.

M-am prăbușit pe podea.

După un timp, am simțit o mână pe frunte.

Mă mângâia.

M-am uitat în sus, la Oscar.

El a făcut semn spre perete, la cuvintele pe care le scrisese.

O să fie bine în scurt timp.

Apoi m-a îmbrățișat. S-a întâmplat atât de neașteptat, încât nu am reușit să îl îndepărtez de mine. Așa că am închis pur și simplu ochii și l-am cuprins cu brațele. Au apărut și lacrimile, dar am reușit să nu suspin.

După o vreme, l-am îndepărtat de mine.

— Am avut un băiat ca tine, Oscar. A murit. De aceea sunt supărat, nu vreau să mori și tu.

Oscar a încuviințat, ca și cum voia să spună că e de acord sau că înțelege. L-am privit. M-am uitat la sacoul murdar, dar frumos.

Apoi, în timp ce legam cu greu hainele și măruntaiele pe care le aveam, i-am povestit despre Benjamin. Ce îi plăcea (vechituri, precum cărțile voluminoase cu poze, discurile de gramofon cu coperți ciudate, jucăriile bunicului, în special mărgelele de sticlă, să facă baie, glumele tatălui), ce nu îi plăcea (peștele prăjit, să stea întins, să se tundă, pantalonii care îl iritau). Oscar încuviința și clătina din cap în timp ce asculta. În mare parte, încuviința. I-am spus una dintre glumele preferate ale lui Benjamin și a râs. Parțial, pentru că este nepoliticos să nu râzi când sunt doar două persoane, dar mai mult pentru că a crezut că era o glumă destul de amuzantă, cred. I-am spus cât de mult îmi lipseau fiul meu și Maria. Cât de furios mă făcea acest lucru. Băiatul a ascultat, răspunzând doar ocazional prin expresii faciale și mi-am dat seama că preluase rolul meu de psiholog mut.

L-am rugat să scrie ceva despre el pe perete, în timp ce eu strângeam toate nodurile și pregăteam frânghia noastră. El a scris telegrafic.

Brescia. Fabrica de sacouri a bunicului. Casă frumoasă, piscină. Bărbați cu arme. Tata mama morți. Fugit.

Singur. Cușcă de câine. Mâncare de câini. Fotbal. Mașină neagră, bărbat cu haine albe.

Am pus întrebări. Am unit punctele. El a confirmat.

Ochi mari, strălucitori, de copil. L-am îmbrățișat. Obrazul lui mic, cald, lipit de al meu.

M-am uitat la capul câinelui ce zăcea pe podea, în spatele lui. Ochi de câine. Ochi de copil. Ochi de porc. Tic-tac, tic-tac. Mi-am închis ochii. I-am redeschis.

— Oscar, am spus. Ia-ți stiloul, vom încerca ceva puțin straniu.

El a scos stiloul Montegrappa. Nu se mai fac lucruri atât de frumoase în zilele noastre.

Partea a III-a
Finalul partidei

După ce regina lui Olsen a fost scoasă de pe tabla de joc și dejucarea planului a eșuat, era de parcă Murakami i-a acordat adversarului un mic respiro. El își permitea, Olsen era cel presat de timp și părea că Murakami, în loc să termine repede cu o lovitură de grație — și acolo chiar a fost o chestiune de îndurare — a dorit să se folosească de oportunitate pentru a străluci în fața publicului într-un ultim joc sadic cu șoricelul. Olsen, încă zâmbitor și tăcut, abandonase complet apărarea sângeroasă a regelui și muta, în schimb, calul de negru în celălalt capăt al tablei de șah, aidoma cuiva care refuză să înfrunte cruntele realități, un general jucând golf în timp ce țara e bombardată.

— Nu te teme, Oscar. N-o să cazi.

Am vorbit calm. Am menținut contactul vizual. Probabil că inima mea bătea la fel de tare ca a lui. Intestinul era legat de un țăruș în jurul pieptului său. Se dezbrăcase de hainele de la exterior, pe care le legaserăm de capătul funiei, iar acum trupul pe jumătate gol al băiatului, atârna încălțat deasupra străzii pavate cu piatră cubică de dedesubt, dar mâinile lui erau prinse de grilajul din fier forjat.

— Acum voi număra până la trei, am spus cu un calm reținut. Apoi îți dai drumul la trei, bine?

Oscar s-a uitat la mine cu panică în ochi, dar a încuviințat.

— Unu, doi... trei.

S-a desprins. Curajos băiat. Aveam un picior fixat în peretele de sub fereastră și am simțit cum greutatea lui trage intestinul în jos. Rezista. Îl testasem în apartament și știam că nu exista niciun motiv să nu reziste acum, doar pentru că era la 18 metri de sol. Înfășurasem de două ori în jurul încheieturii ca să o încetinesc, dar tot începuse să alunece. Era în regulă, trebuia să se oprească la patru metri de sol, dar nu putea să coboare prea repede, trebuia să încetinesc când ajungeam la îmbinarea cu paltonul, iar dacă acea oprire era bruscă, tot intestinul se putea rupe.

Oscar cobora și se îndepărta de mine în timp ce ne susțineam privirile.

Când am ajuns la haină și a trebuit să încetinesc, am văzut că intestinul era întins ca o bandă de cauciuc, eram sigur că nu avea să suporte greutatea celor 80 de kilograme ale mele, dar băiatul nu cântărea mai mult de 25. Mi-am ținut respirația. Intestinul pârâia. A rezistat. Am continuat rapid până la patru înainte să aibă timp să se răzgândească. Când am ajuns la ultima piesă de îmbrăcăminte, la sacoul băiatului, m-am aplecat pe fereastră cât de mult am putut, pentru ca Oscar să cadă de la o înălțime cât mai mică. Am ținut mâneca sacoului într-o mână în timp ce cu cealaltă mă țineam de grilaj.

— Unu, am spus cu glas tare. Doi, trei.

I-am dat drumul.

Oscar a aterizat mai întâi pe picioare, am auzit sunetul făcut de pantofi la atingerea pietrei cubice. A căzut într-o parte. A rămas așa pentru o clipă, cum stabiliserăm, ca să își dea seama dacă este nevătămat. Apoi s-a ridicat și mi-a făcut cu mâna.

Am recuperat frânghia noastră și am desfăcut din ea hainele lui. I le-am aruncat și el s-a îmbrăcat degrabă. Am văzut că a verificat buzunarele sacoului, ca totul să fie acolo: stiloul, banii pe care i-i dădusem și cheia de la apartamentul meu. Știam că este o speranță deșartă, dar era în orice caz o speranță.

Nu a durat mult.

Doi bărbați îmbrăcați în costume negre de șoferi au ieșit pe poartă, unul fiind cel masiv, fără gât. Au început să alerge după Oscar și l-au prins iar, înainte ca el să ajungă la baricadă. L-au cărat târâș spre un SUV parcat pe strada pietonală.

Nu am strigat după ei. Am rămas în tăcere, în timp ce priveam mașina dispărând.

Făcusem ce putusem. Măcar băiatul nu avea să moară inhalând gazul diabolic al lui Greco. Poate că avea să îl și elibereze pe Oscar. De ce nu? Când regele este făcut șah mat, celelalte piese rămân neatinse. Șoferii — cel puțin majoritatea — nu ucid de dragul de a ucide.

Am intrat în apartament, mi-am desprins propriile haine de intestin și am început să mă îmbrac. Capul câinelui se uita la mine cu un ochi maltratat și cu altul întreg.

Credeam că Greco avea să arate îndurare față de Oscar?

Nu.

M-am uitat la ceas. Mai erau 12 minute până când gazul ar fi trebuit să inunde apartamentul. M-am așezat pe podea și am așteptat să mă sune.

Afară se însera.

Mai erau două minute până la expirarea timpului.

Telefonul era probabil pus pe un trepied, iar pe ecran se vedea ceea ce părea să fie sufrageria lui. Piatră, lemn. Spațioasă, suprafețe albe. Afară, pe o terasă largă, în întunericul după-amiezii, se afla un pom de Crăciun cu luminițele aprinse. În dreptul ușii verandei stăteau doi gardieni cu mușchi — și arme — protuberanți sub costumele strâmte și negre de șoferi. Greco era așezat pe o canapea albă de piele și lângă el stătea Oscar, legănându-și picioarele. Nasturii sacoului erau încheiați strâmb, iar stiloul Montegrappa prins de buzunarul de la piept. Părea speriat și palid. Pe măsuța de cafea joasă din fața lor era o tablă de șah pe care era în desfășurare o partidă ce părea să fi ajuns la final. Lângă tabla de șah era cuțitul karambit și telecomanda care avea să declanșeze iperita.

— Salutare din nou, Lukas. A fost o zi plină, nu? Și probabil frumoasă, pentru că e ultima ta zi.

Greco și-a șters mâneca sacoului cu o cârpă. Presupun că nu reușise să scoată pata de sânge.

— Sper doar că se va termina în curând, am spus.

— De fapt, mă gândeam că ar trebui să îl punem pe băiatul nostru de aici într-un dormitor cu o lampă de veghe pe care să o aprindem, dar ar fi fost prea mult... tam-tam. Și îmi place acel cuțit.

S-a întins după cuțitul karambit.

— Nu îți dai seama cât ești de sadic, Greco? Este un copil. Un copil nevinovat.

De-acum aveam vocea răgușită și încordată.

— Exact. De aceea sunt uimit că nu te-ai sinucis când ai avut ocazia. Toate acestea... nu ar fi fost necesare dacă ai fi avut bunul-simț și curajul să te arunci de la fereastră.

— Dar l-ai fi ucis pe băiat oricum.

El a rânjit larg.

— De ce aș face asta?

— Pentru că așa ești tu. Trebuie să câștigi. Dacă i-aș fi salvat viața băiatului luând-o pe a mea, victoria nu ar fi fost doar a ta. Ar fi fost o remiză.

— Asta, a râs Greco, este oribil. Și, desigur, ai perfectă dreptate.

A pus mâna pe cuțit și s-a întors spre Oscar, care își închisese ochii, de parcă lumina era prea puternică sau voia să se izoleze de lume. Greco și-a pus mâna liberă pe capul băiatului. S-a auzit un s lung. Apoi și-a dres vocea și a început:

— Hello..., a spus el cu același ritm lent, clar.

M-am forțat să țin ochii deschiși și să urmăresc ecranul.

Oscar a tresărit și mâna i s-a dus la buzunarul de la pieptul sacoului, a luat stiloul Montegrappa și l-a ridicat printr-o mișcare fluidă, exersată. Greco îl privea zâmbind fericit.

— ... *I'm Greco*, a terminat el, accentuând fiecare silabă.

Oscar scosese rezervorul în formă de seringă și îl ținea cu mânuța lui din partea din spate. Totul durase mai puțin de trei secunde, la fel ca ultima dată când exersaserăm mișcarea. Iar acum își plimba mâna prin aer. Era un băiat bun și până la urmă, a nimerit de fiecare dată ochiul din capul câinelui, chiar și când l-am ținut sus, deasupra lui, și l-am mișcat. A lovit și a tot lovit, sec, calm ca un robot, așa cum par să fie oamenii hipnotizați. Până am ajuns la două secunde și jumătate din clipa în care am spus cuvintele declanșatoare, „Hello, I'm Greco", până a luat stiloul din buzunarul de la piept, a scos rezervorul și l-a înfipt.

Am urmărit cum vârful rezervorului a străpuns ochiul lui Greco și l-am simțit trecând prin osul subțire ca o foaie de hârtie din spatele orbitei, ajungând în creier. Mâna mică și strânsă pumn a lui Oscar era lipită de fața lui Greco ca o excrescență. Greco se holba cu celălalt ochi, nu la Oscar, ci la mine. Nu știu ce exprima. Uimire? Respect? Groază? Durere? Sau poate nimic, poate contracțiile mușchilor faciali erau efectul lovirii, cu vârful rezervorului, a centrilor nervoși din creier, așa cum, în timpul studiilor pe care le-am făcut, broaștele moarte își mișcau picioarele manipulând sistemul nervos.

Trupul lui Greco s-a relaxat brusc și a expirat cu un șuierat prelung, ultimul său s, și sclipirea din ochiul sănătos a pălit, ca ledul roșu al unui aparat electronic de o calitate inferioară. Pentru că, la urma urmei, poate chiar asta suntem, broaște cu cabluri care conduc impulsuri nervoase, roboți cu conexiuni complexe. Atât de complexe, încât avem abilitatea de a iubi.

L-am urmărit pe Oscar.

— Bună, sunt Lukas, am spus.

El a ieșit imediat din transă, a scăpat din mână rezervorul stiloului și s-a uitat la mine. Lângă el, cu capul pe speteaza canapelei, zăcea Greco cu patronul ițindu-i-se din ochi în sus, spre tavan.

— Uită-te doar la mine, am spus.

I-am urmărit pe bărbații din spatele lui Oscar. Își ridicaseră mitralierele, dar stăteau nemișcați. Nu a fost tras niciun foc. Pentru că nu mai exista niciun pericol care să fie îndepărtat. Niciun șef care să fie protejat. Și creierele lor le-au spus, fără să poată exprima încă în cuvinte: nu mai era nimeni care să îi plătească pentru eliminarea acestui băiat, a acestui copil al cărui cadavru urma să îi bântuie.

— Ridică-te încet și pleacă, i-am spus.

Oscar s-a târât de pe canapea. A luat de pe jos cele două segmente ale stiloului Montegrappa și le-a băgat în buzunar.

Unul dintre indivizi s-a apropiat de speteaza canapelei și a pus două degete pe artera carotidă a cadavrului.

Oscar s-a îndreptat spre ușă.

Bărbații s-au privit reciproc nedumeriți.

Unul a ridicat din umeri. Celălalt a încuviințat și a spus ceva în microfonul de la rever.

— Lasă-l pe băiat să plece.

A urmat o pauză scurtă în care și-a potrivit căștile din urechi.

— Șeful a murit. Poftim? Adică este terminat, da.

Greco zăcea întins, holbându-se la cer, unde accesul avea să îi fie interzis. Pe obraz îi curgea o lacrimă roșie, solitară.

Mi-a luat aproape trei ore să îmi croiesc drum prin ușa blindată, moment în care lama toporului era atât de tocită, încât funcționa mai mult ca un baros. Când am ieșit, n-am văzut pe nimeni nici la poartă, nici afară, probabil că fuseseră informați că misiunea a fost anulată. Se îndreptau cu toții spre alte joburi pentru alți șefi, alte carteluri.

Am mers pe străzile întunecate fără să privesc peste umăr. M-am gândit la tabla de șah de pe masa din sufragerie, unde Carlsen tocmai picase în capcana lui Murakami și după 18 mutări avea să cedeze partida. Iată-mă pe mine acum, nu știam că 12 ani mai târziu aveam să văd faimoasa partidă în care acest Olsen, și el atras în capcana lui Murakami, și-a așezat calul la F2 și a privit în liniște la un Murakami disperat și suspicios.

Când am ajuns la bloc și am sunat la ușă, am auzit clinchetul interfonului, dar nicio voce.

— Sunt eu, Lukas, am spus.

S-a auzit bâzâitul încuietorii. Am deschis ușa. Și în timp ce urcam pe scări, am rememorat toate zilele ulterioare morții lui Benjamin și a Mariei, când pășeam cu greutate și visam că ei erau sus, în pragul ușii, așteptându-mă. Când m-am oprit la ultimul palier, brusc atât de obosit, încât mă durea pieptul și era cât pe ce să cad în genunchi, m-am uitat în sus. Acolo, proiectată în lumina ce radia prin cadrul ușii, am văzut mica siluetă, mi-am văzut băiatul.

El a făcut semn cu degetul spre ochii lui și s-a uitat la mine. Eu am zâmbit și am simțit lacrimile delicioase, calde, alunecând pe gâtul meu, până sub gulerul cămășii.

Oscar și cu mine ne-am plimbat printre ruinele orașului Brescia ținându-ne de mână.

Fusese un oraș sărac, de fapt, unul dintre cele mai sărace ale Italiei, chiar dacă se afla într-o zonă bogată a țării, dar asta nu se observa prea lesne din exterior. Dar când statele-națiuni au eșuat, Brescia nu a rezistat, a decăzut și s-a transformat într-o mare mahala.

Ne-am oprit pe stradă și am privit printr-un gard de sârmă la fosta fabrică de sacouri în ruină, o carapace pârjolită care părea să fie ocupată de o haită de câini vagabonzi. A trebuit să trag un foc de armă ca să îi țin la distanță.

Am trecut de poarta unei case care, cândva, fusese frumoasă. Nu era ostentativ de mare, dar era construită într-un stil funcțional, de bun-gust. Zidurile vopsite în alb erau afectate de mucegai chiar și pe exterior, ferestrele erau sparte și pe una dintre ele fusese scoasă o canapea pe jumătate. Din interior se auzeau cum picură apa, ca într-o peșteră.

Am ocolit până în spate, unde încă erau petice de zăpadă pe iarba maronie, ofilită după iarna îndelungată.

Oscar s-a oprit la marginea piscinei goale, unde acum erau zăpadă și gunoaie. Plăcile de gresie erau crăpate, iar marginile piscinei erau pământii.

Am văzut ochii înlăcrimați ai lui Oscar și l-am tras lângă mine. I-am ascultat suspinele scurte, rapide. În timp ce stăteam acolo, printre nori și fum s-a ivit soarele și mi-a încălzit chipul. Primăvara se apropia. Am așteptat până când nu a mai suspinat, după care l-am îndepărtat de mine și i-am spus, folosind limbajul semnelor pe care îl exersam, că în curând avea să fie vară și atunci ar trebui să mergem la mare și să înotăm.

El a încuviințat.

N-am intrat în casă, dar m-am uitat la numele afișat pe ușă. Olsen. Chiar dacă l-am adoptat, noi am decis că Oscar ar trebui să își păstreze numele lui, Olsen. În mașină, revenind la Milano, am mâncat panzerotti cumpărat de la Luini și am pornit radioul. Se difuza o veche melodie pop italiană, iar Oscar bătea darabana pe bord entuziasmat și se prefăcea că fredonează. După melodie au urmat știrile, anunțându-se, printre altele, că Murakami, acum în vârstă de 40 de ani, își apărase încă o dată titlul de campion mondial. Puteam vedea conturul orașului Milano, când Oscar s-a întors spre mine. A trebuit să încetinesc ca să înțeleg toate semnele pe care se străduia să le facă, cu grijă și concentrat:

— Mă poți învăța să joc șah?

La prețul de vânzare al cărții
se adaugă 2%, reprezentând
contravaloarea timbrului literar.

Tipar: ARTPRINT
E-mail: office@artprint.ro
Tel.: 021 336 36 33